Lo sceneggiato in sei puntate *Madame Bovary* tratto dal romanzo di Gustave Flaubert è presentato dalla RAI - Radiotelevisione italiana (Rete 2 TV) con la regia di Daniele D'Anza.

Sceneggiatura di
FABIO CARPI   LUIGI MALERBA

e di
DANIELE D'ANZA   BIAGIO PROIETTI

Ha collaborato LETIZIA PALMA
Consulenza di GIOVANNI MACCHIA

Con   CARLA GRAVINA
PAOLO BONACELLI

e con   CARLO SIMONI
RENZO GIOVAMPIETRO
TINO SCOTTI
GERMANA PAOLIERI

e con la partecipazione di
UGO PAGLIAI

Costumi   SILVANA PANTANI
Scenografia   GIANNI POLIDORI
Montaggio   MARCELLO MALVESTITO
Direttore della fotografia   DARIO DI PALMA

Musiche di ROMOLO GRANO
dirette dall'autore

Direttore di produzione MARIO D'ALESSIO

Una produzione
C.E.P SpA
realizzata da ARTURO LA PEGNA

PERSONAGGI E INTERPRETI (in ordine alfabetico)

Berthe	FEDERICA BALDINI
Vedova Lefrançois	MARISA BARTOLI
Marchese d'Andervilliers	GASTONE BARTOLUCCI
Usciere	MARCELLO BERTINI
Guillaumin	TINO BIANCHI
Avv. Senard	GIORGIO BIAVATI
Sagrestano	STEFANO BOLZONI
Charles Bovary	PAOLO BONACELLI
Signora Homais	GIULIANA CALANDRA
Pinçart	BRUNO CATTANEO
Mamma Rolet	DONATELLA CECCARELLO
Bournisien	DOMENICO CUNDARI
Berthe	BARBARA DE BORTOLI
Nastasie	FRANCA DOMINICI
Lheureux	CORRADO GAIPA
Violinista	GIULIANO GAZZANI
Justin	MARCO GELARDINI
Homais	RENZO GIOVAMPIETRO
Emma Bovary	CARLA GRAVINA
Felicité	DANIELA HALBRITTER
Una dama	NAIS LAGO
Marchesa d'Andervilliers	JULIETTE MEYNIEL
Padre Bovary	ADRIANO MICANTONI
Zingara	LEE MILLS
Affittacamere	LUCIA MODUGNO
Canivet	RENATO MONTALBANO
Pillon	LUIGI MONTINI
Avv. Pinard	RENATO MORI
Larivière	CESARE NIZZIGA
Hippolyte	GIANLUIGI OTTAVIANI
Rodolphe	UGO PAGLIAI
Madre Bovary	GERMANA PAOLIERI
Visconte di Thibourville	UMBERTO PERGOLA
Edgardo	MAURIZIO PIACENTI
Consigliere prefettizio	BIAGIO PROIETTI
Lucia di Lammermoor	ANNA SANDRI
Papà Rouault	TINO SCOTTI
Léon	CARLO SIMONI
Delphine Delamare	PAOLA TANZIANI
Ragazzo	DANIELE TAVAZZI
Binet	MARCO TULLI
Guardia svizzera	BERNARD VERLEY
La voce del mendicante	MATTEO SALVATORE

GUSTAVE FLAUBERT

MADAME
BOVARY

SPERLING & KUPFER EDITORI
TV SORRISI E CANZONI

Titolo originale dell'opera:
Madame Bovary

Copyright 1978 Sperling & Kupfer Editori - TV Sorrisi e Canzoni

© RAI - Radiotelevisione Italiana 1978,
per concessione SACIS - Roma

Traduzione di Ferdinando Bideri

ISBN 88-200-0021-0
86-I-78

Finito di stampare nell'aprile 1978
da Milanostampa - Farigliano (CN)
Printed in Italy

PARTE PRIMA

I

QUANDO il Rettore entrò, seguito da un novellino, vestito in una foggia contadinesca e da un giovanetto della classe che recava un gran leggio, eravamo allo studio. Quelli che sonnecchiavano si svegliarono, e ciascuno si levò in piedi come sorpreso durante il lavoro.

Il Rettore ci ordinò, con un cenno di sedere; poi, voltosi al prefetto degli studii, gli disse a voce bassa: « Signor Roger, ecco uno scolaro che entra nella quinta classe; ve lo raccomando. Se ne sarà meritevole per lo studio e per la condotta, passerà tra i grandi, dove è bene che sia per la sua età ».

Il novellino si mostrava appena, come timoroso, di dietro l'uscio. Era un garzoncello di campagna di una quindicina di anni, e di statura più alta che ciascun di noi tutti; aveva l'aria di persona giudiziosa, ma imbarazzata, i capelli tagliati in una linea diritta lungo la fronte. Le cuciture del suo camice di panno verde con una fila di bottoni neri gli segnavano di sotto le ascelle, quantunque egli non avesse le spalle molto larghe, e dalla fenditura dei polsini si vedevano due polsi che l'abitudine di esser nudi aveva fatto diventar rossi. Le gambe penzolavano fuori dei pantaloni giallastri, tirati su molto tesi dalle bretelle. Calzava scarpe pesanti, mal cerate e guernite di bullette.

Si mostrò tutto orecchi alla ripetizione delle lezioni, intento come ad un sermone, non osando nemmeno incrociare le gambe, né appoggiarsi sui gomiti; così che quando la campanella suonò, alle due, il prefetto degli studii dovette scuoterlo perché prendesse posto nelle fila con noi.

Avevamo l'abitudine, entrando nella classe, di gettare i berretti per avere le mani libere, e lo facevamo dalla soglia, con un forte slancio del braccio in modo che il berretto lanciato sul banco andasse a battere contro il muro. Ma, il novellino, sia che non avesse osservato questa manovra, sia che non volesse imitarla, rimase col berretto sulle ginocchia, anche dopo che avevamo fatta la nostra preghiera.

Il suo berretto era una specie di parrucca di ordine composto, in cui si trovavano gli elementi del berretto di pelo, del *chapska*, del cappello rotondo, del caschetto di lontra e del berretto da notte, insomma una di quelle cose meschine la cui bruttezza provoca l'ilarità, come il volto di un imbecille. Di forma ovoidale e tenuto gonfio da' fanoni, cominciava con tre budini circolari; poi delle losanghe di velo si alternavano con losanghe di pelo di coniglio, separate da bande rosse, e da esse sorgeva una specie di sacco terminante con un poligono di cartone coperto da un ricamo complicato di cordoni, da cui pendeva un cordoncino lungo e sottile con una nappa di fili d'oro a forma di ghianda.

« Alzatevi », disse il professore.

Egli si alzò e il berretto cadde; il giovanetto si chinò per riprenderlo, ma un vicino glielo gettò a terra con un colpo di gomito, ed egli fu costretto a chinarsi di nuovo per raccoglierlo.

« Ma sbarazzatevi una buona volta di codesto berretto », esortò il professore, che era un uomo di spirito.

Tra gli scolari ci fu uno scoppio generale di risa, che confuse il povero giovinetto, al punto che non sapeva se dovesse tenere il berretto in mano, lasciarlo a terra o metterselo in testa. Si rimise a sedere, tenendolo sulle ginocchia.

« Alzatevi », riprese il professore, « ditemi come vi chiamate. »

Il novellino pronunziò con un brontolìo un nome intelligibile.

« Ripetete! »

Si udì lo stesso gorgogliamento di sillabe, sopraffatto dallo schiamazzo di tutta la classe.

« Più forte! » gridò il maestro, « più forte! »

Il novellino allora, presa una risoluzione estrema, aprì smisuratamente la bocca e urlò a pieni polmoni, come per chiamare qualcuno, questa parola: *Charbovarì*.

Scoppiò improvvisamente, con un crescendo poderoso di risa e di voci acute, urli, latrati, pestate di piedi, mentre da ogni dove si ripeteva: *Charbovarì*! *Charbovarì*! un fracasso che a tratti si estingueva in risa soffocate, per ricominciare scoppiettando lungo un banco come un petardo male spento.

Ma sotto una vera pioggia di *pensum* l'ordine fu ristabilito nella classe, ed il professore riuscì ad apprendere il nome di Charles Bovary, facendoselo dettare compitando e rileggere; e poscia comandò immediatamente al povero diavolo di andare a sedere al banco dei somari, ai piedi della cattedra. Il giovinetto si mosse, ma fu visto esitare.

« Che cosa cercate? » domandò il professore.

« Il mio berr... », pronunziò timidamente il novellino, volgendo intorno lo sguardo inquieto.

« Cinquecento versi a tutta la classe! »

Quest'ordine, lanciato con voce d'ira, come un *Quos ego*, prevenne una nuova burrasca.

« State tranquilli! » continuò sdegnato il professore, e rasciugandosi la fronte sudata con la pezzuola, rivolto al novellino: « E voi mi copierete venti volte il verbo *ridiculus sum* ».

Poi, con voce più dolce: « Eh! lo ritroverete il vostro berretto; non ve lo hanno certo rubato! »

Tutto ritornò nella calma. Le teste si chinarono sui quaderni, ed il novellino rimase due ore in un atteggiamento esemplare, quantunque di quando in quando qualche pallottola di carta soffiata attraverso il cannello di una penna gli colpisse il viso. Egli, senza nemmeno alzare gli occhi, si nettava prestamente con una mano, e riprendeva l'immobilità.

La sera, allo studio, badando a non fregar le maniche sul leggìo, fece accuratamente i suoi compiti, lavorando coscienziosamente, ricercando le parole nel vocabolario; e solo in grazia della sua buona volontà egli non fu retrocesso alla classe inferiore, perché, pur conoscendo passabilmente le regole grammaticali, non sapeva esprimersi con una bella forma, avendo cominciato a studiare il latino col curato del villaggio, ciò che aveva permesso ai suoi genitori di economizzare il più lungamente possibile la spesa di mantenerlo in collegio.

Suo padre, Charles Denis Bartholomé Bovary, ex aiutante chirurgo maggiore, compromesso, verso il 1812, in alcune faccende di coscrizione, e costretto quindi ad abbandonare il servizio, aveva tratto partito dai suoi vantaggi personali per cogliere al volo una dote di sessantamila lire che gli si offriva con la figlia di un berrettaio, innamorata della sua rotondità.

Bell'uomo, millantatore, orgoglioso dei suoi speroni e dei suoi favoriti, sempre con anelli alle dita e vestito di colori appariscenti, mitigava l'aspetto duro del bravo col facile brio del viaggiatore di commercio. Ammogliatosi, visse due o tre anni a spese della dote, mangiando bene, levandosi tardi, fumando in grosse pipe di porcellana, frequentando i caffè e gli spettacoli. Il suocero morendo lasciò ben poco; egli ne fu indignato, e dopo aver perduto del danaro nella fabbrica di berretti, si dedicò alla campagna, col proponimento di far tesori. Ma siccome s'intendeva tanto di coltivazione quanto di lingua indiana, montava per diletto i cavalli destinati al lavoro, beveva intere bottiglie di sidro invece di venderlo, devastava il pollaio per arricchire la sua mensa, non tardò ad accorgersi che era meglio abbandonare ogni idea di speculazione.

Con la spesa di duecento franchi l'anno prese in affitto, in un villaggio sui confini di Caux e di Piccardia, una casa a metà abbandonata e a metà destinata ad abitazione padronale; e, dolente, divorato dai rimorsi, imprecando al cielo, invidioso di tutti, vi si rinchiuse, all'età di quarantacinque anni, disgustato dagli uomini, come egli diceva, e col fermo proponimento di vivere in pace.

Sua moglie l'aveva amato come una schiava, ma ciò lo aveva vieppiù infastidito: dapprima espansiva e amorevole, era divenuta, invecchiando, di umore difficile, piagnucolosa, nervosa. Aveva patito tanto senza lamentarsi, da principio, quando lo vedeva correr dietro a tutte le sottane del villaggio e ritornare la sera dai peggiori luoghi, stordito e ubriaco! Poi il suo orgoglio si era ribellato, ed essa s'era rinchiusa con la sua rabbia in uno stoicismo muto, che osservò fino alla morte. Era sempre in giro, in faccende; correva dagli avvocati al presidente, ricordava la scadenza delle cambiali e otteneva delle proroghe. In casa, lavorava, stirava, cuciva, vigilava i lavorieri, notava le spese, mentre egli, il signore, di nulla preoccupandosi, non distogliendosi dal suo stato di apatia che per bofonchiare delle parolacce volgari, se ne stava accanto al fuoco a fumare ed a sputacchiare nella cenere.

Ebbero un figlio e lo mandarono a balia; quando venne ripreso in famiglia, il marmocchio fu coccolato come un principe. La madre lo nutriva di confetture, il padre lo lasciava correre senza scarpe e diceva, per parer filosofo, che il fanciullo poteva anche andar nudo, come i figli degli animali. Contrariamente alle tendenze della madre, aveva in mente un suo ideale virile dell'infanzia in base al quale formare il suo figliuolo, e desiderava che lo si allevasse con durezza, secondo il costume spartano, per fargli acquistare una costituzione forte. Lo mandava a coricare senza fargli scaldare il letto, gl'insegnava a bere bicchieri colmi di rhum e ad insultare le processioni. Ma il fanciullo, di natura pacifica, non gli corrispondeva. La madre lo teneva sempre dappresso, gli raccontava delle storie, intrattenendolo con monologhi senza fine, con un cicaleccio ora gaio, ora melanconico, ora sciatto. Nell'isolamento della sua vita, essa raccoglieva sulla testa del fanciullo tutte le sue vanità spezzate e disperse. Sognava per lui un alto stato; lo vedeva già grande, bello, pieno di spirito, collocato nell'amministrazione dei ponti e strade o nella magistratura. Gl'insegnò a leggere ed a cantare qualche facile romanza, che ella accompagnava col pianoforte; ma il padre, che era poco amico delle lettere, diceva che non ne valeva la pena, perché non avevano i mezzi per mantenerlo alle scuole del governo, comperargli una carica e provvederlo di fondi per dedicarlo al commercio. E doveva bastargli un poco di improntitudine perché riuscisse. La signora si mordeva le labbra.

Il fanciullo vagabondava per il villaggio, dietro ai lavoratori, lanciava zolle agli stormi dei corvi, mangiava le more delle siepi, inseguiva i gallinacci con una bacchetta, tagliava il fieno, correva per il bosco, giuocava alle piastrelle sotto il portico della chiesa, nelle giornate piovose; e nelle grandi feste supplicava il sacrestano che gli lasciasse suonare le campane, per sospendersi con tutto il peso del corpo alla corda e lasciarsi trasportare dallo slancio come in un volo.

Crescendo all'aria aperta come una quercia, acquistò forza nelle braccia e colori nel volto.

Quando raggiunse i dodici anni, la madre ottenne che cominciasse gli studii, ed il curato ne ebbe l'incarico; ma le lezioni erano brevi e rade, e non servivano a nulla. Si facevano nei ritagli di tempo nella sacrestia, in piedi, frettolosamente, tra un battesimo e un seppellimento, ovvero il curato mandava a cercarlo dopo suonata l'Avemaria, quando al ragazzo non era permesso di uscire. Allora il maestro saliva fino alla camera dello scolaro e vi s'installava; i mosconi e le farfalle notturne ronzavano intorno al lume, faceva caldo, il ragazzo si addormentava ed il buon uomo, a poco a poco assopendosi, con le mani sul ventre e la bocca aperta, non tardava a russare. Talvolta il curato, di ritorno dall'aver recato il viatico a qualche malato dei dintorni, scorgeva Charles che faceva il monello per la campagna, lo chiamava, gli teneva un sermone lungo un quarto d'ora e profittava dell'occasione per fargli coniugare un verbo ai piedi di un albero. La pioggia o un conoscente che passava interrompeva la lezione. Ciò nonostante, il maestro si diceva contento dello scolaro, affermando che aveva buona memoria.

Charles non poteva fermarsi a quel punto. La signora fu energica, e il marito, vergognoso o piuttosto stanco, cedette senza resistenza, e fissarono di aspettare l'altro anno, dopo la prima comunione.

Passarono, dopo questa, altri sei mesi, e finalmente Charles fu rinchiuso in collegio, a Rouen, dove il padre stesso lo accompagnò, il mese di ottobre, durante la fiera di Saint-Romain.

Il giovinetto manifestò un carattere placido: si trastullava all'ora di ricreazione, studioso ed attento nella classe ed allo studio, dormiva tranquillamente la notte, mangiava bene a refettorio. Aveva per curatore un chincagliere grossista di rue Ganterie, che una volta al mese, la domenica, dopo aver chiusa la bottega, andava a prenderlo, lo conduceva a passeggio sul porto facendogli vedere le navi, e lo riaccompagnava in collegio alle sette, prima di cena. Ogni giovedì sera il collegiale scriveva una lunga lettera a sua madre; poi ripassava i suoi quaderni di storia ovvero leggeva un vecchio volume di Anacarsi che si portava nello studio. A passeggio, chiacchierava col servo, che era della campagna, come lui.

A forza di studio, si mantenne sempre nel mezzo della classe; una volta anzi guadagnò un primo *accessit* alla storia naturale. Ma dopo il terzo anno i genitori lo ritirarono dal collegio per fargli studiare medicina, persuasi che egli sarebbe potuto giungere da solo fino al baccalaureato.

La madre gli scelse una camera al quarto piano, su l'Eau-de-Robec, presso un tintore di sua conoscenza. Fissò il prezzo della pensione, si procurò un tavolo e due sedie, fece venire dal suo paese un vecchio lettuccio e comprò una piccola stufa di ferro con una provvisione di legna perché il suo povero figliuolo si riscaldasse. Ripartì alla fine della settimana, dopo avergli ripetutamente raccomandato di condursi bene, ora che si trovava abbandonato a se stesso.

Il programma degli studii, che egli lesse all'affisso, lo stordì: anatomia, patologia, fisiologia, farmacia, chimica, botanica, clinica, terapeutica, senza contare l'igiene e la materia medica, nomi di cui egli ignorava persino la etimologia e che erano per lui come porte di altrettanti santuarii pieni di tenebre intangibili.

Non capiva nulla; aveva un bello ascoltare, ma non si persuadeva. Lavorava, però; aveva i suoi quaderni di appunti, frequentava tutti i corsi e non trascurava una sola lezione pratica. Compiva la sua missione quotidiana come un cavallo da maneggio, che gira intorno con gli occhi bendati, ignorante dell'opera che compie.

Per risparmiargli le spese, la madre gl'inviava ogni settimana, per mezzo di un corriere, un pezzo di vitello cotto al forno, con cui egli faceva colazione, di ritorno dall'ospedale, dopo aver scaraventato le scarpe contro il muro. Dopo bisognava correre alle lezioni, all'aula magna, all'ospizio, ed infine ritornare a casa stanco dall'aver percorso cento strade. La sera, dopo il magro desinare apprestatogli dal padrone di casa, risaliva fino alla sua camera e si rimetteva a studiare, sempre indossando il vestito fradicio che fumicava intorno al suo corpo, al calore della stufa arrossata.

Durante le belle sere estive, si affacciava alla finestra. La riviera che trasforma ignobilmente quel quartiere di Rouen in un pezzo di Venezia correva sotto i suoi occhi, a volte gialla, a volte nera; qualche povero operaio, accovacciato al margine, lavava le sue brache nella corrente; dalle pertiche

che sbucavano dall'alto dei granai pendevano matasse di cotone da rasciugarsi. Di faccia, al di là dei tetti, si allargava il cielo limpido, ancor arrossato leggermente dal tramonto. Come si doveva star bene laggiù! Quale frescura sotto i faggi! Ed egli apriva le narici per aspirare il buon odore della campagna... che non arrivava fino a lui.

Divenne magro, la sua statura parve allungarsi e la sua fisionomia acquistò una espressione dolente che la rese alquanto interessante.

Naturalmente, per noncuranza, abbandonò a poco a poco tutte le buone risoluzioni applicate dapprima. Una volta mancò alla lezione pratica, l'indomani non frequentò il suo corso, e, gustando la poltroneria, a poco a poco, non vi andò più.

Prese l'abitudine di frequentare le bettole e quivi contrasse la passione per il domino. Chiudersi ogni sera in un sudicio locale pubblico per disporre sul tavolino di marmo dei rettangoli di osso di montone distinti con punti neri, gli pareva un atto prezioso della propria libertà, che lo elevava sulla stima che egli aveva di se stesso. Era come l'iniziazione al mondo, l'accesso ai piaceri proibiti; e nell'entrare, egli metteva la mano sul bottone della porta risentendo un piacere quasi sensuale. Allora molte cose dapprima compresse in lui si allargarono; apprese a memoria delle strofe che cantava nel ricevere gli amici, si entusiasmò per Béranger, imparò a preparare il punch e conobbe infine l'amore.

In grazia di queste occupazioni preparatorie, cadde al suo esame di ufficiale di sanità. E dire che quella stessa sera lo aspettavano a casa per festeggiare il suo successo!

Partì a piedi e si fermò all'entrata del villaggio, dove fece chiamare sua madre, alla quale raccontò tutto. Ella lo scusò, dando tutta la colpa agli esaminatori ingiusti, e lo fece chetare alquanto, promettendogli di accomodare le cose. Soltanto dopo cinque anni il signor Bovary conobbe la verità; era cosa vecchia, ed egli l'accolse, non potendo d'altronde immaginare che suo figlio fosse uno sciocco.

Charles riprese lo studio e, preparatosi diligentemente a sostenere l'esame, fu approvato con buone note. Che bel giorno per sua madre! Dette un banchetto per festeggiarlo.

Dove sarebbe andato ora ad esercitare la professione? A Tostes dove vi era un medico molto vecchio, di cui la signora Bovary da lungo tempo desiderava la morte; ed il bravo uomo non aveva ancora fatto il suo ultimo bagaglio quando Charles si andò ad installare di fronte a lui, come suo successore.

Ma non bastava l'aver allevato suo figlio, avergli fatto apprendere la medicina ed avere scoperto Tostes perché ve la esercitasse: bisognava dargli moglie. E la madre glie ne trovò una: la vedova di un usciere di Dieppe, che aveva quarantacinque anni e milleduecento lire di rendita.

Quantunque ella fosse brutta, magra come uno stecco e piena di efflorescenze come una primavera, certo alla signora Dubuc non mancavano partiti, e per raggiungere lo scopo, la madre Bovary fu obbligata a spossessarsi di tutto, riuscendo a sventare molto abilmente gl'intrighi di un salumiere sostenuto dai preti.

Charles aveva intraveduto nel matrimonio l'avvento di un migliore stato,

12

immaginando di essere più libero e di poter disporre della persona e del danaro di lei. Ma la moglie fu però il padrone; egli doveva davanti a tutti dir questo e non quest'altro, mangiare di magro ogni venerdì, vestire come a lei piaceva, scacciare per suo ordine i clienti che non pagavano. Apriva le lettere dirette a lui, seguiva ogni suo passo e lo spiava attraverso il buco della serratura, quando dava consultazioni alle donne.

Esigeva la cioccolata ogni mattina, e riguardi senza fine; si lamentava senza posa dei suoi nervi, dei suoi polmoni, del suo umore. Il rumore dei passi le faceva male; quando egli si allontanava, la solitudine le diventava insopportabile; quando egli ritornava presso di lei, era certamente per vederla morire. La sera, quando Charles rientrava, ella tirava fuori dalle coltri le lunghe braccia magre, gli cingeva il collo, dopo averlo fatto sedere sul letto, e gli parlava delle sue sventure: egli la trascurava, egli amava un'altra! Glie lo avevano detto che sarebbe stata infelice. Conchiudeva sempre col chiedergli qualche sciroppo per la sua salute ed un poco più di affetto.

II

UNA sera, verso le undici, furono svegliati dal galoppo di un cavallo che si fermò alla loro porta. La cameriera aprì un abbaino del granaio e parlamentò un poco con un uomo che era sulla strada. Egli veniva per il medico e recava una lettera. Nastasie discese i gradini tremante di freddo ed aprì. L'uomo lasciò il cavallo ed entrò dietro la donna. Trasse dalla fodera del berretto di lana a fiocchi grigi una lettera avvolta in un velo, e la porse a Charles, che levò la testa dal guanciale per leggerla, mentre Nastasie reggeva il lume. La signora, per pudore, era rimasta volta verso il corsello, mostrando il dorso.

La lettera supplicava il dottor Bovary di recarsi immediatamente alla masseria dei Bertaux per accomodare una gamba fratturata.

Da Tostes ai Bertaux correvano sei leghe, passando per Longueville e Saint Victor. La notte era oscura. La signora Bovary temeva qualche accidente per suo marito. Fu quindi fissato che il corriere si avviasse; Charles sarebbe partito di lì a tre ore, al levar della luna. Si sarebbe inviato un ragazzo incontro a lui, per indicargli la strada della masseria.

Verso le quattro del mattino, Charles, bene avvolto in un mantello, si pose in cammino per i Bertaux. Ancor mezzo assonnato, si lasciava cullare dal trotto pacifico della cavalcatura. Quando questa si fermò da se stessa davanti a uno di quei buchi circondati di spini che si scavano al margine del ciglione, Charles si svegliò di soprassalto. Gli venne alla mente la gamba fratturata, e si studiò di richiamare alla memoria tutte le fratture che conosceva. La pioggia era cessata, appariva l'aurora, e gli uccelli se ne stavano immobili sui rami nudi dei peschi, con le piume arricciate dal vento freddo del mattino. La piana campagna s'allargava a perdita di vista, e i gruppi d'alberi intorno alle masserie apparivano a lunghi intervalli come larghe macchie di un azzurro oscuro sulla grande superficie grigia che si confondeva all'orizzonte col tono uniforme del cielo. Charles apriva gli occhi di quando in quando; poi il suo spirito si stancava ed egli era preso da una specie di assopimento in cui le impressioni recenti si confondevano coi ricordi, ed egli si scorgeva in varie guise, studente e ammogliato nel tempo stesso, coricato nel suo letto come poco prima, o nella sala di un teatro come una volta. Nella sua testa l'odore caldo dei cataplasmi si mescolava col fragrante odore delle rose; intendeva girare nei loro regoli gli anelli di ferro dei letti e sua moglie dormiva... Passando per Vassonville, scorse un garzoncello seduto tra l'erba, sul margine di un fossato.

« Siete il medico? » quegli domandò.

Ed avuta risposta affermativa, si mise a correre davanti a Charles, tenendo in mano gli zoccoli.

L'ufficiale sanitario, cammin facendo, apprese dalla sua guida che il signor Rouault era uno dei più agiati coltivatori. S'era fracassato una gamba la sera avanti, nel ritornare da un suo vicino. Sua moglie era morta da due anni, ed egli viveva in compagnia della figliuola, che dirigeva la casa.

I solchi delle ruote divennero più profondi. Si era prossimi ai Bertaux. Il garzoncello disparve da una buca della siepe, poi riapparve dal fondo di una corte ed aprì il cancello. Il cavallo sdrucciolò sull'erba molle, e Charles si curvò per passare sotto i rami. I cani da guardia abbaiavano davanti ai casotti, tirando le loro catene. Quando egli entrò nei Bertaux, il cavallo si adombrò e fece uno scarto.

La masseria aveva una buona apparenza. Si vedevano nelle scuderie dei grossi cavalli da lavoro che mangiavano tranquillamente nelle rastrelliere nuove. Lungo gli edifizi si scorgeva un largo letamaio, che fumicava, e tra i polli ed i tacchini pigolavano cinque o sei pavoni. Il pecorile era lungo, la cascina alta, coi muri lisci come il palmo della mano. Sotto una tettoia vi erano due grandi carrette e quattro aratri, con fruste, collari ed i fornimenti completi, di cui tosoni di lana azzurra si insudiciavano della polvere che si spandeva dal granaio. La corte era in salita, ombreggiata di alberi simmetricamente piantati. Si udiva il gaio frastuono di un branco di oche, che starnazzavano nella palude.

Una giovane, che indossava un vestito di lana azzurra, venne sulla soglia della casa a ricevere il medico, e lo fece entrare nella cucina dove ardeva un buon fuoco, intorno al quale gorgogliavano numerose pentole di varia grandezza con la colazione dei lavorieri. Sotto la cappa del camino erano sospesi dei capi di vestiario umidi, posti a rasciugare. La paletta, le molle ed il becco di un soffietto, tutti di grandi proporzioni, brillavano come acciaio terso, mentre lungo le pareti era disposta una ricca batteria di cucina, in cui si rifletteva il chiarore delle fiamme, misto ai raggi del sole che penetravano attraverso i vetri.

Charles salì al primo piano, dove era l'ammalato, e lo trovò nel suo letto, sudato sotto le coltri. Era un uomo basso e tarchiato, di una cinquantina d'anni, dalla pelle bianca, gli occhi azzurri, calvo sul davanti della testa, con riccioli agli orecchi. Aveva al lato, su una sedia, una grossa bottiglia di acquavite, di cui si mesceva di quando in quando qualche bicchiere per rimettersi in forze; appena vide il medico, cessò di mostrarsi esaltato ed, invece di bestemmiare come aveva fatto durante dodici ore, cominciò a gemere penosamente.

La frattura era semplice, senza alcuna complicazione, e Charles non ne aveva mai curato una più facile. Ricordando il metodo dei suoi maestri al letto dei feriti, prese a confortare il paziente con parole incoraggianti, specie di carezze chirurgiche che sono come l'olio di cui si unge il bisturi. Per avere delle stecche, si andò a cercare sotto la tettoia dei carri un fascetto di verghe. Charles ne scelse una, la tagliò e la grattò con un pezzo di vetro, mentre la serva stracciava dei pannilini per farne delle strisce che la signorina Emma ricuciva a guisa di cuscinetti. Siccome ella indugiò troppo nel trovare il suo astuccio, il padre s'impazientì; ella non rispose, ma nel cucire si punse le dita, che portò subito alle labbra per succhiarne il sangue.

Charles fu sorpreso dalla bianchezza delle sue unghie, che erano fini e lucide, più nette dell'avorio di Dieppe, e tagliate a mandorla. La mano però non era bella, non abbastanza bianca, forse, ed un po' magra nelle dita, un po' troppo lunga e senza linee flessuose. Aveva di bello gli occhi, che, quantunque fossero soltanto bruni, apparivano nerissimi tra le ciglia, ed il loro sguardo era franco, ardito e, nel tempo stesso, non privo di candore.

Compiuta la fasciatura, il medico fu invitato dallo stesso signor Rouault a mangiare un boccone prima di rimettersi in cammino.

Charles discese nella sala, al pian terreno. Due coverti, con tondini di argento, erano apparecchiati su una piccola tavola, a' piedi di un gran letto sormontato da un baldacchino rivestito di una stoffa con personaggi turchi, trapunti. Si sentiva un profumo di iris e di panni umidi che usciva dalle fessure di un armadio di quercia, collocato di faccia alla finestra. A terra, negli angoli era una fila di sacchi di grano, che rappresentavano la esuberanza del vicino granaio a cui si montava per tre gradini di pietra. Per decorare la camera era attaccata a un chiodo nel centro di una parete, di cui la pittura verde spariva corrosa dal salnitro, una testa di Minerva disegnata a matita e inquadrata in una cornice dorata, e sotto vi era scritto a caratteri gotici: « Al mio caro babbo ».

Dapprima si parlò dell'infermo, poi del tempo che faceva, dei grandi freddi, dei lupi che scorrazzavano nei campi la notte. La signorina Rouault non si divertiva, in campagna, specialmente ora che doveva occuparsi da sola della masseria. Siccome la stanza era fredda, ella batteva i denti, ciò che scopriva un poco le sue labbra carnose, che aveva l'abitudine di mordere quando taceva.

Il suo collo usciva da un solino bianco, ripiegato; i suoi capelli, divisi sulla testa da una scriminatura sottilissima, che seguiva la leggera curva del cranio, si piegavano in due bande nere ricadenti sugli orecchi e parevano ciascuna di un sol pezzo tanto erano lisce, confondendosi all'occipite in un folto gruppo. Le gote erano di un color rosato. Portava, come un uomo, attaccato ai bottoni del busto, una lente di conchiglia.

Quando Charles, dopo aver preso commiato dal signor Rouault, ritornò nella sala prima di andarsene, trovò la signorina che guardava, la fronte poggiata ai vetri della finestra, nel giardino, dove i sostegni dei fagiuoli erano stati rovesciati dal vento. Essa si volse e domandò:

« Cercate qualche cosa, forse? »

« Il mio scudiscio, di grazia », egli rispose.

15

E cominciò a cercare sul letto, dietro gli usci, sotto le sedie. Era caduto a terra, tra i sacchi e il muro, e la signorina Emma, avendolo visto, si chinò sui sacchi del grano. Charles, per galanteria, si precipitò e, siccome allungava il braccio come anch'ella faceva, sentì che il proprio petto sfiorava il dorso della signorina, chinata davanti a lui. Ella si raddrizzò, arrossendo, e lo guardò, porgendogli lo scudiscio.

Invece di ritornare ai Bertaux dopo tre giorni, come aveva promesso, egli vi ritornò l'indomani, poi due volte la settimana regolarmente, senza contare le visite improvvise che vi faceva di quando in quando, come per distrazione.

Tutto procedeva bene; la guarigione si presentava secondo le regole e quando, dopo quarantasei giorni, fu visto il signor Rouault che si provava a camminar solo nel suo casolare, si cominciò a stimare Bovary come un uomo dotato di grande capacità. Il signor Rouault anzi diceva che egli non sarebbe guarito meglio per mano dei primarii medici di Yvetot ed anche di Rouen.

Charles non aveva mai domandato a se stesso perché si recava con piacere ai Bertaux. Si sarebbe immaginato di attribuire il suo zelo alla gravità del caso, o forse al profitto che ne sperava. Ma per questo le sue visite alla masseria formavano, nelle abituali occupazioni della sua vita, una piacevole eccezione? Quel giorno egli si levava di buon'ora, spingeva il cavallo al galoppo, poi smontava per rasciugarsi i piedi sull'erba e non trascurava di calzare i guanti neri prima di entrare. Tutto era fonte di gaudio in lui, l'entrare nella corte, il sentire il cancello che si richiudeva alle sue spalle, il gallo che cantava sul muro, i garzoni che gli andavano incontro, la cascina e le scuderie, il signor Rouault, che stringendogli la mano lo chiamava suo salvatore, i piccoli zoccoli della signorina Emma risuonanti sul liscio pavimento della cucina, con i tacchettini che la facevano apparire più alta, e quando ella gli passava davanti, le suole di legno ticchettavano con un rumore che gli dava dell'allegrezza.

Ella lo riaccompagnava sempre fino al primo gradino della scalinata ed aspettava che gli conducessero il cavallo. Dopo essersi detti addio, non scambiavano altre parole. L'aria aperta l'avvolgeva col suo soffio, agitandole leggermente i capelli sulla nuca o facendo sventolare ai suoi fianchi come banderuole i nastri del grembiule.

Nei primi giorni in cui Charles frequentava i Bertaux, sua moglie non tralasciava d'informarsi dell'ammalato, e sul suo libro a partita doppia aveva intestato una bella pagina bianca al signor Rouault. Ma quando seppe che questi aveva una figlia, assunse informazioni ed apprese che la signorina Rouault aveva ricevuto quella che si dice una bella educazione nel monastero delle Orsoline, e conosceva il ballo, la geografia e il disegno, sapeva ricamare al telaio e suonare il piano. E non ci volle altro perché ella dicesse: « Perciò mio marito appare raggiante quando va a vederla, e indossa il suo panciotto nuovo, a rischio di macchiarlo di pioggia? Ah! Questa donna! Questa donna! »

Cominciò a odiarla, istintivamente. Dapprima si esprimeva con allusioni, che Charles non capiva; poscia con riflessioni incidentali, che non raccoglieva per paura di provocare una tempesta, ed infine con apostrofi

16

a bruciapelo, alle quali egli non sapeva che rispondere. Per qual ragione egli ritornava ai Bertaux mentre il signor Rouault era guarito, e perché non era stato pagato? Ah! forse perché vi era laggiù una persona un po' chiacchierina, artificiosa e di spirito. Colà egli aveva riposto il suo amore; gli abbisognava una signorina della città! E diceva: « La figlia di Rouault una signorina della città! Ma via! Il nonno era un pastore, ed un suo cugino sedette al banco dell'assise, per un omicidio in rissa. Non è proprio il caso di darsi delle arie, di esporsi ogni domenica, in chiesa, con una veste di seta, come una contessa. La figlia di un povero uomo, che senza la colza dell'anno passato non avrebbe potuto pagare i suoi arretrati! »

Per debolezza, Charles smise di far visita ai Rouault.

Héloïse aveva imposto a Charles di non andare più ai Bertaux, e lo aveva impegnato con solenne giuramento, la destra sul suo libro da messa, dopo molti singhiozzi e baci, in una grande esplosione di amore. Ma egli nell'obbedire sentiva che il calore del suo desiderio protestava contro il servilismo della sua condotta, e per una specie di ipocrita ingenuità, si persuase che la proibizione di veder quella donna gli dava il diritto di amarla. E poi l'antica vedova era magra, aveva i denti lunghi, indossava in ogni stagione un piccolo scialle nero la cui punta discendeva sino alle scapole, la sua persona era come inguainata nelle vesti che parevano fodere, così corte da lasciare vedere le caviglie coi nastri delle larghe scarpe incrociantisi sulle calze grigie.

La signora Bovary madre veniva a vederli di quando in quando; ma, dopo pochi giorni, la nuora l'attirò a sé, ed allora entrambe come coltelli anatomici lo tagliuzzarono a furia di riflessioni e di osservazioni. Non doveva mangiar troppo! Perché offrir sempre il bicchiere al primo venuto? Quale caparbietà di non voler indossare la flanella!

Un bel giorno accadde un brutto caso. Un notaio di Ingouville, depositario anche della fortuna della vedova Dubuc, al principio della primavera scomparve con tutti i fondi affidatigli. Héloïse possedeva ancora, oltre a una parte del battello valutata seimila franchi, la sua casa in rue Saint-François; ed intanto di tutta questa fortuna, per cui essa aveva cantato tanto alto, niente, tranne un po' di mobilia e di corredo. Bisognò chiarire la cosa. La casa di Dieppe brulicava d'ipoteche fino alle fondamenta, ciò che la vedova aveva depositato presso il notaio solo Iddio lo sapeva, e la porzione della barca non eccedeva i mille scudi. Dunque, la buona donna aveva mentito! Bovary padre, esasperato, fracassò una sedia sul pavimento, accusò sua moglie di aver fatto l'infelicità di loro figlio, legandolo ad una rozza come quella, la cui armatura non valeva la pelle. Si recarono a Tostes per le necessarie reciproche spiegazioni e accaddero vere scenate. Héloïse, tutta in lagrime, si gettò tra le braccia del marito, scongiurandolo di difenderla dai suoi genitori; Charles volle parlare in favor suo, quelli si adirarono e se ne andarono.

Ma il colpo era stato vibrato. Otto giorni dopo, la signora ebbe uno sbocco di sangue, mentre sciorinava dei pannilini nella corte. E l'indomani, mentre Charles le voltava le spalle abbassando le tendine della finestra, Héloïse gridò: « Ah! mio Dio! » trasse un sospiro e cadde. Era morta!

Quando tutte le funzioni furono compiute al cimitero, Charles rientrò

17

in casa. Giù non trovò alcuno; al primo piano, nella sua camera, vide la veste della morta ancora appiccicata all'alcova. Allora, appoggiandosi allo scrigno, rimase lungamente astratto in una visione dolorosa. L'aveva amata, nonostante i rovesci.

III

UNA mattina, il signor Rouault portò a Charles il compenso delle sue cure alla gamba; settantacinque franchi in monete da quaranta soldi e un tacchino. Aveva saputo la disgrazia, e si studiava di consolarlo.

« Sono stato anche io come voi », diceva scuotendo le spalle, « e so che cosa vuol dire! Quando perdetti la mia povera moglie, andavo vagando nei campi per esser solo: cadevo ai piedi d'un albero, piangevo, invocavo Dio e gli dicevo delle sciocchezze: avrei voluto essere come le talpe, che vedevo sui rami. E quando pensavo che altri, in quel momento, si tenevano abbracciati alle proprie mogli, davo gran colpi a terra col mio bastone. Ero diventato quasi pazzo e non mangiavo più: il solo pensiero di andare al caffè, mi disgustava, non lo credereste! Ebbene, dolcemente, un giorno dopo l'altro, una primavera dopo un inverno ed un autunno dietro un'estate, tutto svanì briciola a briciola; voglio dire che tutto va via, passa, tuttoché vi resti sempre qualche cosa nel fondo, come chi dicesse: Un peso sul petto! Ma poiché è un destino comune a tutti, non bisogna lasciarsi deperire, e mettersi in testa di morire sol perché un'altra è morta... Bisogna scuotersi, caro signor Bovary, che anche questo passerà! Venite a trovarci; mia figlia, lo sapete, pensa spesso a voi, e si domanda come mai voi la dimentichiate. Si avvicina la primavera, vi faremo tirare ai conigli, per distrarvi. »

Charles seguì quei consigli. Ritornò ai Bertaux e vi ritrovò tutto come prima, come cinque mesi addietro. Soltanto il buon Rouault, finalmente in piedi, andava e veniva, dando maggior animazione alla masseria.

Stimando esser suo dovere di prodigare al medico le maggiori cortesie possibili per lo stato doloroso di lui, lo pregava di non scoprirsi, gli parlava a voce bassa come ad un infermo, e fece anzi sembiante di andare in collera perché non avevano apprestato, secondo la sua intenzione, qualche cosa di più delicato, come pere cotte o un vaso di crema. Raccontò delle storielle e Charles accennò a ridere, ma il ricordo della moglie, riassalendolo all'improvviso, lo rifece serio. Quando infine fu servito il caffè, egli non ci pensava più.

A misura che si abituava a vivere solo, ci pensava sempre meno; il nuovo aggradimento della indipendenza gli rendeva più sopportabile la solitudine. Poteva variare le ore dei pasti, entrare o uscire senza darne ragione ad alcuno, e stendersi in lungo ed in largo nel letto quando era stanco. La morte della moglie gli era stata utile anche riguardo alla professione, perché durante un mese non si era fatto altro che ripetere: « Povero giovane, quale sventura! » e il suo nome si era sparso, la clientela accresciuta; e poi egli poteva andare ai Bertaux a suo piacimento. Nutriva una speranza senza uno scopo determinato, come di una felicità vaga;

frattanto nel rimirarsi nello specchio notava che la sua fisionomia non era punto sgradevole.

Un giorno si recò ai Bertaux verso le tre, quando tutti erano nei campi, ed entrò nella cucina, illuminata da una luce tenue che scendeva dalla gola del camino e dai sottili raggi del sole che penetravano dalle connessure delle imposte socchiuse. Sulle prime non vide Emma, poi la scorse che cuciva nel vano di una finestra. Ella aveva il collo nudo, e alcune gocce di sudore le scendevano sulle spalle.

Ella gli offrì da bere ed egli rifiutò, ma la donna insistette, ridendo, e andò a togliere da un armadio una bottiglia di *curaçao* con due bicchierini; ne riempì uno e lo porse a Charles, nell'altro versò poche gocce e lo portò alle labbra, arrovesciando indietro la testa, e cercando con la lingua il poco liquore che era nel fondo.

Poi riprese il lavoro, una gonna di cotone bianco, senza parlare, e di quando in quando si toccava le gote con le palme, per rinfrescarle. Anche Charles taceva, apparentemente intento ad osservare la polvere sollevata dal venticello che entrava dalle fessure della porta e a udire il canto di un gallo, mentre le tempie gli battevano.

Emma si lagnò di provare dei capogiri dal principio della stagione, e domandò se i bagni di mare le facessero bene; poi parlò del monastero e Charles ricordò il collegio. Salirono nella sua camera, ed ella gli mostrò le sue carte di musica ed i libri e le corone di foglie di quercia avute in premio alla scuola; parlò di sua madre e gli indicò il margine dove coglieva fiori per la tomba di lei il primo venerdì di ogni mese. Avrebbe voluto abitare la città, almeno durante l'inverno, sebbene la lunghezza delle giornate rendesse ancor più tedioso l'abitare in campagna l'estate. Charles l'ascoltava, rapito dalle dolci inflessioni della sua voce, or chiara e acuta, or velata da un tono di languore, con modulazioni che parevano un mormorio.

La sera, nel ritornarsene, Charles ripensava a tutto ciò che essa aveva detto, studiandosi di ricordare le frasi e completarne il senso; si domandava se essa dovesse maritarsi e chi dovesse essere il marito di una così bella figliuola di un padre ricco come Rouault; e mentre la figura di Emma dominava incessantemente tutte le visioni della sua mente e del suo sguardo, un pensiero gli sorgeva e si formulava con un sussurro ai suoi orecchi: « Se tu prendessi moglie!... » La notte non gli riuscì di dormire, sentiva un'arsura alla gola, si levò per bere, poi aprì la finestra. Il cielo era stellato, un vento caldo e leggero gli recava gli echi notturni della campagna. Charles volse la testa dalla parte dei Bertaux, e pensando che non rischiava nulla, determinò di chiedere la mano di Emma, appena se ne presentasse l'occasione. Ma tutte le volte che questa gli si offriva, se la lasciava sfuggire, perché il timore di non trovare espressioni adeguate lo rendeva muto.

A Rouault non sarebbe spiaciuto sbarazzarsi della figliuola, dotata di troppo spirito per potersi dedicare al governo di una masseria; mestiere maledetto dal cielo, in cui non si sarebbero visti mai dei milionari. Il bravo uomo difatti vi rimetteva ogni anno, perché, mentre faceva ottimi affari al mercato, non si sentiva di far bene il coltivatore. Talvolta, un po' pigro, non risparmiava la dispensa, né si privava delle comodità della vita: buona tavola, buon vino, buon fuoco al camino, buon letto.

Nel volto di Charles lesse il sentimento che nutriva per sua figlia, e cominciò a pensare alla cosa: non vedeva in lui il genero che desiderava, ma lo dicevano di buona condotta, economico, istruito, e probabilmente non avrebbe cavillato sulla dote. Ora, siccome Rouault era costretto a vendere ventidue acri di terreno, per debiti che aveva col muratore e col sellaio, e per rimettere l'albero al frantoio, pensò: « Se me la chiede, gliela do ».

Per il San Michele, Charles venne a passare tre giorni ai Bertaux, e, quando andò via, Rouault volle accompagnarlo. Al momento di separarsi, Charles, che aveva lungo il cammino ruminato il suo progetto, mormorò: « Padron Rouault, vorrei dirvi qualche cosa ».

Si fermarono. Charles non diceva altro.

« Ma parlate, dunque », disse Rouault, ridendo dolcemente, « forse ne so qualche cosa. »

« Papà Rouault, papà Rouault! » balbettò Charles.

« Non desidero di meglio », disse il coltivatore. « Emma sarà del mio avviso, ma tuttavia è necessario interrogarla. Andate, io ritorno a casa. Se è un sì, voi vedrete, allungandovi dietro la siepe, sbattere fortemente sul muro il battente della finestra. »

E si allontanò.

Charles legò il cavallo a un albero ed aspettò. Dopo quarantanove minuti, che egli contò al suo orologio, l'imposta sbatté con gran rumore contro il muro.

L'indomani, alle nove, ritornò alla masseria. Emma appena lo vide arrossì, sforzandosi di sorridere, e Rouault abbracciò il futuro genero. Poi cominciarono a ragionare d'interesse, sebbene avessero ancora tempo per fissare il tutto, giacché era conveniente che il matrimonio non si facesse prima dell'epoca in cui finiva il lutto di Charles, cioè a primavera.

Durante l'inverno, la signorina Rouault si occupò del corredo: una parte fu ordinata a Rouen, ed essa si fece le camicie e le cuffie su modelli presi in prestito. Nelle visite che Charles faceva alla masseria, si parlava dei preparativi delle nozze, si chiedeva in quale appartamento si sarebbe fatto il pranzo, si fantasticava persino intorno alle vivande. Emma avrebbe desiderato sposare a mezzanotte, con le fiaccole, ma il padre non si associava a questa idea. Alle sue nozze erano intervenute quarantatré persone che erano rimaste sedici ore a tavola, avevano ricominciato l'indomani, e un poco anche il terzo giorno.

IV

I CONVITATI arrivarono di buon mattino in carrozze, carrozzini ad un cavallo, a due ruote, vecchi calessi senza mantice, vetture con tendine di cuoio, e i giovani dei villaggi vicini su carri, in piedi, in fila, tenendosi con le mani alle sponde per non cadere allo scotimento del trotto. Parecchi vennero da una distanza di dieci leghe, da Goderville, da Normanville e da Cany. Erano stati invitati tutti i parenti delle due famiglie, gli amici coi quali s'era in discordia, e s'era scritto persino ai conoscenti che da lungo tempo non si vedevano.

Di quando in quando si udivano colpi di frusta di là dalla siepe; il cancello si apriva, una carriola entrava ed era trascinata al galoppo sino ai gradini, e ne smontavano persone da tutte le parti, stirandosi le gambe e le braccia. Le donne, in cuffia, erano vestite alla moda della città, con catene d'oro all'orologio, cappe tenute con nastri incrociati alla cintura, o piccoli scialli con la punta fermata sul dorso da uno spillo in modo da lasciare scoperto il collo. I giovanotti, vestiti come i loro babbi, si mostravano a disagio nei loro abiti nuovi, alcuni calzavano per la prima volta scarpe, e tra quelli si vedeva qualche fanciulla di quattordici o sedici anni, col vestito bianco della prima comunione, i capelli unti di pomata alla rosa, rubiconda, impacciata, timorosa di macchiare i guanti. Poiché non vi erano molti garzoni di scuderia, gli uomini, rimboccate le maniche, staccavano essi stessi i cavalli. Si riconoscevano le varie posizioni sociali dai vestiti; ve ne erano di quelli che non uscivano dagli armadii che nelle grandi solennità. Qualcuno indossava il camiciotto della festa, col colletto rivoltato a bavero sulle spalle, il dorso pieghettato, stretto alla vita da una cintura. I petti delle camicie parevano corazze. Tutti erano rasati di fresco, e siccome alcuni lo avevano fatto prima dell'alba, recavano ancora qualche sfregio o qualche segno rosso sulle mascelle.

Il Municipio era a mezza lega dalla masseria, e vi si andò a piedi, dopo la cerimonia alla chiesa. Il corteo, dapprima unito come una lunga sciarpa a colori che ondeggiava per la campagna, nello stretto sentiero fiancheggiato dalle messi verdi si allungò e si divise in varii gruppi, che indugiavano chiacchierando. Uno strimpellatore di violino apriva la marcia col suo strumento ornato di nastri; gli sposi lo seguivano, poi i genitori e i parenti, quindi gli amici alla rinfusa e da ultimo i ragazzi, facendo chiasso. Emma di quando in quando si fermava per raccogliere lo strascico, e delicatamente, con le dita inguantate, ne toglieva le spine lasciatevi dai cardi. Rouault, con un cappello di seta nuovo di zecca ed un soprabito nero, le cui maniche toccavano le unghie, dava il braccio alla signora Bovary madre. Il signor Bovary padre, che disprezzando tutte quelle formalità, aveva indossato una redingote a una fila di bottoni, di taglio militare, prodigava complimenti da bettola ad una giovane contadina bionda, che arrossiva, non sapendo che rispondere. Gli altri del corteo chiacchieravano dei loro affari, o con burlette disponevano i loro animi alla gaiezza.

La tavola era imbandita sotto la tettoia dei carri. Vi erano quattro filetti di bue, sei fricassee di pollo, tre capretti e, nel mezzo, un grazioso porcellino di latte arrostito, fiancheggiato da quattro salsicciotti all'acetosa. Agli angoli, caraffe di acquavite; il sidro spumeggiava nelle bottiglie, e tutti i bicchieri erano colmi di vino. Grandi piatti di crema, tremolante ad ogni scossa della tavola, presentavano le iniziali degli sposi in arabeschi impareggiabili. Un pasticciere fatto venire appositamente da Yvetot aveva disposto sapientemente le cose: e come ultimo servito presentò un piatto di pasticceria che provocò grida di ammirazione. Alla base, un tempio di cartone azzurro, con portici, colonne e statuette di stucco nelle nicchie col fondo di carta costellata di stelle d'oro; al secondo ripiano una torricella di focaccia savoiarda, con fortificazioni di mandorle, uva passa e fette di arancia; sulla piattaforma superiore, che rappresentava una verde prateria, con rocce, laghi di confettura in cui veleggiavano battelli di gusci di noce, un piccolo Amore su un'altalena di cioccolato, i cui pali terminavano alla cima di due bocciuoli di rose vere.

Si mangiò fino a sera. Quelli che erano stanchi di star seduti andavano a far quattro passi nella corte o a giocare una partita, poi ripigliavano il loro posto. Alcuni finirono con l'addormentarsi, russando. Ma, al caffè, tutto si rianimò; si cantarono canzoni, si fecero giuochi di forza, si dissero facezie, si abbracciarono donne con impeto.

La sera, i cavalli, rimpinzati di avena, duravano fatica a entrare nelle stanghe, i finimenti si spezzavano, i padroni bestemmiavano o ridevano; e tutta la notte, al chiaro di luna, le vie erano attraversate da carriole trascinate al galoppo, balzellanti nei fossi o sui mucchi di ciottoli.

Quelli che rimasero alla masseria passarono la notte a bere nella cucina; i fanciulli si erano addormentati sulle panche.

La sposa aveva pregato suo padre che le risparmiassero le burlette di uso. Ma un suo cugino pescivendolo, che aveva offerto come dono di nozze un paio di sogliole, cominciò a mandar getti d'acqua con la bocca attraverso il buco della serratura, quando il padre arrivò appena in tempo per impedirglielo, spiegandogli che la posizione di suo genero non consentiva simili sconvenienze. Il cugino cedette a malincuore, ma si vendicò col lagnarsi di Rouault in un gruppo di quattro o cinque, i quali, malcontenti del modo onde erano stati serviti a tavola, presero a bisbigliare contro il loro ospite, di cui prevedevano anche la rovina.

La signora Bovary madre, che non era stata consultata né sulla toeletta della nuora, né sull'ordinamento del festino, non aprì bocca in tutta la giornata, e si ritirò di buon'ora. Il marito, invece di seguirla, mandò a comperare sigari a Saint Victor e fumò fino a giorno, bevendo poncini al Kirsch, miscela sconosciuta alla compagnia, che l'ebbe perciò in maggior considerazione.

Charles non era di umore faceto, e non si era mostrato allegro durante il festino. Ma l'indomani apparve un altro uomo. Non dissimulava nulla. La chiamava dandole del tu, chiedeva di lei a ciascuno, la cercava ovunque, la trascinava correndo, e lo vedevano di lontano, tra gli alberi, cingerle la vita e camminare chino su lei, toccando con la testa l'orlo del suo busto.

Due giorni dopo le nozze, gli sposi se ne andarono. Charles non poteva restar lungamente lontano dai suoi malati. Rouault li fece montare nella sua carriola, ed egli stesso li accompagnò fino a Vassonville. Colà abbracciò per l'ultima volta la figlia, smontò e ripigliò la sua strada. Dopo un centinaio di passi, si fermò, e vedendo la carriola allontanarsi con le ruote affondate nella polvere, trasse un gran sospiro. Ricordò le sue nozze, il tempo passato, la prima gravidanza di sua moglie. Come era allegro il giorno in cui aveva condotto seco la sposa, in groppa, trottando sulla neve, giacché s'era sul Natale e la campagna biancheggiava tutta. Ella lo teneva per un braccio, con l'altro reggeva un paniere; il vento agitava i lunghi pizzi della sua acconciatura, che gli svolazzavano talvolta sulla bocca, e quando egli volgeva la testa, vedeva sulla sua spalla un piccolo volto roseo, sorridente. Per riscaldarsi le mani, ella cacciava di quando in quando le dita nel petto di lui. O come era vecchio tutto ciò! Il figlio maschio avrebbe, ora, trent'anni! Rouault si volse di nuovo a guardare indietro, e non vide nulla in fondo alla strada. Apparve a se stesso triste come una casa senza mobili, e i pensieri teneri mescolandosi ai tristi nel suo cervello oscurato dai fumi della gozzoviglia, gli venne il desiderio di fare un giro intorno alla chiesa. Ma siccome temette che quella visita lo avrebbe reso ancora più triste, se ne ritornò diritto a casa.

Gli sposi arrivarono a Tostes verso le sei. I vicini erano tutti alle finestre per vedere la nuova sposa del loro medico.

La vecchia serva si presentò, fece i suoi inchini, si scusò che il desinare non era ancor pronto, e pregò la signora di visitare la casa, durante l'attesa.

V

LA facciata di mattoni della casa era allineata perfettamente alla via, o piuttosto alla strada stessa. A destra del corridoio era la sala, dove si mangiava e si teneva conversazione: mobiliata semplicemente, con tendine di tela bianca orlate di rosso, una pendola rappresentante la testa d'Ippocrate, sul camino, tra due lampade di argento lustrato con globi di forma ovale. Dall'altro lato era lo studio di Charles, largo appena sei passi, con una tavola, tre sedie e una poltrona da scrittoio. I volumi del Dizionario delle Scienze Mediche, ancora intonsi, ma la cui legatura recava l'impronta di tutte le vendite cui aveva soggiaciuto, riempivano quasi da soli i sei scaffali di una libreria di abete. L'odore delle vivande vi penetrava, durante le consultazioni, mentre si udivano dalla cucina gli ammalati che tossivano e raccontavano la loro storia. Veniva in seguito, aprendosi immediatamente sulla corte, uno stanzone rovinato, che serviva da celliere, da magazzino e da legnaia, e vi si raccoglievano ferri vecchi, attrezzi inservibili e tante altre cose di cui non era più possibile indovinare l'uso cui erano state destinate.

Il giardino, più lungo che largo, tra due muri coperti da spalliere di albicocche, terminava nel fondo con una siepe di spini che lo separava dai campi! nel mezzo aveva un piedistallo di pietra con un quadrante solare di ardesia; quattro aiuole guernite di rose tisicuzze formavano simmetricamente un quadrato, e in fondo, sotto gli abeti, un curato di gesso leggeva il suo breviario.

Emma salì alle camere. La prima non era mobiliata; nella seconda, la camera coniugale, era un letto di mogano sotto un'alcova di drappo rosso. Sulla scrivania, presso la finestra, c'era un mazzo di fiori di arancio con nastri di seta bianca, in una caraffa. Era un mazzo da nozze; quello dell'altra. Emma lo guardò, Charles se ne accorse, lo prese e lo portò in soffitta, mentre ella, seduta in una poltrona, pensava al mazzo delle sue nozze, che era custodito in un cassetto, e si domandava che cosa ne sarebbe stato quando ella fosse morta.

Il primo giorno, Emma si occupò a far dei mutamenti nella casa:

tolse i globi delle lampade, fece attaccare parati nuovi, dipingere la scala
e costruire banchi intorno al quadrante solare, nel giardino; e s'informava come si dovesse fare per piantarvi una fontana coi pesci. Suo marito,
sapendo che essa amava andare in carrozza, comperò una specie di calessino
di occasione.

Egli non aveva mai sognato di essere felice come era, con un pranzo
a quattro occhi, una passeggiata di sera sulla strada maestra ed altre piccole
cose. La mattina, quando il sole rischiarava i riccioli biondi che le uscivano
dai pizzi della cuffia, quegli occhi così grandi, nell'aprir delle palpebre più
volte di seguito per abituarsi alla luce, avevano riflessi di svariati colori.

Quando Charles usciva, ella si metteva alla finestra per vederlo, e
restava lì tra due vasi di geranio, vestita di un accappatoio che drappeg-
giava intorno al suo corpo. Continuava a parlargli dall'alto, svellendo qualche foglia che lanciava a lui soffiando, e che volteggiando come un uccello
che abbandoni il volo andava ad attaccarsi ai crini della vecchia cavalla
bianca che aspettava sulla porta. Charles, a cavallo, le mandava un bacio;
ella accennava un saluto e chiudeva la finestra. Ed allora sulla larga strada
polverosa, nei sentieri su cui gli alberi s'incurvavano formando capanne,
o dove il grano arrivava ai ginocchi, col sole che dardeggiava, respirando
l'aria mattutina, il cuore colmo delle gioie della notte, lo spirito tranquillo,
egli se ne andava come ruminando la propria felicità.

Fino a quel momento non aveva goduto alcun bene. In collegio, quasi
prigioniero, beffeggiato dai compagni; poi, studiando medicina, non aveva
mai avuto la borsa abbastanza piena per pagare un ballo a qualche sua
piccola amante; in seguito aveva vissuto quattordici mesi con la vedova,
i cui piedi, nel letto, erano ghiacciati. Ma ora possedeva per la vita una
bella donna, che adorava, che formava tutto il suo mondo. Non gli pareva
di amarla abbastanza; sempre ansioso di vederla, rientrava presto e saliva
le scale, col cuore in sussulto. Emma, nella sua camera, completava la sua
toeletta; egli arrivava con passo leggero e la baciava sul collo; ella cacciava un grido.

Non sapeva trattenersi dal toccarle continuamente il vestito, talvolta
baciandole fortemente le gote, tal altra coprendole di piccoli baci le braccia nude dalla punta delle dita alle spalle. Ed ella lo respingeva, un po'
sorridente un po' annoiata, come si fa con un fanciullo che vi si attacchi
alla persona.

Prima di maritarsi, aveva creduto di amare; ma la felicità che sarebbe
dovuta nascere dall'amore non era venuta; e pensando di essersi ingannata,
cercava di sapere quale significato avessero nella vita le parole *felicità,
passione, ebbrezza*, che aveva letto nei libri.

VI

EMMA aveva letto *Paolo e Virginia*, ed aveva sognato la casetta di bam-
bù, il negro Domingo, il cane Fedele, e soprattutto la tenerezza di qualche fratellino, che corre a piedi nudi sulla sabbia per recarvi le frutta

o un nido di uccelli preso sui rami di un albero alto come un campanile.

Aveva tredici anni quando suo padre l'aveva condotta alla città, per metterla in convento. Erano discesi ad una locanda del quartiere Saint-Gervais dove fu loro servito il desinare in tondini dipinti che rappresentavano la storia della signorina di la Vallière: le dipinture, scalfite qua e là dai coltelli glorificavano la religione, le delicatezze del cuore e le pompe della Corte.

Lungi dall'annoiarsi, nel convento, ella si compiaceva della compagnia di quelle buone sorelle, e più che nell'ora di ricreazione trovava il suo diletto nella cappella, bene attenta agli esercizi spirituali, pronta a rispondere alle più difficili domande del Vicario, assopita nell'ambiente tiepido della scuola, nel misticismo della vita monastica, intenta, durante la messa, all'amore dell'Agnello, del Sacro Cuore, del Cristo che portava la croce, cercava di compiere qualche voto, tentò infine di digiunare un giorno intero. Arrivava ad inventare qualche peccato, per mortificarsi, restando più a lungo in ginocchio al confessionale; ed i paragoni dell'amor celeste e dell'eterno matrimonio spirituale, di cui abbondavano le prediche, le insinuavano nell'animo dolcezze inaspettate.

La sera, prima della preghiera, nello studio si faceva qualche lettura religiosa; durante la settimana, un brano di Storia Sacra o le *Conférences* dell'abate Frayssinous, e la domenica dei brani del *Génie du Christianisme*. Quelle malinconie romantiche avevano echi inestinguibili, per lei, che abituata alla calma della campagna, cercava nuove emozioni negli accidenti: così non amava il mare che per immaginarselo in tempesta, ed il verde, se non per vederlo disseminato tra le rovine, essendo il suo cuore aperto più al sentimento che all'arte, desideroso più di emozioni che di paesaggi.

Durante otto giorni, ogni mese, veniva al convento per rammendare la biancheria una vecchia zitella, appartenente ad una antica famiglia di gentiluomini rovinati dalla rivoluzione, protetta dall'Arcivescovo. Mangiava alla mensa delle suore e si intratteneva un poco con esse dopo il pranzo, prima di ripigliare il lavoro. Spesso le educande correvano a vederla. Ella sapeva a memoria alcune canzoni d'amore del secolo passato, e le cantava a mezza voce durante il lavoro; raccontava qualche storiella, portava notizie, s'incaricava di qualche commissione e prestava di nascosto alle più grandi qualche romanzo ricco di drammatiche avventure di amore. Durante sei mesi, a quindici anni, Emma si nutrì di simili avanzi delle vecchie sale di lettura; più tardi dalla lettura di Walter Scott, le nacque il desiderio di vivere in qualche vecchio maniero, come quelle castellane dal lungo busto, le quali passavano i loro giorni alle finestre gotiche, col gomito sul davanzale ed il mento in una mano, aspettando di vedere nel fondo della strada un cavaliere dalle piume bianche su un cavallo nero. Sentiva un culto per Maria Stuarda, ed una venerazione piena di entusiasmo per quelle donne illustri e sventurate come Giovanna d'Arco, Eloisa, Agnese Sorel, la bella Ferronnière e Clemenza Isaura, che, per lei, si sollevavano come astri splendenti dalle tenebre della storia, in cui vagavano ancora, ma quasi perduti nell'ombra e senza alcun rapporto tra loro. San Luigi con la sua quercia, Baiardo morente, qualche ferocia di Luigi XI, un po' della notte di San Bartolomeo, il pennacchio del Bearnese, e soprattutto il ricordo dei tondini dipinti che celebravano le gesta di Luigi XIV.

Nelle romanze che essa cantava, alla scuola di musica, non si parlava che di piccoli angeli dalle ali d'oro, di madonne, di lagune, di gondolieri: composizioni che le lasciavano la visione fantasmagorica delle realtà sentimentali. Qualche compagna portava in convento gli album ricevuti per le strenne, che bisognava leggere di nascosto, nel dormitorio. Emma fremeva nel sollevare i fogli velini che coprivano le figure, un giovane che abbracciava una fanciulla vestita di bianco, o il ritratto anonimo di qualche signorina inglese che coi buccoli biondi sotto un cappello di paglia rotondo guardava coi suoi grandi occhi chiari. Se ne vedevano in carrozza, per il parco, mentre un levriere saltellava davanti alla muta condotta al trotto da due postiglioni con i calzoni bianchi; ovvero sdraiate su un divano, su cui si vedeva una lettera spiegata, che sospiravano alla luna dalla finestra a metà aperta. Le ingenue, con una lagrima sulla gota, davano l'imbeccata ad una tortorella attraverso le sbarre di una gabbia, o, sorridendo, sfogliavano una margherita con le loro dita puntute. Vi erano anche sultani dalle lunghe pipe, sdraiati sotto i pergolati, cingenti con le braccia le bajadere; pallidi paesaggi di contrade ove trionfa il ditirambo, con palmizii e abeti, tigri e leoni, minareti tartari all'orizzonte, rovine dell'epoca romana, cammelli accosciati; il tutto inquadrato in una foresta vergine, con un raggio di sole che scendeva a tremolare sull'acqua, in cui si distinguevano come macchie bianche nel fondo grigio dei cigni che nuotavano.

Una lucerna, attaccata al muro sulla testa di Emma, rischiarava tutto questo mondo, che passava davanti ai suoi occhi, nel silenzio del dormitorio, interrotto solo dal rumore lontano di qualche carrozza.

Quando sua madre morì, Emma pianse molto, il primo giorno. Pose in un quadretto i capelli della morta, ed in una lettera tutta piena di tristi considerazioni sulla vita, che inviò ai Bertaux, chiese di essere seppellita nella stessa tomba. Il buon padre la credette inferma e venne a vederla. Emma fu intimamente soddisfatta di aver raggiunto di colpo il raro ideale cui non pervengono mai i cuori mediocri, si lasciò sdrucciolare nei meandri lamartiniani, commuovendosi al pensiero di arpe che echeggiavano sui laghi, di canti di cigni morenti, di foglie cadenti, di vergini volanti al cielo, di voci mistiche sussurranti nelle vallate. Ma ben presto si accorse che questo romanticismo non era che vanità, specialmente in lei, che non sentiva tristezza nel cuore come non aveva rughe sulla fronte.

Le buone religiose finirono con l'accorgersi con grande meraviglia che la signorina Rouault non aveva la vocazione che esse presumevano. Le avevano prodigato tante novene e tanti sermoni, predicato tanto rispetto per i santi ed i martiri, dato tanti consigli per la mortificazione del corpo e la salute dell'anima, che essa fece come i cavalli recalcitranti che lasciano il morso nelle mani di chi li tira di soverchio. Quello spirito positivo nei suoi entusiasmi, che aveva amato la chiesa per i suoi fiori, la musica per le parole delle romanze, la letteratura per i suoi eccitamenti passionali, insorgeva davanti ai misteri della fede e alla disciplina. E quando il padre la tolse al collegio, le suore non se ne dolsero.

Ma, ritornata in casa, non tardò a disgustarsi della campagna ed a rimpiangere il convento. E quando Charles venne ai Bertaux la prima volta, sentiva già di non aver più illusioni, di non aver altro da apprendere. Ma il desiderio di un nuovo stato, o forse l'irritazione cagionatale dalla presenza di quell'uomo, bastò a farle credere di possedere quella passione meravigliosa che fino a quel momento si era mantenuta come un uccello dalle piume di rosa librato negli splendori di un cielo poetico; e non immaginava che appunto la calma in cui viveva era la felicità sognata.

VII

ELLA sognava qualche volta che quelli fossero i più bei giorni della vita, la così detta luna di miele, e che per gustarne la dolcezza sarebbe necessario andare verso quei paesi dai nomi sonori, dove l'indomani del matrimonio si gode la più soave pigrizia! Nelle sedie di posta, sotto le tendine di seta azzurra, si sale per erte strade, ascoltando la canzone del postiglione, che si confonde nella campagna col suono delle campanelle del gregge e col fragor sordo della cascata. Quando il sole tramonta, si respira il profumo dei cedri; la sera, sulla terrazza di una villa, soli, le mani nelle mani, si contemplano le stelle facendo mille progetti; le pareva che alcuni luoghi dovessero produrre la felicità; perché non avrebbe potuto appoggiarsi al balcone di uno chalet svizzero o nascondere la propria tristezza in un cottage scozzese, con un marito vestito di velluto nero a larghe falde, con lunghi stivaloni, cappello a cencio e polsini?

Ella forse avrebbe tentato di confidare a qualcuno i suoi sentimenti, ma come esprimere un inafferrabile tedio, che cambia di aspetto come le nubi e turbina come il vento? Le parole le mancavano, come l'occasione e l'ardire.

Se Charles però avesse voluto, se lo avesse sospettato, se il suo sguardo fosse venuto una sola volta a incontrare il pensiero di lei, il suo avrebbe risposto abbondantemente, come un albero bagnato scosso da una mano. Ma a misura che la loro intimità cresceva, ella si sentiva staccare da lui.

La conversazione di Charles era piana come il marciapiede di una strada, e le sue idee erano comuni, non eccitavano emozioni, né riso, né idealità. Egli diceva di non aver avuto mai la curiosità, quando abitava a Rouen, di andare a vedere gli attori di Parigi; non sapeva nuotare, né battersi, né tirar di pistola, né seppe, un giorno, spiegarle un vocabolo di equitazione che ella aveva trovato in un romanzo.

Un uomo non doveva forse saper tutto, eccellere in tutte le attività, iniziarvi nelle energie della passione, nei raffinamenti e nei misteri della vita? Ma egli non sapeva nulla, non era atto ad insegnar nulla; la credeva felice, ed ella lo odiava per la sua calma sicura, per la sua serenità di pensiero, per la stessa felicità che le procurava.

Emma talvolta disegnava, e Charles si compiaceva assai di starsene là, in piedi, a guardarla curva sul cartone, socchiudendo gli occhi per veder meglio e arrotondando tra le dita delle pallottoline di mollica di pane. Se la vedeva al pianoforte, si consolava quanto più agili correvano le sue dita, sotto le quali il vecchio strumento mandava un suono che si udiva in tutto il villaggio, se la finestra era aperta.

D'altro canto, Emma sapeva dirigere l'azienda della casa. Mandava agli infermi i conti delle visite, con lettere scritte elegantemente. Quando, la domenica, avevano qualche commensale, trovava il mezzo di offrire sempre qualche piatto delicato. E tutto ciò conferiva molta considerazione alla casa Bovary.

Charles andava superbo di una moglie come quella; mostrava con orgoglio due piccoli disegni di lei, incorniciati e sospesi ad una parete; la domenica dopo la messa si fermava sulla porta, esponendo all'ammirazione di tutti le sue pantofole ricamate da lei.

Rientrava tardi, alle dieci ed anche dopo. Chiedeva da mangiare, e, siccome la fantesca era già a letto, Emma lo serviva. Si spogliava del pastrano, per mangiare comodamente. Ricordava chi aveva incontrato, i villaggi dove si era recato, le ricette che aveva scritto, e soddisfatto di se stesso, mangiava il suo ragù, toglieva la crosta al suo formaggio, addentava una mela, vuotava la sua caraffa, poi andava a letto, si coricava supino e russava.

La madre, che veniva a visitarlo come prima, notava che si trattavano in un modo troppo lussuoso per il loro stato; la legna, lo zucchero, le candele, si consumavano come in una grande casa, ed il carbone che adoperavano in un giorno bastava per venticinque piatti. Emma riceveva le lezioni che la suocera le prodigava, e le parole *figlia mia* e *madre mia* s'incrociavano accompagnate da un leggero fremito delle labbra, ciascuna pronunziando parole dolci con una voce tremante di collera.

Al tempo della signora Dubuc, la suocera si vedeva sempre preferita; ma ora le pareva che Charles, per il grande amore che nutriva per Emma, avesse disertato dalle tenerezze materne, e ricordando a suo figlio i sacrifizii fatti per lui, gli faceva notare che non era ragionevole adorare la moglie in una maniera così esclusiva.

Charles non sapeva che cosa rispondere; rispettava sua madre, amando però immensamente la moglie. E quando la signora Bovary se ne andava, egli tentava timidamente di ripetere qualcuna delle osservazioni anodine che aveva udito fare da sua madre; ma Emma gli diceva che s'ingannava e lo rimandava ai suoi ammalati.

Qualche volta si volevano « dare all'amore » e nel giardino, al chiaro di luna, ella recitava le rime passionali che sapeva a memoria ed egli cantava con un sospiro qualche adagio melanconico; ma Emma si trovava fredda come prima, e Charles non appariva né più amoroso né più commosso.

Quando ebbe toccato invano tutte le corde del proprio cuore, inetto, del resto, a capire quello che non sentiva, si persuase senza fatica che la passione di Charles non bastava; le sue espansioni erano divenute metodiche, l'abbracciava in ore determinate: un'abitudine come un'altra.

Annoiata del suo eterno giardino, usciva sola qualche volta, conducendo una piccola cagna levriera, che le era stata donata da un guardaboschi che suo marito aveva guarito da una flussione di petto, e se ne andava fino ad un padiglione abbandonato sulla strada di Banneville, dove crescevano tra l'erba lunghe canne dalle foglie taglienti. E colà notava che nulla era mutato dall'ultima volta che vi era venuta. Il suo pensiero allora vagabondava a caso, come la levriera correva dietro alle farfalle e ai toporagni. Poi, a poco a poco le sue idee si fissavano su di un punto solo, e rigando il terreno con la punta dell'ombrello, diceva: « Ma perché mi sono maritata? »

E si domandava se non avesse potuto, per effetto di altre combinazioni o per caso, imbattersi in un altro uomo; si studiava di immaginarsi che cosa sarebbe accaduto di diverso, quale altra vita avrebbe fatto con un altro uomo. Non tutti sarebbero rassomigliati a Charles. L'altro poteva essere bello, spiritoso, distinto, attraente, come quelli che senza dubbio avevano sposato le sue compagne di collegio. Che cosa facevano esse, ora? La città, con le sue passeggiate, i suoi teatri, i suoi balli, procurava loro quell'esistenza che allarga il cuore e riscalda i sensi. Ma la vita sua era fredda come un granaio esposto al settentrione, e la noia, come un ragno muto, tesseva la sua tela in tutti gli angoli del suo cuore. Ricordava i giorni della distribuzione dei premi, quando montava sul palchetto per ricevere le sue piccole corone; le sue trecce, la veste bianca, le davano un'aria gentile, e gli uomini non le risparmiavano complimenti. Come era lontano tutto ciò! Come era lontano!

Chiamava Djali, la serrava tra le sue ginocchia, e carezzandole la lunga testa sottile, le diceva: « Andiamo, baciate la vostra padrona, voi che non avete affanni ».

Verso la fine di settembre, qualche cosa di straordinario venne ad interrompere la monotonia di quella vita.

Il marchese di Andervilliers, Segretario di Stato sotto la Restaurazione, cercando di rientrare nella vita politica, preparava la sua candidatura alla Camera dei Deputati. Nel recarsi un giorno da Charles, che lo aveva guarito da un ascesso alla bocca, per ringraziarlo di una barbatella di ciliegio donatagli dal medico, vide Emma e ne ammirò il portamento e la gentilezza nel parlare, tanto che non credette di sorpassare il limite della condiscendenza che un nobile può usare, né di far cosa sconveniente, invitando il medico e sua moglie al castello.

Così, un mercoledì, alle tre, la coppia Bovary si avviò alla Vaubyessard, con una grossa valigia dietro il calessino e una cappelliera davanti; Charles aveva anche una cartella sulle ginocchia.

Arrivarono sul far della sera, mentre si cominciavano ad accendere i lampioni nel parco, per rischiarare la strada alle carrozze.

VIII

IL castello era di costruzione moderna, all'italiana, con due ali avanzanti e tre scalinate. La vettura di Charles si fermò davanti alla scalinata di mezzo; apparvero i domestici, ed il marchese, avanzandosi, offrì il braccio alla signora e la condusse nel vestibolo, pavimentato di marmo, in cui i passi e la voce echeggiavano come in una chiesa.

Di fronte era una scala diritta, a sinistra una galleria, che si apriva sul giardino e conduceva alla sala del bigliardo. Nell'attraversarla, per passare nel salone, Emma vide intorno al giuoco uomini seri, tutti decorati, che sorridevano silenziosamente nello spingere le palle. Alle pareti erano grandi quadri dorati, con nomi scritti in nero sotto le cornici. Emma lesse, su di uno: « Jean-Antoine d'Andervilliers d'Yverbonville, conte della Vaubyessard, barone della Fresnaye, morto alla battaglia di Coutras, il 20 ottobre 1587 ». E su di un altro: « Jean-Antoine-Henry-Guy d'Andervilliers della Vaubyessard, ammiraglio di Francia, cavaliere dell'ordine di San Michele, ferito nella battaglia di Hougue Saint-Vaast, il 29 maggio 1692, morto alla Vaubyessard, il 23 gennaio 1693 ». Gli altri si distinguevano appena, perché la luce delle lampade, riflessa sul tappeto verde, lasciava la sala in penombra, e di tutti quei grandi quadri oscuri, incorniciati d'oro, si vedeva qua e là soltanto una parte della pittura, qualche fronte pallida, due occhi che parevano fissarvi, delle parrucche ricadenti fin sulle spalle.

Il marchese aprì la porta del salone; la marchesa andò incontro ad Emma, la fece sedere a lei d'accanto e le parlò amichevolmente, come se la conoscesse da molto tempo.

La marchesa era una donna di circa quarant'anni dalle belle spalle, il naso perfetto, la voce affascinante, i capelli castagni. Una giovane bionda sedeva, poco discosto, in una poltrona a spalliera alta, e alcuni gentiluomini, con un fiore all'occhiello, chiacchieravano con le signore intorno al camino.

Alle sette fu servito il pranzo. Gli uomini, che erano più numerosi, presero posto ad una tavola apparecchiata nel vestibolo; le signore nella sala da pranzo, col marchese e la marchesa.

Emma si sentì, entrando, avviluppata da un'aria calda e profumata. La mensa era riccamente imbandita e le luci dei candelabri si riflettevano nei cristalli e negli argenti; al posto più alto, solo fra tante donne, curvo sul piatto colmo, il tovagliuolo annodato sul collo, come ad un fanciullo, un vecchio mangiava, lasciando cadere dalla bocca delle gocce di salsa. Era il suocero del marchese, il vecchio duca di Laverdière, antico favorito del conte d'Artois, nel tempo delle partite di caccia al Vaudreuil, presso il marchese di Conflans, e che si diceva essere stato l'amante della regina Maria Antonietta, tra il signor di Coigny ed il signor di Lauzun. Vivendo una vita ardente di dissolutezze, piena di duelli, di scommesse, di ratti, aveva dissipato una fortuna. Un domestico, alle sue spalle, gli nominava all'orecchio e ad alta voce i piatti che egli indicava col dito, balbettando; e gli occhi di Emma si volgevano istintivamente verso quel vecchio dalle labbra pendenti, come su qualche cosa di straordinario e di augusto. Egli aveva vissuto alla Corte e si era coricato nel letto delle regine!

Fu servito *champagne* ghiacciato. Emma ebbe un fremito per la pelle nel sentire quel freddo. Essa non aveva veduto mai melagrane né mangiato ananas. Anche lo zucchero in polvere le parve più bianco e più fine che altrove.

Finito il pranzo, le signore andarono a far toeletta per il ballo.

Emma fece la sua toeletta con l'accuratezza meticolosa di un'attrice che esordisce. S'acconciò i capelli secondo le raccomandazioni del parrucchiere, e indossò la sua veste di seta, che era spiegata sul letto. I pantaloni andavano troppo stretti sul ventre a Charles.

« I sottopiedi mi daranno impaccio nel ballare », egli disse.

« Ballare? » domandò Emma.

« Sì! »

« Ma tu hai perduto la testa! Si burleranno di te, resta al tuo posto; è più conveniente per un medico. »

Charles tacque, e cominciò a passeggiare in lungo ed in largo, aspettando che Emma fosse vestita.

La vedeva, standole dietro, nello specchio illuminato da due lampade. I suoi occhi parevano più neri, i capelli, ripiegati a bande sugli orecchi, avevano riflessi azzurri, una rosa piantata nello *chignon* tremolava su un fusto mobile, con gocce fittizie di acqua sull'estremità delle foglie. Charles volle abbracciarla.

« Lasciami! » ella disse, « mi sciupi! »

Si udì il ritornello di un violino e qualche nota di corno. Ella discese, adagio.

La quadriglia era cominciata; molte persone arrivavano e s'affollavano. Emma sedette su un sediolino, presso la porta.

Quando la quadriglia ebbe termine, la sala restò libera per gli uomini che parlavano a gruppi, in piedi, e i domestici che recavano grandi vassoi. Le signore agitavano i ventagli variopinti, nascondendo a mezzo i sorrisi, e le fiale dai turaccioli dorati passavano tra le mani, a cui i guanti bianchi stringevano la carne ai polsi. I brillanti scintillavano sui petti, i braccialetti tintinnavano sulle braccia nude.

Il cuore di Emma batté un poco, quando il cavaliere, tenendola per la punta delle dita, la condusse al posto per il ballo. Ma tosto disparve in lei ogni emozione, e muovendosi al ritmo dell'orchestra, sdrucciolò in avanti, con leggeri movimenti del collo.

A tre passi da lei, un cavaliere parlava dell'Italia con una giovane signora, che portava un vezzo di perle; essi vantavano i grandi pilastri di San Pietro, il Vesuvio, Castellammare e Montecassino, le rose di Genova, il Colosseo visto al chiaro di luna, le belle canzoni napoletane. Con l'altro orecchio udiva una conversazione, fatta intorno ad un giovane che, la settimana precedente, aveva battuto alle corse *Miss Arabelle* e *Romulus* ed aveva guadagnato duemila luigi saltando un fosso, in Inghilterra.

L'aria del salone da ballo era pesante e la luce delle lampade si offuscava. Tutti passarono nella sala del bigliardo. Un domestico montò su una sedia e fracassò due vetri. Al rumore, Emma si volse e scorse contro i vetri le teste di alcuni villici che guardavano dal giardino. Allora il suo pensiero corse ai Bertaux; rivide la masseria, la palude fangosa, suo padre in camiciotto, e rivide se stessa, come una volta, sfiorare il latte nelle terrine. Ma davanti al fulgore dell'ora presente, la sua vita passata si dileguava interamente, ed essa dubitava quasi di averla vissuta. Sorbiva intanto un gelato al maraschino, che teneva con la sinistra in una conchiglia di argento dorato, e lo assaporava tenendo il cucchiaio fra i denti, con gli occhi semichiusi.

Una signora che era accanto a lei lasciò cadere il ventaglio. Un cavaliere passava.

« Sareste così gentile, signore, da voler raccogliere il mio ventaglio? »

Il cavaliere s'inchinò, e mentre allungava il braccio, Emma vide la mano di lei che gettò nel cappello di lui un foglietto piegato a triangolo. Il cavaliere le porse rispettosamente il ventaglio, quella lo ringraziò con un cenno della testa e prese a odorare il suo mazzolino.

Dopo la cena, in cui si bevve abbondantemente vino di Spagna e vino del Reno, le carrozze degli invitati cominciarono ad andarsene l'una dopo l'altra; non rimasero che gli ospiti del castello, una dozzina, tra cui Charles che s'era mezzo addormentato stando appoggiato ad una porta.

Alle tre del mattino cominciava il *cotillon*. Emma non sapeva ballare il valzer, mentre tutti ballavano, anche la signorina di Andervilliers e la marchesa. Però uno dei ballerini, che chiamavano familiarmente visconte, andò una seconda volta ad invitare Emma assicurandole, che l'avrebbe guidata e che essa ne sarebbe stata contenta.

Cominciarono lentamente, poi girarono velocemente. Tutto roteava intorno ad essi, le lampade, i mobili, le pareti, il pavimento, come un disco su un pernio; la veste di Emma s'avvolgeva intorno ai pantaloni, le loro gambe s'incrociavano; egli abbassava lo sguardo su lei, ella lo levava a lui; un torpore la prese, Emma si fermò. Ripresero a girare, con un movimento molto rapido il visconte la trasportò fino al fondo della galleria, dove poco mancò che non cadesse, e, ansando, appoggiò la testa sul petto di lui, che più dolcemente girando la ricondusse al suo posto, dove sedette quasi abbandonandosi, e mettendosi una mano sugli occhi.

La conversazione durò ancora un poco e dopo i saluti, o meglio, il buongiorno, gli ospiti del castello andarono a letto.

Charles, che era stato cinque ore di seguito in piedi a veder giuocare il whist, che non conosceva, sentiva le gambe piegarglisi, e trasse un sospiro di soddisfazione quando si tolse gli stivali.

Emma si coprì le spalle con uno scialletto, aprì la finestra e si affacciò.

La notte era oscura e cadeva qualche goccia di pioggia. Ella aspirava l'aria umida, che le rinfrescava le palpebre, e si sforzava di rimanere desta, per prolungare la illusione di quella vita lussuosa che fra poco avrebbe abbandonato.

Alla prima luce dell'alba, guardò lungamente le finestre del castello, cercando di indovinare quali fossero le camere di quelli che aveva veduto il giorno avanti. Avrebbe voluto conoscere l'esistenza di costoro, penetrarla, mescolarvisi.

Ma tremante dal freddo, si svestì e si cacciò nel letto, accanto a Charles che dormiva.

A colezione vennero molte persone; in quel pasto, durato dieci minuti, non furono serviti liquori, la qual cosa meravigliò Charles. Poi la signorina d'Andervilliers raccolse dei pezzi di focaccia dolce per dar da mangiare ai cigni, e si andò a fare una passeggiata nella serra calda. Il marchese, per divertire la giovane signora, la condusse a visitare le scuderie.

Charles, frattanto, andò a pregare un domestico che attaccasse il

cavallo, condusse il calesse a' piedi della scalinata e, fatti i convenevoli al marchese e alla marchesa, la coppia Bovary riprese la via di Tostes.

Emma, silenziosa, seguiva con lo sguardo il movimento delle ruote. Charles guidava con le redini abbandonate che percotevano la groppa del cavallo, mentre la cassetta legata dietro con uno spago urtava sul legno del veicolo con colpi monotoni.

Sulle alture di Thibourville alcuni cavalieri li oltrepassarono, ridendo, fumando. Ad Emma parve riconoscere il visconte.

Dopo un quarto di lega, bisognò fermarsi per accomodare con una fune l'imbraca che si era rotta; e Charles, nel chinarsi, vide qualche cosa per terra tra le zampe del cavallo e la raccolse. Era un portasigari di seta verde con un blasone nel mezzo.

« Vi sono dei sigari », disse. « Serviranno questa sera, dopo pranzo. »

« Tu fumi, dunque? » ella domandò.

« Qualche volta, quando se ne presenta l'occasione. »

Egli conservò il portasigari in tasca e frustò il cavallo. A casa non trovarono pronto il desinare, e la signora andò in collera. Nastasie rispose un po' insolentemente.

« Uscite! » gridò Emma. « Vi scaccio! »

Mangiarono una zuppa con le cipolle ed un pezzo di vitello. Charles, seduto di fronte a Emma, si fregava le mani, dicendo con aria beata: « Come fa piacere a ritrovarsi soli! »

Si udiva Nastasie che piangeva. Egli voleva un po' bene a quella povera donna, che con la sua compagnia gli aveva alleviata la solitudine della vedovanza.

« L'hai scacciata proprio? » disse infine.

« Sì. Chi me lo impedisce? » Emma rispose.

Mentre la loro camera si riscaldava, si trattennero in cucina accanto al fuoco, e Charles si mise a fumare allungando le labbra, sputando ogni minuto, arrovesciando il corpo indietro ad ogni boccata di fumo.

« Ti farà male », disse la signora, un po' nauseata.

Egli abbandonò il sigaro e corse a prendere un bicchiere d'acqua. Emma raccolse il portasigari e lo gettò in fondo all'armadio.

La giornata fu lunga, l'indomani Emma passeggiò nel giardino, passando e ripassando per gli stessi viali, davanti alle stesse piante, al solito curato di pietra, considerando con una specie di stupore tutte quelle cose che conosceva così bene. Come le pareva lontano il ballo! La sua gita alla Vaubyessard aveva aperto uno spiraglio nella sua vita, come il terremoto in una notte apre una fenditura nella montagna. Pertanto, si rassegnò; conservò pietosamente nel canterano la sua bella veste da ballo e le scarpette di seta, le cui suole si erano ingiallite strisciando sulla cera del pavimento. Ed anche il suo cuore, al contatto dell'opulenza, aveva acquistato una patina, che mai più si sarebbe cancellata.

Il ricordo di quel ballo fu una occupazione per lei. Ad ogni mercoledì, essa diceva: « Ah! sono oggi otto giorni... sono quindici giorni... sono tre settimane, che io ero là! » E a poco a poco le fisionomie si confusero nella sua memoria, ella dimenticò la musica delle quadriglie, e non vide

33

più distintamente le livree dei domestici e gli appartamenti. Ma se i particolari scomparvero, il rimpianto rimase.

IX

QUANDO Charles usciva, Emma andava spesso a prendere il portasigari di seta verde, che aveva lasciato tra la biancheria, nell'armadio.

Lo guardava, l'apriva, ne aspirava il profumo, misto di verbena e di tabacco. E si domandava a chi era appartenuto... Al visconte?... Era forse un dono della sua innamorata. Era stato ricamato con un'attenzione durata parecchie ore, su un telaio di palissandro, piccolo mobile nascosto ad ogni sguardo indiscreto, che i morbidi riccioli della lavoratrice pensosa avevano sfiorato. Un soffio d'amore era spirato fra la trama del canovaccio; ogni colpo d'ago vi aveva fissato una speranza o un ricordo, e tutti quei fili di seta intrecciati non erano che la continuazione di una passione. E poi il visconte, una mattina lo aveva preso. Di che cosa avevano parlato, quando egli stava appoggiato ai larghi stipiti del camino?... Essa era a Tostes; egli a Parigi, ora... A Parigi, laggiù!... Come era Parigi? Che gran nome! Essa lo ripeteva a mezza voce, godendone; sentendolo ronzare come il sussurro di un calabrone, leggendolo dappertutto, fin sulla etichetta dei suoi vasi di pomata.

La notte, quando i pescivendoli passavano con le carrette sotto le sue finestre, cantando la *Marjolaine*, Emma si svegliava, e ascoltando il rumore delle ruote che nella lontananza si smorzava, diceva: « Essi domani saranno a Parigi! »

E li seguiva col pensiero, lungo il pendìo, attraverso il villaggio, correndo per la strada maestra sotto il cielo stellato; finché a una distanza indeterminata tutto si confondeva e la visione spariva, come un oggetto nel fondo oscuro dell'orizzonte.

Comprò una carta di Parigi e faceva lunghe corse nella capitale, seguendo con la punta delle dita le larghe strade, fermandosi dove le strade s'incrociavano, davanti ai quadretti bianchi che rappresentavano le case. Infine, gli occhi stanchi, ella abbassava le palpebre, ed allora vedeva le fiammelle dei lampioni agitate dal vento, come farfalle luminose nelle tenebre, e le carrozze che rumorosamente si allineavano al peristilio dei teatri.

Prese l'abbonamento a *La Corbeille*, un giornale per le signore, e al *Sylphe des Salons*; e divorava, senza nulla trascurarne, tutti i resoconti delle prime rappresentazioni, delle corse e dei ricevimenti, interessandosi al debutto di una cantante, all'apertura di un nuovo magazzino. Conosceva le novità della moda, l'indirizzo dei sarti più in voga, i giorni del Bois e dell'Opera. Studiò in Eugène Sue le descrizioni degli ammobigliamenti; lesse Balzac e George Sand, cercando nei loro libri uno sforzo immaginario alle sue bramosie personali. Portava il libro anche a tavola, e ne svolgeva le pagine, mentre Charles mangiava e le parlava. Dalle sue letture balzava sempre fuori il ricordo del visconte; ed essa faceva mentalmente dei paragoni tra quel gentiluomo ed i personaggi del libro. Ma il cerchio di cui egli era il centro a poco a poco si allargava, e la sua aureola, allontanandosi dalla sua figura, andava a rischiarare nuovi sogni.

Parigi appariva alla sua immaginazione come una città più vasta dell'Oceano, che si specchiava in un'atmosfera piena di luce; la vita tumultuosa di quella metropoli presentava diverse scene distinte, come diversi mondi, dei quali alcuni oscuravano gli altri e rappresentavano alla fantasia di Emma l'umanità completa. Il mondo degli ambasciatori camminava su un pavimento risplendente, in saloni le cui pareti erano coperte di specchi, intorno a tavole ovali coperte di un tappeto di velluto a frange d'oro; colà, essa pensava, si nascondevano profondi misteri e molta angoscia era dissimulata da' sorrisi. Poi, la società delle duchesse; i volti colà erano pallidi; si svegliavano alle quattro: le donne, poveri angeli! avevano i mantelli ornati di pizzi d'Inghilterra; gli uomini, celebrità incognite sotto un'apparenza futile, facevano crepare i loro cavalli in una gita di piacere, andavano a passare la stagione estiva a Baden, e finalmente, a quarant'anni, sposavano una ereditiera. Nei locali dove si va a cena dopo la mezzanotte, una folla variopinta di uomini di lettere e di attrici schiamazzava al lume delle candele; quelli erano prodighi come altrettanti sovrani, ricchi di ambizioni ideali e di delirî fantastici. Era come un'esistenza superiore alle altre, tra cielo e terra, nelle nuvole: qualche cosa di sublime. Il resto del mondo era come perduto, quasi non esisteva. Più le cose, del resto, erano vicine, più il pensiero di Emma se ne allontanava. Tutto ciò che la circondava immediatamente, la campagna tediosa, i piccoli borghesi imbecilli, tutte le altre mediocrità dell'esistenza, le parevano una eccezione nel mondo, un caso particolare in cui anch'essi si trovavano, mentre al di là si stendeva fino a perdita d'occhio l'immenso paese della felicità e delle passioni. Ella confondeva, nel suo desiderio, le sensualità del lusso con le gioie del cuore, le abitudini eleganti con le delicatezze del sentimento. All'amore non eran forse necessarii, come alle piante esotiche, dei terreni preparati, una temperatura speciale? I sospiri al chiaro di luna, le lunghe strette, le lagrime che cadono su mani che si abbandonano, tutte le febbri della carne e i languori della tenerezza non possono separarsi dal balcone dei grandi castelli che son pieni di agi, dalle camere con tendine di seta e tappeti molto soffici, dal letto montato su un palchetto, né dallo scintillio dei gioielli e dei puntali delle livree.

Il mozzo della posta, che ogni mattina veniva a governare la cavalla, attraversava il corridoio facendo risuonare i suoi zoccoli pesanti, il suo camice era foracchiato, i piedi apparivano nudi. Era il *groom* in brache corte di cui bisognava contentarsi! Finita l'opera sua, non ritornava in tutto il resto del giorno, perché Charles, quando rientrava, faceva tutto da sé; portava la cavalla nella scuderia, toglieva la sella e metteva la cavezza, mentre la fantesca gettava nella mangiatoia un manipolo di fieno.

Per sostituire Nastasie, la quale era andata via versando un ruscello di lagrime, Emma prese al suo servizio una ragazza di quattordici anni, orfana, che aveva una fisionomia dolce. Le vietò di portare il berretto di cotone, le insegnò a parlare in terza persona, a portar il bicchier d'acqua in un piatto, a picchiare all'uscio prima di entrare, a stirare, ad inamidare, a vestir la padrona: ne volle fare, infine, la sua cameriera. La nuova fantesca obbediva senza mormorare, per non essere scacciata; e, siccome la signora aveva l'abitudine di lasciar la chiave nella serratura della credenza, Félicité — così si chiamava la ragazza — ogni sera faceva la sua provvista di zucchero, che mangiava nel letto, dopo aver detto le sue preghiere.

Talvolta, al dopopranzo, andava a chiacchierare coi postiglioni dirimpetto, mentre la signora era nel suo appartamento.

Emma indossava una veste da camera molto aperta, che lasciava vedere, tra i risvolti a scialle del busto, una camicetta a pieghe, con tre bottoni d'oro. La cintura era una cordeliera a grosse ghiande, e le sue piccole pantofole di color granato avevano un fiocco di largo nastro, spiegato sul collo del piede. Aveva comprato un quaderno, una cartiera, un portapenne e delle buste, quantunque non dovesse scrivere a nessuno; spolverava il suo stipetto, si guardava nello specchio, prendeva un libro, poi, sognando tra le linee, se lo lasciava cadere sulle ginocchia. Desiderava di viaggiare o di ritornare al convento. Si augurava talvolta di morire o di abitare a Parigi.

Charles intanto era dedito a cavalcare in ogni via, sotto la neve o la pioggia; mangiava qualche frittata sulla tavola della masseria, cacciava il suo braccio nei letti umidi, riceveva nel volto il respiro tiepido degl'infermi, ascoltava il rantolo, osservava nei catini, rimboccava le lenzuola sporche; ma trovava, ogni sera, un fuoco fiammante, la tavola apparecchiata, un letto soffice e una moglie in toeletta elegante, graziosa e fresca, tanto da esser dubbioso se fosse la pelle di lei che dava il profumo alla camicia.

Ella lo incantava con una infinità di delicatezze; una volta era una nuova maniera di fare dei bocciuoli di carta per le bugie, un'altra un volante da cambiare alla veste, o il nome strano di una pietanza molto semplice, che la fantesca non aveva saputo fare, e che Charles divorava con piacere. Vide a Rouen delle signore che portavano attaccato all'orologio un grappolo di ciondoli, e comperò dei ciondoli: volle per il camino dei vasi di cristallo azzurro, e dopo qualche tempo, un *nécessaire* di avorio e uno di argento. Meno Charles intendeva siffatte eleganze, e più essa ne subiva la seduzione, aggiungendo qualche cosa al piacere dei suoi sensi e alle comodità della sua casa. Era come una polvere d'oro, di cui cospargeva il breve cammino della sua vita.

Egli aveva buone maniere, e la sua riputazione si affermò. Le genti di campagna lo avevano caro, perché non era superbo. Accarezzava i bambini, non andava mai nelle bettole, ed ispirava perciò piena fiducia per la sua moralità. Era provetto nel guarire i catarri e le malattie di petto; non prescriveva che pozioni calmanti, di quando in quando qualche emetico, un bagno ai piedi o delle sanguisughe. Non già che sdegnasse la chirurgia, anzi salassava abbondantemente le persone come se fossero cavalli, ed aveva il pugno di ferro, come si diceva, nella estrazione dei denti.

Infine, per essere al corrente dei ritrovati della scienza, prese un abbonamento alla *Ruche médicale*, un nuovo giornale di cui aveva ricevuto il programma. Ne leggeva qualche parte dopo il pranzo; ma il calore dell'appartamento e la fatica della digestione gli conciliavano il sonno, e dopo cinque minuti era addormentato; e rimaneva là, col mento sulle mani, i capelli sparsi come una criniera fino ai piedi della lampada. Emma lo guardava e si stringeva nelle spalle. Avesse almeno per marito uno di quegli uomini taciturni, ma ardenti, i quali passano la notte sui libri, ed a sessant'anni, quando è giunta l'età dei reumatismi, hanno una piccola decorazione in oro all'occhiello del vestito mal fatto. Avrebbe desiderato che quel nome di Bovary, ormai diventato il suo, fosse illustre, vederlo diffuso dai librai, ripetuto nei giornali, conosciuto in tutta la Francia. Ma Charles non era punto ambizioso! Un medico d'Yvetot, col quale aveva tenuto un consulto, l'aveva un poco umiliato, al letto di un ammalato, al cospetto di tutti i parenti riuniti. Quando Charles, la sera, raccontò questo aneddoto, Emma si indignò aspramente contro il collega; Charles ne fu commosso e la baciò sulla fronte, su cui versò qualche lagrima. Ma ella, esasperata dallo scorno, fu presa da un vivo desiderio di batterlo, e corse nel corridoio ed aprì la finestra, per calmarsi col respirare l'aria fresca.

« Che uomo debole! che uomo debole! » mormorava, mordendosi le labbra.

Era molto irritata con lui, che acquistava, col passar degli anni, delle abitudini grossolane; alla fine del pranzo si divertiva a tagliuzzare i turaccioli delle bottiglie vuote, si leccava i denti con la lingua dopo aver mangiato, nell'ingoiare la zuppa faceva un certo chioccare ad ogni boccone, e siccome cominciava ad impinguare, i suoi occhi, già piccoli, rimontavano verso le tempie per la enfiagione dei pomelli.

Emma, qualche volta, gli rimetteva nel panciotto la bordatura del farsetto, gli aggiustava la cravatta, o gettava tra gli stracci i guanti stinti che egli si disponeva a calzare ancora, e non faceva ciò per lui, come egli credeva; ma per se stessa, per una espansione di egoismo, per uno scatto di nervosità. Qualche volta gli parlava di cose che aveva letto: un brano di romanzo o di qualche nuova composizione, un aneddoto del « bel mondo » riferito nell'appendice di un giornale; perché Charles era dopo tutto un ascoltatore sempre ben disposto, e sempre sollecito ad approvare. Faceva già delle confidenze alla sua piccola levriera! e ne avrebbe fatte alle legna del camino o al pendolo dell'orologio!

Nel fondo della sua anima, però, aspettava un avvenimento.

Come il marinaio in vedetta, allungava sulla solitudine della sua vita lo sguardo privo di speranza, cercando di scorgere qualche vela bianca, lontano, tra le brume dell'orizzonte. Non sapeva qual caso le sarebbe potuto capitare, qual vento glie ne manderebbe una incontro, o verso qual riva la spingerebbe; se fosse un battello o un vascello a tre ponti, carico di angoscia, o pieno di felicità fin sul ponte.

Ma ogni mattina, allo svegliarsi, le nasceva una speranza per quella giornata, e poneva orecchio ad ogni rumore, si rizzava con un soprassalto e si meravigliava di non vederlo arrivare; poi, nell'ora del tramonto diventava triste e desiderava l'indomani.

La primavera ritornò: i primi calori le cagionarono una specie di soffocamento.

Dal principio di luglio, cominciò a contare sulle dita quante settimane mancavano per arrivare alla fine di ottobre, immaginando che il marchese di Andervilliers, forse, darebbe un altro ballo alla Vaubyessard. Ma tutto il settembre passò senza l'aspettata visita, e senza lettere.

Dopo la noia di quest'altro disinganno, il suo cuore restò nuovamente vuoto, ed allora la serie degli stessi giorni ricominciò.

Essi ·si seguivano l'un dopo l'altro, tutti eguali, eterni, e non recavano nulla!

Le altre esistenze, per tranquille che fossero, avevano almeno la fortuna di un avvenimento. Un'avventura produceva talvolta delle peripezie senza numero; ma nulla accadeva mai intorno a lei, Iddio lo aveva voluto! L'avvenire si offriva come un corridoio buio buio, in fondo al quale era una porta ben chiusa.

Abbandonò la musica. Per che farne? Chi la intendeva? Poiché non avrebbe potuto giammai, in una toeletta di velluto con maniche corte, correndo con le dita leggere sulla tastiera d'avorio di un Erard, sentire, come una brezza, circolare intorno un mormorio di persone estatiche, non valeva la pena di annoiarsi a studiare. Lasciò nell'armadio i suoi cartoni da dipingere e la tappezzeria. A quale scopo? A quale scopo?

« Ho letto tutto », diceva, e si metteva a guardare la pioggia che cadeva.

Come diventava triste, la domenica, quando suonavano i vespri! Ascoltava, stando in una specie di ebetismo di persona intenta, il rintocco della campana. Qualche gatto, camminando lentamente sui tetti, inarcava il dorso sotto i pallidi raggi del sole; il vento levava turbini di polvere sulla strada maestra, un cane abbaiava lontano; e lo scampanio continuava ad intervalli eguali, monotono, perdendosi nella campagna.

La gente frattanto usciva dalla chiesa. Le donne con le scarpe lustrate, gli uomini col camiciotto nuovo, i ragazzi, a testa nuda, correvano innanzi saltellando, e tutti rientravano in casa. E sino a notte, cinque o sei uomini, sempre gli stessi, restavano a giuocare alle bocce davanti alla porta della locanda.

L'inverno fu freddo. I vetri ogni mattina erano carichi di ghiacciuoli, e la luce, biancastra, come passando per un cristallo opaco, si conservava tale in tutto il giorno, ed alle quattro della sera bisognava accendere il lume.

Nelle belle giornate, Emma scendeva in giardino. La rugiada aveva lasciato sulle foglie un merletto di argento, con lunghi fili chiari che si allungavano da una all'altra. Gli uccelli non facevano udire il loro canto, tutto pareva dormisse, le piante coperte di paglia e la vite, stendendosi sul muro come un lungo serpente ammalato, si vedeva da vicino coperta di innumerevoli lombrichi. Il curato in tricorno, che leggeva il breviario, aveva perduto il piede destro e sulla sua persona era una fioritura parassitaria di piccole fungaie bianche.

Poi risaliva, chiudeva la porta, aumentava il carbone e, quasi svenuta al calore del fuoco, sentiva che la noia la ripigliava ancora.

Sarebbe andata giù a chiacchierare con la fantesca, ma un sentimento di amor proprio la richiamava alla ragione.

Ogni giorno, alla stessa ora, il maestro di scuola, in berretto di seta nera, apriva le porte della sua casa, e la guardia campestre passava con la sciabola a tracolla sul camiciotto. Sera e mattina, i cavalli della posta, a tre a tre, attraversavano la strada per andare a bere nello stagno. Di quando in quando, si udiva suonare il campanello della porta della bettola, e, quando soffiava il vento, si udivano stridere sui loro ganci i due catini di rame che servivano d'insegna alla bottega del parrucchiere, decorata con una vecchia stampa di un giornale di moda incollata su un vetro e con un busto di donna di cera con una parrucca gialla. Anche il parrucchiere deplorava di aver sbagliato vocazione, il suo avvenire perduto, e passava tutta la giornata a passeggiare in lungo, dalla podesteria alla chiesa, con un'aria triste, aspettando i clienti, e sognando una bottega in una grande città, come Rouen, per esempio, sul porto, accanto al teatro. La signora Bovary lo vedeva sempre là, come un soldato in sentinella, col suo berretto greco sull'orecchio.

Dopo mezzogiorno, qualche volta, una testa di uomo appariva dietro i vetri della sala, una testa abbronzata dal sole, coi favoriti neri, che mostrava dal suo largo sorriso i denti bianchi. Tosto cominciava un valzer e, al suono dell'organetto, in un piccolo salone, dei ballerini alti come le dita, donne in turbante rosa, tirolesi in giacchetta, scimmie in abito nero, signori in calzoni corti, giravano giravano tra le poltrone, i divani, le consolles, riapparendo nei pezzi di specchi incorniciati da strisce di carta dorata. L'uomo faceva girare la manovella guardando a destra, a sinistra, e verso le finestre. Di quando in quando, lanciando uno sputo bruno, sollevava dal ginocchio il suo strumento, la cui cinghia dura gli solcava la spalla, e, a a volte dolente e lenta, a volte allegra e affrettata, la musica della scatola sfuggiva ronzando attraverso una tela color di rosa. Erano arie che si cantavano altrove, sul teatro e nei saloni, echi del mondo, che arrivavano fino ad Emma. Sarabande senza fine si sviluppavano nella sua testa, e, come una bajadera sui fiori di un tappeto, il suo pensiero saltellava con le note, si dondolava di sogno in sogno, di tristezza in tristezza. Quando l'uomo aveva ricevuto l'elemosina nel suo berretto, raccoglieva una vecchia copertura di lana azzurra, passava il suo organetto sul dorso, ed Emma lo vedeva allontanarsi con passo pesante.

Ma soprattutto nelle ore del pranzo essa non ne poteva più, in quella piccola sala a pianterreno, con la stufa che fumicava, la porta che cigolava, le pareti che stillavano umido sul pavimento, tutta l'amarezza dell'esistenza le pareva di vedersela servita nel suo piatto, e col fumo del lesso pareva che si levassero dal fondo della sua anima altri soffii di insulsaggini. Charles mangiava lentamente: ella rosicchiava qualche nocciuola, o, appoggiata su un gomito, si divertiva a fare dei segni sulla tovaglia con la punta del coltello.

Ora lasciava andar tutto per il suo verso, nella casa, e la suocera, quando venne a passare a Tostes una parte della quaresima, fu molto sorpresa di quel cambiamento.

Emma, difatti, tanto accurata e delicata per lo innanzi, rimaneva, ora, le giornate intere senza far la sua toeletta, vestita soltanto con una sottanina di cotone grigio. Ripeteva che bisognava fare economia, poiché essi non erano ricchi, ed aggiungeva che era molto contenta, molto felice, che Tostes le piaceva, facendo discorsi del tutto nuovi, che chiudevano la bocca alla suocera. Emma del resto non pareva più disposta a seguire i consigli di lei; una volta, anzi, la signora Bovary madre espresse l'avviso che i padroni dovessero vigilare le pratiche religiose dei loro domestici, e la nuora le rispose con uno sguardo così collerico e con un sorriso così freddo, che la buona donna non se ne occupò più.

Emma diventava difficile, capricciosa. Ordinava delle pietanze solo per sé, senza toccarle nemmeno; un giorno beveva latte puro, e l'indomani delle tazze di thè a dozzine. Spesso si ostinava a non uscire, poi si sentiva soffocare, spalancava le finestre, indossava vestiti leggeri. Dopo avere rimproverata la fantesca, le faceva dei regali o le concedeva la libertà di andarsi a sollazzare coi vicini; gettava, talvolta, ai poveri tutte le monete di argento della sua borsa, quantunque non fosse molto tenera, né facilmente accessibile alla pietà altrui, come la maggior parte delle persone nate alla campagna, che conservavano sempre nell'animo qualche cosa che somigliava alle callosità delle mani paterne.

Verso la fine di febbraio, il padre, in ricordo della sua guarigione, portò egli stesso al genero un superbo tacchino, e rimase tre giorni a Tostes. Charles era in giro per gli ammalati, Emma gli teneva compagnia. Egli fumava nella camera, sputacchiava dappertutto, parlava di coltivazione, vitelli, vacche, volatili e Consiglio municipale: in guisa che essa chiuse la porta dietro il padre che se ne andava, con un sentimento di soddisfazione. Da quel momento essa non nascose i propri affanni ad alcuno; e spesso esprimeva delle opinioni singolari, biasimando ciò che gli altri approvavano, e, all'incontro, approvando ciò che era perverso ed immorale. Charles a questo spettacolo spalancava tanto d'occhi.

Ma dunque una tale miseria durerà sempre? Non ne usciremo mai? Ella valeva quanto tutte quelle donne che erano felici! Aveva veduto, alla Vaubyessard, delle duchesse che erano più brutte di lei, ed avevano le maniere non così distinte. Esecrava una simile ingiustizia divina, e appoggiava la testa al muro per piangere, invidiando la tumultuosa esistenza di quelle donne, le notti mascherate, gli acri piaceri delle passioni che non poteva conoscere.

Andava impallidendo e soffriva al cuore; Charles le somministrava della valeriana e le faceva prendere bagni canforati. Ma quanto si tentava per guarirla, pareva la irritasse maggiormente.

Alcuni giorni, chiacchierava con un'abbondanza febbrile; a queste esaltazioni succedevano improvvisamente dei torpori in cui ella restava senza parlare e senza muoversi. Si rianimava solamente bagnandosi le braccia con acqua di Colonia.

Siccome si lagnava di rimanere sempre a Tostes, Charles immaginò che la causa della sua malattia fosse senza dubbio qualche influenza locale, e fermandosi su questa idea, cominciò seriamente a pensare di andare a risiedere altrove.

In seguito, ella bevve dell'aceto per dimagrire, e ciò le produsse una tosse secca e perdette completamente l'appetito.

Abbandonare Tostes dopo avervi soggiornato quattro anni, e proprio quando la sua fama si affermava, danneggiava Charles. Però, se ciò era necessario!

La condusse a Rouen, ove la fece osservare dal suo antico maestro. Era una malattia nervosa: bisognava cambiare aria.

40

Dopo aver lungamente domandato a destra e a sinistra, Charles apprese che nel circondario di Neufchâtel c'era un grosso borgo, chiamato Yonville-l'Abbaye, il cui medico, che era un rifugiato polacco, aveva sgombrato la settimana precedente. Allora scrisse al farmacista del luogo per sapere quanto era la popolazione, la distanza a cui si trovava il medico più vicino, quanto all'anno guadagnava il suo predecessore, eccetera, e le risposte essendo state soddisfacenti, risolvette di sloggiare verso la primavera, se la salute di Emma non fosse migliorata.

Un giorno, durante i preparativi della partenza, mentre ella metteva in ordine degli oggetti in un cassetto, sentì una puntura alle dita. Era il fil di ferro del suo mazzetto di nozze. I bocciuoli d'arancio erano ingialliti dalla polvere e i nastri di seta con frange di argento si sfilacciavano agli orli. Lo gettò nel fuoco. Il mazzettino andò in fiamme più presto della paglia secca. Poi non rimase che un piccolo fustello rosso sulla cenere, che si consumava lentamente. Ella lo guardava bruciare. Le piccole bacche di cartone scoppiavano, i fili si torcevano, i galloni fondevano: e le corolle di carta indurita, bruciate, volteggiavano nel vapore invisibile della brace come farfalle nere, e poi s'involavano attraverso la gola del camino.

Quando la famiglia Bovary abbandonò Tostes, nel mese di marzo, la signora era incinta.

PARTE SECONDA

I

YONVILLE-l'Abbaye, così chiamata per un'antica abbazia di cappuccini, di cui non esistono più nemmeno le rovine è un borgo a otto leghe da Rouen, tra la strada di Abbeville e quella di Beauvais, nel fondo di una valle bagnata dalla Rieule, un piccolo corso d'acqua che si getta nell'Andelle, dopo aver fatto girare tre mulini verso la periferia del paese, e non priva di trote, che i giovanotti, la domenica, si divertivano a pescare all'amo.

Si lascia la strada maestra alla Boissière e si continua il cammino fino all'alto della collina di Leux, di dove si scopre tutta la vallata. Il fiume che l'attraversa la divide in due regioni di natura differente: tutto ciò che è a destra è agricoltura, a sinistra tutto è industria. La prateria si allunga sotto un cerchio di basse colline per congiungersi di dietro ai pascoli del territorio di Bray, mentre che, dalla parte destra, il piano, risalendo dolcemente, va allargandosi e mostra, sino a perdita di vista, i suoi biondi appezzamenti di grano. L'acqua che corre, lungo il margine dell'erba, separa con una linea bianca il colore della vegetazione da quello dei solchi, e la campagna così appare come un gran mantello spiegato con un colletto di velluto verde, orlato di un gallone d'argento.

Al limite dell'orizzonte, si vedono le querce della foresta di Argueil, e le erte della collina di Saint-Jean, solcate dall'alto al basso con lunghe strisce rosse ineguali; sono i solchi scavati dalle piogge, e quei toni di mattone, come lunghi fili sottili sul colore grigio della montagna, provengono dalla quantità di sorgenti ferruginose che esistono nei terreni intorno.

Qui si toccano i confini della Normandia, della Piccardia e dell'Ile de France, contrada bastarda il cui linguaggio è senza accentuazione, come il paesaggio è senza carattere. Colà si fabbricano i peggiori formaggi di Neufchâtel di tutto il circondario, e, d'altra parte, la coltura è molto costosa, perché è necessario molto letame per ingrassare quei terreni friabili pieni di sabbia e di ciottoli.

Fino al 1835, non vi erano strade praticabili per arrivare a Yonville; ma verso quest'epoca fu aperta una via comunale che congiunge la strada di Abbeville a quella di Amiens, e serve qualche volta ai viaggiatori che vanno da Rouen nelle Fiandre. Però Yonville-l'Abbaye è rimasta stazionaria, malgrado le nuove comunicazioni. Invece di migliorare le culture, si ostinano ancora intorno agli erbaggi, per quanto deprezzati siano, e il borgo addormentato, allontanandosi dal piano, ha continuato naturalmente ad ingrandirsi verso il fiume. La si scorge di lontano, sdraiata in lungo sulla riva, come un guardiano di vacche nella siesta sul margine del ruscello.

Al basso della collina, dopo il ponte, comincia un argine piantato di giovani tremoli, che conduce direttamente sino alle prime case del paese. Esse sono ricinte da siepi, e in mezzo agli edifizii sparsi, strettoi, taverne e bottiglierie, disseminati sotto gli alberi folti, a cui sono appoggiate scale con bacchette e falci appiccate ai piuoli. I tetti di stoppia, come berretti di pelliccia abbassati sugli occhi, discendono sino alle finestre basse, i cui vetri curvi hanno nel mezzo un nodo come un fondo di bottiglia. Sul muro costruito di pietre calcari, s'attacca qualche magro pero, e i pianterreni hanno alle porte una piccola grata girante che vieta di entrare ai pulcini che vanno beccando per terra le briciole di pane inzuppate nel sidro. Però le vie diventano più strette, le case più vicine, le siepi spariscono; un fastello di felce dondola attaccato alla punta di un manico di scopa, da una finestra; vi è la fucina del maniscalco, la bottega di un carradore con due o tre carri di fuori, che ingombrano la strada. Poi, attraverso l'apertura di un muro, appare una casa bianca al di là di un cerchio di zolle erbose, decorata con un Amore col dito sulle labbra; due vasi di ferro fuso sono agli angoli della scalinata; dei pennoncelli risplendono alla porta; è la casa del notaio, la più bella del paese.

La chiesa è dall'altro lato della strada, venti passi lontano, all'ingresso della piazza. Il piccolo cimitero che la circonda, chiuso da un muro alto quanto un uomo, è pieno di tombe, e le vecchie lapidi che rasentano il terreno formano come un lastricato senza interruzione, su cui l'erba ha disegnato da se stessa dei quadrati verdi regolari. La chiesa è stata rifatta a nuovo durante gli ultimi anni del regno di Carlo X.

La volta in legno comincia a tarlarsi dall'alto e di tratto in tratto presenta delle macchie nere nel suo fondo azzurro. Al di sopra della porta, dove è l'organo, si eleva una tribuna per gli uomini, a cui si accede per una scala a chiocciola che risuona sotto i passi.

La luce del giorno, dalle finestre, illumina obliquamente i banchi collocati lungo il muro, tappezzato da qualche stuoia inchiodata, su cui è scritto a grandi lettere: « Banco del signor Tale ». Più in là, un confessionale di fronte ad una statua della Vergine, nella sua veste di seta, coperta la testa di un velo cosparso di stelle di argento, coi pomelli dipinti in rosso come un idolo delle isole Sandwich; infine, una copia della Sacra Famiglia, dono del Ministero dell'Interno, dominante l'altare maggiore tra quattro candelieri, chiude la prospettiva in fondo. Gli stalli del coro, in legno di abete, non sono dipinti.

Il mercato, vale a dire un tendone di tela sorretto da una ventina di pertiche, occupa circa una metà della vasta piazza di Yonville. La podesteria, edificata su un disegno di un architetto di Parigi, è una specie di tempio greco che fa angolo con la casa del farmacista; ed ha al piano terreno tre colonne ioniche, e, al primo piano, una galleria il cui timpano

46

ha un gallo che poggia un piede sul Vangelo e con l'altro regge le bilance della giustizia.

Ma ciò che desta maggiormente l'attenzione, è la farmacia del signor Homais, di faccia alla locanda del *Lion d'or*. La sera, specialmente, quando la sua lampada è accesa e i due grandi boccali, uno rosso, l'altro verde, che ne adornano la prospettiva, spandono lontano, per terra, le loro due luci colorate, attraverso queste si scorge, come nella luce di un fuoco di Bengala, l'ombra del farmacista, chino sul suo leggio. La sua casa, dall'alto al basso, è ornata d'iscrizioni in carattere inglese, rotondo, misto: « Acqua di Vichy, di Seltz e di Barèges, sciroppi depurativi, specialità di Raspail, pasticche di Darcet, pasta Regnault, bendaggi, bagni, cioccolato di salute, eccetera ».

E l'insegna, che occupa tutta la larghezza della bottega, porta scritto a lettere d'oro: Homais, Farmacista. Poi, nel fondo della bottega, dietro le grandi bilance, la parola « laboratorio » si legge al disopra di una porta vetrata, su cui, a metà della sua altezza, si ripete il nome di Homais, a lettere d'oro su di un fondo nero.

E non c'è altro da osservare, a Yonville.

L'unica strada, lunga un tiro di fucile, con qualche bottega ai lati, finisce improvvisamente nella grande strada maestra. Se la si lascia sulla destra, seguendo il basso della collina di Saint-Jean, si arriva ben presto al cimitero.

Al tempo del colera, per allargarlo, fu abbattuto un tratto del muro, e furono comprati tre acri di terreno limitrofo; ma tutta questa nuova porzione è quasi disabitata, e le tombe continuano come prima ad affollarsi verso la porta. Il guardiano, che è nel tempo stesso becchino e sacrestano (traendo così dai cadaveri un doppio beneficio), ha profittato del terreno disabitato per piantarvi patate. Di anno in anno però il suo piccolo orto si restringe, e quando sopravviene una epidemia, egli stesso non sa se deve gioire per le morti o affliggersi per le sepolture.

« Voi vi nutrite di morti, Lestiboudois! » gli disse un giorno il curato.

Queste parole oscure lo fecero riflettere, ed egli smise per qualche tempo, ma ancor oggi continua la coltivazione dei suoi tuberi, ed anzi sostiene con impudenza che la loro vegetazione è spontanea.

Dopo gli avvenimenti che racconteremo, nulla è mutato a Yonville. La bandiera tricolore di latta gira sempre sull'alto del campanile della chiesa; la bottega del venditore di novità sventola ancora le sue due banderuole di indiana; i feti del farmacista, come batuffoli di esca bianca, imputridiscono ogni giorno di più nello spirito melmoso, e, il vecchio leone d'oro, al di sopra della grande porta della locanda, stinto dalle piogge, mostra ancora ai viandanti la sua parrucca di can barbone.

La sera in cui i coniugi Bovary dovevano arrivare a Yonville, la vedova Lefrançois, padrona della locanda, era così affaccendata, che sudava a gocciolони intorno alle sue casseruole. L'indomani era giorno di mercato al borgo, e bisognava preparare la carne, uccidere i polli, apparecchiare la zuppa ed il caffè. Aveva, inoltre, il pranzo dei suoi ospiti, quello del medico, della moglie e della loro fantesca; il bigliardo echeggiava di scoppi di risa; tre mugnai, nella piccola sala, chiamavano perché portassero loro dell'acquavite; le legna fiammeggiavano, la brace scoppiettava, e sulla lunga tavola della cucina, tra i quarti di montone crudo, s'elevavano pile di piatti che tremolavano ad ogni scossa. Si udivano, nella corte, strillare i polli, che la serva inseguiva per tagliar loro il collo.

Un uomo in pantofole di pelle verde, un po' butterato e col capo coperto da un berretto di velluto con ghiande d'oro, si riscaldava, stando col dorso rivolto al camino. La sua fisionomia non esprimeva altro che la soddisfazione di se stesso, ed aveva un'aria calma come quella del cardellino che era nella gabbia sospesa al disopra della sua testa: era il farmacista.

« Artémise! » gridò la padrona, « spezza la fascina, riempi le caraffe, porta l'acquavite, sbrigati! Se io sapessi almeno che cosa offrire per fine di pranzo alla compagnia che aspettate! Bontà divina! Gli incaricati del trasloco ricominciano il loro fracasso nel bigliardo! E le loro carrette che sono rimaste sotto la porta grande? L'*Hirondelle* è capace di sfondarle appena arriva! Chiama Polyte perché la tolga... E dire, signor Homais, che da questa mattina essi hanno giuocato forse quindici partite e bevuto otto vasi di sidro!... Ma finiranno con lo stracciarmi il tappeto! » esclamava, guardando di lontano, con lo schiumatoio in pugno.

« Non sarà un gran male », rispose il signor Homais, « ne comprerete un altro. »

« Un altro bigliardo! »

« Perché quello non si regge più, signora Lefrançois; ve lo ripeto, voi non ci fate una buona figura. E poi gli amatori, oggi, vogliono buche strette e stecche pesanti. Non si giuoca più la biglia oggi: tutto è cambiato! Bisogna camminare col secolo! Guardate Tellier, piuttosto... »

L'ostessa diventò rossa di dispetto. Il farmacista aggiunse:

« Avete un bel dire che il suo bigliardo è più piccolo del vostro, e che gli è come giuocare una partita patriottica per la Polonia o per gl'inondati di Lione... »

« Non son certo i pezzenti come lui, che fanno paura! » interruppe l'ostessa, alzando le sue larghe spalle. « Andate, andate! signor Homais, fino a tanto il *Lion d'or* esisterà, ci verranno. Abbiamo del fieno, noi altri! Uno di questi giorni vedrete il *Café François* chiuso, con un bell'avviso sul battente! Cambiare il mio bigliardo », continuò come parlando con se stessa, « che mi fa tanto comodo per ordinare i miei panni di bucato, e sul quale, nel tempo della caccia, ho fatto coricare fino a sei viaggiatori!... E questo tentennone di Hivert che non viene mai! »

« Lo aspettate per il pranzo dei vostri signori? » domandò il farmacista.

« Aspettarlo? E il signor Binet, dunque! Lo vedrete arrivare alle sei, perché l'esattezza non esiste che per le persone come lui. Ci deve essere sempre il suo posto nella piccola sala! Si farebbe uccidere, piuttosto che indursi a mangiare altrove! E come è meticoloso di palato! E come è difficile per il sidro! Non è come il signor Léon il quale qualche volta arriva alle sette, o alle sette e mezzo e non guarda altro che a quello che mangia. Che buon giovane! Giammai pronunzia una parola ad alta voce. »

« Perché c'è una grande differenza, vedete, tra uno che è bene educato e un antico carabiniere diventato esattore. »

Suonavano le sei, quando Binet entrò.

Indossava un soprabito azzurro, cadente come da un attaccapanni dalla sua persona magra, e il suo berretto di cuoio, con le bande annodate sulla sommità della testa con dei cordoni, lasciava vedere, sotto la visiera alzata, una fronte calva, schiacciata dall'abitudine del casco. Portava un panciotto di stoffa nera, con colletto di crine, pantaloni grigi, e, in ogni stagione, stivali molto incerati con due rigonfiamenti paralleli, a causa della grossezza degli alluci. Nemmeno un pelo oltrepassava la linea della sua barba bionda, che, circondando le mascelle, inquadrava come una cornice la sua lunga fisionomia tetra, in cui gli occhi erano piccoli ed il naso stecchito. Era abile in ogni giuoco di carte, buon cacciatore e possedeva una bella calligrafia.

Si avviava verso la piccola sala, ma fu necessario dapprima farne uscire i tre mugnai; e, durante tutto il tempo in cui si apparecchiava, Binet restò silenzioso al suo posto, presso la stufa, poi chiuse la porta e si tolse il berretto come al solito.

« Non saranno certo le frasi cortesi quelle che gli consumeranno la lingua! » disse il farmacista, quando restò solo con l'ostessa.

« Non parla mai più del bisogno », rispose la donna. « Vennero qui, la settimana passata, due viaggiatori, negozianti di stoffe, giovani pieni di spirito, che raccontavano, la sera, una quantità di storielle, da far ridere fino alle lagrime; ebbene, egli rimase muto come un pesce, senza dire una parola! »

« Sì », disse il farmacista, « non ha punto immaginazione, non ha slancio, nessuna delle qualità che sono le doti dell'uomo civile. »

« Si dice però che possieda dei mezzi. »

« Dei mezzi! Lui! Dei mezzi? Dalle sue parti, è possibile. »

Poi riprese: « Ah! che un negoziante il quale ha delle relazioni notevoli, che un giureconsulto, un medico, un farmacista siano talmente assorbiti, da diventare lunatici ed anche bisbetici, lo comprendo; se ne citano esempii nella storia! Ma almeno essi hanno da pensare a qualche cosa! A me, per esempio, quante volte è accaduto di cercare la penna sul mio scrittoio per scrivere una etichetta, e di trovarla, finalmente, sul mio orecchio! »

Frattanto la signora Lefrançois, andando sulla porta per vedere se l'*Hirondelle* fosse per arrivare, trasalì. Un uomo vestito di nero entrava bruscamente nella cucina. Si distinguevano, alla luce cadente del crepuscolo, la sua statura atletica e la sua fisonomia rubiconda.

« In che cosa debbo servire il signor curato? » disse la locandiera, accendendo al camino una candela. « Volete prendere qualche cosa? Un dito di rosolio, o un bicchiere di vino? »

L'ecclesiastico rifiutò molto cortesemente. Era venuto a prendere l'ombrello, che aveva dimenticato il giorno prima al convento di Ernemont, e, dopo di aver pregato la signora Lefrançois di farglielo portare al presbiterio nella serata, uscì per recarsi alla chiesa, dove si suonava l'*Angelus*.

Il farmacista, quando non udì più sulla piazza il rumore dei suoi passi, notò che il contegno dell'ecclesiastico non era conveniente. Il rifiuto di accettare un ristoro gli pareva una ipocrisia delle più odiose; i preti sbevazzano quando non sono veduti da alcuno ed intanto cercano di far rivivere i bei tempi delle decime.

La locandiera prese le difese del curato.

« Egli ne spezzerebbe quattro come voi sul suo ginocchio. L'anno passato ha aiutato i nostri uomini a metter dentro la paglia; ne portava fino a sei covoni alla volta, tanto è robusto! »

« Bravo! » disse il farmacista. « Mandate dunque le vostre figliuole a confessarsi da un Ercole cosiffatto! Io, se fossi al governo, comanderei che ogni prete fosse salassato una volta al mese. Sì, signora Lefrançois, tutti i mesi una profonda flebotomia, nell'interesse dei costumi! »

« Tacete una buona volta, signor Homais! Voi siete un empio! Non avete religione! »

Il farmacista rispose: « Io ho una religione, la mia religione, ed anzi ne ho più di tutti gli altri, con le loro buffonerie e le loro ciarlatanerie. Io adoro Dio! Credo nell'Ente supremo, nel Creatore, qualunque esso sia non importa, che ci ha messo quaggiù perché compissimo i nostri doveri di cittadini e di padri di famiglia; ma io non sento il bisogno di andare in una chiesa, baciare dei piattelli di argento ed ingrassare a spese della mia tasca un mucchio di buffoni che si nutrono meglio di noi! Perché noi possiamo onorare Dio ugualmente in un bosco, in un campo, o anche contemplando la volta eterea, come i primi cristiani. Il mio Dio è il Dio di Socrate, di Franklin, di Voltaire e di Béranger! Io sono per la *Profession de foi du Vicaire savoyard* e gl'immortali principi dell'89! Così, io non ammetto un Dio, come un bravo uomo che va a passeggio nel suo giardino con un bastone in mano, alloggia i propri amici nel ventre di una balena, muore gettando un grido e risuscita dopo tre giorni; cose assurde per se stesse e completamente contrarie a tutte le leggi della fisica; la qual cosa ci dimostra, sommariamente, che i preti hanno sempre mantenuta una ignoranza torpida e si sforzano di soffocare in essa le popolazioni ».

Si volse, come cercando con lo sguardo un pubblico che lo ascoltasse, giacché, nel suo eccitamento, il farmacista s'era creduto per un momento in pieno consiglio municipale.

Ma nemmeno la locandiera lo ascoltava, con gli orecchi intenti ad un rumore lontano.

Si distingueva il rumore di una carrozza che si avvicinava, e il trotto dei cavalli che battevano le zampe sul selciato. L'*Hirondelle* finalmente si fermò davanti alla porta.

Era una cesta dipinta in giallo, sostenuta da due grandi ruote che arrivavano fino al mantice, impedendo ai viaggiatori di vedere il paesaggio ed inzaccherando loro le spalle. I piccoli vetri dei suoi stretti sportelli tentennavano nei telai quando la carrozza si fermava, ed erano sporchi di fango su d'uno strato di polvere, che nemmeno la pioggia arrivava a lavare. Vi erano attaccati tre cavalli, il primo dei quali in balestra.

Alcuni borghesi di Yonville si affollavano, parlando a coro, domandando notizie e spiegazioni, e chiedendo dei cesti. Hivert non sapeva a chi rispondere prima. Egli faceva il servizio di corriere dal paese alla città. Andava nelle botteghe a comprare rotoli di cuoio per il calzolaio, ferraglia per il maniscalco, un barile di aringhe per la sua padrona, cappelli dalle modiste, trecce dai parrucchieri; e, al ritorno, distribuiva i suoi pacchi lungo la strada, gettandoli a quelli che lo aspettavano al passaggio, in piedi sulla serpa e gridando a gran voce, mentre i cavalli andavano senza le redini.

Un accidente lo aveva fatto tardare; la piccola levriera della signora Bovary era fuggita per i campi ed avevano dovuto fischiare un quarto d'ora per chiamarla. Lo stesso Hivert era stato costretto a rifare una mezza lega, essendogli parso di vederla. Ma inutilmente, era stato necessario riprendere il cammino. Emma aveva pianto, s'era adirata, accusando Charles di quella disgrazia. Il signor Lheureux, negoziante di stoffe, che si trovava con lei nella carrozza, aveva tentato di consolarla con una quantità di esempii di cani smarriti, i quali dopo molti anni erano ritornati al padrone. C'era stato un cane, egli diceva, che era ritornato da Costantinopoli a Parigi. Un altro aveva percorso cinquanta leghe, in linea diritta, ed aveva passato a nuoto quattro fiumi; e suo padre stesso aveva posseduto un cane barbone che, dopo dodici anni di assenza, gli era improvvisamente saltato addosso, una sera in una certa strada, nell'andare a pranzo in città.

II

EMMA smontò per la prima, poi Félicité, il signor Lheureux, la balia, e si fu obbligati a svegliare Charles, che s'era addormentato nel suo cantuccio, appena calata la sera.

Homais fu pronto ad offrire i suoi omaggi alla signora, fece i suoi complimenti al medico, disse che sarebbe stato felice render loro qualche servigio, e aggiunse, con aria cordiale, che aveva osato invitarsi da sé, sua moglie essendo assente.

La signora Bovary, entrata in sala, si avvicinò al camino. Con la punta delle dita prese la veste all'altezza del ginocchio, e, scopertisi i piedi fino alla caviglia, presentò alla fiamma, di sotto al girarrosto, un piede calzato con scarpina nera. Il fuoco la rischiarava tutta, come se le comunicasse un chiarore interno, attraversando la trama della veste ed i pori della pelle bianca; mentre sovr'essa passavano grandi vampate rosse, ogni volta che il vento alimentava maggiormente le fiamme.

Dall'altro lato del camino, un giovane dai capelli biondi la guardava silenziosamente. Il signor Léon Dupuis (era lui il secondo avventore consueto del *Lion d'or*), siccome si annoiava molto a Yonville, dove era giovane di studio presso padron Guillaumin, spesso veniva a passare alla locanda le sue ore di riposo, sperando d'incontrarvi qualche viaggiatore con cui potesse passare la serata chiacchierando. Ed accettò con gioia la proposta, che gli fece la locandiera, di mangiare in compagnia dei nuovi arrivati. Quindi tutti passarono nella sala grande, dove la signora Lefrançois aveva fatto apparecchiare per trattare i nuovi clienti con un certo sfarzo.

Homais si scusò di tenere in testa il suo berretto greco, per tema di prendere un catarro.

Poi, voltosi alla sua vicina: « La signora è un po' stanca, non è vero? Si è così spaventosamente trabalzati nella nostra *Hirondelle!* »

« È vero », rispose Emma, « ma io amo il disordine, e cambio volentieri di residenza. »

« È una cosa tanto noiosa », disse il procuratore con un sospiro, « vivere inchiodato sempre allo stesso posto! »

« Se voi foste obbligato come me », disse Charles, « ad andar sempre a cavallo... »

« Ma », ripigliò Léon, dirigendo la parola alla signora Bovary, « niente è più piacevole, mi pare, quando si ha l'opportunità di farlo. »

« Del resto », disse il farmacista, « l'esercizio della medicina non è molto faticoso nelle nostre contrade, perché lo stato delle strade permette l'uso dei veicoli e, generalmente, si paga bene, i nostri coltivatori essendo agiati. Abbiamo, oltre i casi ordinari di enterite, bronchite, affezioni biliose, eccetera, qualche febbre intermittente durante la mietitura, ma poche malattie gravi, se non vogliamo tener nota dei molti raffreddori, dovuti alle deplorevoli condizioni igieniche delle case dei contadini. Certo avrete da combattere molti pregiudizi, signor Bovary, e nella pratica la vostra scienza dovrà cozzare contro la caparbietà, perché qui si ricorre ancora alle novene, alle reliquie e al curato, piuttosto che aver una naturale fiducia nel medico e nel farmacista. Il clima, però, non è cattivo, e nel paese contiamo qualche nonagenario. Il termometro discende, nell'inverno, a 4 gradi e nella calda stagione tocca i 25 o tutto al più i 30 centigradi, o altrimenti poco più dei 54 Fahrenheit, e i 24 Réaumur al massimo; infatti, la foresta d'Argueil, da una parte ci ripara dai venti di settentrione, e la collina Saint-Jean dai venti di occidente. E il calore, intanto, causato dai vapori acquei del fiume e dal numeroso bestiame delle praterie, che esala, come voi sapete, molta ammoniaca, val quanto dire azoto, idrogeno ed ossigeno, e che aspirando le varie emanazioni e combinandosi con l'elettricità atmosferica, potrebbe, come nei paesi tropicali, generare miasmi insalubri, il calore, dico, vien temperato dai venti di sudest, che rinfrescati al passaggio sulla Senna soffiano talvolta improvvisamente. »

« Vi sono almeno passeggiate nei dintorni? » continuò la signora Bovary, parlando al giovane.

« Ben poche », quegli rispose. « Vi è un luogo, detto la Patûre, sull'alto della collina, al margine della foresta. Qualche volta, la domenica, io mi ci reco e mi ci trattengo, con un libro, a guardare il tramonto. »

« Non conosco uno spettacolo più ammirabile di quello del tramonto », disse Emma, « soprattutto visto dalla riva del mare. »

« Oh! io adoro il mare », disse Léon.

« E poi, non vi pare », replicò la signora, « che lo spirito vaghi più liberamente su quella distesa senza confine, la cui contemplazione rapisce l'anima e ci dà l'idea dell'infinito? »

« Si sente lo stesso nei paesaggi di montagna », riprese Léon. « Un mio cugino, che l'anno passato viaggiò in Isvizzera, mi diceva che la poesia dei laghi, l'incanto delle cascate, l'effetto gigantesco dei ghiacciai non possono immaginarsi. Si vedono pini di incredibile altezza; lungo i torrenti, capanne sospese sui precipizii e le nubi che si squarciano lasciano vedere, a mille piedi sotto, immense vallate. Questi spettacoli debbono entusiasmare, disporre alla preghiera e all'estasi! Così, io non mi meraviglio che un celebre musicista, per eccitare maggiormente la fantasia, suonava il pianoforte davanti a qualche orizzonte meraviglioso. »

« Fate della musica, voi? »

« No, signora; ma mi piace molto. »

« Ah! non gli date ascolto, signora Bovary », disse interrompendo il farmacista, « la sua è pura modestia. Come, mio caro! l'altro giorno, nella vostra camera, voi cantavate l'*Ange gardien* in un modo incantevole. Io vi ascoltavo dal laboratorio. »

Léon, infatti, abitava una piccola stanza al secondo piano della casa del farmacista e la finestra dava sulla piazza. Egli arrossì al complimento del suo padrone di casa, che frattanto s'era volto di nuovo al medico e, nel nominargli ad uno ad uno i più cospicui cittadini di Yonville, raccontava qualche aneddoto e dava delle informazioni.

Emma riprese: « E quale musica preferite? »

« La tedesca. Essa ci fa sognare! »

« Conoscete gl'italiani? »

« Non ancora; ma li conoscerò l'anno venturo, quando mi recherò a Parigi per completare i miei studii di diritto. »

« Come avevo l'onore », prese a dire il farmacista, « di spiegare testé a vostro marito, mercé le pazzie commesse da quel povero Yanoda, che finalmente è fuggito, voi abiterete una delle case più belle di Yonville; e, ciò che è specialmente comodo per un medico, è l'altra porta che dà nel *Gran Viale*, la quale permette di entrare e uscire, senza essere veduti. Essa è altresì fornita di tutto ciò che è utile ad una famiglia: lavatoio, cucina, salone per famiglia, eccetera. Il proprietario era un uomo che non guardava a spese. Egli s'era fatto costruire, in fondo al giardino, accanto all'acqua, un pergolato per andarvi a bere la birra nell'estate; e, se la signora ama il giardinaggio, potrà... »

« Mia moglie non se ne occupa », interruppe Charles. « A lei piace, quantunque le sia necessario un po' di moto, starsene nella sua camera a leggere. »

« Come me », replicò Léon. « Che cosa vi è di più piacevole, infatti, dello starsene, accanto al fuoco, con un libro, mentre il vento scuote le vetrate? »

« Non è vero? » disse Emma, fissando su lui i grandi occhi neri spalancati.

« Non si pensa a nulla », egli continuò, « e le ore passano. Si viaggia, senza muoversi, nei paesi che si crede di vedere, ed il pensiero, slanciandosi per l'infinito, gode di ogni particolare e di ogni avvenimento e vive la vita dei personaggi. Ci pare di palpitare con loro. »

« È vero, è vero! » ella disse.

« Vi è mai accaduto di trovare in un libro un'idea vaga che avete avuto, qualche immagine oscura che viene di lontano; e talvolta persino la esposizione esatta dei nostri più delicati sentimenti? »

« Ho sentito ciò qualche volta », ella rispose.

« Soprattutto per questo io amo i poeti. Osservo che il verso è più tenero della prosa, e fa piangere volentieri. »

« Il verso però affatica, a lungo andare. Io adoro il racconto che si fa leggere tutto di un fiato e che contiene storie spaventevoli. Ho in odio gli eroi comuni e i sentimenti temperati, come se ne trovano dappertutto. »

« Infatti », osservò Léon, « le opere che non toccano il cuore si allontanano, mi pare, dal vero fine dell'Arte. È così dolce, nei disinganni della vita, riportarsi con l'immaginazione a caratteri nobili, affetti puri, quadri di felicità. Questa è la sola distrazione per me che vivo lontano dal mondo. Yonville offre così poche attrattive! »

« Come Tostes », disse Emma. « Colà io ero abbonata ad una sala di lettura. »

« Se la signora vuole farmi l'onore di servirsene », disse il farmacista, che aveva udite queste parole, « io ho a sua disposizione una biblioteca dei migliori autori: Voltaire, Rousseau, Delille, Walter Scott, *L'Echo des feuilletons,* eccetera, e ricevo varii fogli periodici, tra cui *le Fanal de Rouen,* quotidiano, di cui sono il corrispondente per la circoscrizione di Buchy, Forges, Neufchâtel, Yonville e dintorni. »

Il pranzo durò due ore e mezzo, perché la serva Artémise, trascinando svogliatamente sul pavimento le sue ciabatte di vivagno, portava le vivande l'una dopo l'altra, dimenticava tutto, non capiva nulla e lasciava continuamente aperta la porta del bigliardo, che sbatacchiava contro il muro.

Léon, parlando, aveva poggiato, senza accorgersene, un piede su un piuolo della sedia della signora Bovary. Ella portava una piccola cravatta di seta azzurra, che manteneva diritto un colletto di battista a cannoli; or secondo i movimenti della testa, la parte inferiore del volto affondava nel crespo, o ne usciva con dolcezza. Stando così vicino, mentre Charles e il farmacista ragionavano, essi s'ingolfarono in una piacevole conversazione, il cui vago giro di frasi li trasportava sempre ad un centro fisso di simpatia comune. Gli spettacoli parigini, i titoli dei romanzi, i nuovi balli, e tutto ciò che non conoscevano, Tostes dove Emma era stata, e Yonville dove erano, di tutto insomma parlarono, fino alla fine del pranzo.

Quando fu servito il caffè, Félicité andò ad apparecchiare le camere nella nuova casa, ed i convitati non tardarono ad alzarsi.

La signora Lefrançois dormiva presso il camino, mentre il mozzo di stalla, con una lanterna in mano, aspettava il medico e la signora, per accompagnarli a casa.

Si misero in cammino.

Il borgo era addormentato. I pilastri che limitavano le siepi mandavano le loro lunghe ombre sulla strada, grigie come in una notte estiva.

La casa del medico era a cinquanta passi dalla locanda; tutti si augurarono la buona notte, e la compagnia si disperse.

Emma, entrando nel vestibolo, sentì cadersi sulle spalle, come un lenzuolo bagnato, l'umidità dei muri, che erano stati costruiti di fresco, e i gradini di legno scricchiolarono sotto i suoi piedi. Nella camera, al primo piano, un chiarore di alba entrava dalle finestre senza tendine. Si scorgevano, attraverso i vetri, le cime degli alberi, e più lungi la prateria, mezzo coperta dalla nebbia, che levandosi dal corso del fiume fumigava al chiarore della luna. Per tutta la casa erano sparsi alla rinfusa i tiratoi del cassettone, delle bottiglie, i bastoni dorati, delle tende, e i materassi sulle

54

sedie, i catini per terra; perché gli uomini incaricati del trasporto della mobilia avevano lasciato tutto colà così alla rinfusa.

Emma si coricava per la quarta volta in un luogo sconosciuto. La prima volta, quando entrò in convento; la seconda, a Tostes; la terza, alla Vaubyessard, la quarta colà: ed ogni volta era stata come una novella fase della sua vita. Ella credeva che, col mutar di luogo, la sua fortuna mutasse, e, poiché la parte di vita vissuta era stata cattiva, aveva fiducia che quella che le restava sarebbe stata migliore.

III

L'INDOMANI, nello svegliarsi, scorse Léon sulla piazza. Ella indossava un semplice accappatoio; rispose al saluto di lui con un rapido inclinar della testa e chiuse la finestra.

Léon aspettò con impazienza che suonassero le sei; ma a quest'ora, entrando nella locanda, non trovò che solo il signor Binet a tavola.

Il pranzo della vigilia era stato un avvenimento considerevole; mai, fino a quel momento, aveva parlato due ore di seguito con una signora. Come aveva potuto dire tante cose, lui che non aveva mai saputo formulare due parole per lo innanzi, poiché era stato sempre timido, per abitudine, e riservato come per pudore e per dissimulazione. A Yonville, dicevano che egli aveva maniere di persona molto per bene: ascoltava i ragionamenti delle persone di età matura e non si mostrava esaltato in politica, ciò che in un giovane era da notare. Aveva del talento, dipingeva ad acquerello, sapeva legger musica, e si occupava volentieri di letteratura, quando, dopo pranzo, non giuocava alle carte. Homais lo aveva in molta considerazione per la sua istruzione, la signora Homais lo stimava per la sua compiacenza, perché spesso le conduceva in giardino i suoi marmocchi balbuzienti, male educati e linfatici come lei. Oltre la serva, aveva cura di loro l'alunno della farmacia, Justin, un lontano cugino di Homais che era stato preso in casa per carità e serviva anche da domestico.

Il farmacista fu un prezioso vicino. Indicò alla signora Bovary i fornitori, fece venire apposta il suo venditore di sidro, saggiò egli stesso la bevanda e vigilò che i fusti fossero ben collocati nella cantina; insegnò il modo di avere una provvista di burro a buon mercato, e conchiuse un patto con Lestiboudois, il sacrestano, il quale alle sue funzioni chiesastiche e mortuarie aggiungeva quella di giardiniere pagato ad ora o ad anno, secondo il desiderio di chi lo chiamava.

Il farmacista però non si spingeva a tanta ossequiosa cordialità per il solo bisogno di occuparsi degli altri, ma lo faceva per un piano prestabilito.

Egli aveva trasgredito alla legge del 19 ventoso, anno XI, articolo 1°, che proibiva a chiunque non avesse il diploma l'esercizio della medicina; e per una denuncia anonima era stato chiamato a Rouen dal procuratore del re, che lo aveva ricevuto in piedi, nel suo gabinetto particolare, con la toga sulle spalle e il tocco in testa. Era la mattina avanti l'udienza. Si udivano nel corridoio i passi pesanti dei gendarmi e un rumore lontano come di serrature che si chiudessero. Le orecchie del farmacista divennero così rosse, che si sarebbe detto un accidente stesse per coglierlo; egli intravide il fondo di una segreta, la famiglia in lagrime, la farmacia venduta, i boccali disseminati; ed ebbe bisogno di entrare in un caffè per bervi un bicchiere di rhum con l'acqua di seltz, e così rianimarsi un poco.

A poco a poco il ricordo dell'ammonizione si spense, ed egli continuò, come prima, a dare consultazioni anodine nel suo retrobottega. Ma il sindaco vedeva male questa cosa, i suoi confratelli erano gelosi, e nel prodigare a Bovary tante cortesie, egli impegnava la gratitudine di lui e se lo rendeva obbligato, ciò che sconsigliava il medico di parlare della trasgressione, quando se ne fosse accorto. Così, ogni mattina, Homais gli portava il giornale, e spesso nel pomeriggio lasciava per poco la farmacia per andare a fare un po' di conversazione con l'ufficiale sanitario.

Charles intanto era triste: la clientela scarseggiava. Egli se ne stava lungamente seduto senza parlare, andava a sonnecchiare nel suo studio, o guardava sua moglie che cuciva. Per distrarsi, si metteva a lavorare in casa, e volle dipingere il granaio con un residuo di colore che i pittori avevano abbandonato. Ma la questione finanziaria lo preoccupava. Aveva speso tanto per le riparazioni alla casa di Tostes, per le toelette di sua moglie e per trasferirsi da un paese all'altro, che tutta la dote, più di tremila scudi, s'era consumata in due anni. Poi, quante cose danneggiate e perdute nel trasporto da Tostes a Yonville, senza contare una pila di piatti che, cadendo dalla carretta per un trabalzo troppo forte, s'erano rotti in mille pezzi, a Quincampoix!

Una preoccupazione migliore venne a distrarlo, quando seppe che sua moglie era incinta. A misura che il termine si avvicinava, egli si rallegrava maggiormente. Era come un altro legame carnale che si stabiliva, e come il sentimento continuato di una unione complessa. Quando egli vedeva da lontano l'andatura stanca di lei e la sua persona arrotondarsi alle anche libere del busto, quando, l'uno di fronte all'altra, la contemplava a suo agio ed essa prendeva, sedendo nella sua poltrona, una posa di persona stanca, non poteva più contenere la sua felicità. Si levava, l'abbracciava, le accarezzava le guance, la chiamava mammina, voleva farla ballare, e le prodigava, un po' ridendo, un po' implorando, tutte le più carezzevoli piacevolezze che il cervello gli dettava. L'idea di avere un figliuolo lo allettava. Niente gli mancava, ora. Conosceva oramai tutta l'esistenza umana, e si vi adattava serenamente.

Emma da principio sentì come uno stordimento, poi un desiderio di vederne la fine, per conoscere che cosa significasse l'esser madre. Ma, non potendo fare le spese che desiderava, avere una culla a navicella con tendine di seta color di rosa e cercini ricamati, rinunziò ad occuparsi del corredo, in un accesso di amarezza, incaricandone una cucitrice del villaggio, senza scegliere nulla, né discutere. Ella non provò lo svago di quei preparativi, da cui la tenerezza materna si sente quasi affascinata, ed il suo affetto fin da principio ne fu alquanto attenuato.

Però, siccome Charles quando erano a pranzo parlava sempre del nascituro, ella cominciò a pensarvi con una certa continuità.

Desiderava un maschio; sarebbe stato bruno e forte, e gli avrebbero messo nome Georges; e l'idea di aver un maschio era come una rivincita su tutte le sue impotenze passate. Un uomo almeno è libero: può attraversare le passioni come i paesi, sormontare gli ostacoli, mordere alle felicità più lontane. Ma una femmina è continuamente legata. Inerte e pieghevole secondo i casi, ha contro di sé la fragilità della carne e le costrizioni della legge. La sua volontà, come il velo ligato al suo cappello, palpita ad ogni vento; vi è sempre qualche desiderio che trascina, una convenienza che trattiene.

Partorì di domenica, verso le sei, al levar del sole.

« È una femmina! » disse Charles.

Ella volse la testa, e guardò altrove.

La signora Homais, sopraggiunta subito, l'abbracciò, e così fece anche la signora Lefrançois del *Lion d'or*. Il farmacista, da uomo discreto, le rivolse qualche augurio, dalla porta semiaperta; poi volle vedere la neonata e la trovò molto ben conformata.

Durante il puerperio, Emma si occupò nella ricerca del nome da dare alla figlia. Dapprima passò in rivista tutti quelli che avevano la desinenza italiana, come Clara, Louisa, Amanda, Atala, le piaceva molto Galsuinde, e più ancora Yseult e Léocadie. Charles desiderava che avesse il nome di sua madre; ma Emma si oppose. Scorsero il calendario da cima a fondo e consultarono un elenco di nomi stranieri.

« Il signor Léon », disse il farmacista, « col quale ne parlavo l'altro giorno, è meravigliato che voi non la chiamiate Madeleine, un nome molto di moda, oggi. »

Però la suocera protestò contro questo nome di peccatrice. Homais prediligeva i nomi che ricordavano un grande uomo, un fatto illustre o una idea generosa e, conformandosi a queste idee, aveva battezzato i suoi quattro figliuoli. Così, Napoléon rappresentava la gloria, e Franklin la libertà; Irma era forse una concessione al romanticismo, ma Athalie un omaggio al più immortale capolavoro della scena francese. Le sue convinzioni filosofiche non erano di ostacolo alle sue ammirazioni artistiche; il pensatore, in lui, non soffocava l'uomo sensibile: egli sapeva stabilire le differenze, tra l'immaginazione, cioè, ed il fanatismo.

Emma finalmente si sovvenne di aver udito, al castello della Vaubyessard, la marchesa chiamare Berthe una giovanetta; allora, fu scelto questo nome e, siccome il signor Rouault non poteva venire, fu pregato Homais di far da padrino. Il farmacista offrì in dono tutti i prodotti del suo stabilimento: tre scatole di giuggiole, un boccale colmo di *racahout* e sei bastoni di zucchero candito, che aveva trovato su d'una scansia.

La sera della cerimonia ebbe luogo un gran pranzo, e vi fu invitato anche il curato. Ai liquori, il caldo montò alla testa ed Homais intonò *le Dieu des bonnes gens*, Léon cantò una barcarola e la madre Bovary, che aveva fatto da madrina, una romanza dell'Impero; infine Bovary padre pretese che fosse portata in mezzo la neonata, e la battezzò versandole sulla testa una coppa di *champagne*. L'abate Bournisien s'indignò per una simile profanazione del primo sacramento; Bovary padre rispose con una citazione di *La guerre des dieux*, il curato voleva andarsene, le signore supplicarono, Homais s'interpose, e si riuscì finalmente a far chetare l'ecclesiastico, che riprese a sorbire la sua tazza di caffè a metà bevuta.

Il suocero Bovary rimase ancora un mese a Yonville, abbagliando gli abitanti con un magnifico berretto con galloni di argento, che portava la mattina recandosi in piazza a fumare la pipa. Avendo anche l'abitudine di bere molta acquavite, inviava spesso la serva al *Lion d'or* a prendere una bottiglia, che era segnata nel conto del figliuolo; e per profumare i suoi fazzoletti, adoperava tutta l'acqua di Colonia della nuora.

Costei non si dispiaceva della sua compagnia. Egli aveva corso il mondo: parlava di Berlino, di Vienna, di Strasburgo, della sua vita di ufficiale, delle amanti che aveva avute, delle deliziose cenette che aveva fatte; si mostrava molto amabile, e talvolta, incontrando la nuora per le scale e nel giardino, le cingeva la vita, gridando: « Stai attento, Charles! »

Allora la signora Bovary madre temette per la felicità di suo figlio, e paventando che suo marito, a lungo andare, avesse una influenza immorale sulle idee della nuora, si studiava di affrettare la partenza. Aveva forse anche qualche inquietudine più seria: suo marito non rispettava nulla.

Un giorno, Emma sentì improvvisamente il bisogno di vedere sua figlia, che era stata data a balia presso la moglie di un falegname, e senza guardare se le sei settimane del puerperio durassero ancora, s'incamminò verso la casa di Rolet, che era all'estremità del villaggio, ai piedi della collina, tra la strada maestra e le praterie.

Era mezzogiorno; le impannate delle case erano chiuse, i tetti di ardesia rilucevano sotto la luce aspra del cielo azzurro, e dalla cresta dei comignoli pareva che crepitassero scintille. Il vento soffiava forte. Emma, nel camminare, si sentiva debole; i ciottoli la ferivano; e per poco esitò, se dovesse ritornare a casa o entrare in qualche parte per sedersi.

Léon in quel momento usciva da una porta vicina, con un fascetto di carte sotto un braccio. La salutò e si collocò all'ombra della tenda grigia che sporgeva davanti alla bottega di Lheureux.

La signora Bovary disse che andava a vedere sua figlia, e che si sentiva già stanca.

« Se... » disse Léon, non osando aggiungere altro.

« Avete qualche cosa da fare? » ella gli domandò. E avutane risposta negativa, lo pregò di accompagnarla.

La sera, il fatto fu noto in Yonville, e la signora Tuvache, la moglie del sindaco, dichiarò alla propria serva che « la signora Bovary si comprometteva ».

Per arrivare alla casa della balia, bisognava voltare a sinistra, come per andare al cimitero, e seguire tra le piccole case un sentiero fiancheggiato di ligustri in fiore. La signora Bovary camminava lentamente appoggiandosi a Léon, che misurava il proprio passo su quello di lei; davanti a loro, uno sciame di mosche volteggiava ronzando nell'aria calda.

Riconobbero la casa, bassa e coperta di tegole brune, da un vecchio noce che l'ombreggiava. Dell'acqua sporca colava tra l'erba, e tutto intorno erano sciorinati stracci, una sottana a maglia, una camiciola d'indiana rossa ed un gran pezzo di tela allargato sulla siepe.

Al rumore del cancello, la balia apparve, tenendo in braccio un bambino che poppava. Con l'altra mano si tirava dietro un marmocchio sparuto e scrofoloso, figlio di un berrettaio di Rouen che i genitori, troppo occupati nei loro negozi, lasciavano in campagna.

« Entrate », disse, « la vostra piccina è là che dorme. »

La camera, a pianterreno, che costituiva tutto l'alloggio, aveva in fondo, contro il muro, un letto largo, senza cortine, mentre la madia occupava il lato della finestra, il cui vetro mancante era stato sostituito con un foglio di carta azzurrina. Nell'angolo, dietro l'uscio, degli stivaletti, con le bullette lucenti erano posti in fila sotto la pietra del lavatoio, e ivi presso una bottiglia piena di olio una piuma infilata nel collo, un *Mathieu Laensberg* sul camino polveroso, tra pietre focaie, mozziconi di candela ed esca. Una immagine della Fama, tagliata dal manifesto di un profumiere, attaccata al muro con sei bullette, costituiva tutto il lusso dell'appartamento.

La figlia di Emma dormiva per terra, in una culla di vimini. Ella la prese col copertoio che l'avviluppava e cominciò a cantare dolcemente, dondolandola.

Léon passeggiava nella camera; gli pareva strano vedere quella bella signora in veste di nankin in mezzo a tanta miseria. La signora Bovary arrossì; poi rimise a giacere la piccina, che le aveva vomitato sul collaretto. La balia si affrettò a nettarlo, assicurando che non sarebbe apparsa alcuna macchia.

« Me ne fa di più grosse », disse, « ed io sono occupata continuamente a risciacquare! Se voleste compiacervi di ordinare a Camus il droghiere che mi fornisse un po' di sapone quando ne ho bisogno? così non incomoderei voi. »

« Sta bene », disse Emma. « A rivederci, mamma Rolet. »

Ed uscì, asciugandosi i piedi sul terreno.

La buona donna l'accompagnò sino in fondo alla corte, parlandole del male che le veniva dall'alzarsi durante la notte.

« Ne sono così stanca talvolta, che mi addormento sulla sedia; còsicché dovreste almeno darmi una libbra di caffè macinato, che prenderei la mattina col latte, e mi basterebbe un mese. »

Dopo aver subito tutti i ringraziamenti della balia, la signora Bovary se ne andò. Ma si era di poco allontanata nel sentiero, quando un rumore di zoccoli la fece voltare indietro: era di nuovo la balia.

« Che c'è? »

La contadina, tirandola da parte dietro un olmo, cominciò a parlarle di suo marito, che, col suo mestiere e sei franchi l'anno del capitano...

« Spicciatevi », disse Emma.

« Ebbene! » riprese la balia, accompagnando ogni parola con un sospiro, « ho paura che non cada in malinconia nel vedermi prendere il caffè sola; voi sapete, gli uomini... »

« Ma ne avrete, ve ne darò », ripeté Emma. « Mi annoiate! »

« Oh! mia buona signora, gli è che egli, in seguito alle sue ferite, soffre dei crampi terribili al petto. E dice anche che il sidro lo indebolisce. »

« Ma sbrigatevi, mamma Rolet! »

« Dunque », la balia riprese facendo una riverenza, « se non vi pare

che io domandi troppo... » e salutò ancora una volta, « quando voleste »,
e il suo sguardo divenne supplichevole, « una piccola brocca di acquavite »,
disse infine, « per fregarne i piedi della vostra bambina, che li ha teneri
come la lingua. »

Sbarazzatasi della balia, Emma riprese il braccio di Léon. Camminò
rapidamente per un tratto, poi rallentò il passo, ed il suo sguardo rasen-
tava la spalla del giovane, che indossava un soprabito col bavero di velluto
nero, su cui scendevano i suoi capelli lisci e ravviati. Notò, anche, che
portava le unghie più lunghe di quello che si usasse a Yonville. Curar le
unghie era, difatti, una delle più gravi occupazioni di Léon che teneva
un temperino adatto alla bisogna.

Ritornarono a Yonville seguendo il corso del fiume.

Nella calda stagione, l'argine più si allargava lasciando scoperti fino alla
base i muri dei giardini, dai quali per qualche gradino si scendeva nel
fiume, che correva senza rumore, rapido, dando un senso di freschezza al-
l'occhio. Erbe lunghe e sottili si curvavano in fasci, secondo la corrente
le spingeva, e si svolgevano nell'acqua limpida come chiome verdi abbandonate. Le molecole azzurre dell'acqua scintillavano sotto i raggi del sole,
e riflettevano, come uno specchio i salici curvi lungo le sponde.

Era l'ora del pranzo, nelle masserie, ed il silenzio nella campagna che
sembrava deserta era rotto dai passi di Emma e del suo compagno, dalle
parole che si scambiavano, e dal fruscio del vestito di lei.

Parlavano di una compagnia di ballerini spagnuoli, che era attesa al
teatro di Rouen.

« Vi andrete? » ella domandò.

« Se posso », egli rispose.

Non già che non avessero un argomento più serio per i loro discorsi,
ma mentre si sforzavano di contenere la conversazione nei limiti ordinari,
ambedue si sentivano presi da uno stesso senso di languore: era come un
mormorio delle anime, profondo, continuo, che dominava quello delle voci.
Compresi da questo nuovo senso di dolcezza, essi non si occupavano a
raccontarsi la loro sensazione o a indagarne la causa. I godimenti futuri,
come le rive del tropico, proiettano sull'immensità che le precedono le
natìe mollezze, una brezza profumata, dove l'uomo si assopisce come in un
rapimento, senza preoccuparsi dell'orizzonte, che non si scorge nemmeno.

La terra, in un punto, era affondata sotto i passi delle mandre, e
bisognò passare su grossi ciottoli collocati qua e là nel fango. Spesso Emma
si fermava un istante per studiare dove dovesse mettere il piede, e vacil-
lando sul ciottolo che tremava, i gomiti aperti, la persona sospesa, lo
sguardo indeciso, rideva del timore di sdrucciolare nelle pozze.

Quando furono giunti davanti al suo giardino, la signora Bovary spinse
il cancello, salì la gradinata correndo, e disparve.

Léon rientrò nel suo studio. Il principale non c'era. Egli gettò uno
sguardo sui fascicoli, si tagliò una penna, riprese il cappello e se ne andò.

Andò sulla Pâture, sull'alto della collina di Argueil, al limite della
foresta; si coricò per terra sotto gli abeti, e guardò il cielo attraverso le dita.

« Come mi annoio » mormorò, « come mi annoio! »

Compiangeva se stesso, per dover vivere nel villaggio, con un amico come Homais ed un principale come Guillaumin. Quest'ultimo, molto occupato nei suoi affari, con i suoi occhiali d'oro e i favoriti rossicci sulla cravatta bianca, non intendeva le delicatezze dello spirito, quantunque affettasse l'aria rigida di un inglese, con cui aveva abbagliato Léon nei primi tempi. Quanto alla moglie del farmacista, era la migliore sposa di Normandia, dolce come una pecora, amorevole coi figli, con i suoi genitori e i cugini, che si commuoveva ai mali altrui, conduceva la casa alla buona e detestava il busto; ma così lenta nel muoversi, così noiosa ad ascoltare, di un aspetto così comune ed una conversazione così povera, che non si sarebbe immaginato come ella fosse stata giovane, ora che aveva trent'anni, che potesse essere una donna per qualcheduno, che possedesse del suo sesso qualche altra cosa oltre il vestito.

E poi, chi altro c'era? Binet, e qualche mercante, due o tre vinai, il curato ed infine il signor Tuvache, il sindaco, coi suoi due figli, gente ottusa, tozza, selvatica, che coltivavano essi stessi le loro terre, che si bisticciavano in famiglia, quasi bigotti e di una compagnia insopportabile.

Sul fondo comune di tutti questi volti umani, la fisionomia di Emma emergeva isolata, ma più lontana, perché tra lui e lei pareva che corresse un abisso.

Da principio egli si era recato più volte da lei in compagnia del farmacista. Charles non si era mostrato molto desideroso di riceverlo, e Léon non sapeva come contenersi tra il timore di essere indiscreto e il desiderio di una intimità, che gli pareva peraltro quasi impossibile.

IV

FIN dai primi freddi, Emma lasciò la camera per dormire nella sala, una stanza lunga col soffitto basso, che aveva sul camino un falso polipo, che si rizzava davanti allo specchio.

Seduta sulla poltrona, presso la finestra, vedeva la gente che passava sul marciapiede.

Léon andava dal suo studio al *Lion d'or* due volte al giorno, Emma lo vedeva venire da lontano, si piegava per vederlo meglio; e il giovane appariva dietro a una cortina, sempre vestito allo stesso modo e senza volgere la testa. Ma, nell'ora del crepuscolo, quando, il mento nella mano sinistra, ella aveva abbandonato sui ginocchi il ricamo cominciato, spesso trasaliva all'apparizione improvvisa di quell'ombra. Si alzava allora di scatto ed ordinava che si apparecchiasse il pranzo.

Homais veniva durante il pranzo. Col berretto greco in mano, entrava a passo leggero per non incomodare nessuno e sempre ripetendo la stessa frase: « Buonasera alla compagnia! » Dopo aver preso posto, a tavola, fra gli sposi, domandava al medico notizie dei suoi ammalati, e il medico lo consultava sulle probabilità degli onorari: poi si parlava di quello che c'era nel giornale, che Homais sapeva quasi a memoria e riferiva integralmente, con le riflessioni del giornalista e le narrazioni di tutte le catastrofi individuali accadute in Francia o all'estero. E quando questo soggetto era esau-

rito, faceva le sue osservazioni sulle vivande che vedeva; levandosi a
metà, indicava delicatamente alla signora il boccone più tenero, o, rivolgendosi alla fantesca, le dava qualche consiglio sulla manipolazione dello
stufato e l'igiene dei condimenti; parlava di aromi, di succhi, di estratti di
carne e di gelatine con una competenza da sbalordire. Con la testa più piena
di ricette, che non fosse di boccali la sua farmacia, Homais eccelleva nella
manipolazione delle confetture e dei liquori dolci, e conosceva altresì tutte
le nuove invenzioni per il riscaldamento economico, e l'arte di conservare
i formaggi ed accomodare i vini andati a male.

Alle otto, Justin veniva a cercarlo per chiudere la farmacia. Allora
Homais lo guardava con occhio scrutatore, specialmente se Félicité era
presente, essendosi accorto che il suo allievo riscuoteva la simpatia della
serva del medico.

« Il mio bel giovane », diceva, « comincia ad avere delle idee, e credo,
il diavolo mi porti! che sia innamorato della vostra serva. »

Ma un difetto più grave gli rimproverava, quello cioè di prestare orecchio continuamente alle conversazioni. La domenica, per esempio, non
lo si poteva far uscire dal salone, dove la signora Homais lo aveva chiamato per prendere i fanciulli che si erano addormentati nelle poltrone.

Non andavano molte persone alle serate del farmacista, la sua maldicenza e le sue opinioni politiche avendo allontanato successivamente da
lui varie persone rispettabili. Solo il giovane di studio non mancava. Appena
udiva il campanello, correva incontro alla signora Bovary, le prendeva lo
scialle e posava sotto lo scrittoio della farmacia le grosse pantofole di limo-
sino che ella calzava sugli stivaletti, in tempo di neve.

Si cominciava giuocando qualche partita al « trentuno »; poi Homais
giuocava all'écarté con Emma; Léon, ritto dietro di lei, le dava qualche
consiglio. In piedi, con le mani sulla spalliera della sedia, guardava i denti
del pettine che si tuffavano nei capelli di lei. Ad ogni movimento che ella
faceva per gettar le carte, la sua veste si sollevava dal lato diritto. Dai suoi
capelli rialzati, le discendeva sul dorso come un'ombra bruna, che gradatamente, chiarendosi a poco a poco, svaniva. Il vestito le ricadeva dai due
lati, con due rigonfiamenti pieni di pieghe, fino a terra, e quando Léon toccava con la punta del piede quella specie di strascico, si scansava, come
temendo di camminare su qualche cosa viva.

Dopo la partita alle carte, il farmacista e il medico giuocavano a
domino, ed Emma, cambiando posto, si appoggiava alla tavola per sfogliare
l'Illustration. Léon si collocava accanto a lei; guardavano insieme le inci-
sioni e s'indugiavano a leggere le spiegazioni a piedi delle pagine. Sovente
ella lo pregava di recitarle dei versi, e Léon declamava con una voce strascicante, che assumeva delle aspirazioni delicate ai passaggi d'amore. Ma il
rumore del domino li contrariava; Homais era buon giuocatore e batteva
completamente Charles. Poi, le tre centinaia terminate, si sdraiavano tutti
e due davanti al camino e non tardavano ad addormentarsi. Il fuoco moriva
nella cenere; la teiera era vuota e Léon leggeva ancora. Emma lo ascoltava,
facendo macchinalmente girare il paralume di garza della lampada, su cui
erano dipinti dei pagliacci in carrozza e delle ballerine sulla corda. Léon
ad un tratto taceva, indicando con un gesto l'uditorio addormentato. Allora

parlavano a voce bassa e la loro conversazione pareva più dolce, perché non udita da alcuno.

Così fu stabilita tra loro una specie di associazione, un commercio continuo di libri e di romanzi; Bovary, poco geloso, non se ne meravigliava, né se ne dava alcun pensiero.

Egli ricevette per la sua festa una bella testa frenologica, tutta contrassegnata di cifre in una rete di linee azzurre. Era stata un'attenzione di Léon. Avendo il libro di un romanziere richiamato alla moda la manìa delle piante grasse, Léon ne comprò a Rouen per la signora, e le portò sulle ginocchia, nella *Hirondelle*, pungendosi le dita ai loro aculei.

Ella fece aggiustare, innanzi alla sua finestra, una specie di davanzale con una balaustra per collocarvi i vasi. Anche lo scrivano ebbe il suo giardino pensile. Così si vedevano quando innaffiavano i fiori alle loro finestre.

Tra le finestre del villaggio, ve n'era una più spesso delle altre occupata; perché, specialmente la domenica, dal mattino alla sera, e tutti i pomeriggi, se il tempo era sereno, vi si vedeva il profilo magro del signor Binet, il cui monotono respiro si udiva fino al *Lion d'or*.

Una sera, rientrando, Léon trovò nella sua cameretta un tappeto di velluto e lana con un disegno di foglie su fondo chiaro; chiamò la signora Homais e suo marito, Justin, i fanciulli, la cuciniera, e ne parlò anche al suo principale; tutti volevano vedere quel tappeto. Perché la moglie del medico usava tanta generosità con Léon? Ciò parve una leggerezza, e si pensò che ella fosse *la sua buona amica*. Ed egli stesso lo dava a credere, continuamente parlando della sua grazia e del suo spirito, tanto che una volta Binet gli disse brutalmente: « Che importa a me, se non appartengo alla sua società? »

Léon si torturava il cervello per escogitare il modo come fare la sua dichiarazione; e dubbioso tra il sospetto di arrecarle dispiacere e il dispetto di essere pusillanime, ne piangeva di scoraggiamento e di desiderio. Infine prese energicamente una determinazione; scrisse: ma poi lacerò queste lettere; fissò una data; ma non vi si attenne. Spesso s'incamminava col progetto di osare, ma questa risoluzione lo abbandonava improvvisamente alla presenza di Emma, e quando Charles, sopraggiungendo, lo invitava a montare nel suo calesse, per andare insieme a visitare qualche malato dei dintorni, egli tosto accettava, salutava la signora ed usciva. Suo marito non era forse una parte di lei?

Emma non interrogava mai se stessa, per sapere se lo amava. L'amore, essa pensava, doveva manifestarsi violentemente, con scoppii poderosi come la folgore, quasi un uragano del cielo che cade sulla terra, e tutto rovescia, afferma le volontà come le foglie e caccia negli abissi i cuori. Ma ella non pensava che sulla terrazza delle case la pioggia forma quasi dei laghetti quando le grondaie sono otturate, e sarebbe rimasta così nella sua sicurtà, quando si accorse improvvisamente di una forte lesione nella muraglia.

V

Ciò avvenne nel pomeriggio nevoso di una domenica di febbraio. I coniugi Bovary, Homais e Léon erano andati a visitare una filanda impiantata da poco nella vallata, a mezza lega da Yonville. Il farmacista aveva condotto Napoléon e Athalie, per far fare loro del moto, e Justin li accompagnava, carico di ombrelli.

Un largo spazio di terra, dove si trovavano alla rinfusa, tra mucchi di sabbia e ciottoli, alcune ruote d'ingranaggio rugginose, circondava un lungo edifizio rettangolare in cui si aprivano molte finestre. La costruzione non ne era ancora ultimata, e si vedeva il cielo attraverso le travi della tettoia.

Homais spiegò alla compagnia l'importanza futura dello stabilimento, calcolò la forza dei solai, lo spessore dei muri, deplorando di non avere una canna metrica, come quella del signor Binet.

Emma, a cui dava il braccio, si appoggiava un poco sulla sua spalla, e guardava il disco del sole che mandava lontano, tra la bruma, i suoi raggi; poi volse la testa e guardò Charles. Egli aveva il berretto abbassato sugli occhi e le grosse labbra tremavano pel freddo, facendogli acquistare un'aria stupida. Mentre ella lo considerava, assaporando così, nella sua irritazione, una specie di voluttà depravata, Léon si avanzò, con una dolce espressione di languore nel volto pallido e bianco. Il colletto della camicia, un po' aperto, lasciava vedere la pelle, e il suo sguardo aperto, volto in alto, parve ad Emma più limpido e più bello che i laghi delle montagne in cui si specchia il cielo.

« Disgraziato! » gridò ad un tratto il farmacista.

E corse verso suo figlio che correva rischio di precipitare su un mucchio di calce, volendo imbiancarsi le scarpe. Ai rimproveri con cui il padre lo investì, Napoléon prese ad urlare, mentre Justin gli asciugava le scarpe con uno strofinaccio di paglia. Ma occorreva un coltello; Charles offrì il suo.

« Ah! » disse Emma, « porta il coltello in tasca, come un contadino! »

Intanto cominciava a cader la brina e tutti ripresero la strada di Yonville.

La signora Bovary, la sera, non andò dai suoi vicini, e quando Charles uscì e rimase sola, cominciò a fare dei paragoni, vinta da una impressione recente. Guardando dal letto il fuoco che ardeva, vedeva ancora Léon, come lo aveva visto laggiù, in piedi, con una mano ripiegando la sua bacchetta puntata a terra, con l'altra conducendo Athalie che succiava un pezzetto di ghiaccio. Lo trovava bello, non sapeva distogliere il pensiero da lui, ricordava il suo atteggiamento di altre volte, le parole, il suono della voce, tutta la persona, e ripeteva allungando le labbra come per baciare: « Bello! bello!... non ama egli qualcuna?... E chi?... Me, me! »

Il suo cuore palpitava di gioia. La fiamma del camino riflettendosi sotto il soffitto spandeva intorno un'aria di gaiezza. Emma si distese supina e stirò le braccia.

Allora cominciò l'eterna lamentazione: Oh! se il Cielo avesse voluto! Perché non era accaduto altrimenti? Chi lo aveva impedito?...

Quando Charles rientrò, a mezzanotte, ella ebbe l'aria di una persona

che si sveglia; e siccome egli faceva del rumore spogliandosi, Emma si lamentò di emicrania; poi domandò sbadatamente che cosa aveva fatto nella serata.

« Léon », egli disse, « è rientrato presto. »

Emma non seppe trattenere un sorriso. Poi si addormentò con l'anima piena di un nuovo incantesimo.

L'indomani, verso sera, ricevette la visita del signor Lheureux, negoziante di novità.

Era costui un uomo molto abile. Nato in Guascogna, ma vissuto in Normandia, alla facondia dei meridionali aggiungeva molta prudenza. La fisonomia grassa e sbarbata sembrava tinta da una decozione di liquorizia chiara ed i capelli bianchi rendevano più vivo il rude splendore dei suoi piccoli occhi neri. Nessuno sapeva che cosa facesse una volta: secondo alcuni, il merciaio girovago; secondo altri il banchiere, a Routot. Ciò che era certo, gli è che faceva a memoria dei calcoli complicati da disgradarne lo stesso Binet. Ossequioso fino alla mellifluità, serbava sempre un atteggiamento di persona che s'incurva per salutare o per invitare.

Dopo aver lasciato alla porta il suo cappello guernito di crespo, depose sulla tavola una scatola verde, e cominciò a scusarsi con la signora di aver tardato fino a quel giorno per offrirle i suoi servigi. Una bottega meschina come la sua non era fatta per attirare una persona così elegante, e sottolineava la parola. Ella, pertanto, non aveva che a comandare, ed egli s'incaricava di fornirle ciò che volesse, tanto in mercerie quanto in biancheria, in berretti o in novità, perché andava a provvedersene alla città quattro volte al mese, regolarmente, ed era in relazione con le case più accreditate; si poteva domandare di lui ai *Trois Frères*, alla *Barbe d'or* o al *Grand Sauvage*; tutti questi signori lo conoscevano come le proprie tasche! Oggi, dunque, egli veniva a mostrare alla signora varii articoli che aveva, per una occasione delle più rare. E tolse dalla scatola una mezza dozzina di colletti ricamati.

La signora li esaminò; poi disse di non aver bisogno di nulla.

Allora Lheureux esibì delicatamente tre sciarpe algerine, parecchi pacchetti di aghi inglesi, un paio di pantofole di paglia, e, infine, quattro ovaroli di cocco cesellati a straforo dai forzati. Poi, le mani sulla tavola, il collo teso, il busto sospeso, seguiva, con la bocca spalancata, lo sguardo di Emma vagante, indeciso, fra quelle mercanzie. Di quando in quando, dava qualche colpetto di unghia sulla seta delle sciarpe, spiegate in tutta la loro lunghezza, come per toglierne la polvere, e le pagliuzze d'oro del tessuto scintillavano come piccole stelle alla luce verdastra del crepuscolo.

« Quanto costano?... »

« Una miseria », egli rispose, « una miseria! Ma non c'è da affrettarsi... quando vorrete... noi non siamo ebrei! »

Ella rifletté un istante, e finì col ringraziare Lheureux, che replicò senza smuoversi: « Ebbene, c'intenderemo più tardi. Con le signore io mi sono sempre trovato di accordo... eccetto con la mia, però! »

Emma sorrise.

« Voglio dire », riprese con bonomia, dopo quella piacevolezza, « che

65

non è il danaro che mi preoccupa... Ve ne offrirei magari, se ne abbisognaste, per caso. »

Ella ebbe un gesto di sorpresa.

« Ah! » egli disse vivamente e a bassa voce, « non indugerei un minuto per servirvi; contateci! »

E cominciò a domandare notizie di babbo Tellier, il padrone del *Café François*, che Bovary aveva proprio allora in cura.

« Che cosa ha dunque babbo Tellier?... Una tosse che scuote tutta la casa, e temo che prossimamente gli abbisogni piuttosto un pastrano di abete che una camicia di flanella. Ha fatto tanti bambocci nella sua gioventù! Quella gente è così disordinata! pare calcinata con l'acquavite! Ma è sempre doloroso vedere che un amico se ne vada! »

E mentre richiudeva la sua scatola, parlava della clientela del medico, guardando i vetri della finestra con aria un po' annoiata: « Il tempo, senza dubbio, è la causa di quelle malattie! Nemmeno io mi sento troppo bene; uno di questi giorni debbo consultare vostro marito, per un dolore che soffro alle spalle... A ben rivederci, signora Bovary, sempre a vostra disposizione... servitore umilissimo! »

E chiuse delicatamente la porta.

Emma si fece servire il pranzo nella sua camera, vicino al fuoco, su di un tavolino; mangiò lentamente, e tutto le parve buono.

« Come sono stata savia! » disse, pensando alle sciarpe.

Udì un rumore di passi sulla scala: era Léon.

Si alzò, prese dal canterano un canevaccio da orlare, il primo che le capitò sottomano, e si mostrò molto occupata, quando egli comparve.

La conversazione languiva. La signora Bovary la interrompeva ogni tanto; mentre anche lui si sentiva un po' a disagio. Seduto su una sedia bassa, presso il camino, faceva girare tra le dita un astuccio di avorio; lei, sempre tacendo, spingeva l'ago e di quando in quando con l'unghia toglieva le grinze alle pieghe della tela. Anche egli finì col tacere, vinto dal silenzio di lei, come sarebbe stato affascinato dalle sue parole.

« Povero giovane! » ella pensò.

« In che cosa l'ho dispiaciuta? » egli si domandava.

Finalmente disse che uno di quei giorni doveva andare a Rouen per una faccenda dello studio, e domandò: « Il vostro abbonamento alla musica è terminato? Debbo rinnovarlo? »

« No. »

« Perché? »

« Perché... »

E, stringendo le labbra, tirò lentamente una lunga agugliata di refe grigio.

Quel lavoro irritava Léon. Gli venne in mente una frase galante, ma non osò pronunziarla.

« L'abbandonate, dunque? »

« Che cosa? » ella disse vivamente. « La musica? Ah! mio Dio, sì! Non ho la casa da governare, mio marito da badare, mille cose, infine, tanti doveri più urgenti? »

Guardò la pendola. Charles tardava a venire. Allora affettò d'essere pensosa e ripeté due o tre volte: « È tanto buono! »

Il giovane era un po' affezionato al signor Bovary, ma quella tenerezza coniugale lo meravigliava sgradevolmente; nondimeno ne seguitò l'elogio, come, diceva, avrebbe fatto per ognuno, e soprattutto pel medico.

« È un bravo uomo », disse Emma.

« Certo », aggiunse Léon.

E cominciò a parlare della signora Homais, la cui acconciatura trascurata li faceva ridere quasi sempre.

« Che fa? » Emma lo interruppe. « Una buona madre di famiglia non si preoccupa della toeletta. »

E tacque di nuovo, bruscamente.

Così anche nei giorni seguenti: i suoi discorsi, le sue maniere, tutto era cambiato. Fu vista occuparsi seriamente della casa, ritornare alla chiesa regolarmente, e trattare la serva con più severità.

Ritirò Berthe dalla balia. Félicité la recava, quando veniva qualche visita, e la madre la svestiva per far vedere le piccole membra rosee. Diceva di adorare i bambini; erano la sua consolazione, la sua gioia, la sua follia, ed accompagnava le carezze con espansioni piene di lirismo, che a tutt'altri che a quelli di Yonville, avrebbero ricordato la Sachette di *Notre Dame de Paris*.

Quando Charles rientrava, trovava le pantofole messe a riscaldare vicino alla cenere. Il panciotto ora non era privo di fodera, né le camicie di bottoni, ed egli si consolava nel vedere tutti i berretti di cotone ordinati in pile eguali nell'armadio. Ella non faceva il volto arcigno, come prima, quando andava a passeggiare nel giardino; consentiva a tutti i voleri di lui, sebbene non sapesse prevedere i suoi desideri; ma esprimendoli, ella si affrettava ad appagarli, senza il menomo risentimento; di talché quando Léon lo vedeva accanto al fuoco, dopo il pranzo, con le mani sul ventre, i piedi sugli alari, le gote rosse, gli occhi umidi di felicità, mentre la bambina si rotolava sul tappeto e la moglie lo baciava in fronte, allungandosi di sopra la spalliera della sedia, pensava: « Come arrivare fino a lei?... Quale follia! »

Ella gli apparve così virtuosa ed inaccessibile, che ogni speranza, anche la più lontana, lo abbandonò.

Ma nel fare una tale rinunzia, la considerò vieppiù come in una condizione straordinaria.

Ella perdeva, per lui, le qualità carnali dalle quali egli non desiderava nulla, e andava sempre più elevandosi nel suo cuore, come un'apoteosi che svanisca. Egli provava uno di quei sentimenti puri, che non turbano la vita, che si coltivano perché sono rari, e la cui perdita affligge più che non faccia gioire il possederli.

Emma dimagriva, le fiorite gote impallidivano, la fisonomia si allungava. Coi capelli neri, gli occhi grandi, il naso diritto, la sua andatura di uccello e sempre silenziosa, pareva che attraversasse l'esistenza sfiorandola appena e recasse sulla fronte la vaga impronta di una predestinazione sublime. Era così triste e calma, e così dolce, a volte, e riservata, che infondeva a chi le era vicino un incanto glaciale, come quello che si prova nelle chiese

67

tra il profumo dei fiori e l'impressione dei gelidi marmi. Nessuno sfuggiva a questa seduzione. Il farmacista diceva: « È una donna di grandi qualità e non starebbe fuori posto come moglie di un sottoprefetto ».

I borghesi ne ammiravano l'economia, i clienti la cortesia, i poveri la carità.

Ma intanto ell'era satura di desiderii, di rabbia, di odio. Quella sua veste dalle pieghe dritte nascondeva un cuore in sussulto; quelle labbra tanto pudiche non ne palesavano il tormento. Innamorata di Léon, cercava la solitudine, per potersi beare con più agio pensando alla immagine di lui, giacché la vista di altre persone turbava la voluttà delle sue meditazioni. Palpitava al rumore dei suoi passi; poi, alla sua presenza, ogni emozione cedeva, e non le restava che una grande impressione di stordimento, che finiva col renderla triste e malinconica.

Léon non sapeva, che quando usciva dalla casa di lei privo di ogni speranza, Emma si levava per vederlo in istrada, e s'inquietava delle sue passeggiate, spiava per vederlo, inventava una storiella per trovare il pretesto di visitare la sua camera. Invidiava alla moglie del farmacista la fortuna di dormire sotto lo stesso tetto: ed i suoi pensieri correvano continuamente a quella casa, come i colombi del *Lion d'or* che andavano a bagnarsi i piedi rosei e le bianche ali in quelle grondaie. Ma più Emma si sentiva presa da quell'amore, più lo contrariava, per nasconderlo, ed anche per soffocarlo. Avrebbe desiderato che Léon ne avesse il sospetto; e immaginava dei casi, delle catastrofi che glielo facilitassero. La pigrizia o lo spavento, fors'anche il pudore, la trattenevano. Sognava, a volte, di averlo troppo allontanato, di non poterne più, che tutto era perduto. Poi l'orgoglio e la gioia di credersi virtuosa e di guardarsi nello specchio, atteggiandosi come una vittima, la consolava un poco del sacrifizio che credeva fare.

Allora gli appetiti carnali, il desiderio di posseder denaro e le malinconie della passione, tutto si fondeva in un'unica sofferenza; ed invece di stornare il pensiero, ella vi si attaccava maggiormente, eccitandosi al dolore e cercandone ovunque le occasioni. Si irritava per un piatto mal servito o una porta non del tutto chiusa; si doleva dei velluti che aveva, di non essere felice, della casa stretta, dei suoi sogni troppo alti.

Era poi addirittura esasperata che Charles non sospettasse per nulla il suo supplizio. La persuasione che aveva di renderla felice, le pareva quasi un insulto, e la sua sicurtà in ciò il massimo dell'ingratitudine. Per chi, dunque, ella era saggia? Non era forse lui l'ostacolo alla felicità, la causa di ogni miseria, l'aculeo di quel cilizio complesso che la stringeva da ogni lato?

Quindi rovesciava su lui tutta la piena dell'odio che risultava dalle sue noie, ed ogni tentativo di diminuirlo non serviva che ad accrescerlo, come una pena che si aggiungeva alle altre e contribuiva maggiormente ad irritarla. La sua stessa dolcezza la spingeva alla ribellione, la mediocrità domestica a fantasticherie lussuose, la tenerezza coniugale a desiderii adulteri. Avrebbe desiderato che Charles l'avesse battuta, per avere una più giusta ragione di odiarlo e di vendicarsi. Si sentiva impazzire al pensiero di tante congetture atroci, e tuttavia doveva sorridere nel sentirsi ripetere che era felice, far sembiante di esserlo, lasciarlo credere.

Questa ipocrisia però la disgustava. Le veniva la tentazione di fuggire con Léon, molto lontano, per tentare un nuovo destino: ma tosto nell'animo suo si spalancava un abisso pieno di tenebre.

« D'altra parte, egli non mi ama più », pensava, « che cosa diverrò? qual soccorso aspetterò, quale consolazione, quale sollievo? »

E restava spossata, ansante, inerte, e singhiozzava piangendo pianamente.

« Perché non lo dite al signore? » le domandava la serva, quando entrando la sorprendeva durante quelle crisi.

« Sono i nervi », rispondeva Emma. « Non parlarne a lui, lo affliggeresti. »

« Ah! sì », diceva Félicité, « voi siete proprio come la Guérine, la figlia di babbo Guérin, il pescatore di Pollet che ho conosciuto a Dieppe, prima di venire con voi. Era così triste, così triste, che a vederla in piedi sulla porta della casa, vi faceva l'effetto di un drappo funebre sospeso a uno stipite. La sua malattia, a quanto dicevasi, era una specie di confusione che soffriva nel cervello, ed i medici non vi potevano portar rimedio, e il curato molto meno. Quando il dolore era più acuto, ella se ne andava sola sulla riva del mare, tanto che il luogotenente della dogana, facendo il suo giro, spesso la trovava distesa bocconi e lagrimante sui ciottoli. Finalmente prese marito e guarì, come asserivano molti. »

« Ma io invece mi sono ammalata dopo il matrimonio », osservò Emma.

VI

UNA sera che la finestra era aperta e che Emma, seduta sul davanzale, guardava Lestiboudois, il becchino, che tagliava i rami di bosco, sentì suonare l'*Angelus*.

Era in sul principio dell'aprile, quando la primavera fiorisce e i giardini pare si adornino, come le donne, per le feste dell'estate. Tra le stecche e i tralci del pergolato si vedeva il fiume che disegnava le sue sinuosità vagabonde nella prateria. I vapori della sera passavano tra i pioppi senza foglie, con una tinta violetta, più pallida e più trasparente di un velo sottile attaccato tra ramo e ramo. Lontano lontano si vedevano le mandrie che rientravano; ma non si udivano i loro passi né il loro mugghiare; e la campana continuava a diffondere nell'aria il suo suono, come un tranquillo lamentìo.

A quel melanconico scampanellare, il pensiero della giovane donna si ingolfò nei ricordi della giovinezza e del collegio. Rivide i grandi candelieri, che si rizzavano sull'altare tra i vasi pieni di fiori, ai lati del tabernacolo a colonne. Avrebbe desiderato essere, come una volta, ancora circonfusa dai lunghi veli bianchi; rivedere, la domenica, il dolce volto della Vergine tra le nuvole azzurrine dell'incenso; un senso di tenerezza l'assalì e si sentì smarrita come una piuma di uccello, in balia del vento. E, quasi senza averne coscienza, s'incamminò verso la chiesa, disposta a una preghiera che assorbisse la sua anima e tutta la sua esistenza.

Sulla piazza incontrò Lestiboudois, che ritornava; perché, per non perdere alcun istante della giornata, preferiva interrompere una faccenda e poi riprenderla; così che suonava l'*Angelus* a suo comodo. Quella sera il segnale era stato suonato più presto, ed avvertiva i fanciulli che era l'ora del catechismo.

Già alcuni, arrivati più presto, giuocavano alle bocce tra le tombe del cimitero; altri, a cavalcioni sul muro, agitavano le gambe, falciando cogli zoccoli le ortiche nascenti fra le pietre del recinto; altri scorrazzavano gridando come in un luogo fatto per loro e si udivano le loro grida nel frastuono della campana, le cui oscillazioni diminuivano come quelle della grossa corda che, scendendo dall'alto del campanile, trascinava la estremità per terra. Le rondinelle solcavano l'aria, cacciando piccole grida, e rientravano nei loro nidi sotto le tegole della grondaia.

In fondo alla chiesa ardeva una lampada; la fiamma dello stoppino pareva una macchia bianca che tremolasse sull'olio del bicchiere.

« Dov'è il curato? » domandò la signora Bovary ad un giovanetto che si divertiva a far entrare il pernio di una croce in ferro nel suo buco troppo largo.

« Sta per venire », rispose questi.

Infatti, la porta del presbiterio cigolò e l'abate Bournisien apparve; i ragazzi si precipitarono nella chiesa, alla rinfusa.

« Quei monelli! » mormorò l'ecclesiastico, « sempre gli stessi! »

E raccogliendo un catechismo fatto a brani, che aveva urtato col piede, soggiunse: « Non rispettano nulla! »

Ma, scorta la signora Bovary, disse: « Scusatemi, non vi avevo veduta ».

Cacciò il catechismo in una tasca e si fermò, facendo dondolare tra le dita la pesante chiave della sacrestia.

L'ultima luce del sole morente che si spandeva sul suo volto, rischiarava anche la trama della sottana, che aveva il lucido ai gomiti ed era sfilacciata in basso; macchie di unto e di tabacco seguivano sul largo petto la fila dei bottoni, più numerosi quanto più lontano dal collaretto, dove si posavano le pieghe abbondanti della sua pelle rossastra, cosparse di macchie gialle, che si nascondevano fin tra i ruvidi peli della sua barba grigiastra. Aveva allora finito di mangiare e respirava affannosamente.

« Come state? » disse.

« Male », rispose Emma, « soffro. »

« Ebbene! anche io », riprese l'ecclesiastico. « Questi primi calori vi indeboliscono, non è vero? Ma che volete! siamo nati per soffrire, come dice San Paolo. E vostro marito che cosa ne pensa? »

« Egli! » disse lei, con un gesto di disdegno.

« Che! » replicò il bravo uomo, meravigliato, « non vi prescrive qualche cosa? »

« Ah! non sono i rimedi della terra che mi abbisognano. »

Il curato guardava, di quando in quando, nella chiesa, dove i ragazzi inginocchiati si urtavano nelle spalle, e cadevano come tanti soldatini di carta.

« Vorrei sapere... » Emma riprese.

« Aspetta, aspetta, Boudet », gridò l'ecclesiastico con voce collerica, « vengo a riscaldarti le orecchie, brutto monello! »

Poi, rivolto ad Emma: « È il figlio di Boudet, il carpentiere; i suoi genitori sono agiati e gli lasciano fare ciò che vuole. Però egli imparerebbe presto, se volesse, perché è pieno di talento. E vostro marito, come va? »

Pareva che ella non intendesse. Il prete continuò: « Sempre molto occupato, senza dubbio? Giacché certamente noi siamo, io e lui, le due persone della parrocchia che abbiamo più da fare; l'uno, il medico del corpo, l'altro, il medico delle anime! » conchiuse poi con una grossa risata.

Emma rivolse al prete uno sguardo supplichevole: « Sì », disse, « voi alleviate tutte le miserie ».

« Ah! Non me ne parlate, signora Bovary! Questa mattina stessa sono dovuto andare fino al Bas-Diauville per una vacca che aveva il gonfiore; credevano che fosse effetto di sortilegio. Tutte le loro vacche, non so come... Ma... permettete! Ehi, Longuemarre, Boudet! Sacchi di stracci! Volete finirla? »

E con un balzo fu nella chiesa.

Quei monelli, intanto, si stringevano intorno al grande leggio, si arrampicavano sullo sgabello del cantore, aprivano il messale; ed altri, a passi di lupo, andavano a rifugiarsi nel confessionale. Ma il curato, in men che si dica, fece cadere una pioggia di pugni. Afferrava ciascuno per il colletto, lo levava da terra e lo rimetteva in ginocchio sul pavimento del coro, fortemente, come se volesse piantarvelo.

« State certa », disse, quando ritornò presso Emma, spiegando un largo fazzoletto d'indiana, di cui strinse un angolo fra i denti, « noialtri siamo molto da compiangere! »

« Ve ne sono anche altri », rispose Emma.

« Certamente! gli operai della città, per esempio. »

« Neppur questi... »

« Oh, scusate! ho conosciuto colà delle povere madri di famiglia, donne virtuose, ve l'assicuro, delle vere sante, cui mancava finanche il pane. »

« Ma quelle », riprese Emma, « quelle, signor curato, che hanno il pane, e non hanno... »

« Fuoco per l'inverno? » disse il prete.

« Eh! Che importa? »

« Come! Che importa? Mi sembra che quando si è ben nutriti, ben riscaldati... perché, infine... »

« Mio Dio, mio Dio! » Emma esclamò con un sospiro.

« Siete sofferente? » disse egli, avanzandosi con aria inquieta; « È la digestione, senza dubbio! Ritiratevi, signora Bovary, bevete una tazza di thè, che vi fortificherà, ovvero un bicchier d'acqua fresca con zucchero. »

« Perché?... »

Ella aveva l'aria di uno che si risvegli dal sonno.

« Ho visto che vi passavate una mano sulla fronte; ho creduto che vi prendesse un capogiro. »

Poi, come meravigliato:

« Ma voi mi domandavate qualche cosa... Che cosa? Non ricordo... »

« Io?... Niente... niente... » disse Emma.

E il suo sguardo che vagava intorno si abbassò lentamente sul vecchio; ambidue rimasero a guardarsi in faccia, senza parlare.

« Allora, signora Bovary », disse egli infine, « vi chiedo scusa, ma il dovere innanzi tutto, lo sapete; è necessario che io badi a questi piccoli scapestrati. Il tempo della prima comunione si approssima, e temo assai che ci trovi impreparati. Perciò, dall'Ascensione io li tengo tutti i mercoledì un'ora di più. Non è mai abbastanza presto il guidarli nella via del Signore, come, del resto, Egli stesso ci ha raccomandato per bocca del suo Divin Figliuolo... Buona salute, signora; i miei rispetti al vostro signor marito! »

Ed entrò nella chiesa, genuflettendosi sulla porta.

Emma lo vide sparire tra la doppia fila dei banchi, camminando a passo lento, la testa leggermente piegata su una spalla. Poi girò su se stessa, tutta di un pezzo come una statua sul suo piedistallo, e prese la via di casa. Ma la grossa voce del curato e quella sonora dei ragazzi giungeva ancora ai suoi orecchi e ripeteva alle sue spalle:

« Siete cristiano? »

« Signor sì, sono cristiano. »

« Che cosa significa esser cristiano? »

« Cristiano è colui che, essendo battezzato... battezzato... battezzato. »

Salì la gradinata sorreggendosi alla ringhiera, e, giunta nella sua camera, si lasciò cadere su di una poltrona.

Dai vetri entrava il chiarore crepuscolare che pareva avesse delle ondulazioni. I mobili sembravano divenuti più immobili ai loro posti e quasi perduti nell'ombra, come in un oceano tenebroso. Il camino era spento, la pendola batteva sempre, ed Emma stupiva di quella quiete delle cose, mentre in se stessa sentiva tanta agitazione. Ma la piccola Berthe era là, tra la finestra e il tavolino da lavoro, vacillante sulle sue scarpette di *tricot*, tentando di avvicinarsi a sua madre per afferrarle la punta del nastro del grembiule.

« Lasciami! » disse questa, allontanandola con la mano.

La bambina si attaccò ai suoi ginocchi, e appoggiandovisi con le braccia, levò in volto alla madre i suoi grandi occhi azzurri, mentre un filo di saliva colava dalle sue labbra sulla seta del grembiule.

« Lasciami! » ripeté lei, irritata.

La fanciulla si spaventò e cominciò a piangere.

« E lasciami dunque! » ella ripetette, respingendola col gomito.

Berthe rotolò ai piedi del canterano, contro la patera di rame, e si ferì una guancia, da cui uscì sangue. La madre si precipitò per sollevarla, strappò il cordone del campanello, chiamò la fantesca a gran voce e cominciò a maledire se stessa, quando Charles apparve.

Era l'ora del pranzo, ed egli rientrava, come di consueto.

« Guarda, mio caro », gli disse Emma con voce tranquilla, « la piccina, giocherellando, è caduta e si è ferita. »

Charles la rassicurò: il caso non era punto grave. E andò a prendere un po' di sparadrappo.

La signora Bovary non discese nella sala, avendo voluto rimanere accanto alla figlia. Vedendola dormire, la sua inquietudine gradatamente si dissipò, e le parve di essere stata molto sciocca per conturbarsi per una così piccola cosa. Berthe, infatti, non singhiozzava più; il movimento della respirazione sollevava insensibilmente la coperta di cotone. Due grosse lagrime erano ferme agli angoli delle palpebre, chiuse a metà, lasciavano scorgere tra le ciglia le pupille pallide, affondate. Lo sparadrappo, attaccato obliquamente sulla gota, ne teneva tesa la pelle.

« Che cosa strana! » pensava Emma, « come è brutta questa bambina! »

Quando Charles, alle undici, ritornò dalla farmacia, trovò la moglie in piedi presso la culla.

« Quando ti assicuro che non sarà niente », disse, baciandola sulla fronte, « non tormentarti, mia cara! Vuoi ammalarti? »

Era rimasto lungamente presso il farmacista. Quantunque non apparisse molto commosso, Homais, nondimeno, si affannò a dargli coraggio, per tenergli sollevato il morale. Presero a parlare dei vari danni che minacciano l'infanzia e della sbadataggine dei domestici. La signora Homais ne sapeva qualche cosa, avendo ancora sul petto il marchio di una paletta di brace che una cuoca aveva lasciato cadere. Così i suoi bravi genitori avevano sempre preso molte precauzioni: i coltelli mai affilati, e mai la cera sui pavimenti; cancelli di ferro alle finestre e forti sbarre tra gli stipiti. I suoi piccini, non ostante la libertà che godevano, non si potevano muovere senza che qualcuno li vigilasse; al menomo segno di reumatismo, il padre li caricava di senapismi e fino all'età di quattro anni portavano tutti, immancabilmente, dei cercini imbottiti. Era questa una manìa della signora Homais; suo marito se ne affliggeva internamente, temendo su gli organi del cervello i risultati possibili di una simile compressione, e diceva spesso: « Pretendi dunque di farne dei Caraïbi? »

Charles aveva tentato più di una volta di interrompere la conversazione.

« Dovrei parlarvi », disse piano all'orecchio del giovane, che lo precedeva salendo la gradinata.

« Sospetterà qualche cosa? » si domandò Léon, palpitando e congetturando.

Charles, infine, avendo chiusa la porta, gli disse che voleva fare una sorpresa alla moglie, offrendole il suo ritratto in abito nero, e lo pregò di informarsi, a Rouen, del prezzo di un bel daguerrotipo. Questo incarico non doveva essergli di fastidio, poiché lui andava a Rouen quasi ogni settimana.

Perché vi andava? Homais sospettava che là sotto si nascondesse un intrigo; ma s'ingannava. Léon non aveva alcun amoretto. Egli era triste più che mai, e la signora Lefrançois se ne accorgeva bene dal vedere che il giovane non mangiava col solito appetito. Per saperne di più, interrogò il percettore, e Binet le rispose, con tono aspro, che egli non era pagato per far la spia. Il suo compagno, tuttavia, gli pareva singolarmente dolente, perché spesso Léon si rovesciava sulla sedia e allargando le braccia si lamentava dell'esistenza.

« Gli è che voi non vi prendete nessuna distrazione », diceva l'esattore.

« E quale? »

« Nei vostri panni, io farei qualche giro! »

« Ma io non ne ho l'abitudine », rispondeva Léon.

« Oh! è vero », diceva l'altro, accarezzandosi il mento, con un'aria sdegnosa e soddisfatta nel tempo stesso.

Léon, stanco di amare senza risultati, cominciò a sentire quell'accasciamento che è causato dal seguire sempre la stessa vita, quando nessun interesse la dirige e nessuna speranza la sostiene! Era così annoiato di Yonville e dei suoi abitanti, che la vista di certe persone e di certe case lo irritava oltremodo, ed il farmacista, per quanto fosse un bravo uomo, gli riusciva insopportabile. Intanto, la prospettiva di una situazione nuova lo spaventava pur seducendolo.

Questa apprensione divenne presto impazienza, e Parigi gli si offriva alla fantasia con la musica dei suoi balli mascherati e le risa delle sue sartine. Giacché doveva compiere i suoi studi di diritto, perché non partiva? Chi glielo impediva? Cominciò a pensare ai preparativi, alle future occupazioni; si mobigliò, mentalmente, un appartamento; sognò una vita da artista! avrebbe imparato a suonare la chitarra... avrebbe avuto una veste da camera, un berretto basso, pantofole di velluto azzurro... E già ammirava sul suo caminetto due fioretti in croce su una testa da morto, con la chitarra in alto.

Unica difficoltà, il consentimento di sua madre; niente però gli pareva più ragionevole. Il suo principale stesso gli consigliava di entrare in un altro studio, dove le sue facoltà si potessero sviluppare maggiormente. Léon, appigliandosi ad un partito medio, cercò un posto di secondo giovane di studio a Rouen, ma non ne trovò, e scrisse finalmente a sua madre una lettera lunga e piena di particolari, in cui esponeva le ragioni che gli consigliavano di recarsi immediatamente a Parigi. La madre acconsentì.

Egli però non si affrettò. Ogni giorno, per lo spazio di un mese, Hivert trasportava, per lui, da Yonville a Rouen, ed anche da Rouen a Yonville, cofani, valigie, pacchi; e quando Léon ebbe rinnovato il suo guardaroba, fece tappezzare a nuovo le sue tre poltrone, comprare una quantità di fazzoletti di seta; prese, insomma, più disposizioni di quante sarebbero state necessarie per un viaggio intorno al mondo, e frattanto indugiava di settimana in settimana, finché la madre lo premurò a partire, per fare i suoi esami prima delle vacanze.

Al momento degli abbracci, la signora Homais pianse, Justin singhiozzò, Homais, da uomo forte, dissimulò la sua emozione, e volle portare egli stesso il pastrano del suo amico fino alla porta del notaio, che conduceva Léon, fino a Rouen, nella propria carrozza.

Léon ebbe appena il tempo di prender commiato dalla signora Bovary. In cima alla scala, si dovette fermare, tanto forte ansava. La signora Bovary, vedendolo entrare, si alzò vivamente.

« Eccomi di nuovo! » disse Léon.

« Ne ero sicura! »

E si morse le labbra. Il sangue le salì alla testa. Rimase in piedi, appoggiandosi ad un mobile.

« Vostro marito non c'è? » egli domandò.

« È assente. »

E dopo un momento ripeté: « È assente? »

Tacquero ambedue, guardandosi, e i loro pensieri si avvicinavano come i loro cuori palpitanti, stretti dalla stessa angoscia.

« Vorrei abbracciare Berthe », disse Léon.

Emma discese alcuni gradini e chiamò Félicité.

Egli gettò intorno uno sguardo, sui muri, i mobili, il camino, come per penetrare tutto, impadronirsi di tutto.

In questo ella rientrò, con la serva che conduceva Berthe, la quale agitava un piccolo mulino a vento alla punta di una cordicella.

Léon la baciò più volte sul collo.

« Addio, bambina! addio, cara piccina, addio! »

E la mise in braccio alla madre.

« Conducetela via », disse questa alla serva.

Restarono di nuovo soli. La signora Bovary gli volgeva le spalle, appoggiando la testa sulla lastra del balcone; Léon teneva il berretto fra le mani e lo batteva leggermente su una coscia.

« Vuol piovere », disse Emma.

« Ho il mantello », egli rispose.

« Ah! »

Ella si volse, col mento basso e la fronte innanzi. La luce gliela rischiarava come un marmo, fino alla curva delle sopracciglia; non s'indovinava ciò che Emma guardava all'orizzonte né ciò che pensava nel fondo della sua anima.

« Andiamo, addio », egli disse, con un sospiro.

Ella alzò la testa con un movimento brusco.

« Sì, addio... partite! »

Si avanzarono l'uno verso l'altra; egli stese la mano, ella esitò.

« All'inglese, dunque », gli disse, porgendogli la mano e sforzandosi di sorridere.

Léon sentì quella mano nella sua, un fremito gli corse nelle fibre fino alle palme, e gli parve che i loro due esseri si fondessero in quella stretta.

I loro occhi s'incontrarono un'altra volta; poi ratto si dileguò.

Sulla piazza si fermò, nascondendosi dietro un pilastro, per guardare un'ultima volta quella casa bianca con le sue quattro gelosie verdi. Credette di vedere un'ombra dietro la finestra della camera; ma la tendina, staccandosi dalla patera come qualcuno vi si appoggiasse, svolse lentamente le sue lunghe pieghe oblique, che in un momento si aprirono tutte e restò tesa come un muro. Léon si mise a correre.

Vide da lontano, sulla strada, il calesse del suo principale, e un uomo vestito di tela che teneva il cavallo. Homais e il signor Guillaumin ragionavano tra loro, aspettandolo.

« Un abbraccio », disse il farmacista, con le lagrime agli occhi. « Ecco il vostro pastrano, mio buon amico; guardatevi dal freddo! abbiatevi cura! Conservatevi! »

« Andiamo, Léon, montate », disse il notaio.

Homais si distese sul guardafango e con voce rotta dai singhiozzi, lanciò queste due parole piene di tristezza: « Buon viaggio! »

« Buona sera », rispose il signor Guillaumin.

Il calesse si mosse, e Homais ritornò in farmacia.

La signora Bovary aprì la finestra che dava sul giardino e guardò le nuvole, che si accumulavano verso occidente, dove le grandi linee dei raggi solari le attraversavano, come frecce su di un trofeo sospeso, mentre il resto del cielo, libero, aveva il chiarore della porcellana. Ma una raffica di vento fece piegare le cime dei pioppi, e improvvisamente la pioggia scrosciò tra le foglie verdi. Poi il sole riapparve, i galli cantarono, i passeri presero a svolazzare tra i cespugli umidi, e i rivoli d'acqua scorrenti sulla sabbia trascinavano i rosei fiori di un'acacia.

« Deve essere già lontano », pensò Emma.

Homais, secondo il solito, venne alle sei e mezzo durante il pranzo. « Ebbene! » disse sedendo, « abbiamo avviato il nostro giovanotto? » « Pare! » rispose il medico.

Poi, voltandosi sulla sedia: « Che cosa avete di nuovo? »

« Nulla di interessante. Mia moglie, soltanto, è rimasta un po' commossa. Sapete che ogni piccola cosa turba le donne, e soprattutto mia moglie! E si avrebbe torto a rimproverarle, perché il loro sistema nervoso è più sensibile del nostro. »

« Quel povero Léon! » disse Charles, « come farà a vivere a Parigi? Vi si potrà abituare? »

La signora Bovary sospirò.

« Andiamo! » disse il farmacista, « le vivande delicate dei *restaurants*, i balli in maschera, tutto ciò è all'ordine del giorno colà, ve lo assicuro! »

« Io non credo che egli commetta sciocchezze », disse Bovary.

« Nemmeno io », riprese vivamente Homais, « quantunque talvolta sia necessario seguir l'esempio degli altri, per non esser stimato un imbecille. Ah! voi non sapete la vita che menano quei giovincelli del quartiere latino con le attrici! Del resto, gli studenti sono ben veduti a Parigi. Per poco che siano di talento e di gradevole conversazione, sono ricevuti nella migliore società, e perfino delle signore del quartiere Saint-Germain ne diventano innamorate, la qual cosa permette talvolta agli studenti di conchiudere buoni matrimonii. »

« Ma », disse il medico, « io temo che... laggiù... »

« Avete ragione », disse il farmacista, « vi è il rovescio della medaglia! Colà si è sempre costretti a tener la mano al borsellino. Così, per esempio, voi siete in un giardino pubblico: un *quidam* si presenta, ben vestito, forse decorato, lo scambiereste per un diplomatico; vi si avvicina, cominciate a parlare, egli sempre insinuante, vi offre una presa o raccatta il vostro cappello; poi vi si cuce dappresso, vi accompagna al caffè, vi invita al suo casino di campagna, vi fa fare, tra un bicchiere e l'altro, delle conoscenze, ma effettivamente non impiega il suo tempo che per saccheggiare la vostra borsa e condurvi su chine pericolose. »

« È vero », rispose Charles, « ma io penso soprattutto alle malattie, alla febbre tifoidea, per esempio, che colpisce gli studenti della provincia. »

Emma trasalì.

« Per il cambiamento di regime », continuò il farmacista, « che cagiona un perturbamento nella economia generale. E poi, l'acqua di Parigi, le pie-

76

tanze dei *restaurants*, i cibi con troppe spezie finiscono col riscaldarvi il sangue e non valgono, che che si dica, una delle nostre buone minestre. Io ho sempre preferito la cucina casalinga, è più sana! Così, quando studiavo farmacia, a Rouen, mi misi a pensione e mangiavo coi professori. »

E continuò a manifestare le sue opinioni generali e le sue simpatie personali, fino al momento in cui Justin venne a cercarlo per una bevanda zuccherata che si doveva fare.

« Nemmeno un momento di respiro », egli gridò, « sempre alla catena! Non posso uscire un minuto! Come una bestia da soma, sempre a sudar sangue! Che sequela di miserie! »

Poi, dalla porta: « A proposito, sapete la notizia? »

« Che cosa? »

« È molto probabile », disse Homais, drizzando le sopracciglia e assumendo un'aria di serietà, « che i comizii agricoli della Senna Inferiore si tengano a Yonville, quest'anno. Circola questa voce, e il giornale di questa mattina ne diceva qualche cosa. Sarebbe della massima importanza per il nostro circondario! Ma ne parleremo più tardi. Vado... vi ringrazio. Justin, la lanterna. »

VII

LA dimane fu per Emma una giornata funebre. Tutto le parve avviluppato in un'atmosfera oscura e l'animo era immerso in una mestizia, che pareva urlasse qualche cosa, come il vento d'inverno in un castello abbandonato. Era la visione di una persona che non si ha più speranza di rivedere, la stanchezza dopo un fatto compiuto, quel dolore, infine, che apporta una interruzione nelle consuetudini e la cessazione brusca di ogni vibrazione della vita.

Come al ritorno dalla Vaubyessard, quando l'eco della contraddanza le turbinava ancora nel cervello, Emma provava una malinconia triste, una disperazione sorda. Léon le appariva più grande, più bello, più soave, più vago: quantunque lontano, egli non l'aveva lasciata, e i muri di quella casa ne custodivano lo spirito. Ella non poteva distaccare la vista da quel tappeto che egli aveva calpestato, da quelle sedie vuote dove si era seduto. Il fiume correva, spingendo lentamente i suoi flutti lungo gli argini sdrucciolevoli; ed essi vi avevano tante volte passeggiato, col mormorio di quell'acqua, sui ciottoli coperti di muschio, che giornate di sole deliziose!

Che bel meriggiare, soli, all'ombra, in fondo al giardino! Egli leggeva, a voce alta, con la testa poggiata su uno sgabello di assicelle secche, il vento fresco della prateria faceva tremare le pagine del libro e le foglie della pergola... Ah! era partito, l'unico diletto della sua vita, l'unica speranza possibile di felicità! Come non aveva afferrato quella fortuna, quando s'era presentata? Perché non l'aveva stretta fra le mani, fra le ginocchia, quando era per sfuggirle? E malediceva se stessa per non aver amato Léon. Aveva sete delle sue labbra. La prese il desiderio di raggiungerlo, di gettarsi nelle sue braccia, di dirgli: « Sono tua, sono tua! »

Ma le difficoltà di una simile impresa erano veri ostacoli per lei, il cui desiderio, accrescendosi pel rammarico, diventava più forte.

Da quel momento il ricordo di Léon fu come il fulcro di tutti i suoi dispiaceri; e crepitava nel suo cervello come un fuoco abbandonato da viaggiatori sulla neve, nelle steppe della Russia: poi vi si precipitava a capofitto, vi si crogiolava; rimuoveva delicatamente quel fuoco presso ad estinguersi; mentre cercava tutt'intorno ciò che potesse maggiormente ravvivarlo. E le più lontane reminiscenze come le più immediate occasioni, ciò che provava e ciò che immaginava, i desiderii di voluttà che si sparpagliavano, i progetti di felicità che si spezzavano come rami secchi al vento, la sua virtù sterile, le sue speranze cadute, la quiete domestica, essa raccoglieva tutto, prendeva tutto, e faceva servir tutto a riscaldar la sua tristezza.

Però le fiamme si restrinsero, sia perché il materiale andava esaurendosi, sia perché troppo ammassato. L'amore, a poco a poco, si estinse per la lontananza, il dolore fu attenuato dall'abitudine, e la luce dell'incendio che arrossava il suo cielo pallido, coperta dall'ombra, si spense gradatamente. Nell'assopimento della sua coscienza, scambiò la ripugnanza per il marito con le aspirazioni verso l'amante, il bruciore dell'odio, per l'ardore della tenerezza: ma, come nell'animo suo soffiava sempre l'uragano della passione che lo consumava, senza che una speranza, come un raggio di sole vi apparisse, intorno a sé non vedeva che buio fitto e si sentiva le vene corse da un brivido che ne faceva ghiacciare il sangue.

Allora ricominciarono le brutte giornate di Tostes; si stimava anzi più sventurata, perché aveva l'esperienza del dolore e la certezza che non avrebbe mai fine.

Una donna, che s'era imposta così grandi sacrifizii, poteva ben permettersi qualche fantasticheria. Comperò un inginocchiatoio di stile gotico, spese in un mese quattordici franchi di limoni per curarsi le unghie, scrisse a Rouen per avere una veste di cachemire azzurro, scelse, da Lheureux, la più bella sciarpa e se ne cinse la vita sopra la veste da camera; poi con le impannate chiuse, restava stesa su un divano, con un libro in mano, in quel modo abbigliata.

Volle imparare l'italiano, e comprò un dizionario e una grammatica; tentò le letture serie, la storia, la filosofia. La notte, talvolta, Charles si svegliava di soprassalto, credendo che si venisse a cercarlo per un malato, e biascicava:

« Vengo! »

Era invece il rumore di un fiammifero che Emma fregava per accendere la lampada. Ma accadeva delle sue letture come delle tappezzerie, che appena cominciate andavano ad ingombrare l'armadio: le cominciava, poi le lasciava, per passare ad altre.

Aveva degli accessi, che la spingevano a commettere delle stravaganze. Un giorno sostenne, contro l'avviso di suo marito, che avrebbe bevuto la metà di un grosso bicchiere di acquavite, e, siccome Charles ebbe la dabbenaggine di non crederlo, ella vuotò il bicchiere fino al fondo.

Con tutto il suo fare vaporoso (come dicevano i borghesi di Yonville), Emma non si mostrava allegra e agli angoli della bocca aveva quelle contrazioni che increspavano la fisionomia delle vecchie zitelle e degli ambiziosi delusi. Avendo scoperto tre capelli bianchi alle tempie, parlava già della sua vecchiezza.

Spesso si sentiva poco bene, un giorno ebbe uno sputo sanguigno, ed a Charles che ne fu impressionato e non dissimulava la sua inquietudine disse: « Eh, via, che importa? »

Charles andò a rifugiarsi nel suo studio, e seduto alla sua poltrona, i gomiti sulla tavola, si sciolse in lagrime al cospetto del teschio frenologico.

Poi scrisse a sua madre pregandola di venire e, quando essa venne, ebbero delle lunghe conferenze riguardo ad Emma.

Che cosa risolvere? Che cosa fare, una volta che rifiutava qualsiasi cura?

« Sai che cosa è necessario a tua moglie? » diceva la suocera, « Una occupazione materiale, delle cose manuali. Se ella fosse, come tante altre, costretta a guadagnarsi il pane, non avrebbe quei fumi, che nascono da un affastellamento di idee di cui si gonfia la testa e dalla scioperatezza in cui vive. »

« Ma essa è occupata », diceva Charles.

« Ah! si occupa? In che cosa? A leggere romanzi, cattivi libri, opere contro la religione, in cui si burlano dei preti con ragionamenti tratti da Voltaire. Ma ciò conduce lontano, figliuolo mio, e chi non ha religione, finisce male. »

Determinarono dunque di impedirle la lettura dei romanzi, ma non era facile impresa. La buona suocera prese la cosa su di sé: ella doveva, passando per Rouen, andare di persona dal libraio e dichiarargli che Emma disdiceva l'abbonamento. Non avevano il diritto di avvertire la polizia, se il libraio persistesse nel suo mestiere di avvelenatore?

L'addio della suocera e della nuora fu asciutto. Durante le tre settimane che erano rimaste insieme, non avevano scambiato quattro parole, oltre le informazioni e i complimenti, quando si incontravano a tavola e la sera, prima di mettersi a letto.

La signora Bovary madre partì un mercoledì giorno di mercato a Yonville.

La piazza, fin dal mattino, era ingombra, da una fila di carrette che, l'una dietro l'altra con le stanghe all'aria, si stendevano lungo le case, dalla chiesa alla locanda. Dall'altro lato, era una fila di baracche di tela, dove si vendevano cotonine, coperte e vesti di lana, carrozze e cavalli, e pacchi di nastri le cui estremità sventolavano all'aria. Oggetti di chincaglieria erano esposti per terra tra piramidi di uova e cataste di formaggio, accanto alle macchine per il grano, gabbie di polli, che mettevano la testa fuori dalle barre. La folla, pigiandosi in uno stesso punto, senza volersi muovere, minacciava in qualche momento di fracassare il prospetto della farmacia, che il mercoledì non era vuota nemmeno un minuto, e in cui le persone si affollavano meno per comprare medicamenti, che per chiedere consultazioni, tanta era la fama di Homais che s'era sparsa nei villaggi circonvicini, sì che i campagnuoli lo stimavano medico più abile di tutti i medici.

Emma stava affacciata alla finestra (vi si metteva spesso: si sa che, in provincia, la finestra sostituisce il teatro e la passeggiata) e si divertiva a guardare il chiasso che facevano quei contadini, quando vide un signore che indossava un soprabito di velluto verde, con guanti gialli e uose di pelle che si dirigeva verso la casa del medico, seguito da un uomo che camminava a testa bassa e con cera preoccupata.

« Posso vedere il dottore? » quel signore domandò a Justin, che chiacchierava allegramente sulla soglia con Félicité.

E scambiandolo per il domestico della casa: « Annunziategli Rodolphe Boulanger de la Huchette ».

Non per vanità di possesso territoriale il nuovo arrivato aveva aggiunto al suo nome quella particolarità, ma per farsi conoscere meglio. La Huchette era un dominio presso Yonville, di cui egli aveva acquistato il castello, con due poderi che coltivava egli stesso, senza vergognarsene. Viveva da scapolo, e si diceva che avesse non meno di quindicimila franchi di rendita.

Charles entrò nella sala. Il signor Boulanger gli presentò il suo uomo, che voleva essere salassato, perché provava un formicolio lungo il corpo.

« Così il sangue si purificherà », rispondeva ad ogni ragionamento.

Bovary fece apprestare una benda e pregò Justin di reggere il catino. Poi, rivolgendosi al villico, che impallidiva: «Non abbiate paura, brav'uomo».

« No, no », quegli rispose, « fate pure. »

E con fare da spavaldo, allungò il suo grosso braccio. Sotto la puntura della lancetta, il sangue zampillò fin sullo specchio.

« Avvicina il catino! » gridò Charles.

« Guarda, veh! » gridò il villico. « Si direbbe una piccola fontana. E che sangue rosso! è buon segno, non è vero? »

« Qualche volta », disse il medico, « non si sente nulla, al principio, poi si manifesta qualche sincope, specialmente nelle persone robuste come voi. »

Il villico, a queste parole, lasciò l'astuccio che girava tra le dita; uno scossone delle sue spalle fece scricchiolare la spalliera della sedia ed il cappello cadde.

« Lo sospettavo! » disse Bovary, premendo con le dita la vena.

Il catino cominciò a tremare nelle mani di Justin, che diventò pallido e vacillò sui ginocchi.

« Emma! Emma! » chiamò Charles.

In un balzo ella discese le scale.

« Dell'aceto », egli gridò. « Ah! mio Dio, due in una volta! »

E per l'emozione, non perveniva a mettere la compressa di garza.

« Non è nulla », diceva tranquillamente il signor Boulanger, prendendo Justin tra le braccia.

Lo pose a sedere sulla tavola, con le spalle al muro.

La signora Bovary cominciò a snodargli la cravatta: vi era un nodo ai cordoni della camicia; ella restò qualche minuto a muovere le sue dita leggere nel collo del giovane; poi inzuppò nell'aceto il suo fazzoletto di battista, e gli umettò le tempie.

Il carrettiere rinvenne; ma la sincope di Justin durava ancora, e le sue pupille scomparivano nella sclerotica pallida, come fiori azzurri nel latte.

« Bisogna nascondergli il sangue », disse il medico.

La signora Bovary prese il catino. Nel movimento che fece nel chinarsi, per metterlo sotto la tavola, la sua veste (una veste di estate, di color gialletto, lunga di vita e larga di gonna) si allargò intorno a lei sul pavimento; e come Emma, nell'abbassarsi, vacillò un poco e spalancò le braccia, il gonfiamento della stoffa si ruppe in vari punti, secondo le inflessioni del busto. Andò poscia a prendere una bottiglia di acqua per farvi liquefare dello zucchero, quando arrivò il farmacista. La serva era andata a cercarlo. Nel vedere il suo allievo cogli occhi aperti, riprese il fiato. Poi, girandogli attorno e guardatolo quanto era lungo, disse: « Sciocco! veramente sciocco! per un salasso! la gran cosa! E dire che è uno spensierato che non ha paura di nulla! una specie di scoiattolo tal quale lo vedete, che s'arrampica sui noci ad un'altezza vertiginosa. Ah! sì, parla, vantati! Ecco le belle disposizioni per esercitare la farmacia; perché tu ti potresti trovare in circostanze gravi, anche davanti ai tribunali, per illuminare la coscienza dei magistrati; e bisogna aver sangue freddo, ragionare, mostrarsi uomo, non passare per un imbecille! »

Justin non rispondeva. Il farmacista continuava: « Chi ti ha pregato di venire? Tu importuni sempre il signore e la signora! Il mercoledì specialmente la tua presenza mi è indispensabile. Ho trenta persone a casa, ora, e ho lasciato tutto per occuparmi di te. Andiamo, va'! corri! aspettami, e bada ai barattoli! »

Quando Justin, che si era alquanto rimesso, se ne fu andato, si parlò un poco di svenimenti. La signora Bovary non ne aveva mai avuti.

« È straordinario in una donna! » disse il signor Boulanger. « Del resto, vi sono persone molto delicate. Ho visto, una volta, uno perdere la conoscenza nel veder caricare una pistola. »

« A me », disse il farmacista, « il vedere il sangue degli altri non mi impressiona; ma il solo pensiero di veder scorrere il mio basterebbe a cagionarmi degli svenimenti, se ci riflettessi troppo. »

Il signor Boulanger frattanto mandò via il suo domestico, esortandolo a tranquillarsi, ora che la sua fantasticheria era svanita.

« Essa peraltro mi ha procurato il piacere di far la vostra conoscenza », aggiunse, guardando Emma nel pronunziare queste parole.

Poi pose tre franchi sull'angolo della tavola, salutò con molta disinvoltura e se ne andò.

Ben presto Emma lo vide dall'altro lato del fiume, nella prateria, camminare sotto i pioppi, soffermandosi di quando in quando, come per riflettere.

« È molto gentile! » diceva tra sé, « molto gentile, la moglie del medico! Bei denti, occhi neri, piede civettuolo, e una vita parigina. Di dove diavolo è venuta? dove l'ha scovata quell'uomo grossolano? »

Rodolphe Boulanger aveva 34 anni; era di temperamento brutale ma d'ingegno perspicace. Sino a quel giorno aveva frequentato molto le donne, e se ne intendeva. La moglie del medico gli era sembrata graziosa; vi pensava spesso, ed anche al marito.

« Deve essere una gran bestia quell'uomo! senza dubbio sarà stanco della moglie: ha le unghie sporche e una barba di tre giorni. Mentre trotterella verso i suoi malati, ella resta a rappezzare le calze. E si deve annoiare, senza alcun dubbio! Vorrebbe abitare in città, ballare tutte le sere! Povera donna! L'amore del marito la farà sbadigliare di certo dopo per qualche buona ora. Con tre paroline galanti, sarà capace di adorarvi, ne sono certo! diventerà tenera e tutta amore! Sì, ma come sbarazzarsene dopo? »

Allora le noie derivanti da quel godimento intraveduto, per ragion di contrasti, lo fecero correre col pensiero alla sua amante: una commediante di Rouen; e poiché era sazio, anche di ricordi, di quella donna, pensò: « Ah! la signora Bovary è molto più graziosa di lei, e soprattutto più fresca. Virginie comincia a diventar troppo grassa, ed è tanto uggiosa con le sue moine! »

La campagna era deserta, e Rodolphe non udiva che il fruscio dell'erba che solcava con le sue scarpe e il grido dei grilli annidati nell'avena; rivedeva Emma nella sala, vestita come l'aveva veduta, e cominciò ad immaginarsela nuda.

« Oh! ella sarà mia! » esclamò, frantumando una zolla con un colpo di bastone.

E considerando tosto il lato pratico dell'impresa, si domandava: « Dove potrò vederla?... con qual mezzo?... Avremo continuamente il marmocchio alle spalle, e poi la serva, i vicini, il marito, con tutte le loro dispute interminabili. Ah, bah! Ci si perderebbe troppo tempo così! »

Poi ricominciò: « Ha due occhi che penetrano nel cuore come due succhielli. E il suo pallore!... Oh! io adoro le donne pallide! »

Quando arrivò sulla collina di Argueil, la sua risoluzione era presa.

« Bisogna far nascere l'occasione. Ebbene, passerò qualche volta, gli regalerò della cacciagione; mi farò anche salassare, se occorre; diventeremo amici, li inviterò a casa mia... Ah, per bacco! i comizii sono prossimi, ella vi andrà e la vedrò. Allora oserò, ed arditamente per ottenere sicuramente un buon risultato. »

VIII

I FAMOSI comizii vennero. Il giorno dell'inaugurazione, tutti gli abitanti facevano i preparativi per la solennità fin dal mattino. Il frontone della Casa Comunale era inghirlandato di lauro; in un prato era stata rizzata una tenda per il ricevimento e una bombarda, collocata in mezzo alla piazza, davanti alla chiesa, doveva annunziare l'arrivo del signor prefetto e dei coltivatori premiati. La guardia nazionale di Buchy, poiché a Yonville non ve ne era, era venuta ad aggiungersi al corpo dei pompieri, di cui Binet era il comandante. Egli, quel giorno, portava un colletto più alto dell'ordinario, e, stretto nella sua giubba, aveva il busto così rigido e immobile, che tutta la parte vitale della sua persona pareva fosse discesa nelle gambe, che si muovevano con una certa misura, a passi cadenzati, con un sol movimento. Siccome tra l'esattore ed il colonnello v'era una certa rivalità, l'uno e l'altro facevano manovrare separatamente i loro uomini. Si vedevano passare e ripassare alternativamente le spalline rosse e i piastroni neri; lo spettacolo, appena finito, ricominciava: era uno spiegamento di pompa non mai visto! Molti borghesi avevano lavate le loro case dalla vigilia; alle finestre sventolavano bandiere tricolori; i caffè erano gremiti; i berretti inamidati, i fazzoletti di seta colorata, le decorazioni risplendevano al sole di quella bellissima giornata, mettendo una nota allegra nella monotonia dei soprabiti neri e delle giacchette azzurre.

La folla affluiva nella strada principale dai due sbocchi del villaggio; rigurgitava dalle stradette, dagli anditi, dalle case, e si udiva il rumore dei martelli delle porte richiuse alle spalle dei contadini in guanti di filo, che uscivano per andare a vedere la festa. Ammiravansi soprattutto due tassi altissimi coperti di lampioncini, che fiancheggiavano la tribuna dove dovevano riunirsi le autorità, e sulle quattro colonne del Municipio erano quattro stendardi di tela verde, di cui ciascuno recava una delle iscrizioni seguenti: « All'Agricoltura — al Commercio — All'Industria — Alle Belle Arti ».

Ma fra tutti i volti raggianti di gioia, solo quello della signora Lefrançois era scuro: la locandiera, in piedi sui gradini della cucina, brontolava: « Che bestialità! Con le loro baracche di tela! Credono che il prefetto sarà contento di pranzare laggiù, sotto una tenda, come un saltimbanco? E tutto questo impiccio significa, per loro, fare il bene del paese! Non valeva la pena di far venire un bettoliere da Neufchâtel per dei bovari, della gente che va a piedi nudi!... »

In quel momento passava il farmacista, vestito con un abito nero, pantaloni di *nankin*, scarpe di castoro e, cosa straordinaria, un cappello basso.

« Vi son servitore », disse, passando. « Scusate, ho fretta. »

E siccome la grossa vedova gli domandò dove andava: « Vi sembra strano, non è vero, il vedermi così, mentre son sempre confinato nel mio laboratorio come un topo nel formaggio? »

« Quale formaggio? » domandò la locandiera.

« No, niente, non è niente! » riprese Homais. « Volevo semplicemente ricordarvi che io sto sempre chiuso in casa. Oggi però, per la circostanza, è necessario che... »

« Ah! voi andate laggiù? » ella disse, con un'aria sdegnosa.

« Sì, vado », replicò il farmacista, meravigliato. « Non fo forse parte della commissione consultiva? »

Mamma Lefrançois lo guardò per qualche minuto, e finì col rispondere sorridendo: « È un'altra cosa! Ma forse la coltura vi riguarda? Ve ne intendete, dunque? »

« Certamente che me ne intendo, perché son farmacista, val quanto dire chimico! e la chimica, signora Lefrançois, avendo per obietto la conoscenza dell'azione reciproca e molecolare di tutti i corpi della natura, ne consegue che l'agricoltura è compresa nei suoi dominii. E, infatti, la composizione dei concimi, la fermentazione dei liquidi, l'analisi dei gas e l'influenza dei miasmi che cosa sono, se non pure e semplici composizioni chimiche? »

La locandiera non rispose. Homais continuò: « Credete che per essere agronomo bisogni aver lavorato la terra o allevato il pollame? Ma è necessario piuttosto conoscere la composizione delle sostanze di cui si tratta, i giacimenti geologici, l'azione dell'atmosfera, la qualità dei terreni, dei minerali e delle acque, la densità dei differenti corpi, la loro capillarità, e che so io! E bisogna conoscere a fondo tutti i principii igienici, per dirigere o criticare la costruzione degli edifizii, il regime degli animali, l'alimentazione dei domestici! Bisogna conoscere anche la botanica, saper discernere le piante salutari dalle deleterie, le improduttive dalle nutritive, quali è meglio strappare e quali trapiantare, propagare le une, distruggere le altre; in breve, bisogna essere al corrente della scienza con i libri e le pubblicazioni, esser sempre in attività, per indicare i miglioramenti... »

La locandiera non tralasciava di tener d'occhio la porta del *Café François*, e il farmacista seguitò: « Piacesse a Dio che i nostri agricoltori conoscessero la chimica, o che almeno seguissero i dettami della scienza! Così, io, ultimamente, ho scritto un grosso opuscolo, una memoria di più di settantadue pagine, intitolata: *Del cedro, della sua fabbricazione e dei suoi effetti; con qualche nuova riflessione in proposito*, che ho inviato alla Società agronomica di Rouen; che mi ha procurato l'onore di essere inscritto fra i suoi membri, sezione di agricoltura, classe di pomologia; ebbene, se la mia opera fosse stata diffusa... »

Ma il farmacista si fermò, vedendo la grande preoccupazione della signora Lefrançois.

« Vedete! » ella disse, « non se ne capisce nulla. Una tavernaccia simile! »

E indicò con le mani la bettola rivale, in cui si udivano delle canzoni.

« Del resto, non durerà molto tempo ancora », disse. « Fra otto giorni tutto sarà finito. »

Homais indietreggiò stupefatto. Ella discese tre gradini, e gli disse all'orecchio:

« Come, non sapete? Si chiuderà in questa settimana, ed è Lheureux che ha chiesta la vendita. È pieno di cambiali ».

« Quale spaventevole catastrofe! » esclamò il farmacista, che aveva sempre una espressione congrua per ogni circostanza immaginabile.

La locandiera cominciò a raccontargli tutta la storia, che aveva appresa da Théodore, il domestico del signor Guillaumin, e, sebbene odiasse Tellier, biasimava Lheureux, chiamandolo adescatore e rapace.

« Ah! guardate, eccolo sul mercato; saluta la signora Bovary che ha un cappello verde. Ella è al braccio del signor Boulanger. »

« La signora Bovary! » esclamò Homais. « Voglio andare ad offrirle i miei omaggi. Ella forse avrà piacere di ottenere un posto nel recinto, sotto il peristilio. »

E, senza ascoltare la signora Lefrançois, che lo chiamava per raccontargliene di più, il farmacista si allontanò a passi rapidi, col sorriso sul labbro e il garretto teso, distribuendo saluti a destra e a sinistra, e occupando un largo spazio con le ampie falde del suo abito nero, che gli sventolavano di dietro.

Rodolphe, avendolo scorto di lontano, affrettò il passo, ma sentendo che la signora ansava, lo rallentò di nuovo, e le disse sorridendo, ma con tono brutale: « Era per evitare quell'omaccione; lo conoscete, il farmacista ».

Ella lo toccò col gomito.

« Che vuole? » egli si chiese, guardandola con la coda dell'occhio, e continuando a camminare.

Il suo volto, che si staccava dal colletto ovale del mantello ornato di nastri d'un verde chiaro, aveva una espressione di calma impenetrabile. I suoi occhi dalle lunghe ciglia ricurve guardavano davanti a sé, e, quantunque molto aperti, sembravano un poco offuscati dai pomelli, a causa del sangue che traspariva sotto la sua pelle fine.

Dall'apertura delle labbra si scorgeva l'avorio dei denti.

« Si fa forse beffe di me? » pensò Rodolphe.

Il gesto di Emma, però, non era stato che un avvertimento, perché il signor Lheureux li accompagnava, studiandosi di entrare in conversazione.

« È una giornata stupenda. Tutti sono fuori di casa! »

E la signora Bovary, non meno di Rodolphe, non gli rispondeva; mentre al minimo movimento che facevano, egli si avvicinava e, portando la mano al cappello, ripeteva: « Vi piace? »

Quando furono davanti alla casa del maniscalco, invece di continuare la strada fino alla barriera, Rodolphe prese bruscamente un sentiero, trascinando la signora Bovary e gridò: « Buona sera, signor Lheureux! a rivedervi! »

« Come lo avete congedato! » disse la signora, ridendo.

« Perché permettere certe invasioni? E poiché oggi ho la fortuna di essere con voi... »

Emma arrossì, ed egli non terminò la frase. E parlò del bel tempo, del piacere di camminare sull'erba. Alcune margheritine erano calpestate.

« Ecco delle gentili margheritine », ella disse. « Ce ne sono abbastanza per fornire oracoli a tutti gl'innamorati del paese. »

Egli disse: « Se ne cogliessi, che cosa ne pensereste? »

« Siete forse innamorato? »

« Eh! Chi sa? »

Il prato cominciava a popolarsi, e le famigliuole vi si pigiavano, coi loro ombrelli, i loro panieri e i loro bambini. Sovente bisognava deviare davanti ad una lunga fila di villici e di serve che odoravano di latte e camminavano tenendosi per mano, e spandendosi per tutta la larghezza del prato. Era il momento dell'esame, ed i coltivatori entravano, l'uno dietro l'altro, in una specie d'ippodromo chiuso da una corda attaccata alla cima di piuoli fitti nel terreno.

Gli animali erano lì in fila, col naso alla corda e le groppe che formavano una linea ineguale, i maiali che parevano assopiti, cacciavano il grugno nel terreno; i vitelli mugghiavano e le pecore belavano; le vacche, con un garretto ripiegato, allargavano il ventre sulla zolla erbosa, ruminando lentamente e socchiudendo le palpebre sudicie sotto i mosconi che ronzavano loro intorno agli occhi. I carrettieri, con le braccia nude, tenevano per la cavezza gli stalloni ardenti, che fiutavano a piene nari verso il lato ove erano le giumente, che restavano impassibili, allungando il collo con la criniera pendente, mentre i puledri riposavano alla loro ombra o di quando in quando poppavano; e sulla lunga ondulazione di tutti quei corpi ammucchiati, si levava al vento, come un fiotto, qualche criniera bianca, o spuntavano due corna acute, o si vedevano correre delle teste di uomini. Fuori della lizza, cento passi lontano, era, in disparte, un toro nero, grosso e membruto, con un anello di ferro alle narici, e che non si muoveva più di un masso di bronzo. Un fanciullo tutto coverto di stracci lo teneva per la corda.

Frattanto, tra i due ordini, dei signori si avanzavano, con passo grave, esaminando qualche animale, poi consultandosi a voce bassa. Uno di essi, che pareva più autorevole, prendeva, camminando, qualche nota sul taccuino. Era il presidente della commissione: il signor Derozerays de la Panville. Appena riconobbe Rodolphe, si avanzò vivamente, e gli disse amabilmente sorridendo: « Come, signor Boulanger, voi ci lasciate? »

Rodolphe protestò che egli sarebbe stato con loro; ma quando il presidente si allontanò, riprese: « In fede mia, no, non andrò; la vostra compagnia vale bene la sua ».

E, burlandosi dei comizii, Rodolphe, per girare con più libertà, mostrò ai gendarmi il suo cartello azzurro, e si fermava davanti a qualche bel soggetto, che la signora Bovary non ammirava punto. Egli se ne accorse, ed allora si mise a far burletta delle signore di Yonville, a proposito delle loro *toilettes*; poi si scusò che la sua era molto negletta. Egli aveva il disprezzo delle cose comuni e ricercate, in cui il volgare crede di essere la rivelazione di una esistenza eccentrica, il disordine del sentimento, le tirannie dell'arte e sempre un certo disprezzo delle convenienze sociali che seduce od esaspera.

Così la sua camicia di battista a maniche pieghettate si gonfiava al vento sull'apertura del panciotto, che era di stoffa grigia, ed i suoi pantaloni a larghe righe scoprivano alle caviglie gli stivalini di pelle lucida, con lo scarpino di cuoio tanto verniciato, che vi riluceva l'erba.

« D'altronde », disse, « quando si abita in campagna... »

« È un sacrifizio sprecato », disse Emma.

« È vero! Pensare che non uno di questi signori è capace di comprendere il taglio di un abito! »

Allora parlarono della mediocrità provinciale, dell'esistenza che li soffocava, delle illusioni che svanivano.

« Così », disse Rodolphe, « io mi perdo in una tristezza... »

« Voi? » disse Emma, sorpresa. « Ma io vi credevo contento, invece! »

« Ah! sì, nell'apparenza, perché in mezzo alla gente copro il mio volto con una maschera motteggiatrice; però, alla vista di un cimitero, al chiaro della luna, io mi domando se non farei meglio di andare a raggiungere quelli che vi dormono... »

« Oh! E non pensate ai vostri amici? »

« I miei amici? E quali? Ne ho io? Chi si occupa di me? »

E accompagnò queste ultime parole con un soffio tra le labbra.

Furono obbligati a separarsi per lasciar passare un uomo che portava una grande catasta di sedie, e ne era così nascosto che si vedevano solo i piedi e le braccia, che si allargavano di fuori. Era Lestiboudois, il becchino, che trasportava le sedie della chiesa. Pieno d'inventive per tutto ciò che giovava ai suoi interessi, aveva scoperto quel mezzo per trar profitto anche dai comizi; e la sua idea era stata buona, perché i villici si disputavano quelle sedie la cui paglia sentiva d'incenso; e si appoggiavano contro le spalliere su cui era gocciolata la cera con una certa venerazione.

La signora Bovary riprese il braccio di Rodolphe, che continuò, come parlando a se stesso: « Sì! Tante cose mi sono mancate! sempre solo! Ah! se avessi avuto uno scopo nella mia vita, se avessi incontrato un affetto, se avessi trovato qualcuno... oh! come avrei speso tutte le energie di cui sono capace, avrei sorpassato tutto, superato ogni ostacolo! »

« Mi sembra, pertanto, che voi non siate da compiangere. »

« Lo credete? »

« Perché, infine... voi siete libero. »

E aggiunse, dopo un momento di esitazione: « Ricco ».

« Non vi burlate di me? »

Ella giurò che non celiava. Si udì, intanto, un colpo di cannone, e tosto tutti si affrettarono, alla rinfusa, verso il villaggio.

Era stato un falso allarme. Il signor prefetto non era ancor giunto e i membri della commissione si trovavano in grave imbarazzo, non sapendo se cominciar la seduta od aspettare ancora.

Finalmente, in fondo alla piazza, apparve una grande carrozza di affitto, tirata da cavalli magri, che un cocchiere dal cappello bianco frustava a tutta forza. Binet ebbe appena il tempo di gridare: « All'armi! » e il colonnello lo imitò. Si corse ai fasci a precipizio. Ma l'equipaggio prefettizio pareva che indovinasse quell'imbarazzo, e le due rozze, dondolandosi sulle redini, arrivarono al piccolo trotto davanti al peristilio della podesteria, proprio al momento in cui la guardia nazionale ed i pompieri si spiegavano, tambur battente, e segnando il passo.

« *Presentaaat'... arm!* » gridò Binet.

« *Alt*! » gridò il colonnello. « *Per fila sinistr*! »

E, dopo un *presentat'arm*, il cui strepito risuonò come una caldaia di rame che ruzzoli per le scale, tutti i fucili ricaddero a *pied'arm*.

Allora si vide smontare dalla carrozza un signore vestito di corto, con ricami di argento, un po' calvo sulla fronte, pallido e di aspetto benigno. Il suo sguardo si volse alla moltitudine, accompagnato da un leggero sorriso. Riconobbe il sindaco dalla sciarpa, gli espose che il signor prefetto non poteva venire, e ne fece le scuse. Era un consigliere di prefettura. Tuvache gli rispose con qualche complimento, l'altro disse di essere confuso di tanta cortesia; e restarono così, faccia a faccia, in mezzo alla commissione, al consiglio municipale, ai notabili, alla guardia nazionale e alla folla. Il consigliere, tenendo sul petto il suo piccolo tricorno nero, ripeteva i saluti, mentre Tuvache, curvo come un arco, sorrideva, balbettava, cercando le frasi, ed esternava la sua devozione alla monarchia, dichiarandosi lieto dell'onore che si faceva a Yonville.

Hippolyte, il garzone della locanda, venne a prendere per la briglia i cavalli, e zoppicando col suo piede storto, li condusse sotto il portico del *Lion d'or*, dove molti contadini si affollarono a guardare la carrozza. Al rullo del tamburo ed agli spari della bombarda, tutti i signori montarono sulle tribune e presero posto nelle poltrone di damasco rosso, prestate dalla signora Tuvache.

Tutta quella gente si somigliava: le loro fisonomie bionde, leggermente abbronzate dal sole, avevano il colore del cedro e le loro barbette svolazzanti sulle guance venivan fuori da certi solini rigidi, fasciati da cravatte bianche ben tese.

Le signore erano indietro, sotto il vestibolo, fra le colonne, mentre la folla di fronte se ne stava in piedi o seduta sulle sedie di Lestiboudois.

« Noto », disse Lheureux al farmacista che passava per raggiungere il suo posto, « che si sarebbero dovuti piantare due alberi veneziani, qualche cosa di severo e di ricco; sarebbe stato un bel colpo d'occhio. »

« Certo », rispose Homais, « ma che volete! Il sindaco ha voluto far tutto da sé. Non è un uomo di gusto, quel povero Tuvache ed è completamente privo di ciò che si dice senso d'arte. »

Frattanto Rodolphe, con la signora Bovary, era salito al primo piano della podesteria, nella camera delle deliberazioni, che era vuota, donde si godeva con comodità lo spettacolo. Prese tre sediolini intorno alla tavola ovale, sotto il busto del sovrano, e accostatili ad una finestra, sedettero.

Vi fu un'agitazione sulla tribuna, un bisbiglio, infine il consigliere della prefettura si alzò. Si sapeva che si chiamava Lieuvain, e il suo nome era ripetuto da tutte le bocche. Quando ebbe riveduto alcuni fogli ed inforcato una lente, cominciò:

« Signori,

« Permettetemi, innanzi tutto, prima di intrattenervi sull'obbietto dell'odierna riunione, e questo sentimento, son sicuro, sarà diviso da voi, permettetemi, dico, di rendere giustizia all'Amministrazione superiore, al governo, al sovrano, o signori, al nostro sovrano, al re beneamato, al quale nessun ramo della prosperità pubblica o privata è indifferente, e che guida con mano ferma e sagace il carro dello stato fra gl'incessanti pericoli di un mare tempestoso, sapendo far rispettare sì la pace come la guerra, l'industria, il commercio, l'agricoltura e le belle arti ».

« Dovrei tenermi un poco indietro », disse Rodolphe.

« Perché? »

Ma, in quel momento, la voce del consigliere si levò con tono alto e declamatorio: « Non sono più i tempi in cui le civili discordie insanguinavano le nostre piazze, e i proprietarii, i negozianti, gli stessi operai, addormentandosi la sera in un sonno penoso, temevano di vedersi svegliati improvvisamente dalle voci degl'incendiarii, le cui grida sovversive minavano audacemente le basi... »

« Potrebbero vedermi di laggiù », riprese Rodolphe, « e ne avrei per quindici giorni a far le scuse; e, con la mia cattiva reputazione... »

« Oh! voi vi calunniate », disse Emma.

« No, no, è esecrabile, ve lo giuro. »

« Ma, signori », proseguì il consigliere, « se allontano i ricordi di così terribili quadri, e volgo lo sguardo alla situazione presente della nostra bella patria, che cosa vedo? Il commercio e le arti fioriscono dappertutto, e novelle vie di comunicazione, come altrettante arterie nel corpo dello stato, stabiliscono nuovi rapporti; i nostri grandi centri manifatturieri hanno riacquistato la loro attività; la religione, meglio consolidata, sorride a tutti i cuori; i nostri porti sono pieni, la fiducia rinasce, e la Francia, infine, respira!... »

« Del resto », aggiunse Rodolphe, « forse, dal punto di vista del mondo, hanno ragione. »

« E come? »

« Non sapete che vi sono delle anime incessantemente tormentate, cui è necessaria una vicenda di sogni e di azioni, di passioni purissime e di godimenti brutali, e che si tuffano in ogni specie di fantasie e di follie? »

Emma lo guardò come si guarda un viaggiatore che ha attraversato paesi straordinari, e riprese: « Noi non abbiamo questa distrazione, noi altre povere donne! »

« Triste distrazione, che non rende felici! »

« Ma si raggiunge mai la felicità? »

« Sì, un giorno si raggiunge. »

« E questo voi avete capito », diceva il consigliere. « Voi, agricoltori e lavoratori dei campi; voi, pionieri pacifici di tutta un'opera di civilizzazione! Voi, uomini di progresso e di moralità! Voi avete capito che le tempeste politiche sono anche più spaventevoli di quelle atmosferiche... »

« Si raggiunge, un giorno », ripeté Rodolphe, « un giorno, improvvisamente, e quando ogni speranza pare perduta. Allora gli orizzonti si aprono, e una voce grida: Eccola! Voi sentite il bisogno di fare a questa persona la confidenza della vostra vita, di darle tutto, di sacrificarle tutto! Non è necessario spiegarsi, ci si indovina. È la persona sognata. » E guardava Emma. « È là, il tesoro che si è tanto cercato, là, davanti a voi, che brilla e risplende. Quasi si dubita ancora, non si osa credere; e si resta abbagliato, come se si uscisse bruscamente dalle tenebre alla luce. »

E Rodolphe, aggiungendo il gesto alle parole, si passava la mano sul volto, come un uomo preso da stordimento, poi la lasciò ricadere in quella di Emma, che la ritirò subito.

Il consigliere frattanto continuava a leggere.

« E chi se ne meraviglierebbe, o signori? Solo colui il quale sia cieco o ancora schiavo dei pregiudizii di un'epoca oramai passata, per non riconoscere lo spirito delle popolazioni agricole. Dove trovate, infatti, maggiore patriottismo come nelle campagne? maggior devozione alla causa pubblica? maggiore intelligenza? E io non intendo, signori, la intelligenza superficiale, vano ornamento degli spiriti oziosi, ma quella profonda e moderata, che si applica a tutte le cose, per conseguire fini utili, contribuendo così al miglioramento individuale e collettivo ed al rafforzamento dello stato, frutto del rispetto alle leggi e della pratica del dovere... »

« Ah! » disse Rodolphe, « sempre il dovere: sono stufo di udire questa parola. Sono vecchi goffi in panciotti di flanella e bigotti in scaldapiedi e rosario, che continuamente ci predicano il dovere, il dovere! Eh, perbacco! il dovere è quello di sentire ciò che è grande, di preferire il bello, e non di subire tutte le convenienze e le ignominie che la società impone. »

« Però... però... » obiettava la signora Bovary.

« Eh, no! Perché declamare contro le passioni? Non sono forse le sole cose belle che esistono sulla terra? le sorgenti dell'eroismo, dell'entusiasmo, della poesia, della musica, delle arti, di tutto, infine? »

« Ma è necessario seguire anche l'opinione del mondo ed obbedire alla sua morale. »

« Ah! di morale ve n'è due: la piccola, la convenzionale, quella degli uomini, che varia secondo i casi e gracchia, e si agita in basso, terra terra, come in cotesta riunione di imbecilli che qui vedete. Ma l'altra, quella eterna, è ovunque, intorno e in alto, come il paesaggio che ne circonda e il cielo azzurro che ne rischiara. »

Il signor Lieuvain, rasciugatesi le labbra con la pezzuola, riprese: « E che cosa debbo dire, o signori, per dimostrare l'utilità dell'agricoltura? Chi provvede ai nostri bisogni? Chi alla nostra sussistenza? Non è l'agricoltore? L'agricoltore, o signori, il quale seminando con laboriosa mano nei solchi profondi, fa nascere il grano, che trebbiato e macinato col mezzo d'ingegnosi apparecchi, dà la farina, e trasportato nelle città va nelle mani del fornaio che ne manipola un alimento per il povero come per il ricco. Non è forse l'agricoltore che ingrassa, per i nostri vestiti, il gregge numeroso? Come ci vestiremmo, come ci nutriremmo, senza l'agricoltore? Ma io non finirei più, se volessi enumerare tutti i varii prodotti che la terra ben coltivata come una madre generosa, prodiga ai suoi figli. Qui è la vigna, altrove il pometo, là il navone, più lontano il caseificio e il lino, signori, non dimentichiamo il lino! che in questi ultimi anni ha acquistato uno sviluppo straordinario, e su cui richiamo particolarmente la vostra attenzione ».

Tutte le bocche della moltitudine erano aperte, come per bere le parole del consigliere. Tuvache, che gli era accanto, lo ascoltava inarcando le ciglia; Derozerays di quando in quando socchiudeva le palpebre, e più lungi il farmacista, col figlio Napoléon tra le gambe, faceva della mano padiglione all'orecchio per non perdere una sillaba; gli altri membri della commissione approvavano con cenni della testa. I pompieri, schierati davanti alla tribuna, si appoggiavano ai fucili; e Binet se ne stava immobile, con l'impugnatura della sciabola al fianco e la punta in aria. Udiva, forse, ma certamente non vedeva nulla, perché la visiera dell'elmo gli copriva la fronte sino al naso. Il suo luogotenente, che era il figlio minore di Tuvache, ne aveva però uno di dimensioni esagerate, che gli vacillava sulla testa e lasciava sfuggire un lembo di un fazzoletto di indiana che gliela fasciava, e sorrideva di sotto con una dolcezza tutta infantile, e la sua faccia pallida e piccolina aveva una espressione di giocondità, di accasciamento e di sonno in una volta sola.

La piazza era piena di gente; si vedevano persone a tutte le finestre e su tutte le porte; e Justin, davanti al prospetto della farmacia, pareva intento alla contemplazione di ciò che guardava. In quel silenzio generale, la voce del signor Lieuvain si perdeva nell'aria. Si udivano frasi interrotte, sopra il rumore delle sedie smosse; poi si udiva improvvisamente un muggito prolungato di buoi, o il belato degli agnelli che si rispondevano da tutte le parti.

Rodolphe si era accostato ad Emma e le diceva con voce bassa, parlando sollecitamente: « Questa cospirazione del mondo non vi contraria? C'è un sentimento che ne condanni? I più nobili istinti, le simpatie più pure sono perseguitate, calunniate, se vi sono due poveri cuori, tutto è organizzato perché essi non possano godere. Ma non importa; presto o tardi, dopo sei mesi o dieci anni, essi si riuniranno e si ameranno, perché il destino così vuole ed essi sono nati l'uno per l'altro! »

Egli era chino, con le braccia incrociate sulle ginocchia, e così, alzando la faccia verso Emma, la guardava dappresso, fissamente; scorgeva negli occhi di lei dei sottili raggi d'oro che s'irradiavano intorno alle sue pupille nere, mentre essa sentiva il profumo della pomata che gli lustrava i capelli. Allora una mollezza la prese, ricordò il visconte che l'aveva fatta ballare alla Vaubyessard, la cui barba esalava, come quei capelli, un odore di vaniglia e di limone; e, macchinalmente, chiuse le palpebre, come per aspirar meglio. Ma, nel movimento che fece nello sdraiarsi, scorse lontano la vecchia diligenza *Hirondelle*, che discendeva lentamente l'altura dei Leux, traendosi dietro un turbine di polvere. In quella carrozza gialla Léon era venuto così spesso da lei, e per quella strada laggiù era partito per sempre! Credette di rivederlo, alla solita finestra di fronte; poi tutto si confuse, come coperto da nubi; e rivide ancora se stessa, che ballava il valzer tra le braccia del visconte, e di nuovo Léon, poco lungi, che si appressava... e frattanto sentiva vicino la testa di Rodolphe. La dolcezza di questa sensazione risvegliava così i suoi desiderii di un tempo, che, come grani di sabbia al vento, turbinavano nel soffio sottile del profumo che si espandeva sulla sua anima. Aspirò a più riprese la freschezza dell'edera che ornava i capitelli. Si tolse i guanti, e si fece vento in volto col fazzoletto, le tempie le battevano. Giungeva, intanto, fino a lei il ronzio della folla e la voce del consigliere che parlava come salmodiando.

« Continuate! Perseverate! Non ascoltate le suggestioni dell'uso, né i consigli troppo precipitati di un empirismo temerario! Applicatevi soprattutto al miglioramento del suolo, al buon ingrasso, allo sviluppo delle razze cavalline, bovine, ovine e porcine. Che questi comizii siano per voi come un'arena pacifica in cui il vincitore porgerà la mano al vinto e fraternizzerà con lui, sperando in un successo migliore! E voi, venerabili servitori, umili domestici, di cui nessun governo fino ad oggi ha preso in considerazione i penosi lavori, venite a ricevere la ricompensa delle vostre silenziose virtù, e siate convinti che lo stato, ormai, ha gli occhi fissi su voi, e vi protegge; farà giustizia ai vostri giusti reclami e procurerà di alleviare, per quanto è in lui, il fardello dei vostri penosi sacrifizii! »

Il signor Lieuvain sedette; il signor Derozerays si levò, e cominciò un altro discorso, che non fu fiorito come quello del consigliere, ma si raccomandava per il suo positivismo e per certe conoscenze speciali.

Rodolphe, frattanto, parlava con la signora Bovary di sogni, di presentimenti, di magnetismo.

Rimontando alla culla della società, l'oratore dipingeva i tempi selvaggi in cui gli uomini vivevano di ghiande, in mezzo ai boschi. Poi avevano abbandonato le spoglie di animali, indossato tessuti, solcato la terra, piantato la vigna. Era questo un bene, o forse in questa scoperta vi erano più inconvenienti che vantaggi! Il signor Derozerays presentava questo problema.

Dal magnetismo, a poco a poco, Rodolphe era venuto alle affinità di esso, mentre il presidente citava Cincinnato e il suo aratro, Diocleziano che piantava cavoli, e gl'imperatori della Cina che inaugurano l'anno spargendo la semente, Rodolphe spiegava alla giovane signora che certe attrazioni irresistibili non sono effetti di cause impenetrabili ma di esistenze preesistenti.

« Così, noi », diceva, « perché ci siamo conosciuti? per qual caso?

Senza fallo, attraverso la lontananza, come due fiumi che scorrono per ricongiungersi, le nostre individuali tendenze ci hanno spinto l'uno verso l'altra. »

Le prese la mano... ed essa non la ritirò punto.

« Un insieme di buone coltivazioni! » gridava il presidente.

« Poco fa, per esempio, quando io son venuto in casa vostra... »

« Al signor Bizet, di Quincampoix... »

« Sapevo di dovervi accompagnare? »

« Settanta franchi! »

« Cento volte ho voluto andarmene, ma vi ho seguito, e sono rimasto. »

« Letamai. »

« Come resterò questa sera, domani, gli altri giorni, per tutta la vita! »

« Al signor Caron, di Argueil, la medaglia d'oro! »

« Perché giammai ho trovato, come in voi, un'amabilità così completa. »

« Al signor Bain, di Givry-Saint-Martin! »

« Di talché porterò di voi un ricordo... »

« Per un castrato merinos... »

« Ma voi mi dimenticherete; io sarò passato davanti a voi come un'ombra. »

« Al signor Belot, di Notre-Dame... »

« Oh! no, non è vero che di me resterà qualche cosa nel vostro pensiero, nella vostra vita? »

« Razza porcina, premio *ex aequo;* ai signori Lehérissé e Cullembourg; sessanta franchi! »

Rodolphe le strinse la mano, e la sentì calda e fremente, come una tortorella prigioniera che vuol riprendere il volo; ma, sia che volesse tentare di liberarsi, ovvero che rispondesse a quella stretta, ella fece un movimento con le dita. Allora egli gridò: « Oh! grazie! Voi non mi respingete! Voi siete buona! Comprendete che sono vostro! Lasciate che vi guardi, che vi contempli! »

Un colpo di vento entrato dalle finestre smosse il tappeto della tavola, e, nella piazza, tutti i berretti dei paesani si sollevarono, come ali di farfalle bianche che si agitino.

« Impiego di focaccine di grani oleaginosi », continuò il presidente, ed affrettando: « Ingrasso fiammingo; coltivazione del lino; drenaggio; servizio dei domestici ».

Rodolphe taceva. Si guardavano negli occhi; un desiderio supremo faceva fremere le loro labbra asciutte, e mollemente, senza sforzo, le loro dita si confusero.

« Catherine Elisabeth Leroux, di Sassetot-la-Guerrière, per 54 anni di servizio nello stesso podere, una medaglia di argento del valore di venticinque franchi!... »

« Dov'è Catherine Leroux? » ripeteva il consigliere.

Ella non si presentava, e molte voci bisbigliavano.

« Va' dunque! »

« No. »

« A sinistra! »

« Non aver paura! »

« Ah! che bestia! »

« Ma c'è, insomma? » gridò Tuvache.

« Sì... Eccola! »

« Si presenti, allora! »

Fu vista avanzarsi verso la tribuna una vecchierella timida, che pareva volesse nascondersi nei suoi abiti; il volto magro era pieno di rughe come una mela chiazzata e appassita, e dalle maniche della camiciola rossa uscivano due lunghe mani dalle articolazioni nodose: la polvere dei granai, la potassa della lisciva e l'unto delle lane le avevano tanto intonacate, scalpellate e indurite, che parevano sporche quantunque risciacquate con acqua chiara; e, a forza di aver servito, rimanevano semiaperte, come a testificare umilmente di per se stesse le tante sofferenze patite. La sua fisonomia aveva una espressione di rigidità monacale, e lo sguardo pallido non era né tenero né triste. Frequentando gli animali, aveva acquistato il loro mutismo e la loro placidità. Era la prima volta che si trovava in mezzo ad una compagnia così numerosa; e, internamente sgomenta dalle bandiere, dai tamburi, dai signori in abito nero e dalla Croce d'onore del consigliere, se ne stava immobile, non sapendo se dovesse farsi avanti o fuggirsene, né perché la folla la sospingeva e perché gli esaminatori le sorridevano.

« Avvicinatevi, venerabile Catherine Leroux » disse il consigliere, che aveva preso dalle mani del presidente la lista dei premiati.

Ed esaminando alternativamente la carta e la vecchia, ripeteva con tono paterno: « Avvicinatevi, avvicinatevi ».

« Siete sorda? » disse Tuvache, saltellando nella poltrona. E le gridò all'orecchio: « Cinquantaquattro anni di servizio! Una medaglia di argento! venticinque franchi! È per voi ».

La vecchia ricevette la medaglia e la guardò lungamente; un sorriso di beatitudine dette vita al suo volto, e fu udita borbottare, nell'andarsene: « La darò al curato, perché me ne dica tante messe ».

« Quale fanatismo », esclamò il farmacista, chinandosi verso il notaio.

La seduta era finita e la folla si disperdeva, ed ora che i discorsi erano stati letti, ciascuno ripigliava il suo grado ed ogni cosa si ripeteva come d'ordinario: i padroni strapazzavano i domestici, questi battevano gli animali, trionfatori indolenti che ritornavano alla stalla con una corona verde tra le corna.

Frattanto le guardie nazionali erano salite al primo piano della podesteria, con le *brioches* infilate alle baionette ed il tamburino che portava un paniere di bottiglie. La signora Bovary prese il braccio di Rodolphe, che la riaccompagnò a casa e la lasciò alla porta; e poi se ne andò a passeggiare nella prateria, in attesa dell'ora del pranzo.

Il banchetto fu lungo, rumoroso, mal servito; si stava così pigiati che si stentava a muovere le braccia, ed i banchi da sedere erano là là per rompersi sotto il peso dei convitati, che del resto mangiarono abbondantemente. Le fronti erano bagnate di sudore, e un vapore biancastro, come la nebbia che si leva dal fiume in un mattino di autunno, fluttuava al disopra della tavola, tra le lampade sospese.

Rodolphe, con le spalle appoggiate al traliccio della tenda, pensava solo ad Emma, e non capiva nulla. Dietro di lui, per terra, i domestici accatastavano i piatti sporchi, i vicini gli parlavano e lui non rispondeva; il silenzio si stabiliva nel suo pensiero, ad onta dei crescenti rumori. Ripensava a ciò che Emma gli aveva detto e rivedeva le sue labbra, la sua fisonomia come in uno specchio magico. Nella visione che aveva dell'avvenire, vedeva rincorrersi giorni di ebbrezza e di amore.

La rivide, la sera, durante i fuochi d'artificio; ma era in compagnia del marito, della signora Homais e del farmacista, che era molto appaurato dei possibili danni dei fuochi che ricadevano senza consumarsi; e, ogni momento, lasciava la compagnia per qualche raccomandazione a Binet.

I fuochi pirotecnici inviati al sindaco erano stati, per eccesso di precauzione, depositati nella cantina, dove la polvere per l'umidità non poteva infiammare, e il pezzo principale, rappresentante un dragone che si mordeva la coda, fece completamente fiasco. Di quando in quando partiva un povero razzo alla romana; allora la folla si apriva, levava un clamore a cui si univano le grida delle donne, che i giovinastri stringevano alla vita profittando della confusione e dell'oscurità. Emma, silenziosa, si stringeva dolcemente accanto a Charles; poi, alzava la testa per seguire il cammino che il getto luminoso faceva nell'aria scura. Rodolphe la contemplava alla debole luce delle lampade.

Poi cominciò a piovere ed ella si annodò uno scialletto sulla testa nuda.

In quel momento la carrozza del consigliere uscì dall'albergo. Il cocchiere, mezzo ubriaco, si assopiva di tanto in tanto e di lontano si scorgeva, tra le due lanterne, la massa del corpo che dondolava a destra e a sinistra.

« In verità », disse il farmacista, « si dovrebbe esser severi per l'ubriachezza! Io vorrei che ogni settimana si scrivesse su un quadro alla porta della podesteria il nome di tutti quelli che durante la settimana si sono attossicati coi liquori. Così, sotto il rapporto della statistica, si avrebbero come degli annali manifesti che sarebbero molto utili... Ma, permettete... »

E corse di nuovo verso Binet, che allora entrava in casa.

« Vi disturba », gli disse Homais, « di mandare uno dei vostri uomini o di andare voi stesso... »

« Ma lasciatemi tranquillo », rispose l'esattore, « poiché non c'è nessun pericolo! »

« Rassicuratevi », disse il farmacista ai suoi amici. « Il signor Binet mi ha accertato che le misure sono state prese, nessuna favilla è caduta, le pompe sono piene. Andiamo a dormire. »

« Ne ho davvero bisogno », disse la signora Homais, che sbadigliava, « ma non importa, abbiamo avuta una bella giornata per la nostra festa. »

Rodolphe ripetette a voce bassa e con tenerezza:

« Sì, sì, molto bella! »

Si salutarono e ciascuno andò per la sua via.

Due giorni dopo, *le Fanal de Rouen* pubblicava un lungo articolo sui comizi. Homais lo aveva scritto con una certa vena, l'indomani della festa.

« Perché questi festoni, questi fiori, queste ghirlande? Dove corre questa folla, come i flutti di un mare in tempesta, sotto il torrente di un sole tropicale che irradia il suo calore sui nostri maggesi? »

In seguito, parlava della condizione dei contadini. Certo, il governo faceva molto, ma non abbastanza! « Del coraggio ci vuole! mille riforme sono indispensabili, compiamole. » Poi, parlando dell'arrivo del consigliere, non dimenticava « l'aria marziale delle nostre milizie » né « i nostri più attivi coltivatori » né « i vecchi calvi, specie di patriarchi, qualcun dei quali, avanzo delle nostre immortali falangi, sentiva il cuore palpitargli di nuovo al suono guerresco de' tamburi ». Tra i membri della commissione citava tra i primi e notava, come un ricordo, che il signor Homais, farmacista, aveva inviata una memoria sul cedro alla Società di Agricoltura. Parlando della distribuzione delle ricompense, dipingeva la gioia dei premiati con tratti ditirambici: « Il padre abbracciava il figlio, il fratello il fratello, lo sposo la sposa. Più d'uno mostrava con orgoglio la sua umile medaglia, e ritornato a casa, l'avrà sospesa lagrimando di gioia, ai muri discreti della sua casetta. Verso le sei, un banchetto, apparecchiato nel prato dal signor Liégeard, ha riunito i principali intervenuti alla festa. Vi ha regnato una cordialità ininterrotta, e sono stati fatti varii brindisi: il signor Lieuvain ha brindato al sovrano; il signor Tuvache al prefetto; il signor Derozerays all'Agricoltura; il signor Homais all'Industria ed alle Belle Arti, degne sorelle; il signor Leplichey al Progresso. La sera, un brillante fuoco di artificio ha rischiarato ad un tratto l'aria. Abbiamo goduto un vero caleidoscopio, una vera scena dell'Opera, e per un momento la nostra piccola località ha potuto credersi trasportata in mezzo a un sogno delle *Mille e una notte*. Constatiamo che nessun accidente dispiacevole ha turbato questa riunione pacifica ».

E infine aggiungeva: « È stata notata l'astensione del clero. Senza dubbio esso intende il progresso in un'altra maniera. Fate pure il vostro comodo, o seguaci di Loyola! »

IX

Dopo sei settimane di assenza, Rodolphe ritornò una sera, dicendo che non si faceva vedere troppo spesso per non dar loro noia. E alla fine della settimana partì per la caccia. Al ritorno, pensò che aveva tardato troppo; ma poi fece questo ragionamento: « Se mi ha amato fin dal primo giorno, l'impazienza di rivedermi le farà crescere l'amore. Continuiamo, allora! »

E quando, un giorno sull'imbrunire, si ripresentò, si accorse che Emma nel rivederlo impallidiva ed allora comprese che il suo ragionamento era esatto.

Emma era sola. Rodolphe restò in piedi, ed alle prime sue frasi ebbe brevi risposte di pura cortesia.

« Ho avuto da fare », disse. « Poi sono stato infermo. »

« Gravemente? » ella gridò.

« No », egli rispose, sedendo accanto a lei... « Gli è che non ho voluto venire così presto. »

« Perché? »

« Non lo indovinate? »

Egli la guardò così fisso, che ella abbassò la testa, arrossendo. Poi riprese: « Emma... »

« Signore! » ella gridò, scostandosi un poco.

« Oh! vedete bene », replicò Rodolphe con dolcezza, « che io avevo ragione di non voler ritornare, perché voi mi proibite di pronunziare questo nome, questo nome che mi riempie l'anima, e che mi è sfuggito, mio malgrado, signora Bovary!... Sì, tutti vi chiamano così... Ma questo non è il vostro nome, è quello di un altro! »

E dopo un poco ripeté: « Di un altro! »

E si coprì il volto con le mani.

« Sì, io penso continuamente a voi!... Ma senza speranza!... Ah! perdonatemi... Vi lascio... Addio... Andrò lontano, tanto lontano che non udrete più parlare di me!... E intanto, oggi, non so quale forza mi ha spinto verso di voi! Perché non si lotta contro il destino, non si resiste al sorriso degli angeli! Siamo trascinati verso tutto ciò che è grazioso, adorabile. »

Era la prima volta che Emma udiva dire di quelle cose e la sua vanità era oltremodo lusingata da quel linguaggio adulatore.

« Ma, se non sono venuto », egli continuò, « se non ho potuto vedervi, ho contemplato almeno tutto ciò che vi circonda. Ogni notte, io mi levavo, venivo fin qui, guardavo la vostra casa, il tetto che splendeva al chiarore della luna, gli alberi del giardino che ombreggiano le vostre finestre, e la luce di una lampada attraverso i vetri, nell'ombra. Ah! voi non immaginavate che così vicino a voi, e pur così lontano, vi era un infelice... »

Ella si volse a lui singhiozzando.

« Oh! voi siete buono! » disse.

« No, io vi amo, ecco tutto! Voi non mi credete. Ditemelo. Una parola, una parola sola!... »

E Rodolphe scivolò insensibilmente fino a terra, in ginocchio; ma si udì un rumore di passi nella cucina, ed egli si accorse che la porta della sala non era chiusa.

« Vorreste essere così compiacente », egli riprese, rizzandosi subito, « di appagare un mio desiderio? »

Desiderava di visitare la casa, di conoscerla, e la signora Bovary non trovando nulla di sconveniente nel suo desiderio, ambedue si avviavano, quando Charles entrò.

« Buon giorno, dottore », disse Rodolphe.

Il medico, lusingato da quel titolo inatteso, si profuse in ossequii, e l'altro ne profittò per rimettersi un poco.

« La signora mi parlava », disse, « della sua salute... »

Charles lo interruppe; aveva un mondo d'inquietudini, infatti, la moglie sentiva una continua oppressione. Allora Rodolphe domandò se l'esercizio del cavalcare potesse giovarle.

« Certo! è un rimedio eccellente!... Ecco un buon consiglio, che dovresti seguire. »

E siccome lei obbiettava che non aveva un cavallo, Rodolphe ne offrì uno; ella rifiutò ed egli non insistette; poi, per giustificare la sua visita, disse che il suo carrettiere, quello del salasso, provava ancora dei capogiri.

« Verrò a vederlo », disse Bovary.

« No, lo condurrò qui; sarà più comodo per voi. »

« Sia; va bene, vi ringrazio. »

Quando il medico e la moglie furono soli, egli le domandò: « Perché non hai accettato la graziosa offerta del signor Boulanger? »

Ella fece un po' la smorfiosa, cercò qualche scusa, e finalmente rispose che *ciò poteva parere un po' strano!*

« Bah! io me ne infischio », disse Charles, facendo una piroetta. « Tu hai torto! La salute innanzi tutto! »

« E come vuoi che monti a cavallo, se non ho un'amazzone? »

« Te ne farai una! »

L'amazzone la fece decidere.

Quando il vestito fu pronto, Charles scrisse al signor Boulanger che la moglie era a sua disposizione, e che contava sulla sua compiacenza.

L'indomani, a mezzogiorno, Rodolphe era alla porta di Charles con due cavalli padronali, uno dei quali, con la cavezza ornata di nappine rosse, portava una sella per donna di pelle di daino.

Rodolphe aveva calzato degli stivaloni con gambali morbidi, certo che Emma non ne avesse mai veduto di simili; ella infatti, che lo aspettava già pronta, rimase ammirata del suo bell'aspetto quando lo vide sul pianerottolo col suo bel vestito di velluto ed i calzoni di pelle scamosciata.

Justin uscì dalla farmacia per vederli, ed anche il farmacista si scomodò, per fare delle raccomandazioni al signor Boulanger.

« I vostri cavalli sono focosi? State attenti; non ci vuol niente e accade una disgrazia. »

Emma udì un rumore in alto, sopra la sua testa: era Félicité che tambureggiava con le dita sui vetri per sollazzare la piccola Berthe; la bambina inviò da lontano un bacio alla mamma, che le rispose accennando col pomo della frusta.

« Buona passeggiata! » gridò Homais. « Siate prudenti, vi raccomando! »

E agitava il giornale come per salutarli, mentre si allontanavano.

Appena fuori dell'abitato, il cavallo di Emma prese il galoppo. Rodolphe le stava a fianco. Ogni tanto scambiavano qualche parola. La persona un po' curva, la mano in alto ed il braccio destro pendente spiegato, si abbandonava alla cadenza del movimento che la cullava sulla sella.

Al basso della collina, Rodolphe abbandonò le redini e partirono insieme con uno slancio solo; poi, sull'alto, ad un tratto i cavalli si fermarono ed il gran velo azzurro di lei si sciolse.

Si era ai primi di ottobre. La campagna aveva un po' di nebbia. Dall'altura in cui si trovavano, tutta la vallata pareva un immenso lago, che si andava evaporando a poco a poco.

Rodolphe ed Emma seguivano il margine del bosco. Ella guardava spesso altrove, per evitare lo sguardo di lui. Al momento di entrare nella foresta, le nuvole si squarciarono ed il sole riapparve, illuminando di lontano Yonville.

« Iddio ci protegge », disse Rodolphe.

« Lo credete? »

« Avanti! avanti! » egli disse.

Lunghe felci si stendevano sul loro cammino, e Rodolphe, correndo, si chinava e le scostava; a volte, per allargare i rami, si accostava tanto vicino ad Emma, che il ginocchio le toccava la gamba. Il cielo era diventato d'un bell'azzurro chiaro; le foglie erano immobili e si vedevano ogni tanto larghi spazi di eriche in fiore e ciuffi di violette si alternavano nel folto degli alberi di un color grigio, fulvo o dorato, secondo la diversità del fogliame. Spesso si udiva di sotto i rami sgusciare con un lieve stormire di ali e gracchiando un corvo, che fuggiva fra le querce.

Smontarono e Rodolphe legò i cavalli ad un albero. Emma camminò sui muschi e tra i solchi, ma lo strascico la imbarazzava, e Rodolphe, che la seguiva, contemplava, tra la veste nera e le scarpine, la delicatezza della calzetta bianca, che gli sembrava come una qualche cosa della sua nudità.

Emma si fermò.

« Sono stanca », disse.

« Andiamo, provate ancora! Coraggio! »

Cento passi più lontano ella si fermò di nuovo, e attraverso il velo che le scendeva dal cappello da uomo fin sui fianchi, si distingueva il volto in una trasparenza azzurra, come se nuotasse in mare, sott'acqua.

« Dove andiamo, dunque? »

Egli non rispose; ella respirava affannosa. Rodolphe volse uno sguardo intorno. Erano giunti in un luogo più largo, dove erano stati abbattuti alcuni alberelli cedui: sedettero su un tronco arrovesciato, e Rodolphe cominciò a parlare del suo amore.

Egli non la spaventò a bella prima con frasi troppo espansive. Si mantenne calmo, serio, un po' malinconico e triste.

Emma lo ascoltava, tenendo la testa abbassata e rimuovendo con la punta del piede i piccoli rami rotti che erano per terra.

Egli disse: « I nostri destini, oramai sono comuni ».

« Ah, no! » rispose. « Sapete bene che ciò è impossibile. »

Si alzò e fece qualche passo; egli la trattenne, afferrandola pel polso. Ella si fermò, poi guardandolo attentamente per qualche minuto amorosamente e con gli occhi umidi, disse vivamente: « Via! non ne parliamo più... Dove sono i cavalli?... Ritorniamo ».

Egli fece un gesto di collera e di noia, mentre ella ripeteva: « Dove sono i cavalli? Dove sono i cavalli? »

Allora, sorridendo con un sorriso strano, con la pupilla fissa, i denti stretti, egli si avanzò aprendo le braccia; ella indietreggiò tremando e balbettò: « Oh! mi fate paura! mi fate male! Andiamo via ».

« Giacché lo volete », egli disse, ripigliando il suo fare rispettoso, carezzevole e timido; e quando ella si appoggiò al suo braccio, ripigliando la via del ritorno, disse: « Che cosa avete? Non capisco perché vi mostrate così; ma, certo, v'ingannate sulle mie intenzioni. Voi siete nell'anima mia come una madonna sul suo piedistallo, in alto e immacolata. Ed io non posso vivere senza di voi, senza i vostri occhi, la vostra voce, il vostro pensiero. Siate dunque la mia amica, come una sorella, un angelo! »

Col braccio le cinse la vita, come per sorreggerla nel camminare, mentre ella procurava debolmente di svincolarsi.

Giunti ove i cavalli pascolavano, Rodolphe la pregò di restare ancora un poco, e la trasse più lontano, presso uno stagno, le cui acque erano quasi nascoste da un verde palustre; mentre flessuose ninfee si ergevano immobili nel giuncheto. Al fruscio dei loro passi le rane saltellavano appaurate.

« Ho torto! ho torto! » ella disse.

« Perché?... Emma! Emma! »

« Oh! Rodolphe! » ella disse con voce flebile.

E appoggiando la testa, nascose il volto bagnato di lagrime su una spalla di lui e scoprì il suo bel collo bianco; poscia ebbe un fremito in tutta la persona, si sentì venir meno e si abbandonò.

Calava la sera, ma gli ultimi raggi del sole, attraversando i rami formavano a terra e sulle foglie delle macchie biancastre, che parevano piume cadute da uno stormo di colibrì. Tutto era silenzio intorno. Emma sentì di nuovo i battiti del suo cuore e nelle vene una dolcezza, come se vi circolasse del latte. Allora udì venire di lontano, al di là del bosco, dalle altre colline, un grido vago e prolungato, come di una voce strascicante che s'insinuava nelle sue fibre, vibrando insieme coi nervi.

Rodolphe, con un sigaro tra le labbra, accomodava col temperino una briglia che si era rotta.

Nel ritornare a Yonville, fecero la stessa strada; e rividero sul fango le pedate dei loro cavalli l'uno vicino all'altro, e gli stessi cespugli, gli stessi ciottoli nell'erba. Niente era cambiato intorno; ma tuttavia per lei era accaduto qualche cosa di più grave che se le montagne avessero cambiato posto.

Rodolphe di quando in quando si chinava e le prendeva una mano per baciarla.

Come era graziosa, a cavallo! Diritta, con la vitina sottile, il ginocchio piegato sulla criniera del cavallo, leggermente colorita dai riflessi dell'aria rossastra del tramonto. Entrò nell'abitato, caracollando, ammirata da quanti erano alla finestra.

Suo marito, a pranzo, notò che aveva buona cera e le domandò della passeggiata; ma ella se ne stava con aria distratta, col gomito poggiato sulla tavola, tra le due candele che ardevano.

« Emma », egli disse.

« Che? »

« Sono passato questo pomeriggio dal signor Alexandre. Egli ha un cavallino giovane molto bello, soltanto un po' coronato al ginocchio per qualche caduta; lo cederebbe per un centinaio di scudi. »

E dopo un momento riprese: « Pensando che ti avrebbe fatto piacere... l'ho comprato. Ho fatto bene? »

Ella per tutta risposta accennò di sì con la testa, e solo dopo un quarto d'ora disse: « Esci questa sera? »

« Sì, perché? »

« Oh! niente... niente... »

Appena rimase sola, corse a chiudersi nella sua camera.

Provò, da principio, uno stordimento: rivide gli alberi e i fossi, rivide Rodolphe, e le pareva di sentirsi ancora stretta nelle sue braccia, mentre il vento faceva stormire le foglie e sibilare i giunchi. Ma nel guardarsi nello specchio, si meravigliò di vedere che i suoi occhi apparivano grandi, neri e profondi, come mai li aveva visti. Qualche cosa di sottile, sparso sulla sua persona, la trasfigurava. Ripeteva a se stessa: « Ho un amante! » beandosi di ciò come al pensiero di una novella pubertà sopravvenutale. Possedeva finalmente la gioia dell'amore, quella febbre della felicità che prima aveva disperato di raggiungere; faceva il suo ingresso in una vita meravigliosa, dove tutto sarebbe passione, estasi, delirio; mentre l'esistenza ordinaria le appariva in basso, lontano, nell'ombra...

Ricordò allora le eroine dei libri che aveva letto, e una legione lirica di donne adultere cominciò a cantare nella sua memoria con voce da incantatrice. Si sentiva diventare come una parte vera di queste immaginazioni e realizzava il lungo sogno della sua giovinezza, stimando di aver raggiunto ed incarnato il tipo di femmina innamorata, da lei tanto invidiato. E cominciò a provare la soddisfazione della vendetta. Aveva sofferto abbastanza, ora trionfava; l'amore, lungamente represso, scaturiva intero, con allegro rigoglio. E lo assaporava senza rimorso, senza inquietudine né turbamento.

L'indomani trascorse in una nuova dolcezza. Si scambiarono nuovi giuramenti: Rodolphe interrompeva coi baci il racconto che ella faceva delle sue amarezze; ed Emma guardandolo con gli occhi socchiusi, gli chiedeva che la chiamasse a nome e le ripetesse che l'amava. Erano nella foresta, come il giorno avanti, sotto una capanna di zoccolai, seduti su un mucchio di foglie secche, l'uno accanto all'altra.

Da quel giorno si scrissero ogni sera. Emma deponeva la sua lettera in una fessura del muro, in fondo al giardino; Rodolphe veniva colà a prenderla e a deporvi la sua, che Emma trovava sempre troppo breve.

Una mattina, in cui Charles era uscito prima dell'alba, Emma ebbe il capriccio di vedere Rodolphe, subito. Si poteva arrivare alla Huchette, restarvi un'ora, e ritornare a Yonville, prima ancora che tutti si svegliassero. Di lì a poco, Emma attraversava rapidamente la prateria senza voltarsi indietro.

Al chiarore dell'alba, Emma scorse da lungi la casa del suo amante, di cui le due bandieruole spiccavano nettamente sul pallido orizzonte.

Attraversata la corte della masseria, entrò nella parte che formava come un castello, liberamente, come se i muri si aprissero davanti a lei. Salì una gradinata, attraversò un corridoio e, aperta una porta, si trovò in una camera, in cui un uomo dormiva. Riconobbe Rodolphe e gettò un grido.

« Eccoti! eccoti! » egli esclamò. « Come hai fatto per venire?... Ah! la tua veste è bagnata. »

« T'amo! » ella rispose, gettandogli le braccia al collo.

Così, ogni volta che Charles usciva di buon mattino, Emma correva a vedere Rodolphe, che in quell'ora dormiva. Era come l'aria mattutina della primavera che entrava nella sua camera.

Le tendine gialle lasciavano passare una tenue luce biondastra: Emma, a tentoni, con gli occhi socchiusi, arrivava fino a Rodolphe che l'attirava a sé ridendo e se la stringeva al cuore.

Poi ella visitava l'appartamento, apriva i tiratoi dei mobili, si ravviava i capelli col pettine che serviva a lui, specchiandosi nello stesso suo specchio; stringeva tra i denti il bocchino di una grossa pipa che era sul tavolino da notte, tra i limoni e i pezzetti di zucchero, vicino a una bottiglia d'acqua.

Il commiato durava un buon quarto d'ora. Emma piangeva, perché non avrebbe voluto staccarsi da Rodolphe.

Ed invero, qualche cosa di più forte della sua volontà la spingeva verso quell'uomo; tanto che un giorno, vedendola sopraggiungere all'improvviso, egli aggrottò le sopracciglia, come contrariato.

« Ma che hai? » ella gli disse. « Soffri forse? Parla! »

Egli osservò, serio e grave, che quelle visite imprudenti potevano comprometterla.

X

I TIMORI di Rodolphe a poco a poco la vinsero. In sul principio, l'amore l'aveva inebriata, ed ella non aveva guardato più in là. Ma ora che le era diventato indispensabile, temeva di esserne menomata, o che potesse sopravvenire qualche cosa a turbarlo. Quando ritornava dalla casa dell'amante, spiava, inquieta, intorno, ed allungava lo sguardo alle finestre del villaggio, temendo di essere scorta. Ascoltava i passi, le voci, ogni rumore, e si fermava, pallida, tremante come una foglia.

Una mattina, mentre passava vicino ad una botte, mezz'affondata nell'erba, sul margine di un fosso, le parve di vedere la canna di una carabina che la prendesse di mira. Folle di terrore, affrettò il passo, ma un uomo uscì dalla botte come uno di quei diavoli che scattano dalle scatole. Era il capitano Binet, alla posta delle anitre selvagge.

« Avreste dovuto dar la voce di lontano! » gridò. « Quando si vede un fucile, bisogna dar l'avviso. »

L'esattore si studiava così di dissimulare la sua preoccupazione, giacché un'ordinanza prefettizia vietava la caccia alle anitre altrimenti che in battello, ed egli, essendo in contravvenzione, temeva di veder comparire ad ogni istante la guardia campestre. Ma, alla vista di Emma, si sentì sgravato di un gran peso, e tosto entrò in discorso.

« Non fa troppo caldo, anzi il fresco è un po' frizzante! »

E siccome Emma non rispose, continuò: « E così, siete uscita di buon mattino? »

« Sì », ella disse balbettando, « sono stata dalla balia a veder mia figlia. »

« Benissimo! benissimo! Quanto a me, tal quale mi vedete, son qui dall'alba; ma l'aria è così caliginosa, che a meno di avere la selvaggina sulla punta del fucile... »

« Arrivederci, signor Binet », ella interruppe, volgendogli le spalle.

« Servitor vostro, signora », rispose Binet seccamente, e rientrò nella botte.

Emma si pentì di aver lasciato l'esattore, temendo potesse far delle congetture sfavorevoli su lei. La storiella della balia era uno sciocco pretesto, giacché a Yonville tutti sapevano che la piccola Bovary era già da un anno coi genitori. D'altra parte, non v'erano case nei dintorni, e la strada ch'ella percorreva non poteva condurre che alla Huchette; dunque Binet aveva dovuto capire donde veniva, e da quel ciarliero che era lo avrebbe divulgato certamente. Così ella restò sino a sera a tormentarsi lo spirito nella ricerca di tutte le menzogne immaginabili, e con l'ombra di quell'imbecille davanti agli occhi.

Charles, prima del pranzo, vedendola assorta, volle, per distrarla, condurla dal farmacista; e la prima persona ch'essa vide nella farmacia fu l'esattore. Se ne stava in piedi davanti al banco, rischiarato dalla luce del boccale rosso, e chiedeva: « Datemi mezz'oncia di vetriolo ».

« Justin », gridò il farmacista, « l'acido solforico! »

Poi, ad Emma, che voleva salire nell'appartamento della signora Homais: « Non v'incomodate, discenderà a momenti... potete aspettarla qui? Riscaldatevi presso la stufa, frattanto. Vi chiedo scusa... Buongiorno, dottore », il farmacista si compiaceva molto di pronunziare la parola *dottore,* come se, indirizzandola a un altro, facesse ritornare su se stesso una parte della pompa di quel titolo. « Ma bada di non rovesciare il mortaio! Va' piuttosto a prendere una sedia nella sala; non toccar le poltrone del salone. »

E, per rimettere a posto la poltrona, Homais si precipitò fuori del banco, quando Binet gli chiese mezz'oncia di acido di zucchero.

« Acido di zucchero? » disse il farmacista con sussiego « Non so che cosa sia! Volete forse dell'acido ossalico? È questo, non è vero? »

Binet spiegò che aveva bisogno di un mordente per comporre un'acqua forte atta a togliere la ruggine ai fornimenti di caccia. Emma trasalì. Il farmacista disse: « Infatti, il tempo è umido ».

« Però », disse l'esattore con aria maliziosa, « vi è chi ci si trova a meraviglia. »

Emma si sentiva soffocare.

« Datemi anche... »

« Ma non se ne andrà mai, costui », ella mormorò.

« Mezz'oncia di colofonia e di terebentene, quattro once di cera gialla e un'oncia e mezzo di nero animale, per lucidare il cuoio verniciato. »

Il farmacista cominciò a tagliare la cera, quando la signora Homais apparve, con Irma in braccio, Napoléon alle costole e Athalie dietro, andando a sedere al banco di velluto vicino alla finestra, mentre il ragazzo si accoccolava su uno sgabello e la sorella gironzolava intorno al boccale delle giuggiole, presso il papà che versava negl'imbuti per riempire le bottiglie, incollava le etichette e faceva pacchetti. Tutti tacevano, e non si udiva che il rumore dei pesi nelle bilance, e qualche parola pronunziata a bassa voce dal farmacista per dare un suggerimento al suo allievo.

« Come sta la vostra piccina? » domandò improvvisamente la signora Homais.

« Silenzio! » gridò il marito che scriveva delle cifre sul brogliaccio.

« Perché non l'avete condotta? » domandò la Homais, a mezza voce.

« Psit! Psit! » fece Emma, indicando il farmacista.

Binet, tutto intento all'addizione, non aveva inteso; salutò ed uscì. Emma, sollevata, respirò apertamente.

« Come respirate forte! » disse la signora Homais.

« Ho caldo », ella rispose.

L'indomani, Emma e Rodolphe cercarono un modo migliore e più sicuro per vedersi. Emma pensò di corrompere la serva con qualche dono; ma reputarono miglior partito trovare in Yonville una casetta appartata, e Rodolphe s'incaricò di cercarla.

Durante l'inverno, tre o quattro volte la settimana, nelle notti oscure, egli entrava nel giardino, di cui Emma aveva nascosto la chiave che Charles credeva perduta. Rodolphe, per avvertirla, lanciava contro la persiana un pugno di sabbia. Ella si levava di soprassalto; ma qualche volta a Rodolphe conveniva aspettare, perché Charles aveva la mania di chiacchierare stando accanto al fuoco e non la finiva mai. Ella si divorava d'impazienza; se avesse potuto, sarebbe saltata dalla finestra con gli occhi. Cominciava la sua toeletta da notte, poi prendeva un libro e leggeva tranquillamente, come se la lettura la divertisse. Charles, dal letto, la invitava a coricarsi.

« Vengo, vengo », ella rispondeva.

Frattanto, siccome il lume gli offendeva la vista, si voltava verso il muro e finiva con l'addormentarsi. Ella si allontanava, trattenendo il fiato, sorridente e palpitante nel tempo stesso, mezzo svestita.

Rodolphe aveva un largo mantello, con cui l'avviluppava tutta, e cingendole con un braccio la vita, l'attirava senza parlare, fino in fondo al giardino. Sedevano sotto la pergola, sullo stesso banco di vimini, dove ella era stata altre volte con Léon; ma ora non pensava a lui.

Le stelle brillavano a traverso i rami dei gelsomini privi di foglie. Alle loro spalle il fiume scorreva tranquillamente e di quando in quando veniva dall'argine lo scricchiolio delle canne secche. Il freddo della notte li faceva stringere maggiormente l'uno all'altra, i sospiri delle loro labbra parevano più forti, gli occhi, che s'intravedevano appena, parevano loro più grandi, e nel silenzio le parole pronunziate a bassa voce cadevano nelle loro anime con una sonorità cristallina, che si ripercoteva con vibrazioni multiple e svariate.

Nelle notti piovose, si rifugiavano nel gabinetto delle consultazioni, posto fra la tettoia e la scuderia. Ella accendeva una lampada della cucina, che teneva nascosta dietro i libri. Rodolphe vi si installava come in casa propria: la vista della biblioteca, dello scrittoio e tutto l'arredamento eccitava in lui la gaiezza, ed egli non poteva trattenersi dal dire sul conto di Charles una quantità di facezie, che imbarazzavano un po' Emma. Ella avrebbe desiderato vederlo più serio, e anche più drammatico, come una volta in cui credette di udire nel viale un calpestio.

« Vengono », esclamò.

Egli spense il lume con un soffio.

« Hai le tue pistole? »

« Per far che? »

« Ma... per difenderti. »

« Da tuo marito? Ah! poveraccio! »

E Rodolphe terminò questa frase con un gesto, che significava: « Io lo stritolerei con un buffetto ».

Ella fu stupita del suo coraggio, quantunque vi notasse una certa indelicatezza e una certa rozzezza naturale che la scandalizzò.

Rodolphe riflettette molto alla faccenda delle pistole. Se ella avesse parlato seriamente, ciò era molto ridicolo, ed anche odioso, perché egli non aveva nessuna ragione per odiare quel buon Charles, che non si mostrava nemmeno geloso.

D'altra parte, ella era diventata molto sentimentale. Dopo lo scambio dei ritratti in miniatura, si tagliò intere ciocche di capelli, e poi chiese un anello, una vera fede matrimoniale, in segno di unione eterna. Spesso parlava delle campane della sera o delle voci della natura; poi gli parlava della madre di lei, e della sua che aveva perduto da venti anni; e lo consolava con sdolcinature di linguaggio, come avrebbe fatto con un orfanello, ed anche lui qualche volta diceva, guardando la luna: « Son sicuro che di lassù benedicono il nostro amore ».

Ma era tanto graziosa! Ne aveva possedute sì poche di un candore simile! Questo amore scevro di dissolutezza gli riusciva affatto nuovo e sottraendolo alle sue abitudini facili, ne solleticava in una volta e l'orgoglio e la sensibilità. L'esaltazione di Emma, che il buon senso però non apprezzava, gli riusciva peraltro molto accetta, poiché aveva per obbietto la sua persona. Allora, sicuro di essere amato, ebbe meno riguardi e le sue maniere cambiarono insensibilmente.

Non usava più, come per lo innanzi, quelle dolci parole che la facevano piangere, né quelle carezze veementi che la rendevano folle; così che il loro grande amore in cui ella viveva immersa, parve diminuisse, come l'acqua di un fiume che si asciuga nel suo letto. Non volle credervi, e si mostrò più affezionata; ma Rodolphe dissimulava sempre meno la sua indifferenza.

Ella non sapeva se dovesse dolersi di aver ceduto a lui o, al contrario, desiderare di amarlo più teneramente. L'umiliazione di sentirsi debole le faceva provare un rancore che la sola voluttà avea potere di raddolcire. E si sentiva, più che attaccata a quell'uomo, preda di una seduzione irresistibile, di cui aveva quasi paura.

Nondimeno si mostrava apparentemente più calma che mai, Rodolphe essendo riuscito a guidarla secondo il suo capriccio; e, dopo sei mesi, essi si trovavano come marito e moglie al focolare domestico.

Era la primavera, il tempo in cui babbo Rouault soleva inviare il solito tacchino, in ricordo della sua gamba. Il dono era accompagnato come sempre da una lettera, che Emma lesse:

« Miei cari figliuoli,

« Spero che la presente vi trovi in buona salute, e che il tacchino vi giunga gradito come i precedenti; perché mi sembra più tenero ed anche, oso dire, più massiccio. Ma la prossima volta, per cambiare, vi manderò un gallo. La tettoia delle carrette è stata danneggiata dal vento, che una notte ne ha schiantato la copertura, portandola sugli alberi. Il ricolto non è stato molto abbondante. Non so, infine, quando potrò venire a vedervi, perché mi riesce difficile allontanarmi dalla casa, ora che son solo, mia povera Emma! »

Qui vi era uno spazio bianco, come se il bravo uomo avesse deposto la penna, per fantasticare.

« Quanto a me, sto bene, tranne un reuma che ho preso l'altro giorno a la fiera di Yvetot dove mi recai per prendere un pastore, avendo mandato via quello che avevo, perché era di palato troppo delicato. È un tormento l'aver da fare con simili bricconi! Del resto, quello era un vero malcreato.

« Ho saputo da un merciaio, il quale quest'inverno, essendo di passaggio per il vostro paese, si fece cavare un dente, che Bovary lavora ininterrottamente. Ciò non mi sorprende. Egli mi ha mostrato i suoi denti ed abbiamo preso un caffè insieme. Gli ho domandato se ti avesse veduto e mi ha detto di no; ma ha soggiunto di aver veduto due cavalli nella scuderia; per la qual cosa io penso che la professione vi renda. Tanto meglio, miei cari figli, e che il buon Dio v'inondi di tutta la felicità immaginabile.

« Mi dispiace di non conoscere ancora la mia amata nipotina Berthe. Ho piantato per lei, nel giardino, sotto la tua camera un susino, e non permetterò che se ne tocchino i frutti, se non per farne conserva, che serberò nell'armadio, per lei, quando verrà.

« Addio, miei cari figli. Ti abbraccio, figlia mia, ed anche a voi, mio caro genero; bacio la piccina sulle guance.

« Accogliete gli affettuosi saluti che vi manda il
« vostro aff.mo padre
« *Théodore Rouault.* »

Emma restò alcuni minuti con la carta tra le dita, seguendo il dolce pensiero paterno che si faceva strada fra gli errori di ortografia, come una gallina impacciata in una siepe di spini. Lo scritto era stato asciugato con la cenere del camino, e un poco di polvere grigia cadde dalla lettera sulla veste; Emma credette quasi di vedere suo padre chinarsi sul focolare per afferrare le molle. Quanto tempo era passato, da quando ella era accanto a lui, sullo sgabello davanti al camino, e faceva ardere la punta di un legno alla fiamma dei giunchi marini che crepitavano!... Ricordava i tramonti estivi ancora pieni di sole. I puledri nitrivano al passaggio di qualcuno, e galoppavano, galoppavano... Sotto la finestra vi era un'arnia, e qualche volta le api, ronzando in giro, cozzavano contro i vetri, come palline d'oro scagliate e rimbalzanti. Quanta felicità in quel tempo! quanta libertà! quanta fede! che ricchezza d'illusioni! Ed ora non ne restava più una! Ella le aveva sparse in tutte le avventure della sua anima, in tutti gli stati successivi: la verginità, il matrimonio, l'amore; perdendole continuamente lungo la via, come un viaggiatore che lasci qualche pezzo della sua ricchezza in tutte le locande ove si ferma.

Ma chi la rendeva così infelice? quale catastrofe straordinaria l'aveva sconvolta? Emma alzò la testa e guardò intorno, come cercando la causa delle sue sofferenze.

Un raggio di sole riluceva nelle porcellane dello stipetto: il fuoco ardeva; ed ella sentiva sotto i piedi il soffice tappeto. Il cielo era limpido, l'atmosfera tiepida e udiva il riso infantile della bambina.

La' piccina, infatti, si rotolava sul terreno, nell'erba che si faceva seccare poi si coricava sul ventre su un mucchio, mentre la balia la teneva per la vesticciuola.

« Conducetela qui », disse Emma, slanciandosi per abbracciarla. « Quanto ti voglio bene, figlia mia cara! »

Poi, accorgendosi che la piccina aveva la punta dell'orecchia un po' sudicia, suonò per avere l'acqua calda, e la pulì; le cambiò la biancheria, la gonna, le scarpine e fece mille ragionamenti sulla sua salute, come al ritorno da un viaggio, e infine, baciandola ancora ed un po' lacrimando, la rimise nelle mani della domestica, che si meravigliava non poco di quegli eccessi di tenerezza.

Rodolphe la sera, la trovò più seria delle altre volte.

« È un capriccio che passerà », pensò.

E mancò consecutivamente a tre convegni.

Quando rivenne, ella si mostrò fredda e quasi sdegnosa.

« Ah, tu perdi il tempo, piccina mia... »

E finse di non accorgersi dei suoi sospiri, né del fazzoletto che mostrava...

Allora Emma fu invasa da un amaro rimpianto del passato, e chiese a se stessa perché doveva odiare Charles e se non valeva meglio amarlo. Ma il poverino non offriva molta presa a queste resipiscenze del sentimento, e cagionava ancora in lei un certo imbarazzo nella velleità del sacrifizio, quando il farmacista giunse a proposito per offrirle una occasione propizia.

XI

IL farmacista aveva letto, di recente, l'elogio di un nuovo metodo per la cura dei piedi storti, e siccome era partigiano del progresso, concepì la patriottica idea che Yonville, per trovarsi ad un giusto livello, doveva dare il suo contributo alla scienza con qualche operazione di streptopodia.

« Perché », diceva ad Emma, che cosa si rischia? Esaminate! e numerava sulle dita i vantaggi del tentativo: successo quasi certo, alleviamento e abbellimento dell'infermo, celebrità dell'operatore. Perché vostro marito, per esempio, non opera il povero Hippolyte del *Lion d' or?* Notate che questi non mancherebbe di raccontare la sua guarigione a tutti i viaggiatori, e poi (qui Homais abbassava la voce e si guardava intorno) chi mi impedirebbe di inviare al giornale una breve nota sul successo? Eh! mio Dio! un articolo circola... se ne parla... e finisce come una palla di neve che rotolando s'ingrossi! Eh! chi sa? chi sa? »

Bovary, infatti, poteva riuscire; Emma non aveva ragione di credere che non fosse abile, e per lei quale soddisfazione maggiore di quella di averlo messo su una strada in cui la reputazione e la fortuna di lui si sarebbero accresciute? Ella non chiedeva che di appigliarsi a qualche cosa più consistente dell'amore.

Charles, spinto dal farmacista e da lei, si lasciò persuadere. Fece venire da Rouen il libro del dottor Duval ed ogni sera, con la testa fra le mani, s'ingolfava nella lettura.

Mentre studiava le varie deviazioni del piede, in basso, in dentro e in fuori, Homais esortava, con mille ragionamenti, il garzone della locanda a farsi operare.

« Tu non sentirai che un leggero dolore, una semplice puntura come per un salasso, meno di quello che si soffre per una estirpazione di unghia. »

Hippolyte, riflettendo, girava intorno uno sguardo da ebete.

« Del resto », ripigliava il farmacista, « ciò non mi riguarda. Lo dico nel tuo interesse; per umanità! Vorrei vederti liberato dal tuo orrido zoppicamento, con quel dondolare dei lombi, che ti deve essere d'impaccio nel tuo mestiere. »

Gli dimostrava come si sentirebbe più forte e gagliardo, e gli dava a intendere che se ne avvantaggerebbe non poco nel piacere alle donne, mentre il mozzo di stalla sorrideva goffamente. Poi ne solleticava la vanità: « Non sei forse uomo? Che cosa avresti fatto se fossi stato chiamato alle armi, per combattere?... Ah! Hippolyte! »

E infine si allontanava, protestando che non capiva quella caparbietà, quella cecità nel rinunziare ai benefizii della scienza.

Il disgraziato cedette a una specie di congiura. Binet, che non si occupava mai degli affari altrui, la signora Lefrançois, Artémise, i vicini, il sindaco, il signor Tuvache, tutti, insomma, lo mettevano in impegno, lo persuadevano, lo rimproveravano; ma ciò che finì col farlo decidere, fu il sapere che non avrebbe speso nulla. Bovary s'impegnava anche di provvedere l'apparecchio per l'operazione. Emma aveva avuta l'idea di questa generosità, e Charles aveva acconsentito, dicendo in cuor suo che sua moglie era un angelo.

Seguendo i consigli del farmacista, e dopo due tentativi, Charles fece costruire una specie di scatola pesante circa otto libbre, adoperando ferro, legno, tela, cuoio e viti senza risparmio.

Hippolyte aveva un piede che faceva una linea quasi diritta con la gamba, ma voltato un poco in dentro: una specie di piede equino, largo difatti come quello del cavallo, con la pelle rugosa, i tendini asciutti, l'alluce grosso e con le unghie nere simiglianti ai chiodi del ferro. Hippolyte galoppava dalla mattina alla sera come un cervo: sempre sulla piazza, saltellando intorno alle cassette, gettando innanzi la sua gamba ineguale, che pareva più vigorosa della buona, quasi avesse acquistato delle qualità morali di pazienza e di energia, a furia di esercitarsi.

Bisognava tagliare il tendine di Achille dapprima, poscia ligare il muscolo tibiale anteriore per liberare il piede dalla varice; perché il chirurgo non osava tentare due operazioni in un tempo, e quasi temeva di attaccare qualche regione importante che non conosceva.

Né Ambroise Paré quando operò, per la prima volta dopo Celso e dopo quindici secoli d'intervallo, la ligatura immediata di una arteria; né Dupuytren, nell'accingersi ad aprire un ascesso a traverso uno spesso strato di encefalo, né Gensoul, quando fece la prima abrasione del mascellare superiore palpitarono tanto ed ebbero la mano tremante e l'intelletto teso, come Bovary accostandosi ad Hippolyte, col suo tenotomo tra le dita.

Homais aveva apparecchiato su una tavola, fin dal mattino, come negli ospedali, un mucchio di filacce, del filo incerato, una piramide di bende, tutte quelle che aveva nella farmacia, un po' per impressionare gli altri e un po' per illudere se stesso.

Charles forò la pelle: si udì uno scricchiolio, il tendine era tagliato: l'operazione finita. Hippolyte non stava in sé per la meraviglia; si lanciò sulle mani di Bovary per coprirle di baci.

« Andiamo, calmati », disse il farmacista, « attesterai più tardi la tua riconoscenza al tuo benefattore! »

E scese per riferire il risultato a cinque o sei curiosi che si erano trattenuti nel cortile, e che immaginavano di vedere Hippolyte camminare subito diritto.

Charles, dopo aver applicato all'infermo il motore meccanico, se ne andò a casa; ed Emma, che lo aspettava sulla porta, gli saltò al collo. A tavola, mangiò molto e prese anche il caffè, lusso a cui egli si dava soltanto la domenica, quando aveva gente a casa.

La sera la passò allegramente, chiacchierando, facendo mille progetti. Parlarono della loro fortuna avvenire, dei miglioramenti da introdurre nella casa; egli si vedeva circondato di maggior considerazione, vedeva accrescersi il suo benessere, sua moglie sempre più amorosa; ed ella si sentiva rinascere in un sentimento nuovo, più sano, migliore, fino a diventare affezionata per quel povero giovane che l'amava teneramente. Per un momento il suo pensiero corse a Rodolphe, ma il suo sguardo si fermò su Charles, ed ella notò che aveva bei denti.

Erano a letto, quando Homais, nonostante l'opposizione della cuoca, entrò improvvisamente nella camera, tenendo in mano un articolo scritto di fresco per *le Fanal de Rouen*.

« Leggete voi stesso », disse Bovary.

E il farmacista lesse: « Malgrado i pregiudizii che stringono tuttora una parte dell'Europa come in una rete, la civiltà comincia a penetrare nelle nostre campagne. Così, martedì, la nostra piccola città di Yonville è stata il teatro di un esperimento chirurgico e di un grande atto di filantropia nel tempo stesso. Il signor Bovary uno dei più distinti nostri chirurghi... »

« Ah! è troppo, è troppo », disse Charles, soffocato dall'emozione.

« Ma no, tutt'altro!... 'Ha operato un piede storpio...' Non ho usato il vocabolo scientifico, perché, sapete, in un giornale... non tutti capirebbero; è necessario che le masse... »

« Infatti », disse Bovary, « continuate. »

Il farmacista riprese: « Il signor Bovary, uno dei più distinti nostri chirurghi, ha operato un piede storpio al nominato Hippolyte Tautain, da venticinque anni garzone di scuderia alla locanda del *Lion d'or,* tenuta dalla signora Lefrançois, sulla place d'Armes. La novità del tentativo e l'interesse che tutti avevano per il paziente avevano attirato un grande concorso di persone, che si pigiavano fin sulla soglia del fabbricato. L'operazione è stata praticata come d'incanto, ed appena poche gocce di sangue sono uscite, come per dire che il tendine ribelle cedeva agli sforzi dell'arte. L'infermo, cosa strana! e noi ne siamo stati testimoni *de visu,* non sentì dolore. Il suo stato, sino ad oggi, non lascia niente a desiderare. Tutto fa credere che la convalescenza sarà breve, e chi sa se alla prossima festa del villaggio non vedremo il nostro bravo Hippolyte prender parte alle danze bacchiche, in un coro di allegri veterani, e dimostrare così a tutti, col suo brio e con i suoi sgambetti, di essere completamente guarito? Onore ai generosi scienziati! onore a cotesti spiriti infaticabili che dedicano le loro veglie al miglioramento dei loro simili! Onore! tre volte onore! Non è il caso di scrivere che i ciechi riacquisteranno la vista, i sordi udranno e gli zoppi cammineranno! Ma ciò che il fanatismo prometteva un tempo agli eletti, la scienza oggi compie per tutti gli uomini! Terremo informati i lettori delle fasi successive di questa cura importante ».

108

Ma ciò non impedì alla signora Lefrançois di correre, cinque giorni dopo, tutta spaventata, gridando: « Aiuto! muore!... Io perdo la testa! »

Charles si affrettò a correre al *Lion d'or,* e il farmacista che lo vide attraversare la piazza senza cappello, abbandonò la bottega, e corse, anelante, rosso, inquieto, domandando a tutti quelli che incontrava per la scala: « Che cosa ha il nostro interessante streptopode? »

Lo streptopode si contorceva in convulsioni atroci, tanto che il motore meccanico in cui era chiusa la sua gamba sbatteva contro il muro a rischio di sfondarlo.

Tolta la scatola con molte precauzioni, per non guastare la posizione del membro, si vide uno spettacolo orrendo. Il piede si era trasformato per il gonfiore, e la pelle coperta di ecchimosi cagionate dalla famosa macchina, pareva stesse per scoppiare. Hippolyte aveva già manifestato le sue sofferenze, ma non gli avevano dato retta; ora fu mestieri riconoscere che il poveretto non aveva torto, e fu lasciato libero per alcune ore. Ma appena l'edema accennò a sparire, i due scienziati opinarono di rimettere l'arto nell'apparecchio, e ve lo chiusero strettamente, per affrettare le cose. Ma, dopo tre giorni, Hippolyte non potette resistere a quel tormento, ed essi, tolto di nuovo l'apparecchio, stupirono del risultato. Una tumefazione livida si allargava sulla gamba, con escoriazioni da cui colava un umor nero. La cosa prendeva una brutta piega. Hippolyte cominciava ad esserne preoccupato; ed allora la signora Lefrançois lo fece prendere stanza nella piccola sala, presso la cucina, affinché avesse qualche distrazione. Ma l'esattore, che tutti i giorni vi mangiava, si lagnava di quella compagnia, e allora Hippolyte fu trasportato nella sala del bigliardo.

L'infelice gemeva sotto le coperte, pallido, la barba lunga, gli occhi infossati, e di quando in quando volgeva la testa sul guanciale sporco dove calavano le mosche. La locandiera lo visitava spesso, portandogli pannolini per i cataplasmi, lo consolava, lo incoraggiava. Del resto, non gli mancava la compagnia, nei giorni di mercato specialmente, quando i villici giuocavano al bigliardo, tiravano di scherma con le stecche, fumavano, bevevano, cantavano e facevano il chiasso intorno a lui.

« Come vai? » gli domandavano, battendogli sulla spalla. « Ah, non hai fegato, a quanto pare! ma, peggio per te! Bisognerebbe far questo, far quello. »

E, consigliandogli di far questo e quell'altro, gli raccontavano di persone guarite con rimedii differenti dal suo; poi, a mo' di consolazione, aggiungevano: « Ah! vecchio mio, ti piace a crogiolarti così sotto le coltri, ma tu non profumi, sai ».

La cancrena, infatti, saliva sempre più. Bovary quasi ne ammattiva. Veniva ogni ora, quasi ogni momento. Hippolyte lo guardava con occhi spaventati e balbettava, tra i singhiozzi: « Quando guarirò?... Ah! salvatemi!... Quanto sono disgraziato! »

E il medico se ne andava, raccomandandogli dieta.

« Non dargli ascolto », gli diceva, invece, la locandiera; « ti hanno tormentato abbastanza, e tu ti indebolisci sempre più. Tieni, mangia. »

E gli offriva un brodo, qualche fetta di prosciutto o qualche pezzo di lardo, e talvolta un bicchierino di acquavite, che egli non aveva il coraggio di mandar giù.

L'abate Bournisien, sapendo che l'infermo peggiorava, chiese di visitarlo. Cominciò col compiangerlo per la malattia, dichiarando però che bisognava rassegnarsi, poiché tale era la volontà di Dio, e profittare presto della occasione per riconciliarsi col Cielo.

« Perché », diceva l'ecclesiastico con un tono paterno, « tu hai trascurato non poco i tuoi doveri; ti si vedeva di rado alla messa; quanti anni sono che tu non prendi la santa comunione? Comprendo che le tue occupazioni e il turbine del mondo ti hanno distratto dalla cura dell'anima; ma ora è tempo di pensarvi. Non disperare però: ho conosciuto grandi peccatori, i quali prima di presentarsi al tribunale di Dio (tu già non sei a questo punto, lo so) hanno implorato la sua misericordia, e sono morti con le migliori disposizioni dell'anima. Speriamo che anche tu dia il buon esempio! Così, per precauzione, chi t'impedisce di recitare, la mattina e la sera, un'*Ave* ed un *Pater noster?* Sì, fallo per me, per farmi piacere, che cosa ti costa?... Me lo prometti? »

Il povero diavolo promise. Il curato ritornò i giorni seguenti e tenne viva, con la locandiera, una conversazione condita di facezie e di giuochi di parole, che Hippolyte non capiva nemmeno, senza trascurare, quando gli si offriva il destro, di parlare di cose riguardanti la religione. Ed il suo zelo non fu senza profitto, perché l'infermo fece voto di andare in pellegrinaggio al Buon Soccorso, appena fosse guarito! Al che il sacerdote rispose che due precauzioni erano migliori di una: non *rischiava* nulla infine.

Il farmacista si sdegnava di ciò che soleva chiamare « arti pretine » che, secondo lui, erano di nocumento alla convalescenza di Hippolyte, e ripeteva alla signora Lefrançois: « Lasciate stare! Non turbate il morale dell'infermo col vostro misticismo! »

Ma la buona donna non lo ascoltava più; egli era la causa di tutto; e per spirito di contraddizione attaccò al capezzale dell'infermo una pila piena d'acquasanta con un ramo di ulivo.

Però la religione non soccorreva più della chirurgia, e l'invincibile cancrena saliva sempre dalla estremità al ventre. Avevano un bel variare le pozioni e sostituire i cataplasmi: i muscoli si rilasciavano maggiormente di giorno in giorno, e Charles infine acconsentì con un cenno della testa allorché la signora Lefrançois propose, vedendo la causa disperata, di far venire da Neufchâtel il dottor Canivet, una celebrità.

Medico cinquantenne, di una posizione accertata e sicuro del fatto suo, il collega non ebbe ritegno di sorridere sdegnosamente quando scoprì la gamba, cancrenata fino al ginocchio. Dopo di aver dichiarato francamente che bisognava amputare, se ne andò dal farmacista a criticare l'asino che aveva ridotto un povero uomo in quello stato. Scuotendo Homais per un bottone del soprabito, gridava: « Ecco le scoperte che si fanno a Parigi! le idee di quei signori della capitale! come lo strabismo, la cloroformizzazione e la litotripsia; un ammasso di mostruosità che il governo dovrebbe proibire! Essi vogliono esperimentare rimedi su rimedi, senza preoccuparsi delle conseguenze! Ah! noi non siamo questi grandi scienziati, siamo semplicemente dei pratici e non immaginiamo nemmeno di operare uno che stia bene! Raddrizzare i piedi storti? È lo stesso che voler, per esempio, raddrizzare un gobbo! »

Homais soffriva nell'ascoltare queste cose, ma dissimulava il suo impaccio con un sorriso da cortigiano, avendo bisogno di accarezzare il dottor Canivet, le cui ordinazioni arrivavano, qualche volta, fino a Yonville; così non prese le difese di Bovary né fece alcuna osservazione, e, abbandonando i principii, sacrificò la propria dignità agl'interessi del negozio.

L'amputazione della gamba fatta dal dottor Canivet fu un avvenimento nel villaggio. Tutti gli abitanti, quel giorno, si levarono di buonissima ora, e la Grande-Rue piena di gente, offriva uno spettacolo lugubre, come l'attesa di una esecuzione capitale. Presso il droghiere si discuteva della malattia di Hippolyte, le botteghe non vendevano e la signora Tuvache non abbandonava la finestra, per la voglia impaziente di vedere l'operatore.

Questi arrivò nel suo calesse, guidando da sé. Ma la molla di dritta essendosi soverchiamente piegata sotto il peso del corpulento proprietario, il calesse pendeva da questo lato, e si vedeva sul cuscino di sinistra rialzato una grossa cassetta, coperta di bazzana rossa, i cui tre fermagli di ottone splendevano trionfalmente.

Il cavallo si lanciò di trotto serrato sotto il portico della locanda, e il dottore, nel fermarlo, ordinò a voce alta che lo staccassero, e poi andò nella scuderia a vedere se gli avevano dato avena in abbondanza. Era noto che Canivet, arrivato a casa dell'infermo, si occupava prima del cavallo e del calesse; e a questo proposito si diceva di lui: « Ah! quel Canivet è un vero originale! »

Ad Homais, che gli si presentò, disse: « Conto su voi. Siamo pronti? Andiamo ».

Ma il farmacista rispose, arrossendo, che era troppo sensibile per assistere ad una simile operazione.

« Quando si è semplice spettatore », conchiuse, « la immaginazione si turba, lo sapete. E poi ho il sistema nervoso talmente... »

« Bah! » lo interruppe Canivet, « voi mi sembrate, invece, disposto all'apoplessia. D'altronde, ciò non mi stupisce, perché voi altri farmacisti siete continuamente nella vostra cucina, e questo sistema di vita altera il temperamento. Guardate me, invece: mi levo alle quattro, mi rado con l'acqua fredda (non ho mai freddo, io), non indosso flanella, non piglio reumi, la cassa è resistente! Mi adatto a tutto, filosoficamente; perché non sono delicato come voi e mi è indifferente tagliare un arto ad un uomo o sgozzare un pollo. È questione di abitudine, direte voi... »

Allora, senza alcun riguardo per Hippolyte, che sudava per l'angoscia, quei due intavolarono una conversazione, in cui il farmacista paragonava il sangue freddo di un chirurgo a quello di un generale; e il paragone riuscì gradito a Canivet, che si diffuse a parlare delle esigenze dell'arte sua. Egli la considerava un sacerdozio, quantunque gli ufficiali di sanità la disonorassero. Infine, ritornando all'infermo, esaminò le bende portate da Homais e chiese che qualcuno reggesse l'arto da amputare. Si mandò a chiamare Lestiboudois, e il chirurgo, rimboccate le maniche, passò nella sala del bigliardo, mentre il farmacista rimaneva con Artémise e la locandiera, ambedue pallide come i loro grembiuli, con l'orecchio teso.

Bovary intanto non aveva osato mostrarsi. Se ne stava in casa, nella sala, seduto davanti al camino spento, la testa china sul petto, lo sguardo fisso, le mani giunte. Quale sventura! pensava, e quale disastro! Aveva prese tutte le precauzioni immaginabili e tuttavia la fatalità aveva voluto altrimenti. Se Hippolyte fosse morto, lo avrebbero chiamato certo assassino; e quali spiegazioni darebbe? Cercava di ricordarsi se avesse trascurato qualche cosa, e gli pareva di no. Del resto, anche i più celebri chirurghi sbagliano. Ma certo nessuno vorrebbe ammetterlo. Si sarebbe riso, che chiasso sul suo caso. La nuova ne andrebbe fino a Forges, a Neufchâtel, a Rouen, ovunque! Chi sa se qualche collega non avrebbe scritto qualcosa contro di lui? Avrebbe dovuto rispondere in un giornale, e si sarebbe accesa una polemica. Lo stesso Hippolyte gli avrebbe potuto intentare un processo. Si vedeva disonorato, rovinato, perduto! E la sua immaginazione era assalita da una moltitudine d'ipotesi.

Emma, sedutagli di faccia lo guardava; non divideva la sua umiliazione, ma ne provava un'altra: quella di avere immaginato che un uomo simile valesse qualche cosa, come se ella non ne avesse constatato, venti volte almeno, la mediocrità.

Charles passeggiava in lungo ed in largo nella camera, e le sue scarpe scricchiolavano sul pavimento.

« Siedi », ella disse, « mi dài ai nervi! »

Egli sedette.

Come mai una donna intelligente come lei si era potuta ingannare? Per quale deplorevole mania aveva spinta la propria esistenza in un precipizio irto di sacrifizii? Ricordava la sua tendenza al lusso, le privazioni a cui si era assoggettata, le trivialità del matrimonio e della casa, i suoi sogni caduti nel fango come rondini ferite, tutto ciò che aveva desiderato, che aveva rifiutato a se stessa, che avrebbe potuto ottenere! e perché? perché?

Nel silenzio che incombeva sul villaggio, un grido straziante attraversò lo spazio. Bovary impallidì, come se venisse meno. Ella aggrottò le sopracciglia con un moto nervoso, poi continuò: Perché? Per costui! per un uomo che non sentiva, che non capiva nulla! che se ne stava tranquillamente, senza pensare che ormai affogava nel ridicolo. Ella si era sforzata ad amarlo, e se ne pentiva, pur dolendosi di aver ceduto ad un altro.

« Ma era forse un *valgus?* » esclamò repentinamente Bovary, nella sua meditazione.

A questa frase inaspettata, che risuonò sul suo pensiero, come una palla di piombo in un piatto d'argento, Emma trasalì e drizzò la testa per intendere ciò che voleva dire; si guardarono, tacendo, quasi stupiti di vedersi, tanto nella loro coscienza erano lontani l'uno dall'altra. Charles aveva lo sguardo torbido, come quello di un ubriaco, mentre udiva le ultime grida dell'amputato, come gli urli lontani di una bestia che venga sgozzata. Emma si mordeva le labbra pallide e, rotolando tra le dita un pezzetto del corallo che aveva rotto, fissava su Charles le pupille ardenti come due carboni accesi. Si pentiva della sua virtù passata, come di un delitto, e quel poco che ne restava ancora era abbattuto dai colpi furiosi del suo orgoglio, compiacendosi di tutte le cattive ironie dell'adulterio trionfante. Il ricordo dell'amante veniva a lei per un'attrazione vertiginosa, e l'anima sua si sollevava verso l'immagine di lui con entusiasmo novello; mentre Charles le pareva così distac-

112

cato dalla sua vita, così assente per sempre, così impossibile e annientato, come se fosse per morire e agonizzasse sotto i suoi occhi.

Un rumore di passi venne dal marciapiede. Charles guardò, attraverso le gelosie, e scorse, in pieno sole, il dottor Canivet, che si asciugava la fronte col fazzoletto, Homais lo seguiva recando una grande cassetta rossa; ambedue andavano verso la farmacia.

Allora, con un moto subitaneo di tenerezza e di scoramento, Charles si volse a Emma e le disse: « Abbracciami, mia cara! »

« Lasciami! » ella gridò, accesa di collera.

« Che cosa hai? » egli disse stupefatto. « Calmati! rientra in te stessa!... Sai che t'amo!... vieni! »

« Basta! » Emma gridò, con tono selvaggio.

E gli sfuggì, richiudendo l'uscio così fortemente che il barometro si staccò dal muro e cadde a terra, frantumandosi.

Charles si rovesciò nella poltrona, domandandosi che cosa ella avesse, immaginando una malattia nervosa, piangendo, sentendo vagamente l'incubo di qualche cosa funesta ed incomprensibile.

Rodolphe, la sera, trovò l'amante che l'aspettava sul primo gradino del giardino. Si strinsero in un abbraccio e tutto il loro rancore si fuse, come la neve, al calore dei baci.

XII

RICOMINCIARONO ad amarsi.

Ad Emma, durante il giorno, veniva improvvisamente il pensiero di scrivergli; faceva poi, attraverso i vetri, un cenno a Justin, il quale correva subito alla Huchette. E Rodolphe veniva, per udirle dire che s'annoiava, che il marito le era odioso e la esistenza spaventevole.

« Che ci posso fare io? » gridò un giorno lui con impazienza.

« Ah! se tu volessi! »

Ella era seduta a terra, tra i ginocchi di Rodolphe, coi capelli sciolti, lo sguardo vagante.

« Che cosa? » egli disse.

Emma sospirò.

« Andremmo a vivere altrove... in qualche luogo... »

« Sei pazza! » egli disse ridendo. « Sarebbe possibile? »

E come ella continuava su quel tono, finse di non intendere e cambiò discorso.

Rodolphe non poteva spiegarsi la ragione di quel turbamento in una cosa così semplice come l'amore. Ma lei aveva una ragione, che le serviva come un'ausiliaria a quella sua affezione.

Questa tenerezza le si accresceva ogni giorno di più per la ripugnanza che sentiva per suo marito; più ella si dedicava all'uno, più odiava l'altro; Charles non le pareva mai così disgustevole, come dopo i convegni con l'amante. Allora, pur affettando la sposa e la donna virtuosa, si accendeva al pensiero di quella testa dai capelli neri che formavano un ricciolo sulla fronte abbronzata, di quella statura robusta ed elegante nel tempo istesso, di quell'uomo che possedeva tanta ragionevole esperienza e tanto trasporto nel desiderio. Per lui si limava le unghie con una cura da cesellatore, per lui le pareva di non aver *cold-cream* bastante sulla pelle e *patchoulì* nel fazzoletto, per lui si caricava di braccialetti, di anelli, di collane; quando egli doveva venire, empiva di rose due grandi vasi di cristallo azzurro, e disponeva l'appartamento e la sua persona come farebbe una cortigiana che aspetta un principe. Bisognava che la domestica lavasse senza posa la biancheria; e, tutta la giornata, Félicité non usciva dalla cucina, dove il piccolo Justin spesso le teneva compagnia, guardandola lavorare.

Col gomito appoggiato sulla lunga tavola dove essa stirava, considerava avidamente tutti quegli oggetti di donna sparsi intorno a lui: le sottane, i corpetti, i colletti e i calzoncini larghi sul fianco, che si andavano restringendo in basso.

« A che servono? » chiedeva il giovanetto, passando la mano sul crinolino, o sui ganci.

« Non ne hai mai veduti? » rispondeva Félicité. « Forse la tua padrona, la signora Homais, non ne porta? »

« Ah, sicuro! la signora Homais! »

Ed aggiungeva con una cert'aria meditativa: « È forse una dama come la signora? »

Ma Félicité s'impazientiva di vederselo così girare fra i piedi. Ella aveva sei anni più di lui e Théodore, il domestico del signor Guillaumin, cominciava a farle la corte.

« Lasciami tranquilla! » diceva lei, cambiando posto al vasetto dell'amido. « Vattene piuttosto a pestar le mandorle; stai sempre ficcato in mezzo alle gonnelle; aspetta prima che ti cresca la barba sul mento. »

« Via, non v'inquietate, me ne vado a farvi i suoi stivalini. »

E pigliava gli stivalini di Emma, tutt'impiastricciati di fango, il fango dei convegni adulteri, che si staccava in polviscolo sotto le sue dita e che lui guardava svanire nei raggi del sole.

« Che paura ti metti di sciuparli! » diceva la cuoca, che non vi poneva mica tanta cura quando li puliva lei, perché la signora, appena la stoffa era un po' stinta, glieli regalava.

Emma ne aveva una quantità nel suo armadiuolo, i quali cambiava a piacere, senza che Charles si fosse mai permesso la benché minima osservazione.

E similmente sborsò trecento franchi per acquistare una gamba di legno da regalare ad Hippolyte, perché così credette conveniente lei. Il gambale era guarnito di sughero con le articolazioni a molla, un meccanismo complicato coverto da un pantalone nero che terminava in una scarpa verniciata. Ma poiché Hippolyte non osava servirsi tutt'i giorni d'una sì bella gamba, supplicò la signora Bovary di procurargliene una più comoda. Il medico, per conseguenza, dovette fare ancora le spese di tale acquisto.

Il mozzo di stalla riprese dunque le sue occupazioni: lo si vedeva, come prima, trotterellare pel villaggio; ma Charles, quando udiva da lungi i colpi secchi del legno, mutava strada immantinenti.

Fu Lheureux il mercante che si assunse l'incarico dell'ordinativo, e ciò

114

gli fu di occasione per avvicinare la signora, alla quale presentava mille novità femminili, senza mai reclamare il pagamento; ed Emma si lasciò prendere dalla facilità di soddisfare tutti i suoi capricci. Così ella volle un bellissimo scudiscio che aveva veduto in un negozio a Rouen, per donarlo a Rodolphe, e la settimana appresso il signor Lheureux puntualmente glielo poggiò sul tavolo.

Ma l'indomani il mercante le presentò anche una fattura di duecentosettanta franchi, ed Emma non ne fu poco imbarazzata: i cassetti dello scrigno erano vuoti, Lestiboudois era creditore di quindici giorni di salario, la serva di sei mesi, poi un'altra quantità di cose, e Bovary aspettava con impazienza l'onorario dal signor Derozerays, che soleva pagare una volta l'anno, a San Pietro.

Per un pezzo, Emma tenne a bada il mercante, ma questi infine perdette la pazienza, e disse che se non fosse stato pagato, avrebbe ripreso le sue mercanzie.

« Riprendetele! » disse Emma.

« Ho detto per celia! » replicò il mercante. « Soltanto mi rammarico per lo scudiscio... In fede mia, lo chiederò al signore... »

« No! no! » Emma gridò.

E Lheureux pensò: « Ti tengo in pugno ora! »

E, sicuro della sua scoperta, andò via mormorando: « Sia! vedremo! vedremo! »

Emma pensava al modo di trarsi d'impaccio, quando la cuoca entrò e depose sul camino un piccolo rotolo di carta azzurra, dicendo: « Da parte del signor Derozerays. »

Emma lo afferrò, l'aprì: c'erano quindici napoleoni. Ma udendo i passi di Charles nella scala, gettò l'oro in un cassetto, chiuse e ritenne la chiave.

Lheureux ritornò dopo tre giorni.

« Ho un accomodamento da proporvi », disse. « Se invece di pagare la somma convenuta, voleste prendere... »

« Eccola », rispose senz'altro Emma, contandogli quattordici napoleoni.

Il mercante stupì, e per dissimulare il suo dispiacere, si profuse in iscuse ed offerte di servizi, che Emma rifiutò. Tenendo la mano nella tasca del grembiale, ella palpava i due scudi avuti in resto dal mercante, e si proponeva di fare economie, per rimettere la somma già tolta al marito; ma poi disse fra sé: « E che? Egli non vi penserà più ».

Rodolphe aveva ricevuto in dono, oltre lo scudiscio, un sigillo col motto: « *Amor nel cor* », una sciarpa e un portasigarette simile a quello del visconte, raccolto già da Charles sulla strada e conservato da Emma. Questi doni però lo umiliavano ed egli aveva tentato di rifiutarli; ma l'insistenza di Emma, tirannica ed invadente, lo aveva costretto ad accettarli.

Ella aveva delle idee bizzarre, come, per esempio, quando gli diceva: « Al tocco della mezzanotte pensa a me! »

E se egli confessava di non aver pensato a lei in quell'ora, erano rimproveri senza fine, che terminavano sempre coronati da queste parole: « Mi ami? »

« Sì, t'amo! »

« Molto? »

« Certamente! »

« Non hai mai amato un'altra? »

« Credi di avermi avuto vergine? » egli rispondeva, ridendo.

Emma piangeva ed egli si studiava di consolarla, infiorando di allegri giuochi di parole le sue proteste di amore.

« Oh! gli è che t'amo! » ella diceva, « ti amo a segno di non poter vivere senza di te. Desidero di rivederti specialmente quando la gelosia dell'amore mi strazia, e mi domando: Dov'è il mio Rodolphe? Parla forse con un'altra donna... che gli sorride... gli si accosta... Oh! non è vero, che non ti piace alcun'altra donna? Ve ne sono di più belle sì, ma io, io so amare di più! Io sono la tua schiava e la tua odalisca! Tu sei il mio re, il mio idolo! Tu sei buono! sei bello! sei intelligente! sei forte! »

Egli aveva tante volte udito simili cose, che oramai non vi trovava nulla di originale. Emma somigliava a tutte le amanti, e l'incanto della novità, sciupandosi a poco a poco come un abito, denudava l'eterna monotonia della passione, che ha sempre le stesse forme e lo stesso linguaggio. Non distingueva, da quell'uomo così pratico che era, la differenza dei sentimenti nella somiglianza delle espressioni. Perché labbra libertine o venali gli avevano sussurrate le stesse frasi, egli credeva poco alla sincerità di quelle di Emma, e pensava che bisognava far la tara alle frasi esagerate; perché esprimevano affetti mediocri; come se la pienezza dell'anima non si estrinsecasse talvolta con le metafore più comuni, dappoiché nessuno può esprimere la giusta misura dei proprii bisogni, delle proprie concezioni, né dei proprii dolori. Talvolta ed in certe nature la parola umana è come un calderone fesso, sul quale si volessero far vibrare melodie celesti, mentre non dà che suoni da far danzare gli orsi

Ma, con la superiorità di critica che appartiene a colui che in qualunque impegno si mantiene indietro, Rodolphe scorse in quell'amore nuove gioie da esplorare; e però ogni parvenza di pudore ritenne incomoda. La trattò quindi senza riguardo e ne fece qualche cosa di docile e corrotto. Ella aveva per lui come un'affezione da idiota: tutt'ammirazione per lui, voluttà per lei; una beatitudine che la intorpidiva e la sua anima si tuffava in quell'ubriacatura e vi si sprofondava, rattrappita tutta, come il duca di Clarence nel tino di malvasia.

La signora Bovary, in quelle nuove abitudini di donna innamorata subì una metamorfosi: gli sguardi divennero arditi, i discorsi più liberi; giunse finanche a passeggiare in compagnia di Rodolphe, fumando una sigaretta, come ostentando d'infischiarsene di tutti, e finalmente nessuno dubitò più della verità, quando un giorno fu vista smontare dalla *Hirondelle,* vestita con un panciotto da uomo; e la madre di Bovary, che dopo un grave diverbio col marito, era venuta a rifugiarsi presso i figliuoli, non ne fu scandalizzata meno degli altri, e ricordò a Charles che ella già lo aveva incitato a vietare a sua moglie la lettura dei romanzi, che egli aveva dichiarato non piacerle l'andazzo della casa e si permise delle osservazioni, tanto che un bel giorno si ruppero a proposito di Félicité.

La signora Bovary madre, una sera, aveva sorpreso quest'ultima in un corridoio in compagnia di un uomo di circa quarant'anni, con un colletto bruno, che udendo i suoi passi s'era involato. Emma ne rise, ma la suocera

116

andò in collera, e disse che, salvo non si volesse tenere in alcun conto il buon costume, bisognava tener d'occhio quello dei domestici.

« Da qual mondo venite? » disse la nuora, con uno sguardo così impertinente, che la suocera le domandò se per caso ella non difendeva la propria causa.

« Uscite! » gridò Emma, drizzandosi di scatto.

« Emma!... mamma...! » gridava Charles, per farle rabbonire.

Ma quelle, troppo esasperate, si erano allontanate. Emma ripeteva, battendo i piedi a terra: « Ah! Che ineducata! che contadina! »

Charles raggiunse sua madre, che era fuori dei gangheri, e balbettava: « È una insolente! una sventata! e peggio ancora! »

Minacciò di andarsene immediatamente, se la nuora non le avesse presentato le sue scuse. Charles scongiurò la moglie di cedere, la pregò in ginocchio, e la persuase. Così Emma porse la mano alla suocera, con un contegno da marchesa, dicendo: « Scusatemi, signora ».

Poi si rinchiuse nella sua camera, e gettatasi sul letto, soffocò nei guanciali i suoi singhiozzi.

Aveva fissato con Rodolphe che in caso di qualche avvenimento straordinario avrebbe attaccato alla persiana una striscia di carta bianca, affinché, passando per Yonville, accorresse subito nella stradicciuola sul lato posteriore della casa. Fece quindi il segnale, e dopo tre quarti d'ora vide Rodolphe in un canto della piazza; ebbe la tentazione di aprir la finestra e di chiamarlo, ma era già sparito. Ricadde allora nella più tetra disperazione.

Ma di lì a poco udì dei passi sul marciapiede. Era lui, senza dubbio. Discese, attraversò il cortile, lo vide infatti lì fuori, e corse a gettarsi nelle sue braccia.

« Stai attenta! » diss'egli.

« Ah! se tu sapessi! »

E gli raccontò tutto, frettolosamente, senza nesso, esagerando, inventando qualche particolare, e con tanti incisi, che Rodolphe non capì un bel nulla.

« Via, mio povero angelo, coraggio, consolati, abbi pazienza! »

« Soffro da quattro anni, e sempre con pazienza!... Un amore come il nostro dovrebbe manifestarsi apertamente di fronte al cielo! Tutti mi tormentano, non ne posso più! Salvami! »

E si strinse contro Rodolphe. I suoi occhi, pieni di lagrime, risplendevano come fiamme nell'onda, la sua respirazione era rapida; non aveva mai amato tanto. Egli finì col perdere la testa e disse: « Che cosa debbo fare? Che cosa vuoi? »

« Conducimi con te! Te ne supplico! »

E si precipitò sulla bocca di lui, come per succhiarne l'inatteso consentimento che esalava in un bacio.

« Ma... » disse Rodolphe.

« Che cosa? »

« E tua figlia? »

Ella rifletté alcuni minuti, poi rispose: « La prenderemo con noi, tanto peggio! »

« Che donna! » egli mormorò, guardandola allontanarsi.

L'avevano chiamata, e s'involò pel giardino.

La suocera i giorni seguenti fu stupita della metamorfosi della nuora. Emma infatti si mostrava dolce, deferente fino al punto da domandare la ricetta per marinare i cetrioli.

Emma si mostrava tale per gabbare meglio suocera e marito? ovvero voleva, per una specie di stoicismo voluttuoso, sentire più profondamente l'amarezza delle cose che si apparecchiava ad abbandonare? Ma non vi badava neppure, di nulla si preoccupava, anzi viveva come immersa nella beatitudine anticipata della prossima felicità. E ciò era anche l'eterno soggetto delle conversazioni con Rodolphe. Gli si appoggiava sulla spalla e mormorava: « Ah! quando saremo nella carrozza di posta!... Vi pensi tu? Ti pare possibile? Penso che nel momento in cui essa prenderà la corsa, mi parrà di elevarmi con un pallone per un viaggio verso le nuvole. Io conto i giorni, e tu? »

Mai Emma era stata tanto bella come in quel tempo; aveva quella bellezza indefinibile, che si provviene dalla gioia, dall'entusiasmo, dal successo e che non è altro se non l'armonia del temperamento con le circostanze. I desideri insoddisfatti, l'esperienza del piacere e le illusioni sempre rinascenti, come il concime, la pioggia, il vento, il sole per i fiori, l'avevano fatta sviluppare gradatamente, ed ella era finalmente sbocciata in tutta la pienezza della sua natura. Le sue palpebre sembravano tagliate espressamente per i lunghi sguardi di amore in cui le pupille sparivano, mentre un respiro poderoso le allargava le narici e sollevava gli angoli carnosi delle sue labbra lievemente ombreggiate alla luce da una nera peluria. Si sarebbe detto che un abile artista di corruzione le avesse disposto sulla nuca il cespo dei suoi capelli, che si aggrovigliavano negligentemente in una massa enorme, secondo il capriccio dell'adultera, che li disfaceva ad ogni momento. La voce aveva ora delle inflessioni languide, ed anche il corpo; dalla stoffa dei suoi abiti e dalla caviglia del piede emanava come un fluido sottile che tutto vi penetrava. Charles, come nei primi tempi del matrimonio, la trovava deliziosa e irresistibile.

Quando rientrava durante la notte, non osava svegliarla. La lampada di porcellana mandava al soffitto un cerchio di luce tremolante, e le tendine abbassate della piccola culla formavano come una capanna bianca nell'ombra sul margine del letto. Charles le guardava. Gli pareva sentire il respiro leggero della bambina. Questa si faceva grandetta ora: ogni nuova stagione avrebbe arrecato un progresso, già la vedeva ritornare dalla scuola, sul cadere del giorno, sorridente, col giubbetto macchiato d'inchiostro, il paniere sul braccio; veniva l'epoca di metterla in collegio, e ciò l'obbligava ad una spesa, ma come fare diversamente? Allora egli rifletté. Pensava di prendere una piccola masseria nei dintorni, che egli stesso avrebbe sorvegliato, ogni mattina prima di andare a visitare gli ammalati. Ne avrebbe accumulato i proventi, per metterli alla cassa di risparmio; poi avrebbe comperato delle azioni, non sapeva ancora quali; la clientela, frattanto, sarebbe divenuta più numerosa. Voleva che Berthe fosse educata bene, acquistasse molte doti, apprendesse a suonare il pianoforte. Ah! come sarebbe stata graziosa, a quindici anni, quando, somigliante a sua madre, avrebbe portato come lei, nell'estate, un largo cappello di paglia! Da lontano le avrebbero scambiate per sorelle. Immaginava di vederla lavorare, la sera, accanto a loro alla luce di una lampada; gli avrebbe ricamato delle pantofole, si sarebbe occupata delle faccende domestiche, avrebbe riempito tutta la casa con la sua gentilezza e la sua gaiezza. Finalmente avrebbero pensato a maritarla con un giovine che l'avrebbe resa felice, di solida posizione sociale.

Emma, intanto, non dormiva: fingeva di dormire; e mentre egli si addormentava al suo fianco, ella si svegliava invasa da altri pensieri.

Da otto giorni, si sentiva come trascinata a gran carriera verso un paese nuovo, donde mai più ritornerebbe. Andavano, andavano, abbracciati, senza parlare. Spesso, dall'alto di una montagna, vedevano improvvisamente una splendida città, con i suoi ponti, i navigli, le chiese di marmo bianco con lunghi campanili coronati di nidi di cicogne. Si camminava al passo, tra i macigni, mentre alcune donne in busto rosso offrivano mazzi di fiori. Si udiva lo squillar delle campane, il raglio dei muli, il murmure delle chitarre e delle fontane, il cui pulviscolo acqueo rinfrescava mucchi di frutta allineati in piramidi intorno a statue di marmo sorridenti sotto a quella fine pioggia. E finalmente arrivavano una sera in un villaggio di pescatori, dove alcune reti si asciugavano al vento, tra la spiaggia e le capanne. Quivi prendevano stanza, in una piccola casa bassa, ad un piano, ombreggiata da un palmizio, in fondo al golfo, sul lido. Facevano delle gite in barca, si dondolavano in un'amaca; la loro esistenza sarebbe stata facile e calma, come le dolci notti stellate che contemplerebbero. Nella immensità di questo avvenire che ella immaginava, non sorgeva nulla di particolare; i giorni, sempre splendidi, si rassomigliavano come le onde, in un orizzonte infinito, azzurro, armonioso e pieno di sole.

Ma la bambina tossiva, o Bovary russava più forte, ed Emma interrompeva il suo sogno. Non si addormentava che all'alba, quando il cielo cominciava a biancheggiare, e Justin apriva le imposte della farmacia.

Un giorno, Emma fece venire Lheureux, e gli disse: « Ho bisogno di un mantello col collo largo, pesante ».

« Fate qualche viaggio? »

« No! ma... non importa. Conto su voi e con certezza! »

Lheureux s'inchinò.

« Ho bisogno anche di una cassa... non brutta... spaziosa. »

« Sì, sì, ho capito, di novantadue centimetri circa per cinquanta, come se ne fanno ora. »

« E un sacco da notte. »

« Decisamente », pensò Lheureux, « qui sotto c'è un pasticcio. »

« Prendete », disse Emma, traendo l'orologio dalla cintola, « vi pagherete con questo. »

Ma il mercante esclamò che ella gli faceva torto: forse non si conoscevano? poteva egli dubitare di lei? Accettò soltanto la catena, per la sua insistenza, e stava per andarsene, quando ella lo richiamò: « Terrete tutto con voi. Il mantello... » qui si tacque un momento per riflettere, « non lo portate più; solamente, mi darete l'indirizzo del fabbricante e gli direte che lo tenga a mia disposizione. »

Avevano fissato di fuggire il prossimo mese. Ella sarebbe partita da Yonville come per andare a fare alcune spese a Rouen; Rodolphe s'era impegnato di provvedere pei passaporti e scrivere a Parigi per avere una carrozza di posta tutta intera a loro disposizione, fino a Marsiglia, dove avrebbero comperato un biroccino, per continuare senza fermarsi la strada verso Genova. Ella avrebbe avuto cura di inviare il suo bagaglio da Lheureux, che lo farebbe caricare sulla *Hirondelle,* così nessuno sospetterebbe di nulla. Da tutti i loro discorsi era esclusa la figlia: Rodolphe evitava di parlarne, ed ella forse non vi pensava nemmeno.

Rodolphe volle altre due settimane per ordinare le sue cose, poi altri quindici giorni; si ammalò anche, e dopo fece un viaggio; così passò il mese di agosto, e la fuga fu fissata per il 4 settembre, di lunedì.

Il sabato, l'antivigilia, Rodolphe venne più presto del solito. Tutto era pronto. Sedettero sul ciglio del muricciolo.

« Tu sei triste », disse Emma.

« No, perché? » egli rispose, rivolgendole uno sguardo pieno di tenerezza.

« Di andartene... di abbandonare i tuoi affetti, la vita abituale... Ah! ti comprendo... Ma io non ho nessuno al mondo! Tu sei tutto per me. Così io sarò tutto per te, la famiglia, la patria; io ti assisterò, ti amerò. »

« Cara! » le disse, stringendola fra le braccia.

« Vero? Tu mi ami? giuralo! »

« Se t'amo? Ma ti adoro, amor mio! »

La luna appariva color di porpora in fondo alla prateria, come sorgesse dalla terra; salì tra i rami e le foglie, che la nascondevano come un gran drappo forato, e finalmente tutta la sua splendida bianchezza si mostrò nel cielo limpido, riflettendosi nel fiume con una lunga striscia argentea, come formata di stelle, allungantesi nella corrente come un serpente coperto di scaglie luminose. La notte era dolce, ed Emma ne aspirava voluttuosamente l'aria fresca. Ambedue tacevano, fantasticando, pieni della tenerezza dei primi giorni che invadeva i loro cuori.

« Che bella notte! » mormorò Rodolphe.

« Ne avremo altre come queste! » disse Emma, e come parlando a se stessa: « Faremo un bel viaggio... Ma perché il mio cuore si rattrista? L'apprensione dell'ignoto... L'abbandono delle abitudini... o piuttosto...? No, è l'esuberanza della felicità! Sono debole, non è vero? Perdonami! »

« Sei ancora in tempo! » egli disse. « Pensaci... Ti pentirai, forse. »

« Giammai! » ella gridò impetuosamente.

E, accostandosi a lui: « Quale sventura mi può colpire? Con te attraverserei il deserto, un precipizio, l'oceano. Vivendo insieme, ci sentiremo sempre più ligati. Niente ci turberà, nessun pensiero, nessun ostacolo! Saremo soli, l'uno per l'altra, eternamente... Parla, rispondi. »

Egli rispondeva, a intervalli regolari: « Sì... sì!... » Tenendole le dita nei capelli ed ella continuava, malgrado le lagrime che le scendevano sulle gote: « Rodolphe! Rodolphe!... Ah! Rodolphe, caro, Rodolphe mio! »

Una campana suonò.

« Mezzanotte », ella disse. « Andiamo, a domani! Ancora un giorno! »

Egli si alzò, e come il suo movimento fosse il segnale della fuga, Emma, con aria tragica, disse: « Hai i passaporti? »

« Sì. »

« Non dimentichi nulla? »

« No. »

« Ne sei sicuro? »

« Certo. »

« Mi aspetterai alla locanda di Provenza, non è vero?... A mezzo-giorno? »

Egli accennò di sì con la testa.

« Dunque, a domani! » disse Emma, facendogli un'ultima carezza.

Rodolphe se ne andò; ella lo accompagnò con lo sguardo e quando lo vide lontano, corse fino alla sponda e gridò: « A domani! »

Ma egli aveva già passato il fiume e attraversava con passo rapido la prateria.

A capo di pochi minuti, Rodolphe si fermò, e quando la vide sparire a poco a poco nella sua vestaglia bianca come un fantasma nell'ombra, fu preso da un tal battito del cuore, che si appoggiò ad un albero, per non cadere.

« Che imbecille che sono! » disse fra sé con rabbia « Però è una amante graziosa. »

E di repente la beltà di Emma con tutti i godimenti di quell'amore gli ritornarono alla memoria. Ne fu a bella prima quasi commosso, poi s'inquietò contro di lei.

« Perché, dopo tutto », esclamò gesticolando, « non posso mica espatriare, col fardello di una bambina per soprassello. »

E diceva ciò per raffermarsi sempre più nella sua risoluzione.

« E poi, gl'imbarazzi, la spesa... Ah no, no, mille volte no! Sarebbe una cosa troppo bestiale. »

XIII

APPENA giunto a casa, Rodolphe sedette davanti allo scrittoio, sotto la testa di cervo che formava un trofeo sulla parete. Ma, quando prese la penna, non riuscì a trovare un'idea, e appoggiatosi sui gomiti, cominciò a riflettere. Emma gli pareva respinta in un passato lontano, come se la risoluzione che aveva presa avesse frapposto fra loro una distanza immensa.

A riafferrare qualche cosa di lei, andò a cercare nell'armadietto una vecchia scatola da biscotti di Reims, dove conservava le lettere delle amanti e di dove uscì un odore di umidiccio e di rose appassite. Vi era un fazzoletto consparso di macchie di un rosa pallido, che Emma aveva usato una volta in cui, passeggiando con lui, le era uscito sangue dal naso; egli quasi non lo ricordava più. Vi era anche un ritratto di lei in miniatura, con gli angoli smussati; l'acconciatura gli parve pretenziosa e lo sguardo sfuggente gli fece un effetto miserevole. Poi, osservando l'immagine ed evocando il ricordo dell'originale, i lineamenti di Emma gli si confusero nella memoria, come se la persona vivente e quella dipinta, urtandosi fra loro, si cancellassero a vicenda. Lesse poi alcune lettere, piene di spiegazioni riferentisi al loro viaggio, brevi, tecniche e urgenti, come biglietti di affari. Volle rivedere quelle lunghe di un tempo, e per trovarle in fondo alla scatola, rimescolò tutte le altre; e macchinalmente rovistando in quel mucchio di carte e di altre cose, trovò alla rinfusa alcuni mazzolini, una giarrettiera, una maschera nera, e spilli, e capelli, quanti capelli! bruni e biondi.

Così, indugiandosi tra i ricordi, esaminò la scrittura e lo stile delle lettere, di cui l'ortografia era quasi stinta: tenere o gioviali, facete o malinconiche, in alcune si chiedeva amore e in altre danaro. Una parola gli faceva ricordare un volto, un gesto, il suono di una voce; talvolta non ricordava nulla. Annoiato, infine, andò a riporre la scatola nell'armadio, mormorando: « Che cumulo di sciocchezze! »

Così riassumeva la sua opinione; perché i piaceri avevano talmente indurito il suo cuore che non vi spuntava nessun affetto vero, e chi lo aveva attraversato, non vi aveva lasciato impresso neanche il proprio nome.

« Via », diss'egli, « cominciamo! »

E scrisse: « Coraggio, Emma, coraggio! Io non voglio portare la sciagura nella vostra esistenza... »

« Dopo tutto, ciò è vero », pensò, « io agisco nel suo interesse. Sono onesto! »

E ripigliò a scrivere: « Avete ponderata la vostra determinazione? Immaginate l'abisso in cui vi trascinavo, povero angelo? No! Voi, fiduciosa e folle, credevate alla felicità, nel tempo stesso, e all'avventura... Ah! disgraziati, insensati che siamo ».

Qui si interruppe, per cercare una buona scusa.

« Se le dicessi che ho perduto tutta la mia fortuna?... Ah! no, e del resto, non sarebbe un impedimento, la lascerebbe sperare nell'avvenire. »

Come si può far intendere la ragione a donne simili?

E continuò a scrivere: « Io non vi dimenticherò mai, credetelo, e conserverò per voi una profonda affezione, ma, un giorno, presto o tardi, questo ardore diminuirà senza fallo! Saremo presi dalla stanchezza, e chi sa se io non avrò l'atroce dolore di assistere ai vostri rimorsi, e forse di parteciparvi pure; poiché io stesso ne fui la prima causa! L'idea sola dei dolori che provereste mi tormenta... Emma, dimenticatemi!... Perché vi ho dovuto conoscere? Perché siete così bella? Fu un errore? Oh, no! Fu una fatalità ».

« Ecco una parola di effetto », disse, e continuò a scrivere: « Se voi foste una donna dal cuor leggero, potrei, per egoismo, tentare una prova che non vi danneggerebbe. Ma questa esaltazione deliziosa, che forma, nel tempo stesso la vostra gioia e il vostro tormento, vi impedisce di comprendere, o donna adorabile, tutto il danno della vostra posizione avvenire. Anche io non vi ho riflettuto, da principio, e riposavo all'ombra di questa felicità ideale, senza prevedere le conseguenze ».

« Ella forse crederà che io vi rinunzii per avarizia... Ah! non importa! bisogna finirla in un modo! »

« Il mondo è crudele, Emma. Ovunque andremo, saremo perseguitati. Dovreste subire domande indiscrete, la calunnia, il disprezzo, l'oltraggio, forse. L'oltraggio a noi! Oh!... Ed io che vorrei collocarvi su un trono! Io che conservo il vostro ricordo come un talismano! Perché io mi punirò con l'esilio del male che vi ho fatto. Parto. Non so per dove... sono pazzo! Addio! Siate sempre buona! Conservate il ricordo dell'uomo infelice che vi ha perduta per sempre. Insegnate il suo nome ai vostri figli, che lo ripetano nelle loro preghiere. »

La fiammella della bugia tremò; Rodolphe si levò e andò a chiudere la finestra. Quando sedette di nuovo, disse: « Mi pare di aver detto tutto... Ah! ancora una cosa, perché non venga a *reclamarmi!* »

« Quando leggerete queste linee, sarò lontano; perché voglio fuggire al più presto, per evitare la tentazione di rivedervi. Niente debolezza! Ritornerò, e più tardi forse parleremo molto freddamente del nostro amore passato. Addio! »

E aggiunse un ultimo addio, in due parole: « A Dio », che gli parve molto propizio.

« Come firmerò?... Vostro devotissimo... no... amico... sì, così. »

E firmò.

« Il vostro amico. »

Rilesse la lettera, e gli parve buona.

« Povera donnetta! » pensò, con tenerezza. « Ella mi crederà più insensibile di un macigno; avrei dovuto stillar qualche lagrima... ma, in verità, non posso piangere. »

Allora versò dell'acqua in un bicchiere, vi intinse le dita e la spruzzò sulla carta: l'acqua bagnò la scrittura e fece con l'inchiostro alcune macchie.

Chiuse la lettera e gli venne sotto gli occhi il sigillo con le parole « *Amor nel cor* ».

« Questo non è di occasione... ma non importa! » disse.

Dopo fumò tre pipe e andò a letto.

L'indomani si svegliò alle due ed ordinò che cogliessero un paniere di albicocche. Pose la lettera sotto i frutti, su uno strato di foglie di vite, ed ordinò a Girard, un suo servo, di recare delicatamente il paniere alla signora Bovary. Si serviva per solito di questo mezzo per corrispondere con lei: secondo la stagione, le inviava, or della caccia, or della frutta.

« Se ti domanda di me, risponderai che sono partito per un viaggio. Darai il paniere a lei, nelle sue proprie mani... Va', e sii accorto! »

La signora Bovary ricevette Girard in cucina, ove preparava con Félicité un fagotto di biancheria.

« Il mio padrone vi manda questo », disse Girard.

Emma ebbe una subitanea apprensione, e mentre cercava qualche moneta nella tasca, guardava il villico con occhio ansioso, mentre costui guardava lei con stupore, non comprendendo che un dono come quello potesse commuoverla a tal segno.

Quando il servitore se ne fu andato, Emma corse nella sala, vuotò il paniere, rovesciandone il contenuto, trovò la lettera, l'aprì e come se avesse alle spalle le fiamme di un incendio, fuggì piena di spavento verso la sua camera. Vi trovò Charles, che le domandò che cosa avesse; ma ella non lo intese e continuò a salir rapidamente le scale, ansante, sbalordita, stringendo la carta orribile che le scricchiolava tra le dita come un foglio di latta. Al secondo piano si fermò davanti alla porta del granaio, che era chiusa, ma non a chiave.

Allora procurò di calmarsi, si ricordò della lettera, voleva finire di leggerla; ma non osava. D'altronde dove? come? l'avrebbero vista.

« Ma no », pensò, « qui starò bene. » Spinse la porta ed entrò.

L'ardesia del tetto tramandava un calore afoso, che le accendeva le tem-

123

pie e la soffocava; Emma si trascinò ansante fino alla soffitta, tirò il catenaccio e la luce abbagliante la investì ad un tratto.

Dal tetto si vedeva la campagna fin dove arrivava lo sguardo. In basso, la piazza del villaggio, deserta; i ciottoli del marciapiede lucevano, le banderuole delle case erano immobili. Emma si era appoggiata all'armatura della soffitta, e rileggeva la lettera con sorrisi di collera; ma quanta maggiore attenzione impiegava, più le idee si confondevano. Le pareva di vedere Rodolphe, di ascoltarne la voce, di stringerlo fra le sue braccia; e i palpiti del cuore, che le percotevano il petto come i colpi di un ariete, si acceleravano, intermittentemente. Guardava intorno, col desiderio che la terra sprofondasse. Perché non finirla? Che cosa la tratteneva? Era libera. Si avanzò e guardò la strada, dicendo: « Andiamo! andiamo! »

Si sentiva attratta dal vuoto luminoso che si diffondeva in basso; le pareva che il suolo della piazza oscillando salisse lungo i muri, e che il solaio s'inchinasse da un lato, come un vascello che beccheggiasse. Ella era proprio sul limitare, quasi sospesa nel vuoto che la circondava. L'azzurro del cielo la invadeva, l'aria circolava liberamente intorno alla sua testa vuota: non aveva che a cedere, a lasciarsi prendere; e il sussurrio delle cose intorno non s'interrompeva, come una voce imperiosa che la chiamasse.

« Emma! Emma! » gridava Charles.

Ella ristette.

« Dove sei? Vieni! »

L'idea di sfuggire alla morte quasi la fece svenire pel terrore; chiuse gli occhi... poi trasalì al contatto di una mano sul braccio: era Félicité.

« Il padrone vi aspetta, signora. La zuppa è in tavola. »

E bisognò discendere! Sedersi a mensa!

Tentò di mangiare; ma i bocconi la soffocavano. Allora spiegò il tovagliolo come per esaminarne le pieghe del contorno, e vi si fissò veramente, come se volesse contare i fili della tela. Improvvisamente il ricordo della lettera l'assalì. L'aveva perduta! Come ritrovarla? Ma sentiva tale stanchezza nello spirito, che non seppe trovare un pretesto per levarsi da tavola; poi era diventata vile, aveva paura di Charles; egli sapeva tutto, certamente! Infatti, egli pronunziò queste parole in un modo singolare: « A quanto pare non vedremo presto il signor Rodolphe ».

« Chi te lo ha detto? » ella domandò con un sussulto.

« Chi me lo ha detto? » egli rispose, alquanto sorpreso dal tono brusco della moglie. « Girard, che ho incontrato poco fa davanti al *Café François*. Il signor Rodolphe ha intrapreso un viaggio: è partito, o è in procinto di partire. »

Emma ebbe un singhiozzo.

« Ti sorprende? Egli si allontana di quando in quando, per distrarsi, e, in fede mia, lo approvo. Quando si è scapolo e si hanno mezzi!... Del resto, il nostro amico si diverte un mondo; la sa lunga in fatto di donne: il signor Langlois mi ha raccontato... »

Ma tacque il resto, per convenienza, perché la domestica entrava. Allora, senza notare il rossore che saliva sul volto di Emma, prese una delle albicocche che Félicité rimetteva nel paniere, la morse e disse: « È perfetta! Assaggia ».

E presentò il paniere ad Emma, che lo respinse dolcemente.

« Odora, senti che profumo! » egli disse, passandole più volte sotto il naso il paniere.

« Soffoco! » ella gridò, levandosi bruscamente.

Ma, per uno sforzo di volontà, il suo spasimo cessò, e sospettando che il marito la interrogasse, volesse curarla, non la lasciasse più, disse: « È una cosa da nulla, sono nervosa. Siedi, mangia ».

Charles, per obbedirle, sedette di nuovo, e continuò a mangiare le albicocche, sputandone nella mano i nocciuoli, che deponeva poi nel piatto.

In quel momento, un calessino azzurro attraversò di gran trotto la piazza. Emma gettò un grido e stramazzò supina.

Rodolphe infatti, dopo lunghe riflessioni, aveva deciso di partire per Rouen. E siccome dalla Huchette a Buchy non vi era altra strada che quella di Yonville, aveva dovuto attraversare il villaggio. Emma l'aveva riconosciuto alla luce delle lanterne, che fendevano come un lampo il crepuscolo.

Al tumulto che accadde nella casa del medico, il farmacista si precipitò. La tavola era stata rovesciata, con tutti i piatti; la salsa, la carne, i coltelli, il sale, l'olio, tutto era sparso per terra. Charles gridava al soccorso; Berthe, spaventata, strillava; e Félicité, con le mani tremanti, slacciava il busto alla signora, agitata dalle convulsioni.

« Corro a prendere un poco di aceto aromatico », disse il farmacista.

E quando Emma riaprì gli occhi, fiutando la boccetta, esclamò: « N'ero sicuro; sveglierebbe un morto ».

« Parla! » disse Charles. « Parla! Rimettiti! Sono io, il tuo Charles che ti ama! Mi riconosci? Ecco la tua figliuolina, abbracciala! »

La bambina tendeva le braccia verso la madre, ma Emma, volgendo altrove la testa, disse con voce rotta: « No, no... nessuno! »

E svenne di nuovo.

La portarono sul letto, dove ella rimase immobile, la bocca aperta, gli occhi chiusi, pallida come una statua di cera. Lagrime abbondanti scendevano lungo le gote, sul guanciale.

Charles era in piedi, in fondo all'alcova; accanto a lui il farmacista conservava quel silenzio meditabondo che si impone nelle gravi occasioni.

« Rassicuratevi », disse finalmente Homais, toccandogli il gomito. « Credo che il parossismo sia cessato. »

« Sì, ella riposa, ora », rispose Charles. « Povera donna!... poveretta!... Eccola di nuovo ricaduta! »

Allora Homais domandò come era sopraggiunto quell'accidente, e Charles gli disse che l'aveva colta improvvisamente, mentre mangiava delle albicocche.

« È straordinario!... » riprese il farmacista. « Ma è possibile che le albicocche abbiano provocata la sincope? Vi sono nature impressionabili anche per certi profumi, e questo è un bel tema di studio, tanto sotto il rapporto patologico quanto sotto il fisiologico. I preti ne conoscono l'importanza, perché nelle loro funzioni usano gli aromi, appunto per rendere inerte l'intelletto e provocare l'estasi; cosa facile, del resto, a ottenersi tra le donne, che sono più delicate degli uomini. Si citano casi di svenimenti all'odore del corno bruciato, del pane caldo... »

« Piano, potreste destarla! » disse Bovary a voce bassa.

« E non solo gli uomini », continuò il farmacista, « presentano certe ano-
malie, ma anche gli animali. Voi sapete l'effetto afrodisiaco prodotto dalla
nepeta cataria, volgarmente detta erba del gatto, nei felini; vi voglio raccontare un fatto autentico: Bridoux, un mio compagno stabilitosi nella strada
Malpalu, possiede un cane che cade in convulsioni quando fiuta una tabac-
chiera. Bene spesso ne fan l'esperimento davanti agli amici. Si potrebbe credere mai che un semplice sternuto possa esercitare tali convulsioni nell'orga-
nismo d'un quadrupede? È estremamente curioso, eh? »

« Sì », disse Charles, che non lo ascoltava.

« Questi casi ci dimostrano le innumerevoli irregolarità del sistema nervoso », riprese l'altro. « La signora mi è sembrata sempre, lo confesso, una
sensitiva. Perciò non vi consiglierei alcuno dei pretesi rimedii, che col pretesto di debellare i sintomi, attaccano il temperamento; un regime regolare
è necessario; i medicamenti sono superflui. Piuttosto qualche sedativo, qualche emolliente o qualche dolcificante. Poi, non credete che bisogna anche
colpire l'immaginazione? »

« E come? » disse Bovary.

« Ecco il problema! *That is the question!* come ho letto ultimamente in
un giornale. »

Emma si svegliò ad un tratto, e gridò: « La lettera! la lettera! »

Si credette che delirasse, e difatti, dopo mezzanotte, fu attaccata da una
febbre cerebrale e sopravvenne il delirio.

Durante quarantatré giorni, Charles abbandonò i suoi malati per assi-
sterla; non andava a letto, le tastava continuamente il polso, le faceva dei
senapismi e le metteva compresse di acqua fredda sulla fronte. Mandava
Justin fino a Neufchâtel per prendere il ghiaccio, che si squagliava lungo il
cammino. Consultò il dottor Canivet; fece venire da Rouen il dottor Larivière, suo maestro; non sapeva più che cosa fare.

Ciò che più lo spaventava era l'abbattimento di Emma, perché la pove-
rina non parlava, non capiva e pareva non soffrire neppure.

Verso la metà di ottobre, cominciò a star seduta sul letto, con le spalle
appoggiate ai guanciali; e quando principiò a mangiare, la prima volta, Charles pianse di gioia. Ritornate le forze, si levò per qualche ora, e un giorno in
cui si sentiva meglio, fece un giro nel giardino, al braccio del marito. La sabbia dei viali era coperta di foglie morte. Emma camminava, strascicando le
pantofole, appoggiata alla spalla di Charles, lievemente sorridendo.

Andarono così fino in fondo, vicino alla terrazza. Emma si rizzò lentamente e con la mano facendosi riparo all'occhio, guardò lontano; ma non
vide che i grandi fuochi di erbe che fumicavano sulle colline.

« Tu ti affatichi, mia cara », disse Bovary.

E spingendola dolcemente verso il pergolato: « Siedi su questo banco;
ci starai bene ».

« Oh! no, là no, là no », ella gridò con voce debole.

Ebbe un capogiro; da quel giorno la sua malattia prese un'andatura incerta e presentò caratteri più complessi. Ora ella soffriva al cuore, ora al petto o al cervello o negli arti; sopravvenne anche un vomito, in cui Charles
credette di scorgere il primo sintomo di un cancro.

126

E il povero giovane, oltre tutto questo, era anche preoccupato dalla mancanza di danaro.

XIV

BOVARY non sapeva come fare per soddisfare Homais dei medicamenti forni-tigli, e quantunque la sua qualità di medico gli consentisse di non pagarli, arrossiva un poco per quella obbligazione. Poi le spese di casa, ora che la cuo-ca era diventata come padrona, erano esorbitanti; le note piovevano, i forni-tori mormoravano. Lheureux soprattutto gli dava molto fastidio, perché pro-fittando della malattia di Emma aveva gonfiato il conto, portando il mantello, il sacco da notte, due casse invece di una, e una quantità di cose. Charles ebbe un bel dire che non aveva bisogno di quella roba; il mercante rispon-deva arrogantemente, che ne aveva avuto commissione, che non era disposto a riprendersela, anzi lo avrebbe chiamato davanti al giudice per il pagamento. Charles ordinò a Félicité di riportargliela alla bottega, ma costei non obbedì: aveva altro per la testa. E Lheureux, ritornato alla carica, un po' minaccian-do, un po' lamentandosi, persuase Bovary a firmargli una cambiale con sca-denza a sei mesi. Ma Charles, appena ebbe firmato, ebbe un'idea audace: chiedere in prestito a Lheureux mille franchi, a qualunque interesse. Il mercan-te corse alla bottega, e di lì a poco ritornò col danaro; allora Bovary firmò una cambiale per millesettanta franchi, con scadenza al 1° settembre prossimo, all'ordine di Lheureux; somma che aggiunta ai centottanta di prima for-mava un debito di milleduecentocinquanta franchi. Lheureux, prestando al sei per cento, aumentato di un quarto per diritto di commissione, con un buon terzo che guadagnava sulle mercanzie, si assicurava un utile di centotrenta franchi in un anno; e sperava che l'affare non si sarebbe arrestato e che la cambiale non pagata si rinnovasse, così il suo danaro, nutrendosi presso il medico come un uomo in una casa di salute, sarebbe ritornato a lui, un giorno, aumentato notevolmente, in modo da far scoppiare il sacchetto.

Charles si domandò più volte con quali mezzi avrebbe pagato; immagi-nava espedienti, come quello di ricorrere a suo padre o di vendere qualche cosa. Ma il padre si mostrava sordo, ed egli non aveva nulla da vendere.

L'inverno fu rude. La convalescenza della signora fu lunga. Nelle belle giornate, la facevano sedere in una poltrona, presso la finestra, donde Emma guardava sulla piazza, perché il giardino le destava antipatia e la persiana da questo lato restava sempre chiusa. Ciò che aveva amato prima, ora non le piaceva, e volle vendere il cavallo. Ogni suo pensiero era circoscritto alla cura di se stessa; stando nel letto, chiamava la domestica per informarsi delle sue tisane o per chiacchierare con lei. Aspettava quotidianamente, con una certa ansietà, l'immancabile ripetersi dei minimi avvenimenti, che del resto non dovevano destarle un grande interesse. L'avvenimento più note-vole era, la sera, l'arrivo della *Hirondelle*. La locandiera gridava e altre voci le rispondevano, mentre la lanterna di cui Hippolyte si serviva per cercare i panieri sull'imperiale, pareva una stella nella oscurità. Charles rientrava a mezzogiorno, poi usciva di nuovo; ella prendeva un brodo; e verso le cinque i fanciulli che ritornavano dalla scuola, strascicando gli zoccoli sul marciapiede, percotevano con i loro regoli i nottolini delle imposte, uno dopo l'altro.

Verso quest'ora veniva a visitarla il curato Bournisien, per informarsi della sua salute, recarle qualche notizia, esortarla alla fede religiosa con un chiacchiericcio breve, lusinghiero e piacevole. La vista del prete bastava a confortarla.

Un giorno, nello stato più acuto della malattia, credendosi prossima a morire, chiese la comunione, e, mentre nella camera si facevano i preparativi per il sacramento, il canterano, ingombro di sciroppi, si trasformava in altare e Félicité spargeva foglie di lauro per terra, Emma sentì come un soffio potente che l'avvolgesse, privandola della percezione e del sentimento dei suoi dolori. Il suo corpo quasi si alleggeriva, cominciava una nuova vita per il suo essere che saliva a Dio e si annientava nell'amore di Lui, come l'incenso acceso che si dissipa in fumo. Spruzzato di acqua benedetta il letto, il sacerdote prese la bianca ostia dal ciborio; e, quasi sentendosi venir meno nel provare una gioia celeste, ella aprì le labbra per ricevere il corpo del Redentore. Le cortine dell'alcova si gonfiavano mollemente a guisa di nuvole e i piccoli raggi dei due ceri che ardevano sull'altare le parvero glorie abbaglianti. Allora ella ricadde con la testa sul guanciale, intenta come se udisse nello spazio un suono di arpi serafiche, come se vedesse nel cielo azzurro, su un trono d'oro, in mezzo ad una coorte di Santi che tenevano in mano palme verdi, Dio Padre raggiante maestà, che con un cenno mandava sulla terra uno stuolo di angeli con le ali fiammanti per prenderla nelle loro braccia.

Questa visione lasciò nella sua mente una traccia profonda, come il sogno più bello, tanto che ella si studiava di risentirne la sensazione, che continuava in un modo meno esclusivo ma con dolcezza tuttora profonda. La sua anima, turbata dall'orgoglio, si riposava nella umiltà cristiana; e, gustando il piacere di sentirsi debole, Emma contemplava in se stessa l'annientamento della sua volontà, che doveva cedere con larga entrata alla invasione della grazia. Vi era dunque una beatitudine superiore a qualunque felicità umana, un amore al di sopra di tutti gli altri, senza intermittenza né fine, e che si accresceva eternamente! Vide, tra le illusioni del suo spirito, uno stato di purezza fluttuante al di sopra della terra, confondentesi col cielo, a cui ella aspirava, e fece proponimento di divenire una santa. Comprò rosarii e amuleti; desiderò di avere al capezzale un reliquario con smeraldi incastrati, per baciarlo ogni sera.

Il curato si meravigliava di queste disposizioni, ed opinava che la religione di Emma per lo stesso esagerato fervore avrebbe finito col rasentare l'eresia e la stravaganza. Ma non essendo versato in queste materie quando passavano una certa misura, scriveva a Boulard, libraio di monsignore che gli mandasse « qualche cosa di famoso per una dama che aveva molto spirito ». Il libraio con la stessa indifferenza con cui avrebbe spedito chincaglieria a un negro, incassò alla rinfusa tutto quello che aveva corso in quel momento in fatto di libri religiosi: piccoli manuali per domande e risposte, scritti con lo stile altero di De Maistre, romanzi dalla covertina rosea e dallo stile dolciastro fabbricati da seminaristi trovadori o mondane pentite infarinate di letteratura, come: Pensez-y bien; l'Homme du monde aux pieds de Marie, par

128

M.de***, décoré de plusieurs ordres; des Erreurs de Voltaire, à l'usage des jeunes gens eccetera.

La signora Bovary non aveva riacquistato interamente la lucidità intellettuale per applicarsi seriamente a qualche cosa; intraprese la lettura con soverchia precipitazione. S'irritò contro le prescrizioni del culto; l'arroganza degli scritti polemici le dispiacque per l'accanimento con cui perseguitavansi persone che ella non conosceva, e i racconti profani conditi di religione le parvero scritti con una tale ignoranza del mondo, che in essi si scansavano insensibilmente quelle verità che dovevansi provare. Non pertanto persistette, e quando il volume le cadde di mano, si credette presa dalla più sottile malinconia cattolica che un'anima eterea può concepire. Quanto al ricordo di Rodolphe, lo aveva relegato in fondo al cuore, dove rimaneva più solenne e più immobile di una mummia regale in un sotterraneo. Quando si prostrava sul suo inginocchiatoio gotico, rivolgeva a Dio le stesse parole soavi che un tempo diceva al suo amante nelle espansioni dell'adulterio; non ne riceveva però nessuna consolazione, e si rialzava stanca, col sentimento vago di aver tentato una frode.

Pensava però che il suo sforzo le procacciava merito innanzi a Dio, e si paragonava alle grandi dame di un tempo, di cui aveva sognato la gloria guardando un ritratto della La Vallière, le quali, drappeggiandosi con maestà nella veste a lungo strascico, si ritiravano nella solitudine per spargere ai piedi di Cristo tutte le lagrime di un cuore ulcerato. Si dava ad atti di carità eccessiva: cuciva vestiti per i poveri, inviava legna alle donne partorienti: e Charles, un giorno, rientrando a casa, trovò tre mascalzoni a tavola che mangiavano una minestra. Fece ritornare in casa la figlia, che il marito, durante la sua malattia, aveva rimandato presso la balia; volle insegnarle a leggere, e non si irritava più quando Berthe piangeva. Aveva preso il partito di essere indulgente e rassegnata, il suo linguaggio era pieno di espressioni ideali, in qualunque proposito.

La suocera non trovava biasimevole tutto ciò, tranne la mania di lavorare camiciole per gli orfanelli, invece di rammendare la biancheria propria; e stanca delle liti domestiche, la buona donna si compiaceva della tranquillità di quella casa, e vi rimase fin dopo la Pasqua, per evitare i sarcasmi del marito che non mancava, ogni venerdì santo, di ordinare un sanguinaccio.

Oltre la compagnia della suocera che la fortificava un poco con la rettitudine del giudizio e la grande serietà, Emma era visitata quasi ogni giorno dalle signore Langlois, Caron, Dubreuil, Tuvache, e regolarmente, dalle due alle cinque, dall'eccellente signora Homais, che non aveva mai voluto prestar fede alla maldicenza che investiva la sua vicina. Anche i piccoli Homais venivano a vederla, accompagnati da Justin, che restava vicino alla porta, in piedi e senza parlare, e spesso la signora Bovary faceva la sua toeletta davanti a lui; e quando egli vide, la prima volta, quella chioma bruna, sciolte le trecce, scendere fino ai polpacci, provò l'impressione di una cosa nuova e straordinaria il cui splendore lo abbagliava ed emozionava.

Emma non notava la premura silenziosa e timida del giovanotto, non sospettando che l'amore, sparito dalla sua vita, palpitasse sotto una camicia di tela greggia, in un cuore giovane, aperto alle emanazioni della sua bellezza. Del resto, ella ora guardava tutto con indifferenza, aveva parole affettuose e

129

sguardi alteri, e maniere così varie, che non si distingueva più l'egoismo dalla carità, la corruzione dalla virtù. Una sera, per esempio, andò in collera con la domestica che le chiedeva il permesso di uscire, balbettando nel cercare un pretesto; poi improvvisamente cambiò tono e disse: « Dunque l'ami? »

E senza aspettare la risposta di Félicité che arrossiva, aggiunse con aria triste: « Va', corri, divertiti! »

Al principio della primavera fece mettere sossopra il giardino, malgrado la volontà di Bovary che finì con l'esser contento nel vedere che ella manifestava una volontà qualsiasi. Trovò il mezzo di allontanare mamma Rolet, la balia, che durante la sua convalescenza aveva preso l'abitudine di venire spesso nella cucina coi suoi due lattanti e il suo pensionario, che era più vorace di un cannibale. Poi si liberò della famiglia Homais, congedò successivamente tutte le altre visitatrici e non fu assidua, come prima, alla chiesa, riscuotendo così l'approvazione del farmacista.

Bournisien veniva tutti i giorni, come prima, dopo il catechismo. Preferiva restar fuori a prender l'aria « in mezzo al boschetto » come chiamava il pergolato. Era l'ora in cui Charles rientrava. Avevano caldo, e si facevano servire del sidro dolce, che bevevano augurando la guarigione completa della signora.

Binet si trovava un po' più giù, contro il muro della terrazza per la pesca dei gamberi; Bovary lo invitava a rinfrescarsi, ed egli, che conosceva perfettamente il modo di stappare la bottiglia, diceva, volgendo intorno uno sguardo di persona soddisfatta: « Bisogna tenere la bottiglia perpendicolare alla tavola e, dopo di aver reciso lo spago, spingere il sughero a piccoli colpi, adagino adagino come si fa nel mescere l'acqua di seltz ».

Ma, durante la sua dimostrazione, il sidro spesso schizzava loro sul viso, ed il curato, con un riso rauco, non trasandava la solita facezia: « La bontà di questo sidro salta agli occhi ».

Il curato era un brav'uomo; un giorno, infatti, non fu punto scandalizzato del consiglio che il farmacista dette a Charles per distrarre la signora, di accompagnarla, cioè, al teatro di Rouen, a sentire il famoso tenore Lagardy. Homais, sorpreso dal silenzio del prete, volle conoscere la sua opinione in proposito, e Bournisien dichiarò che egli opinava la musica essere meno dannosa ai costumi della letteratura.

Ma il farmacista prese la difesa delle lettere, dicendo che il teatro sotto l'apparenza del piacere insegnava la virtù.

« *Castigat ridendo mores,* signor Bournisien! Guardate la maggior parte delle commedie di Voltaire, cosparse abilmente di riflessioni filosofiche, fanno del teatro una vera scuola di morale e di diplomazia. »

« Io », disse Binet, « ho inteso una commedia intitolata *Le gamin de Paris* in cui è notevole il carattere di un vecchio generale veramente bellissimo. Bistratta e rimprovera in malo modo un giovanotto che aveva sedotto una operaia, la quale alla fine... »

« Certamente », riprese Homais, « vi è una letteratura viziata come vi è una cattiva farmacia; ma condannare in blocco la più importante tra le arti belle, mi sembra una balorderia, un'idea degna dei tempi abominevoli in cui s'imprigionava un uomo come Galileo Galilei. »

« Io so bene », disse il curato, « che vi sono scritti buoni e buoni scrittori; però una riunione di persone di ambo i sessi, in una sala incantevole, ornata di pompe mondane, e poi i travestimenti pagani, il belletto, i lumi, le voci insinuanti, tutto ciò insomma genera un certo libertinaggio di spirito e provoca pensieri disonesti e tentazioni impure. Questa è l'opinione di tutti i Padri. E la Chiesa nel condannare gli spettacoli ha avuto ragione, e noi dobbiamo obbedire ai suoi decreti. »

« Perché », domandò il farmacista, « la Chiesa ha scomunicato i commedianti; mentre prima concorrevano apertamente nelle cerimonie di culto?... Sì, sì, rappresentavano certe farse, che si chiamavano misteri, in cui la decenza spesso era offesa. »

Il prete si limitò a spremere un gemito e il farmacista continuò: « Come nella Bibbia, vi è... lo sapete... qualche particolare... piccante, qualche cosa veramente... di allegro! »

E ad un gesto di irritazione di Bournisien: « Ah! convenite che non è un libro da presentare a giovanetti, ed io mi adirerei se Athalie... »

« Ma sono i protestanti che raccomandano la Bibbia », disse il prete con impazienza, « non siamo noi! »

« Non importa! » riprese Homais, « io mi stupisco che ai nostri giorni, nel secolo del progresso, ci si ostini ancora a proibire uno svago intellettuale che è inoffensivo, moralizzatore ed igienico anche, qualche volta; non è così, dottore? »

« Senza dubbio », riprese il medico distrattamente, come se, avendo la stessa opinione, non volesse urtare quella degli altri, o non ne avesse alcuna.

La conversazione parve finita; ma al farmacista piacque riaprirla.

« Ho conosciuto certi preti che si vestono da secolari per andare a veder le ballerine. »

« Eh, via! » disse il curato.

« Ah! vi dico che ne ho conosciuti. »

E scandendo la frase, ripeté: « Ne... ho... co-no-sciu-ti ».

« Ebbene, facevano male! » disse Bournisien, rassegnato.

« Fanno anche di peggio! » esclamò il farmacista.

« Signore! » gridò il curato, con gli occhi così feroci, che il farmacista ne ebbe paura, e ripigliò quindi con un tono meno brutale: « Voglio dire soltanto che la tolleranza è il mezzo più sicuro per attirare le anime alla religione ».

« È vero, è vero », disse il buon prete, accomodandosi sulla poltrona.

Ma non rimase che altri due minuti, e se ne andò. Allora Homais disse al medico: « Ecco che ha preso cappello! Ma io l'ho preso bene per il bavero!... Ascoltate il mio consiglio, conducete la signora allo spettacolo, non fosse che per far arrabbiare, una volta almeno nella nostra vita, uno di quei corvi! Se qualcuno potesse sostituirmi, vi accompagnerei. Ma sbrigatevi; Lagardy darà una sola rappresentazione, perché ha scritture importanti per l'Inghilterra. Nuota nell'oro! a quanto assicurano, si trae dietro tre amanti e un cuoco! Tutti questi grandi artisti accendono la candela dalle due estremità, come si dice: è loro necessaria un'esistenza sfrontata che ecciti un poco la immaginazione. Ma poi muoiono all'ospedale, perché non sanno fare economie. Andiamo, buona sera, a domani! »

L'idea dello spettacolo germogliò in breve nella testa di Bovary, e ne parlò alla moglie, la quale dapprima rifiutò, allegando il disagio e la spesa; ma Charles non cedette, stimando che quello svago le giovasse. La spesa non era di ostacolo; la madre gli aveva mandato trecento franchi, i debiti quotidiani non erano enormi, e la scadenza della cambiale all'ordine di Lheureux era così lontana che si poteva non pensarci ancora. Insistette ancora, ed Emma finì coll'acconsentire. Così l'indomani montarono sulla *Hirondelle* per Rouen.

La diligenza si fermò davanti alla locanda della *Croix Rouge,* sulla piazza Beauvoisine. Era una di quelle locande dei sobborghi di provincia, con grandi scuderie e camere da letto minuscole, coi polli che beccano nella corte l'avena sotto le ruote infangate dei due-ruote dei commessi viaggiatori.

Buone e antiche dimore dai balconi di legno tarlati, che scricchiolavano al vento delle notti invernali, continuamente affollate, sovraccariche di vetto-vaglie e piene di frastuono, le cui tavole annerite sono bucherellate dai colpi degl'*in-pace,* i vetri delle finestre ingialliti dalle mosche, i tovagliuoli umidic-ci sempre sporchi di larghe macchie di vino; che rivelano il villaggio, come un contadino in abito signorile; dal *Café* che sporge sulla strada e dal pic-colo orto alle spalle, che mette sulla campagna.

Charles si pose immediatamente in giro. Confuse il proscenio con le gal-lerie, la platea coi palchi, chiese spiegazioni e non le comprese, fu rinviato dal controllore al direttore, ritornò all'albergo, rivenne al botteghino, e parec-chie volte così misurò in lungo e in largo la cittadina, dal teatro ai bastioni.

La signora comprò un cappello, un paio di guanti, un mazzo di fiori. Lui paventava moltissimo di non trovarsi al principiar dello spettacolo, e senza àver trovato neppure il tempo di ingollare la zuppa, si presentarono innanzi alle porte del teatro ancora chiuse.

XV

LA folla aspettava contro il muro situato simmetricamente fra due ba-laustre. All'angolo delle vie adiacenti, enormi avvisi annunziavano in caratteri barocchi: « *Lucia di Lammermoor... Lagardy...* Opera... etc. ». Il tempo era splendido; ma faceva caldo ed il sudore guastava i riccioli e tutti coi fazzo-letti fra le mani asciugavano il sudore sulle fronti arrossite. Ogni tanto un soffio caldo, che veniva dalla spiaggia, agitava appena le frange delle tende di traliccio sospese alla porta dei caffè. Però un poco più in giù, si era rin-frescati da una corrente di aria gelata ch'emanava un odor misto di sego, d'olio e di cuoio: l'esalazione della via delle carrette, piena di scuri magazzi-ni sovraccarichi di botti e carrettini.

Emma, per tema di sembrar ridicola, volle prima di entrare fare una passeggiata sul porto, e Bovary previdentemente strinse i biglietti nella ma-no ficcata nella tasca dei calzoni, mantenendola contro la pancia.

Nel vestibolo il cuore le sussultò fortemente. Un sorriso involontario di vanità le illuminò il volto, guardando la folla che si precipitava a destra per l'altro corridoio, mentre lei saliva le scale di prima fila. A guisa di un bam-bino, provò un certo piacere a spingere col dito le larghe porte tappezzate; aspirò poi a pieni polmoni l'odore polveroso delle cavee, e quando si fu seduta nel suo palchetto assunse nell'atteggiamento della persona la elegante disinvoltura di una duchessa.

La sala cominciava ad empirsi; si cavavano gli occhialini dagli astucci, e gli abbonati, ravvisandosi di lontano, si scambiavano qualche saluto. Venivano lì a distrarsi un po' nelle arti belle dai sopraccapi della vendita, ma non dimenticando affatto *gli affari,* parlavan sempre di cotonina o d'indaco. Si vedevano colà delle teste di vecchi, inespressive e bonarie, le quali, biancheggianti nei capelli e nel colorito, rassomigliavano a grossi medaglioni argentei lievemente anneriti da un vapore di piombaggine. I giovanetti, belli e pretenziosi, si pavoneggiavano nella platea, mettendo in mostra, fra lo sparato del *gilet,* la larga cravatta rosa o verde pallido; e la signora Bovary li ammirava dall'alto, appoggianti su bastoncelli dal pomo d'oro la pelle tesa dei guanti canarini. I lumi dell'orchestra andavano accendendosi a poco a poco e il lampadario scendeva dal soffitto, allietando la sala con lo scintillio dei suoi prismi; poi a uno a uno giunsero i musicanti e subito fu udito in sul principio un frastuono interminabile di bassi profondi, violoni stridenti, pistoni trombettanti, flauti e clarini che gemevano. Quando, ecco, furono battuti tre colpi sul palcoscenico e subito un rullio di timpani, un accordo di ottoni ed il telone si alzò a poco a poco, scovrendo una scena di paesaggio. Era la crocevia di un bosco con una fontana sulla sinistra, ombreggiata da una quercia. Contadini e signori, col *plaid* sulla spalla, cantavano a coro una canzone di caccia, poi giungeva un capitano che levava le braccia al cielo, invocanti l'angelo del male; comparve un altro personaggio, poi se ne andarono, e i cacciatori ripresero il coro.

Emma ripiombava nelle letture giovanili, in pieno Walter Scott. Le sembrava di sentire attraverso la nebbia il suono della cornamusa scozzese echeggiare nella foresta. Ed il ricordo del romanzo le facilitava la comprensione del libretto; essa seguiva lo sviluppo dell'azione frase per frase; mentre vaghi pensieri le turbinavano nella mente, tosto svaniti dalle ondate della musica. Si lasciava cullare da quelle melodie e le pareva di avere in se stessa delle vibrazioni come se gli archi dei violini le fossero strisciati sui nervi.

Non aveva abbastanza occhi per ammirare i costumi, le decorazioni, i personaggi, gli alberi dipinti che tremolavano quando si camminava, ed i tocchi di velluto, i mantelli, le spade, tutte quelle immagini che si agitano in una armonia come nell'atmosfera di un altro mondo. Una giovanetta si avanzò gittando una rosa ad uno scudiero in verde, poi restò sola e si udì il flauto che imitava il murmure della fontana o il trillare degli uccelli. Lucia attaccò con slancio la cavatina in *sol* maggiore. Si lamentava dell'amore, chiedeva le ali. Anche Emma avrebbe voluto fuggir la vita e sparire in un abbraccio. Ad un tratto comparve Edgardo-Lagardy.

Aveva costui quel pallore splendido che fa acquistare qualche cosa della maestà del marmo alle ardenti razze del mezzogiorno.

Il corpo robusto e vigoroso era stretto in un giustacuore di color bruno; un piccolo pugnale cesellato gli batteva sulla coscia sinistra ed egli girava attorno languidamente lo sguardo, mettendo in mostra i denti bianchissimi. Dicevano che una principessa polacca, udendolo cantare una sera sulla spiaggia di Biarritz, dove lui era andato per riattare delle scialuppe, se ne era fortemente innamorata. Ella si era rovinata per lui, ed egli l'aveva piantata per correre dietro ad altre donne, e questa celebrità sentimentale non serviva che ad accrescere la sua reputazione artistica.

L'astuto diplomatico usava anche l'accortezza di far sempre insinuare nella *réclame* qualche frase poetica sul fascino che emanava la sua persona e la sensibilità del suo spirito. Un organo vocale splendido, una imperturbabile sicurezza di sé, più manierismo che intelligenza, e più enfasi che lirismo, terminavano di rialzare quest'ammirevole natura di ciarlatano, amalgama di barbiere e *toreador*.

Fin dalla prima scena, suscitò un vero fanatismo. Stringeva Lucia fra le sue braccia, la lasciava, ritornava, pareva in preda alla disperazione; aveva scoppi di collera, poi volate elegiache d'una dolcezza incomparabile, e le note gli uscivano dal collo nudo, tutte singhiozzi e baci. Emma si sporse per vederlo meglio e le unghie grattavano il velluto del palchetto.

Aveva l'anima inondata da quel lamentìo melodioso che accompagnava le note dei contrabbassi, come grida di naufraghi nel tumulto d'una tempesta. Vi ritrovava tutte le ebbrezze e le angosce per le quali era stata quasi sul punto di morirne. La voce della cantante le pareva l'eco di se stessa e questa illusione allettatrice quasi parte di sua vita. Nessuna però l'aveva amata di tanto amore. Colui non piangeva come Edgardo, l'ultima sera, al chiaro di luna, mentre ripetevano: « A domani! a domani!... » Il teatro cadeva dagli applausi; si dovette ricominciare il finale del duetto. Gli amanti parlavano dei fiori della loro tomba, di giuramenti, d'esilio, d'inganni e di speranze, e quando si scambiarono l'addio finale, Emma dette un grido acutissimo, che si confuse fra le vibrazioni degli ultimi accordi.

« Perché », chiese Bovary, « quel signore la perseguita tanto? »

« Ma no », rispose lei, « è il suo amante. »

« Ma egli vuol vendicarsi sulla famiglia di lei; mentre l'altro, quello che è comparso poc'anzi, diceva: 'Amo Lucia e credo che m'ami'. Poi, è andato via a braccetto del padre... perché credo sia il padre quel vecchietto bruttino che porta una penna di gallo al berretto? »

Nonostante le spiegazioni di Emma, fin dal duetto recitativo, in cui Gilberto informa il padrone Ashton di tutti i suoi abominevoli intrighi, Charles vedendo l'anello di fidanzamento che deve trarre in inganno Lucia, credette che fosse un ricordo d'amore inviato da Edgardo. Dichiarava, del resto, di non capire l'intreccio, a cagione della musica, che non faceva afferrar le parole.

« Che importa? » disse Emma. « Taci! »

« Ma gli è che mi piacerebbe », disse curvandosi sulla sua spalla, « di formarmi un concetto esatto della cosa, lo sai. »

« Taci! taci! » diss'ella con impazienza.

Intanto si avanzava Lucia sorretta dalla camerista, con una corona di fiori d'arancio sulla testa e più bianca dell'abito che indossava. Emma ricordava il giorno del suo matrimonio, laggiù, fra l'alto grano, nella stretta viottola, mentre si recava alla chiesa. Perché non aveva, come colei, resistito, implorato? Era invece allegrissima, senza capire l'abisso nel quale precipitava... Ah, se nel fiorire della giovinezza, prima ancora delle brutture del matrimonio e delle disillusioni dell'adulterio, avesse potuto appoggiare la sua esistenza su qualche nobile cuore; allora, tutto fondendosi, e la virtù, e l'affezione, e la voluttà ed il dovere, non mai avrebbe perduta tanta felicità. Ma tutto ciò invece non erano che fole inventate per acuire i desiderii e far disperar gl'ingenui. Ben conosceva ora la meschinità delle passioni esagerate dal lenocinio dell'arte.

Sforzandosi dunque di distoglierne il pensiero, Emma voleva non più vedere in quella riproduzione dei suoi affanni, che una fantasia plastica, buona soltanto a dilettar gli occhi e nel suo interno aveva avuto perfino un certo sorriso compassionevole e disdegnoso, quando, sullo sfondo del teatro sotto la portiera di velluto, apparve un uomo avvolto in un mantello nero. Il largo cappello alla spagnuola gli cadde al primo gesto che fece, e tosto gli strumenti e gli altri personaggi attaccarono il sestetto. Edgardo, corruscante e furioso, dominava tutti gli altri con la voce squillante. Ashton gli lanciava con note gravi provocazioni omicide, Lucia gemeva con trilli acuti, Arturo in disparte emetteva note basse, e la corta persona del ministro pareva un organo, mentre le voci femminili, ripetendo le sue parole, entravano con un coro delizioso. Tutti gesticolavano in fila allineati, e lo stupore, la pietà, la vendetta, il terrore, la collera proprompevano all'unisono da quelle gole semiaperte. L'amante oltraggiato brandiva la spada snudata ed il collo di merletti si alzava a sbalzi, secondo i movimenti del petto; egli andava a gran passi a destra e a manca, facendo risuonare sulle tavole gli speroni di similoro degli stivaloni a tromba, slargantisi dalla caviglia in su. Ed ella pensava: chi sa quali tesori di affetto gli tumultuavano nel cuore per riversare così gli effluvii sulla folla commossa. Lo sforzo che faceva di voler menomare l'effetto svaniva innanzi alla poesia della parte. Ella ne era soggiogata e trascinata verso l'uomo della illusione del personaggio. Allora volle formarsi un'idea della vita che avrebbe vissuta, se il caso glielo avesse fatto incontrare: una vita di ebbrezze, splendida, straordinaria! Si sarebbero conosciuti ed amati per certo! Unita a lui, avrebbe girato tutta l'Europa, avrebbe visitato tutte le capitali, dividendo seco lui e i trionfi e gli affanni, raccogliendo i fiori che gli avrebbero dato, ricamandogli con le sue mani i ricchi e splendidi costumi; poi, ogni sera, dietro un palchetto dal graticolato di oro, avrebbe aspirato, estasiata, le emanazioni di quell'anima che non avrebbe cantato che per lei sola e dalla scena, pur cantando, non avrebbe avuto sguardi che per lei sola. Quando, ad un tratto, fu presa da una idea stravagante, le parve che la guardasse, sicuro! E fu presa da una voglia matta di precipitarglisi fra le braccia per rifugiarsi sotto la sua forza, come nell'incarnazione dell'amore, e di dirgli, gridando: « Conducimi via, partiamo. Son tua, a te ogni mio ardore, ogni mio sogno! »

La tela calò.

L'esalazione del gas si mischiava ai mille respiri della folla e l'aria smossa dai ventagli rendeva l'atmosfera ancora più asfissiante.

Emma volle uscire; ma la folla ingombrava i corridoi ed ella ricadde sulla sedia con una certa frequenza di palpito che la soffocava. Charles, temendo di vederla forse svenire, corse al caffè per pigliarle un bicchiere d'acqua zuccherata.

A stenti riguadagnò il suo palco, perché era urtato e spinto ad ogni passo per il bicchiere che teneva in mano; versò anche buona parte del contenuto sull'abito d'una signora di Rouen in maniche corte, che sentendo il liquido freddo scivolarle lungo le reni, gittò delle grida terribili come se volessero assassinarla. Il marito, padrone d'una filanda, andò in bestia contro il malaccorto e mentre lei col fazzoletto asciugava il bagnato sulla bella veste di seta ciliegia, lui borbottava con cipiglio irritato d'indennità, di spese, di rimborsi. Finalmente Charles giunse presso la moglie e le disse tutto ansante: « Ho creduto quasi quasi di non poter ritornare. Vi è tanta e tanta gente!... »

Ed aggiunse: « Indovina un poco chi ho incontrato lassù? Il signor Léon. »

« Léon? »

« Proprio. Verrà or ora a presentarti i suoi omaggi. »

E finiva appena di pronunziare queste parole, quando l'antico giovane di studio entrò nel palco. Stese la mano, arieggiando la persona disinvolta, e la signora Bovary macchinalmente avanzò la sua, obbedendo senza alcun dubbio all'attrazione di una volontà più forte della sua. Da quella sera di primavera, in cui si dissero addio presso la finestra, mentre una pioggerella sottile bagnava le foglie verdi, ella non aveva più pensato a lui né era stata attirata da nessun ricordo. Ma in un subito, riportandosi alla convenienza del momento, scosse con uno sforzo il torpore che la invadeva a quei ricordi e balbettò in fretta qualche frase di occasione.

« Oh, buonasera... Come qua? »

« Silenzio! » gridò una voce dalla platea; cominciava il terzo atto.

« State dunque a Rouen? »

« Sì. »

« E da quando? »

« Alla porta! alla porta! »

Tutti si volgevano da quella parte... tacquero. Ma da quel momento non udì altro; e il coro dei convitati, la scena di Ashton e del valletto, il gran duetto in *re maggiore,* tutto passò quasi inconsapevolmente, come se gli strumenti fossero diventati meno sonori e i personaggi allontanati; ricordava le partite a carte dal farmacista e la passeggiata dalla nutrice, le letture sotto il pergolato, le ore trascorse da solo a solo nell'intimità accanto al fuoco, tutto quel povero e lungo amore, così calmo e paziente, così discreto, così tenero e che pure ella aveva dimenticato. Perché ritornava costui? Quale intreccio di combinazioni glielo presentava di nuovo nella vita? Egli le stava alle spalle, appoggiato al tramezzo, e di tanto in tanto ella sentiva come un fremito al soffio caldo delle sue narici che le scendeva sui capelli.

« Vi divertite? » le disse, curvandosele così dappresso che la punta dei baffetti le sfiorò la guancia.

Ella rispose indolente: « Oh, no, non molto ».

Allora egli propose di uscire dal teatro per andare a sorbire un gelato in qualche posto.

« No, non ancora », disse Bovary. « Ha i capelli sciolti: vi sarà qualcosa di tragico ed emozionante. »

Ma la scena della follia non destò interesse in Emma ed anzi la parte della cantante le parve esagerata.

« Grida troppo! » disse volgendosi verso Charles che era intento ad ascoltare.

« Sì... forse... un poco », replicò lui, indeciso fra il godimento che provava ed il rispetto che aveva per le opinioni della moglie.

Poi Léon disse sospirando: « Fa un caldo... »

« Insopportabile! è vero. »

« Non ti senti bene? » chiese Bovary.

« Sì, soffoco; andiamo via. »

Il signor Léon le covrì delicatamente le spalle col lungo scialle di merletti e se ne andarono tutti e tre a sedersi all'aria aperta, innanzi ad un caffè.

Parlarono dapprima della sua malattia, benché lei interrompesse di tanto in tanto il marito, per tema di annoiare il signor Léon; costui raccontò che ritornava a Rouen per rimanervi un paio di anni, onde spratichirsi in uno studio rinomato negli affari, che erano ben differenti in Normandia di come si trattavano a Parigi. S'informò in seguito di Berthe, degli Homais, di mamma Lefrançois, e, poiché in presenza del marito non avevano nient'altro da dirsi, ben presto la conversazione languì. Parecchia gente che usciva dal teatro passò sul marciapiedi, zufolando e canticchiando a voce alta: « Oh Lucia, bell'angelo! » Allora Léon, tanto per far sfoggio di sapere, si mise a parlar di musica; aveva inteso Tamburin, Rubini, Persiani, Grisi, a petto dei quali, Lagardy con tutta la sua réclame non valeva un bel nulla.

« Pure dicono », interruppe Charles che sorbiva a sorsettini un sorbetto al rhum, « che all'ultimo atto sia addirittura sorprendente; mi rincresce di essere andato via prima della fine, perché cominciavo a pigliarvi interesse. »

« Del resto », riprese Léon, « darà fra breve un'altra rappresentazione. »

Ma Charles disse che la dimane sarebbero irrevocabilmente partiti.

« Salvo », soggiunse volgendosi verso la moglie, « che tu non voglia rimaner sola, mia cara? »

Ed allora il giovanotto cambiò subito tattica a quella speranza inattesa: levò a cielo l'arte di Lagardy nel finale del quarto atto. Era qualche cosa di grandioso, di sublime! E Charles insisté: « Ritornerai domenica. Via, deciditi! Hai torto se senti che ti fa bene e ti solleva un po' lo spirito ».

I tavolini intanto si spopolavano, un cameriere si accostò discretamente a loro, aspettando. Charles comprese, e cavò il borsellino; Léon lo trattenne pel braccio, e non dimenticò neanche di lasciare due monete d'argento per mancia, che fece tintinnare sul marmo.

« Mi rincresce davvero », riprese Bovary, « del danaro che... »

L'altro ebbe un gesto d'indifferenza pieno di cordialità e prendendo il cappello: « Rimane dunque stabilito, domani alle sei ».

Charles asserì che non poteva assentarsi di più... ma nulla impediva che Emma...

« Ma io... » balbettò lei con uno strano sorriso, « non so... »

« Ebbene, vi penserai, si vedrà; la notte porta consiglio... »

Poi a Léon che li accompagnava: « Ed ora che ritornate nelle nostre contrade, spero che qualche volta potremo aver la fortuna di offrirvi un modesto desinare? »

Il giovanotto assicurò che non mancherebbe; tanto più che doveva recarsi a Yonville per un affare dello studio. E si separarono al passaggio Saint-Herbland, nel momento che le undici e mezzo suonavano all'orologio della Cattedrale.

137

PARTE TERZA

I

IL signor Léon, pur studiando Legge, frequentò passabilmente anche la *Chaumière,* dove ottenne abbastanza successo presso le sartine, che gli trovavano una cert'*aria molto distinta.* Era il più corretto degli studenti, non portava i capelli né troppo corti, né troppo lunghi; non mangiava al primo del mese il danaro dell'intero trimestre, e si manteneva in buonissimi rapporti coi professori. Quanto a cadere negli eccessi, se ne era sempre astenuto, sia per pusillanimità, sia per delicatezza.

Soventi volte, quando rimaneva a leggere nella sua camera, o seduto sotto i tigli del Luxembourg, lasciava cadere per terra il codice ed il ricordo di Emma lo assaliva. Ma a poco a poco quel sentimento si affievolì al sopravvenire di altri desiderii; pur rimanendogli in fondo all'anima come una incerta e lontana speranza che gli sorrideva nel futuro: miraggio dorato di un fantastico orizzonte.

Ed ora, nel rivederla dopo tre anni di assenza, la sua passione si risvegliò. Bisognava ormai, pensava, decidersi a possederla. D'altronde, quella sua natural timidezza era svanita al contatto di amicizie e conoscenze allegre; or ritornava in provincia, disprezzando chi non aveva calpestato con scarpino verniciato l'asfalto del *boulevard.* Vicino ad una parigina in merletti, nel salone di qualche dottore illustre, presso un personaggio carico di decorazioni e con carrozza, il meschino procuratore avrebbe senza dubbio tremato a verga; ma qui a Rouen, sul porto, innanzi alla moglie di quel mediconzolo, non era per nulla imbarazzato, convinto anticipatamente che avrebbe brillato. La fiducia in se stesso dipende spessissimo dall'ambiente in cui ci si trova: non si parla in un mezzanino come in un appartamento, e la donna ricca pare come se avesse intorno a lei, per custodirne la virtù, tutti i suoi biglietti di banca, a guisa di corazza, imbottiti nello spessore del busto.

Nel lasciarli, la sera innanzi, Léon li aveva seguiti da lungi fino all'albergo della *Croix Rouge,* dove alloggiavano. Poi aveva girato sui talloni e passata tutta la notte a meditare un piano.

La dimane, quindi, verso le cinque, entrò nella cucina dell'albergo, le guance un po' pallide, la gola stretta; ma risoluto, come tutti i poltroni quando sono decisi, cui nulla fa più indietreggiare.

« Il signore non c'è! » rispose un cameriere.

Gli parve di buon augurio. Salì.

Ella non si turbò punto al suo apparire; gli fece anzi le sue scuse per aver dimenticato di dirgli dove avevano preso alloggio.

« L'ho indovinato », riprese Léon.

« In che modo? »

Pretendeva essere stato guidato verso lei da un istinto.

Ella sorrise, e tosto, per riparare alla sciocchezza detta, raccontò che aveva passata tutta la mattinata a chieder di loro in tutti gli alberghi della città.

« Vi siete poi decisa a rimanere? » soggiunse.

« Sì », rispose lei, « ed ho anche torto. Non bisogna abituarsi a piaceri impossibili, quando si hanno dappresso mille e mille esigenze. »

« Oh, certamente, le immagino. »

« È impossibile, perché non siete una donna voi. »

Ma anche gli uomini avevano i loro affanni; e la conversazione s'impegnò con alcune riflessioni filosofiche. Emma si estese molto sulla caducità delle affezioni terrene e l'eterno isolamento in cui il cuore rimane sepolto.

Per farsi valere, o per naturale imitazione di quella tristezza che risvegliava la sua, il giovanotto dichiarò di essersi infinitamente annoiato tutto il tempo degli studi. La procedura lo irritava, sentiva altre vocazioni, e non pertanto la madre in ogni lettera non la finiva mai di tormentarlo. E precisando ciascuno, a misura che parlava, il motivo del proprio dolore, si esaltavano reciprocamente in queste confidenze progressive. Ma si fermavano sovente innanzi alla completa esposizione della loro idea, cercando qualche frase che la esprimesse chiaramente. Ella non palesò la passione avuta per un altro, né lui disse di averla affatto dimenticata.

Forse non ricordava più le cenette dopo i balli con le ragazze dei bastioni ed ella non ricordava neppure gli appuntamenti d'una volta, quando correva fra l'erba la mattina di buon'ora verso il castello del suo amante. I rumori della città appena arrivavano fino a loro, e la piccolezza della cameretta pareva fatta apposta per restringere più la loro solitudine. Emma, vestita di un camice di battista, appoggiava la testa sul dorsale della vecchia seggiola, il parato giallo delle mura formava come uno sfondo dorato dietro di lei, e la testa nuda si rifletteva nello specchio con la scriminatura bianca nel mezzo e la punta delle orecchie di sotto le due bande di capelli.

« Vi chiedo scusa, io vi annoio », diss'ella ad un tratto, « con le mie eterne querimonie! »

« Oh mai! mai! »

« Se poteste immaginare », riprese lei, alzando verso il soffitto i bellissimi occhi inumiditi da una lagrima, « tutto quello che avevo sognato! »

« Ed io! Oh, quanto ho sofferto! Soventi volte uscivo, me ne andavo di qua e di là, lungo le vie, stordendomi al frastuono della folla senza poter bandire l'ossessione che mi perseguitava. Vi era sul bastione, da un venditore di stampe, una incisione italiana che rappresentava una Musa. Era drappeggiata in una tunica e guardava la luna con certi *miosotis* sui capelli disciolti. Non so che cosa mi spingeva incessantemente colà. Sono rimasto lì ore ed ore in contemplazione. »

Poi con voce tremante: « Vi somigliava alquanto... »

La signora Bovary volse la testa per non fargli notare l'irresistibile sorriso che le veniva alle labbra.

« Spesso », continuò, « vi scrivevo delle lettere che poi laceravo. »

Ella non rispondeva, e lui continuava: « M'immaginavo talvolta chi sa per quale combinazione potessi avervi dappresso. Ho creduto ravvisarvi talvolta per le strade e correvo dietro o a tutte le vetture in cui scorgeva uno scialle, o un velo simile al *vostro*... »

Pareva che fosse decisa a farlo parlare senza interromperlo. Incrociando le braccia ed abbassando il volto, considerava la nappina delle pantofole di raso, agitate ad intervalli da un lieve movimento dal pollice del piede.

Poi disse sospirando: « La cosa più triste, sapete qual è? Menare innanzi una esistenza inutile come la mia. Se i nostri dolori potessero servire, essere utili a qualcuno, meno male, si sarebbe consolati dall'idea dello stesso sacrificio ».

Egli fece gli elogi della virtù, del dovere; vantò le immolazioni silenziose, avendo lui stesso un incredibile bisogno di affezione, che non poteva appagare.

« Amerei molto », diss'ella, « essere una suora d'ospedale. »

« Ahimè, gli uomini non hanno di simili e sante mansioni, e non iscorgo alcuna via... Salvo quella del medico... »

Con un lieve moto delle spalle, Emma l'interruppe per lagnarsi della malattia che quasi l'aveva posta in pericolo di morte. Che peccato! Non soffrirebbe più ora. Léon subito evocò la *pace del sepolcro* e raccontò che una sera aveva scritto finanche il suo testamento, raccomandando che lo seppellissero in quel bellissimo covripiede a strisce di velluto che ella gli aveva regalato e che lui gelosamente conservava.

Ma alla storiella del covripiede ella gli chiese: « E perché? »

« Perché... »

Ed esitava.

« Perché vi ho molto amata. »

E contento d'aver superata la difficoltà, con la coda dell'occhio osservò la fisonomia di lei.

Avvenne come nel cielo quando una folata di vento porta via le nubi. L'ammasso di pensieri che oscuravano lo splendore di quegli occhi azzurrini sparì, tutto il volto divenne raggiante.

Egli aspettava. Finalmente ella rispose: « Mi era sempre parso... »

E si narrarono i più lievi e futili avvenimenti di quella esistenza lontana, di cui con una sola parola avevano compendiato tutti i piaceri e tutte le tristezze. Lui ricordava il pergolato di climatide, le vesti che indossava, i mobili della sua camera, tutta l'abitazione.

« E i nostri poveri cactus, che se ne son fatti? »

« Il freddo li ha seccati l'inverno scorso. »

« Oh quante volte ho pensato ad essi! Mi pareva spesso vederli, come una volta quando nelle mattinate d'estate, col sole che illuminava le persiane, scorgevo anche le vostre braccia nude che si agitavano fra i fiori. »

« Povero amico », diss'ella, stendendogli la mano.

Léon immantinenti vi appoggiò le labbra. Poi, dopo aver fortemente

aspirato: « Voi eravate per me, non so quale forza incomprensibile, che tene-
vate la mia vita tutta alla vostra mercé. Un giorno, per esempio, sono venuto
in casa vostra... ma voi certo non ve ne ricordate ».

« Sì », disse Emma, « continuate. »

« Voi eravate giù nell'anticamera, pronta per uscire, col piede sull'ultimo scalino; portavate un cappello con fiorellini azzurri; e pur non essendo
invitato da voi, vi ho accompagnata. Ad ogni istante, mi accorgeva sempre
più della mia sciocchezza, e nonpertanto continuavo a camminarvi dappresso,
non osando avvicinarmi addirittura e non volendo lasciarvi. Quando entravate
in una bottega, io rimaneva in istrada a guardarvi togliere i guanti e pagare
al banco. Poscia avete bussato dalla signora Tuvache, vi hanno aperto, ed io
sono rimasto come un idiota innanzi alla pesantissima porta, che si era ri-
chiusa dietro di voi. »

La signora Bovary nell'udirlo si stupiva di essere così vecchia: tutte
quelle rievocazioni le pareva come se le allungassero l'esistenza; sentimentalità
sterminate alle quali pareva rispondere ogni tanto con le pupille socchiuse
e a bassa voce: « Sì, è vero!... è vero!... è vero!... »

Sentirono suonare i differenti orologi del quartiere Beauvoisine, pieno
di collegi, di chiese e di grandi palazzi abbandonati. Non dicevano più nulla,
ma sentivano nel guardarsi come un romorio nel cervello, come se qualche
cosa di fuoco vi fosse penetrato attraverso quelle pupille immobili e fisse. Si
strinsero le mani, ed il passato, l'avvenire, le reminiscenze, i loro sogni, tutto
si confuse nella dolcezza di quell'estasi. La notte scendeva a poco a poco nelle
pareti della camera, dove spiccavano ancora, perduti nell'ombra, i forti colori
delle quattro stampe rappresentanti quattro episodii della *Tour di Nesle* con
la scritta nel basso, in ispagnolo ed in francese. Dalla piccola finestra si scorgeva un lembo di cielo nero, fra i tetti a punta.

Si alzò per accendere due candele sul comò, poi si sedette di nuovo.

« Ebbene?... »

« Ebbene? » rispose lei.

E mentre lui cercava come riannodare l'interrotto dialogo, ella gli disse
ad un tratto: « Come accade che nessuno fin'oggi mi abbia esternato sentimenti simili? »

Léon esclamò che le nature ideali erano difficili a comprendersi. Lui, che
l'aveva amata al primo vederla, si rammaricava pensando alla felicità di cui
avrebbero goduta, se il caso li avesse ravvicinati più presto, ligandoli l'uno al-
l'altra in una maniera indissolubile.

« Vi ho pensato talvolta », riprese lei.

« O incantatrice idea! »

E, palpeggiando delicatamente il ricamo azzurro della lunga cintura bianca, soggiunse: « Chi c'impedisce di ricominciare? »

« No, no, amico mio. Io son troppo vecchia... voi troppo giovane... dimenticatemi! Altre vi ameranno... voi le amerete. »

« Mai come voi! » esclamò.

« Bambino! Via, siamo savii! lo voglio! »

Gli enumerò tutti gli ostacoli che si frapponevano al loro amore e lo
esortò a mantenersi, come un tempo, nei semplici limiti di un'amicizia fra-
terna.

Parlava ella seriamente? Certo, ella stessa non lo sapeva. Presa dall'incanto della seduzione e dalla necessità di schermirsene, contemplava il giovanotto con languido sguardo, respingendo dolcemente le timide carezze che osavano le sue mani frementi.

« Ah, perdonatemi », diss'egli, scostandosi.

Ed Emma fu presa da un vago terrore innanzi a quella timidezza, più pericolosa per lei delle audacie di Rodolphe quando le si avvicinava con le braccia aperte per ghermirla. Mai nessun uomo le era parso più bello. Un delicato candore emanava da quel contegno squisito. Egli abbassava le lunghe e finissime ciglia, la guancia dall'epidermide soave gli s'imporporava, pel desiderio della sua persona ed ella provava una invincibile voglia di appoggiarvi le labbra. Allora, volgendosi verso l'orologio a pendolo, come per discerner l'ora, disse: « Come è tardi, mio Dio! Parliamo a non finire! »

Lui comprese l'allusione cercò il cappello.

« Ho finanche dimenticato lo spettacolo! E dire che quel povero Bovary mi aveva lasciato apposta! Il signor Lormeaux, di rue Grand-Pont mi doveva accompagnare con la sua signora. »

Ed intanto l'occasione era perduta; perché sarebbe partita la dimane.

« Davvero? » disse Léon.

« Sì. »

« Bisogna però che io vi vegga ancora una volta », riprese lui, « debbo dirvi... »

« Che cosa? »

« Una cosa gravissima... molto seria. Oh, no, voi non partirete, è impossibile! Se sapeste... Ascoltatemi... Non mi avete compreso?... Non avete indovinato?... »

« Pure parlate correttamente », disse Emma.

« Oh, non scherzate! Basta, basta! Per pietà, fate che vi riveda un'altra volta... una sola! »

« Ebbene!... »

Si fermò, poi, come sovvenendosi: « Oh! non qui ».

« Dove vorrete. »

« Volete... »

Parve riflettere; poi con tono breve: « Domani, alle undici, nella Cattedrale ».

« Vi sarò! » esclamò, afferrandole le mani, che ella cercò svincolare.

E poiché si trovavano tutti e due alzati, lei davanti, egli dietro con la testa abbassata, si curvò e la baciò lungamente sulla nuca.

« Ma siete pazzo! Certo, siete pazzo! » diceva lei con piccole risate argentine, mentre i baci si moltiplicavano.

Allora, avanzando la testa per di sopra la spalla di lei, parve chiedere un compenso dai suoi occhi. Ma questi si affissarono su lui pieni di severa e glaciale maestà.

Léon indietreggiò di tre passi per uscire. Rimase ancora un po' sulla soglia; poi balbettò con voce tremante: « A domani! »

Ella rispose con un cenno del capo e disparve come un uccello nella stanza affianco.

La sera Emma scrisse a Léon una interminabile lettera, ove disdiceva l'appuntamento e dichiarava tutto finito oramai; né dovevano più rivedersi per la loro stessa quiete. Ma ebbe appena chiusa la lettera, che non sapendo l'indirizzo di Léon fu ben imbarazzata per fargliela recapitare.

« Gliela darò io stessa, appena verrà. »

L'indomani Léon, con la finestra spalancata e zufolando sul davanzale, verniciò lui stesso a più riprese gli stivalini. Indossò un abito verde, calzoni bianchi e calze di seta; versò nel fazzoletto quanto profumo gli rimaneva, si fece arricciare dal parrucchiere prima, poi arruffò tutti i capelli da sé per darsi una cert'aria più trascurata e nel tempo stesso più distinta.

« È presto ancora! » pensò guardando l'orologio, che in quel punto segnava le ore nove.

Lesse un giornale di moda arretrato, uscì, fumò un sigaro, fece tre volte una stessa strada, poi stimò che era tempo e si avviò adagio adagio verso l'atrio di Notre-Dame.

Era una splendida mattinata di estate. Lucevano le argenterie nelle botteghe degli orefici, e il sole che si frangeva obliquamente sulla cattedrale formava come un luccichio nella connessura delle pietre grigiastre. Una nidiata d'uccelli volava nel cielo azzurro attorno al campanile a cuspide; la piazza, rimbombante di grida, era profumata da una quantità di fiori, sparsi all'intorno sul selciato: rose, gelsomini, garofani, narcisi, tuberose, divisi a distanze ineguali da erbe ancora rugiadose, trifoglio e gelsi; la fontana gorgogliava nel mezzo, e sotto larghe ombrelle, fra ceste a piramide, alcune fioraie a testa scoperta, avvolgevano, incartocciandoli mazzettini di violette.

Léon ne prese uno. Era la prima volta che comprava fiori per una donna, e il suo petto, respirandoli, si gonfiò d'orgoglio, come se l'omaggio che destinava ad un'altra si ritorcesse in lui stesso.

Intanto, aveva paura di essere visto ed entrò risolutamente nella chiesa.

Lo svizzero, allora, stava sul limitare, nel mezzo della entrata a sinistra, al disotto della *Marianne dansant,* pennacchio al vento, durlindana sul polpaccio, bastone impugnato, più imponente di un cardinale e più rilucente di un ciborio.

Si avanzò verso Léon e con quel sorriso di benevolenza paterna che assumono gli ecclesiastici quando interrogano i ragazzi: « Il signore non è di questi luoghi; desidera forse osservare le curiosità della chiesa? »

« No. »

E fece il giro delle parti più basse; poi uscì a guardare sulla piazza: Emma non compariva. Risalì fino al coro.

La navata si rifletteva nelle acquasantiere ricolme, una al cominciamento delle ogive ed a qualche porzione di vetrata. Ma il riflesso delle pitture, rompendosi sull'orlo del marmo, continuava più lungi, sulle lastre del pavimento, come un tappeto tutto screziato. La gran luce di fuori penetrava nella chiesa in tre enormi raggi dalle tre entrate spalancate. Di tanto in tanto, un sacristano passava genuflettendosi un po' di sbieco innanzi all'altare come ogni devoto in faccende. I lampadari di cristallo penzolavano immobili. Nel coro era accesa una lampada d'argento e dalle cappelle laterali si udiva come un lamentio sospiroso, con lo sbatacchiar di cancelli che si chiudevano, ripercotendosi l'eco sotto le volte alte e sonore.

Léon adagio e serio passeggiava lungo le mura. Mai la vita gli era sembrata così bella. Ella sarebbe venuta fra poco, incantevole, un po' agitata, spiando dietro di sé gli sguardi che la seguivano, e con la veste a svolazzi, la lente a mano montata in oro, le piccole scarpine, in tutte quelle eleganze, insomma, che egli non aveva mai provate e nella ineffabile seduzione della virtù che soccombe. La chiesa, com'era un'alcova gigantesca, si preparava ad accoglierla; le volte s'inclinavano per avere nell'ombra la confessione del suo amore, i vetri lucevano per illuminarne il volto e gl'incensieri bruciavano, perché apparisse come un angelo in una nube profumata.

Però non veniva. Si sedette e gli occhi si fissarono in una grande vetrata azzurra, dove si vedevano certi pescatori, che trasportavano delle grandi ceste. Li guardò a lungo, attentamente, e contava ad una ad una le scaglie dei pesci e i bottoni delle giacche, mentre il pensiero era tutto ad Emma.

Lo svizzero, intanto, da lungi, era indignato contro quell'individuo che si permetteva ammirare da solo la Cattedrale. Gli pareva che agisse in maniera davvero sconveniente; gli rubava qualche cosa e commetteva quasi un sacrilegio.

Ma ecco un fruscìo di seta sul marmo del pavimento, la montatura d'un cappellino, un velo nero... Era lei! Léon si alzò e le corse incontro.

Emma era pallida e camminava adagio.

« Leggete! » gli disse porgendogli una carta... « Oh, no! »

E con moto brusco ritirò la mano, per entrare nella cappella della Vergine, dove s'inginocchiò presso una sedia per pregare.

Il giovanotto s'irritò di quella fantasia bigotta; ma provò alcun che di piacevole nel vederla, in quel primo appuntamento amoroso, tutta sperduta e immersa nelle orazioni come una marchesa andalusa; ma dopo un poco non tardò ad esserne annoiato, perché colei non la finiva più.

Emma pregava, o meglio si sforzava di pregare, sperando che dal cielo le venisse qualche improvvisa ispirazione; e per attirare il divino aiuto, guardava intensamente gli splendori del tabernacolo, aspirava il profumo dei gigli schiusi nei larghi vasi dorati e prestava l'orecchio al silenzio della chiesa, che non faceva che accrescere il tumulto del suo cuore.

Si alzò finalmente e stavano per andar via, quando lo svizzero si accostò vivamente, dicendo: « La signora certo non è di questi luoghi? Desidera osservare le curiosità della chiesa? »

« Ma no! » esclamò Léon.

« Perché no? » riprese lei.

Si aggrappava con la sua virtù pericolante alla Vergine, alle sculture, alle tombe, a tutte le occasioni.

Allora, per procedere *in ordine,* lo svizzero li condusse sull'entrata, fin presso la piazza, dove, indicando col bastone un gran cerchio di lastre nere, senza iscrizioni o cesellature: « Ecco », disse maestosamente, « la circonferenza della bella campana d'Amboise. Pesava quarantamila libbre. In tutta Europa non ve n'era un'altra simile. L'artefice che la fuse, morì di gioia ».

« Andiamo », disse Léon.

Il brav'uomo si ripose in marcia, poi ritornato alla cappella della Vergine, stese le braccia con un gesto sintetico e dimostrativo, più orgoglioso di un proprietario campagnuolo che mostri delle spalliere in fiore.

« Questa semplice pietra copre Pierre di Brézé, signore della Varenne e

147

di Brissac, gran maresciallo del Poitou e governatore di Normandia, morto alla battaglia di Montlhéry, il 16 giugno 1465. »

Léon si mordeva le labbra e batteva i piedi con impazienza.

« E a destra, quel gentiluomo tutto bardato di ferro sul cavallo impennato, è il nipote, Louis di Brézé. »

La signora appuntò la lente: mentre Léon immobile la guardava, non provandosi più a dire una parola, muovere un gesto tanto si sentiva scoraggiato innanzi a quel doppio partito preso di chiacchiere e d'indifferenza.

L'eterna guida continuava: « Presso di lui, questa donna che piange, è la sua sposa, Diane di Poitiers, contessa di Brézé, duchessa di Valentinois, nata nel 1499 e morta nel 1566. Ed ora andiamo a vedere i vetri della Gargouille ».

Ma Léon cavò in fretta una moneta d'argento dalla tasca ed afferrò Emma pel braccio. Lo svizzero, stupefatto, non comprendeva quella munificenza intempestiva, mentre dovevano ancora vedere tante e tante cose. Di talché, chiamando: « Guardi, signore. La freccia! la freccia!... »

« Grazie », disse Léon.

« Il signore ha torto. Dessa misura quattrocentoquaranta piedi, nove di meno della gran piramide d'Egitto. È tutta in ghisa, è... »

Léon si allontanò di corsa: gli pareva che il suo amore, che da quasi due ore fra poco si era immobilizzato nell'interno della chiesa, stesse per evaporarsi ora, come un fumo, in quella specie di tubo intermezzato di gabbie oblunghe, di ciminiere di straforo, che si libra così grottescamente sulla Cattedrale, come lo stravagante tentativo di qualche calderaio fantasioso.

« Dove andiamo? » dimandava lei.

Senza rispondere, egli continuava ad avanzare rapidamente e già la signora Bovary bagnava il dito nell'acqua santa, quando intesero dietro di loro un respiro ansimante, interrotto regolarmente dal battito di un bastone. Léon si volse.

« Signore! »

E riconobbe lo svizzero, con una ventina di volumi sul braccio stretti sulla pancia. Erano le opere che parlavano della Cattedrale.

« Animale! » borbottò Léon, slanciandosi fuori della chiesa.

Un ragazzetto oziava nell'atrio.

« Va' a prendermi una vettura. »

Il ragazzo partì come una freccia per la rue des Quatre-Vents.

« Oh, Léon! Veramente io non so se debba... »

Faceva la schifiltosa; poi seria: « È una cosa sconveniente, sapete ».

« Mai più. Si usa, a Parigi. »

Questa parola, come un irresistibile argomento, la decise.

La vettura intanto non veniva. Léon temeva di dover entrare in chiesa un'altra volta. Finalmente spuntò.

« Pigliate almeno la uscita a Nord! » disse loro lo svizzero. « Così potrete ammirare la *Résurrection*, il *Jugement dernier*, il *Paradis*, il *Roi David* e i *Réprouvés...* »

« Dove va il signore? » domandò il cocchiere.

« Dove vorrete! » disse Léon, spingendo Emma nella vettura.

Ed il pesante veicolo si pose in moto.

Discesa la rue Grand-Pont, traversò la place des Arts prese per rue Napoléon, pel Point Nouveau e si fermò ad un tratto innanzi alla statua di Pierre Corneille.

« Continuate! » disse una voce dall'interno. La vettura si rimise in moto e pigliando la rincorsa dal crocicchio La Fayette, appena toccata la discesa, entrò di carriera nella Stazione della Ferrovia.

« No, no! tirate diritto », gridò la stessa voce.

La vettura uscì dai cancelli, e giunta in breve sul Corso, trotterellò in mezzo ai grandi alberi. Il cocchiere si asciugò la fronte, mise il cappello d'incerata fra le gambe e diresse il veicolo per le vie trasversali sulla riva dell'acqua, costeggiando il prato.

Traversò Quatremares, Sotteville, la Grande Chaussée, la via d'Elbeuf e fece la terza fermata innanzi al Jardin des Plantes.

Allora senza direzione fissa, così a caso, andò di qua e di là per la città. Fu veduta a Saint-Pol, Lescure, al monte Gargan... alla Dogana ed al Cimitero Monumentale. Il cocchiere ogni tanto gettava sguardi disperati sulle osterie, e non comprendeva quale smania di locomozione avesse afferrato i due individui che conduceva, che non volevano fermarsi in nessun luogo. Ne faceva la prova qualche volta, ma tosto udiva dietro di lui esclamazioni di collera. Allora frustava le povere due rozze in sudore e senza badare ai carretti, urtando a destra e a manca, andava avanti incosciente e indifferente, ma assetato e stanco da morirne. E sul porto, per le strade, i cittadini aprivano tanto d'occhi al vedere quella vettura con gli sportelli e le tendine abbassate, riapparire continuamente più chiusa d'una tomba e ballonzolata come una nave in tempesta. In un certo momento, verso la metà del giorno, in piena campagna, mentre il sole dardeggiava più forte sui vecchi lampioni inargentati, una mano comparve di sotto le tendine di tela bruna e lanciò al vento tanti pezzettini di carta, che si dispersero nei campi di trifoglio in fiore, come tante farfalle bianche.

Poi, verso le sei, la vettura si fermò in una stradicciuola del quartiere Beauvoisine e ne discese una donna col velo abbassato, che tirò innanzi senza volgere il capo.

II

GIUNTA all'albergo, la signora Bovary fu stupita di non vedere la diligenza. Hivert l'aveva attesa ben cinquantatré minuti; poi se n'era andato.

Nulla la obbligava a partire; ma aveva dato la sua parola che sarebbe ritornata la stessa sera. Anche Charles l'aspettava, e già ella sentiva al cuore quella docile pusillanimità, che è per molte donne come un castigo e la pena dell'adulterio in una volta.

Preparò la valigia in furia, prese un *cabriolet* nel cortile e premurando il cocchiere, incitandolo, informandosi ad ogni momento delle distanze e dei chilometri percorsi, raggiunse finalmente la *Hirondelle* verso le prime case di Quincampoix.

Appena seduta nel suo cantuccio, chiuse gli occhi e non li riaprì che al basso della costa, quando scorse Félicité, che stava in vedetta innanzi alla casa del maniscalco. Hivert fermò i cavalli, e la cuoca, alzandosi fino agli sportelli, disse con aria di mistero: « Signora, dovete andar subito dagli Homais per qualche cosa di urgente ».

Il villaggio era silenzioso come al solito. Ad ogni cantonata di strada vi erano piccoli mucchi rosa che fumicavano in pien'aria; perché si era all'epoca delle confetture e tutti a Yonville preparavano la loro provvista lo stesso giorno. Però innanzi alla bottega del farmacista si ammirava un mucchio molto più largo, con la superiorità che una officina deve avere sui fornelli cittadini.

Ella entrò. Il gran seggiolone era arrovesciato e finanche *le Fanal de Rouen* giaceva per terra fra i due pilastri. Spinse la porta del corridoio e scorse in mezzo alla cucina fra le amarasche, i boccali, lo zucchero in pietra, le casseruole sui fornelli, tutti gli Homais, grandi e piccini, con certi grembiali fino al mento e con cucchiai o forchette nelle mani. Justin in piedi con la testa curvata, ed il farmacista che gridava: « Chi ti aveva detto di andare a cercarlo nel *capharnaum?* »

« Che cosa c'è? Che accade? »

« Che accade? » rispose Homais. « Stiamo dietro a fare delle conserve: sono in cottura; ma stanno per uscire fuori il recipiente per la bollitura troppo forte, allora ordino un altro recipiente più grande. Costui, per sbadataggine e per pigrizia, è andato a prendere nel mio laboratorio, sospesa ad un chiodo, la chiave del *capharnaum!* »

Lo speziale chiamava così un camerino sotto i tetti pieno zeppo di utensili e generi per la sua professione. Egli passava colà lunghissime ore a incollar leggende, a travasare, a rifilare; e lo considerava non come un semplice magazzino; ma come un santuario, dal quale venivan fuori, in seguito, elaborati dalle proprie mani, pillole, boli, decotti, lozioni, pozioni, che spandevano ai quattro venti la sua celebrità. Nessuno al mondo vi metteva piede e lo aveva in tale considerazione, che lo spazzava lui stesso.

« Sicuro, del *capharnaum!* La chiave che custodisce gli acidi e gli alcali caustici! Andarmi a prendere una casseruola con coverchio! Ogni cosa ha la sua importanza nel nostro mestiere delicatissimo! Che diavolo! bisogna distinguere; non servirsi così a casaccio per gli usi domestici di quello che è destinato per la farmaceutica. Gli è come se si tagliasse un pollastro con lo scorpello, come se un magistrato!... »

« Via, calmati! » diceva la signora Homais.

« Calmarmi! Ma sapete costui a che cosa mi esponeva? A tradurmi in corte di assise, a farmi salire sul patibolo! Hai veduto accanto alla casseruola un vasettino azzurro suggellato con la ceralacca gialla? che contiene una polvere bianca, sul quale sta scritto: VELENO! E sai tu che cosa conteneva? Conteneva arsenico! »

« Mio Dio! » esclamò la signora Homais giungendo le mani. « Arsenico! ma ci potevi avvelenare tutti! »

Emma non pensava neanche più a chiedere che cosa volessero, e lo speziale continuava, rivolgendosi al povero garzone allibito: « Ecco come ricompensi i sacrifizii che faccio per te, le cure paterne di cui ti son largo. Ma oramai comincio a pentirmi di essermi dato pensiero di un individuo simile, insuscettibile alle delicatezze della scienza; mentre se la passa qui alla grassa come un canonico, come un gallo che si rimpinzi ».

Ma Emma, indirizzandosi alla signora Homais, le disse: « Mi avete fatta venire... »

« Ah mio Dio! » l'interruppe con aria triste la buona donna, « come potrò dire... È una disgrazia... »

Non poté terminare. Lo speziale tuonava: « Vuotala! puliscila! mettila al suo posto! spicciati! »

E scuotendo Justin pel colletto della giubba, gli fece cadere un libro dalla tasca.

Il ragazzo si curvò. Homais, più pronto, afferrò il volume.

« *L'amore... coniugale!* » disse separando le due parole. « Ah, bravo! bravo! E delle figure anche... Ah, questo è troppo! » La signora Homais si avanzò.

« Non si tocca! »

I ragazzi volevano vedere le figurine.

« Uscite! » diss'egli imperiosamente. E quegli uscirono mogi mogi.

Egli camminò in lungo e in largo, dapprima a gran passi, col volume aperto in mano, girando gli occhi, soffocato, tumefatto, apoplettico. Poi andò diritto al suo allievo e piantandoglisi innanzi con le braccia al sen conserte: « Ma tu hai dunque tutti i vizii? Bada a te! Sei su di una china spaventevole! Ma non hai riflettuto che questo libro poteva cadere fra le mani dei miei bambini, porre la scintilla devastatrice nel loro cervello, offuscare la purezza di Athalie, corrompere Napoléon! Sei almeno certo che non l'abbiano letto... »

« Ma, insomma, signore », disse Emma, « che dovevate dirmi? »

« È vero, signora... Vostro suocero è morto! »

Infatti Bovary padre era morto all'improvviso due giorni prima, per un attacco al cervello. Nell'alzarsi da tavola e per eccesso di precauzione, stante la sensibilità di Emma, Charles aveva pregato Homais di comunicarle con garbo la triste nuova.

Costui aveva meditata la frase, l'aveva smussata, limata, ne aveva fatto un capolavoro di prudenza e di transizione, di finezza e di delicatezza; ma la collera avea portata via la rettorica.

Emma rifiutò ogni particolare e lasciò la farmacia; perché il signor Homais aveva ripreso il corso dei vituperi e delle invettive contro il povero garzone.

Al rintocco di Emma sul portone, Charles che stava aspettandola si avanzò con le braccia aperte e le disse col pianto nella strozza: « Ah, amica mia... »

E si chinò per baciarla. Ma al contatto di quelle labbra, ebbe improvviso il ricordo dell'altro e passò la mano sul volto rabbrividendo.

Nonpertanto rispose: « Sì, lo so... lo so!... »

Le fece leggere la lettera in cui la madre gli narrava la catastrofe senza nessuna ipocrisia sentimentale. Rimpiangeva soltanto che il marito fosse morto privo dei conforti della religione; perché la disgrazia era avvenuta a Doudeville, in istrada, sul limitare d'un caffè, dopo un pasto patriottico con antichi ufficiali.

Emma gli ridette la lettera; poi a pranzo, per convenienza, affettò repugnanza pel cibo. Ma poiché lui la sforzava, si mise risolutamente a mangiare; mentre Charles, seduto di faccia, se ne stava immobile ed accasciato. Di tanto in tanto levava il capo e le volgeva uno sguardo smarrito. Una volta disse sospirando: « Avrei voluto vederlo almeno un'altra volta! »

Ella taceva; ma comprendendo che doveva pur dire qualche cosa: « Che età aveva tuo padre? »

« Cinquantotto anni! »

« Sì? »

E fu tutto.

Un quarto d'ora dopo, egli soggiunse: « Povera mamma!... che diverrà di lei, ora? »

Ella ebbe un gesto come per dire: « E chi può saperlo? »

Nel vederla così taciturna, Charles la supponeva afflitta e si sforzava di non dir nulla per non ravvivare quel dolore che lo commuoveva. Pure, dimenticando un po' il proprio, disse: « Ti sei divertita, ieri? »

« Sì. »

Quando la tovaglia fu tolta, Bovary non si alzò ed Emma neppure, ed a misura che lo guardava in faccia, la monotonia di quello spettacolo bandiva a poco a poco ogni compassione dal suo cuore. Le sembrava malaticcio, debole, un essere nullo, un povero diavolo in tutti i versi. Come sbarazzarsene? Quale interminabile serata! Sentiva i nervi tesi come se avesse aspirato qualche oppiato stupefacente. Udirono nel vestibolo il rumor secco d'una specie di palo sul pavimento. Era Hippolyte che portava i bagagli della signora. Per deporli doveva descrivere un quarto di cerchio con quel suo pilone di legno.

« Non vi pensa neanche più! » diceva fra sé, guardando il poveraccio, che mandava sudore dai capelli rossastri.

Bovary cercava qualche moneta in fondo al borsello, ed affettava di non comprendere quanta umiliazione per lui fosse la presenza di quell'uomo, testimonio vivente della sua inettitudine.

« Guarda che bel mazzetto! » disse, osservando sul camino le violette di Léon.

« Sì », disse lei indifferentemente, « l'ho comprato poc'anzi da una mendicante. »

Charles prese le violette e con la loro freschezza addolcendo l'arsura degli occhi, li umettava delicatamente con le sue lagrime. Ella glieli cavò lesta di mano ed andò a riporli in un bicchier d'acqua.

La dimane giunse la madre di Charles, ed insieme al figlio piansero molto. Emma, col pretesto di dare qualche disposizione, si eclissò! Il giorno appresso dovettero pensare insieme per il lutto. Si sedettero tutti, col canestro del lavoro, sul margine dell'acqua, sotto il pergolato.

Charles pensava al padre ed era meravigliato lui stesso di sentire tanta affezione per quell'uomo, che aveva creduto fino allora di amare mediocremente.

La Bovary madre pensava al marito. I peggiori giorni di una volta le parevano invidiabili. Tutto si cancellava nel rimpianto istintivo di una sì

152

lunga abitudine, ed ogni tanto, nel tirar l'ago, una grossa lagrima le scendeva lungo il naso e vi si soffermava alquanto. Emma pensava che appena quarantott'ore prima era insieme all'altro, lungi dal mondo, inebriata, intenti solo a contemplarsi negli occhi.

Si sforzava di rammentare i menomi dettagli di quella giornata trascorsa; ma la presenza della suocera e del marito le arrecava una certa molestia. Avrebbe voluto non veder nulla, non sentir nulla, per concentrarsi nella visione del suo amore, che andava svanendo, malgrado gli sforzi che faceva, per le sensazioni esterne.

Ella scuciva la fodera di una veste, le cui sfilacce le si sparpagliavano intorno; la Bovary madre, senza alzare gli occhi, faceva agire le forbici, e Charles con le pantofole di panno, col vecchio soprabito bruno a guisa di veste da camera, se ne stava con le mani in saccoccia accanto a loro. La piccola Berthe in camiciotto bianco passava al crivello con la palettina l'arena del viale.

Ad un tratto, videro entrare il signor Lheureux, il mercante di stoffe.

Veniva ad offrire i suoi servigi nell'infausta circostanza. Emma rispose che poteva farne ammeno. Lui non si dette per vinto.

« Chiedo mille e mille scuse; ma desidero l'onore di un abboccamento particolare. »

Poi, con voce un po' bassa: « Gli è per quell'affare che sapete... »

Charles diventò scarlatto fino alla punta delle orecchie.

« Ah, sì... »

E volgendosi così turbato verso la moglie: « Non potresti, mia cara?... »

Ella parve comprendere, perché si alzò, e Charles disse alla madre: « Non è nulla! qualche affaruccio di casa ».

Non voleva che avesse saputo della cambiale, temendo le sue osservazioni.

Appena soli, Lheureux si pose a farle in termini netti e precisi i suoi mi rallegro per la eredità, poi parlò di cose indifferenti, del pergolato, della raccolta e della salute di lui, che era sempre così e così.

Emma lo lasciava parlottare a suo bell'agio. Da due giorni si annoiava orrendamente.

« E così, eccovi rimessa! » continuava. « Ho veduto il vostro povero marito in serio imbarazzo. È proprio un bravo giovane, tuttocché ci siamo un po' bisticciati quella volta. »

Ella chiese perché, avendole Charles occultato le contestazioni per le sue somministrazioni.

« Ma voi lo sapete benissimo », disse Lheureux. « Gli è stato per i vostri piccoli capricci, le vostre valigie pel viaggio. »

Aveva abbassato il cappello sugli occhi e con le mani sul dorso, sorridendo e fischiettando, la guardava in faccia in maniera proprio insopportabile. Sospettava forse qualche cosa? Ella si perdeva in ogni sorta di congetture; finalmente quegli riprese: « Però ci siamo riconciliati; anzi era venuto per proporgli ancora un altro accomodamento ».

Rinnovare cioè la cambiale accettata da Bovary. D'altronde, il signore poteva fare come meglio gli talentava; non doveva preoccuparsi di nulla, specialmente ora che aveva tanti fastidi.

« E poi, farebbe molto meglio a sgravarsi su qualcuno, su voi per esempio; potrebbe farle una procura, cosa immensamente comoda, ed allora potremmo fare insieme tanti e tanti affarucci... »

Ella non capiva. Egli si tacque. Poi, passando agli affari del suo commercio, disse che la signora non poteva dispensarsi dall'acquistare qualche cosa da lui. Le manderebbe del *barège* nero, un dodici metri, giusto per un abito.

« Quello che indossate è buono per casa, ve ne abbisogna uno per le visite. L'ho notato appena entrato; ho l'occhio americano, io. »

Non mandò la stoffa, la portò di persona. Poi ritornò per vedere se si trovava la misura; e di nuovo con altri pretesti, procurando di rendersi amabile, servizievole, infeudandosi, come avrebbe detto Homais, senza tralasciar mai di sussurrare qualche consiglio ad Emma per la procura. Della cambiale neppure una parola. Ella poi non ci pensava neanche. Charles, in sul principio della convalescenza, gliene aveva detto qualche cosa, ma poscia erano sopravvenute nella sua testa tante agitazioni, che ella non se ne ricordava più. D'altra parte, si guardava bene di intavolare quistioni d'interesse; la Bovary madre ne fu sorpresa ed attribuì quel cambiamento d'umore ai sentimenti religiosi contratti con la malattia.

Ma appena la suocera fu partita, Emma non tardò a maravigliare il marito pel suo senso pratico. Occorreva informarsi, verificare le ipoteche, appurare se vi sarebbe stata licitazione o liquidazione. Citava termini tecnici, così a caso, aveva in bocca paroloni di ordine, di avvenire, di previdenza e continuamente esagerava gl'imbarazzi della successione: e seppe così ben fare e dire, che un certo giorno gli porse bello e redatto un modulo di mandato generale per « gerire e amministrare i suoi beni, contrarre mutui, accettare obbligazioni, far pagamenti eccetera eccetera. »

Aveva ben profittato delle lezioni di Lheureux.

Charles, naturalmente, le chiese chi le aveva dato quella carta.

« Il signor Guillaumin. »

E col maggiore sangue freddo del mondo, soggiunse: « Non mi ci fido troppo. I notai godono così cattiva fama! Bisognerebbe consultare qualcuno... Non conosciamo altri che... nessuno proprio... »

« Forse il signor Léon farebbe al caso nostro... » replicò Charles, che parve riflettere.

Ma era difficile comprendersi per lettera. Allora ella si offrì di fare quella gita. Egli ringraziò rifiutando. Ella insistette. Vi fu uno scambio di cortesie, finalmente gli disse con una cert'aria vezzosa e carezzevole: « Te ne prego... lascia che vada ».

« Come sei buona! » diss'egli baciandola in fronte.

Alla dimane, senza por tempo in mezzo, montò sulla *Hirondelle* per andare a consultare Léon, e vi restò tre giorni.

III

FURONO tre giorni interi, squisiti, splendidi, una vera luna di miele.

Alloggiavano all'albergo *Boulogne,* sul porto. E vivevano colà con le imposte socchiuse, fiori sparsi per terra e sciroppi in ghiaccio.

Sul fare della sera, fittavano una barca con la tenda ed andavano a desinare in un'isola vicina.

Scendevano in mezzo alle barcacce ammarrate, le cui lunghe funi oblique strisciavano sulla loro barca.

I rumori della città si allontanavano insensibilmente: il tumulto delle voci, l'abbaiar dei cani sul ponte dei navigli, il rumorio delle carrette. Ella scioglieva il cappellino e approdavano nella loro isola.

Si allogavano nella sala terrena di un'osteria che teneva in sulla porta alcune reti sospese. Mangiavano frittura di pesce, crema di latte e ciliegie. Si coricavano sull'erba, si baciucchiavano di nascosto dietro ai pioppi ed avrebbero voluto come due Robinson vivere perpetuamente in quella piccola isola, che pareva loro, in quella beatitudine, il luogo più felice della terra. Non era la prima volta che vedevano alberi, l'azzurro del cielo, le zolle fiorite; che sentivano lo scorrere dell'acqua e la brezza agitare le foglie degli alberi; ma non avevano mai ammirato tutto ciò, come se la natura non fosse precedentemente esistita, o cominciata ad esser bella solo nell'appagamento dei loro desideri.

A volte ritornavano. La barca costeggiava le isole. Essi rimanevano in fondo, tutti e due nascosti nell'ombra senza parlare.

Una sera comparve la luna, allora non mancarono di far delle frasi, trovando l'astro melanconico e pieno di poesia, ella cantò anche:

> « *Una sera, ten rammenti*!... »

La sua voce armoniosa e flebile si perdeva sull'acqua; mentre Léon, disteso ai suoi piedi, l'ascoltava in estasi.

Ad un tratto, la mano incontrò un nastro amaranto.

Il battelliere lo esaminò, e disse: « Apparterrà a qualcuno della brigata che ho portato in barca l'altro giorno. Un mondo di gente, signori e signore, con torte, vino di *champagne,* frutta e tante e tante altre cose: ve ne era uno specialmente, un bel pezzo d'uomo con piccoli baffetti, che era proprio divertente; e tutti gli dicevano: 'Via, raccontateci qualche cosa'... Adolphe... Rodolphe... credo ».

Ella rabbrividì.

« Ti senti male? » le chiese Léon avvicinandosele.

« Non è nulla... forse l'aria fresca della notte. »

« Al quale non debbono certo mancar le gonnelle », soggiunse il marinaio.

Poi sputò sulle mani e riprese i remi.

Dovettero separarsi, finalmente! Gli addii furono mesti. Le lettere doveva inviargliele da mamma Rolet e gli fece tali precise raccomandazioni a proposito della doppia busta, ch'egli ammirò immensamente la sua astuzia d'innamorata.

« Di talché, mi assicuri che tutto sta bene? » disse dandogli l'ultimo bacio.

« Sì, certo! Ma perché dunque », pensava, « ritornandosene solo per la strada, tiene tanto a questa procura? »

IV

LÉON fra i suoi camerati prese una cert'aria di superiorità; si astenne dalla loro compagnia e trascurò completamente gli accertamenti.

Aspettava le sue lettere; le rileggeva. Se scriveva, la invocava con tutta la foga del desiderio e dei ricordi. Invece di diminuire per l'assenza, la voglia di rivederla si accrebbe in tal guisa, che un sabato mattino lasciò lo studio e si avviò a Yonville.

Quando dall'alto della collina scorse nella vallata il campanile della chiesa con la banderuola di latta che girava al vento, sentì quel diletto misto di vanità trionfante e di tenerezza egoistica che debbono provare i milionari quando vanno a visitare i loro villaggi.

Corse a gironzare intorno alla casa di lei. Un lume brillava nella cucina. Aspettò che comparisse la sua ombra dietro le cortine. Nulla comparve.

Mamma Lefrançois nel vederlo dette in grandi esclamazioni, e lo trovò più alto e smagrito; mentre Artémise, più forte e più bruno. Pranzò nella saletta come una volta, ma solo, senza l'esattore; perché Binet, stanco di aspettar la *Hirondelle,* aveva anticipato il pasto di un'ora.

Léon intanto si decise; andò a bussare alla porta del medico. La signora era in camera sua, donde non scese che un quarto d'ora dopo. Il dottore fu contentissimo di rivederlo; ma non si mosse di casa né quella sera, né tutta la giornata dopo.

La vide finalmente sola, la sera tardissimo, dietro il giardino, nella stradicciuola, come l'altro! Faceva cattivo tempo e parlavano sotto un ombrello alla luce dei lampi.

La separazione diventava intollerabile.

« Meglio morire! » diceva Emma.

Ella si stringeva al suo braccio, sciogliendosi in lagrime.

« Addio!... addio!... Quando ti rivedrò? »

Ritornarono sui loro passi per baciarsi ancora; ed allora ella gli promise che avrebbe trovato al più presto, in qualsiasi modo, l'occasione permanente di vedersi liberamente, almeno una volta per settimana; ella non ne dubitava. D'altronde era piena di speranza, doveva incassare certo del danaro.

E comprò per la sua camera un paio di tendine gialle a righe larghe, delle quali il signor Lheureux le aveva magnificato il buon mercato; pensò ad un tappeto, e Lheureux gliene fornì uno. Non poteva più fare senza di costui. Venti volte nella giornata lo mandava a chiamare, e tosto esso lasciava in asso i suoi affari, senza pipitare. Non si capiva perché, mamma Rolet faceva colazione quasi ogni giorno da lei e le faceva anche delle visite particolari.

Fu verso quest'epoca, vale a dire al principio dell'inverno, che parve presa da un'ardente passione per la musica.

Una sera che Charles era lì ad ascoltarla, ricominciò quattro volte lo stesso pezzo, e sempre indispettendosi, mentre lui, senza saper distinguere la differenza, esclamava: « Brava! benissimo! Hai torto! continua! »

« Oh, no! è orribile. Ho le dita attaccate. » La dimane egli la pregò di *suonare ancora qualche cosa.*

« Se ti fa piacere... »

E Charles stesso dovette convenire che aveva perduto in agilità. Si sbagliava, incespicava; poi fermandosi ad un tratto...

« Non è possibile, dovrei esercitarmi con una maestra; ma... »

Si mordicchiò le labbra, e soggiunse: « Venti franchi per lezione, è un po' caro! »

« Sì, infatti, un poco... » disse Charles ingenuamente. « Però mi sembra che si potrebbe avere a meno: vi sono artisti non tanto in nomea che spesso valgono più delle celebrità. »

« Trovali! » disse Emma.

La dimane, nel ritirarsi, la guardò con occhio malizioso e non potette in ultimo ritenersi dal dire: « Come ti ostini certe volte! Sono stato a Barfeuchères. Ebbene, la signora Liégeard mi ha assicurato che le sue tre signorine, che stanno al collegio della Misericordia, prendono lezione con cinquanta soldi, e da una maestra in voga, anche! »

Fece un moto d'impazienza con le spalle e non aprì più il pianoforte. Ma quando vi passava vicino (se Bovary era là) sospirava: « Ah, povero piano! »

E quando qualcuno andava a farle visita, non tralasciava di informarlo che aveva dovuto lasciar la musica per forza maggiore. Allora la compiangevano: « Che peccato! con quelle disposizioni! » Ne parlarono al marito; « era una vergogna », più di tutti il farmacista.

« Avete torto! Le facoltà che ci ha largite la natura non bisogna trascurarle. D'altronde, riflettete, amico mio, che esortando la signora a studiare è tanta economia sulla futura istruzione musicale dei bambini. Io son di parere, che le madri debbono loro istruire la prole. È un'idea di Rousseau, un po' nuova veramente, ma che finirà per trionfare, ne son sicuro, come per l'allattamento materno e la vaccinazione. »

Charles quindi ritornò a parlarle del pianoforte. Emma gli rispose un po' imbronciata, che era meglio venderlo.

« Se vuoi... » diceva lui spesso, « una lezione ogni tanto non sarebbe poi una rovina. »

« Ma si trae profitto dalle lezioni, caro, quando sono continuate. »

Ed ecco come si comportò per ottenere dal marito il permesso di andare a trovar l'amante una volta per settimana. E tutti si accorsero, infatti, a capo di un mese, che aveva fatto progressi considerevoli.

V

LA lezione era fissata al giovedì. Si alzava, si vestiva silenziosamente per non svegliare Charles, che le avrebbe fatto delle osservazioni perché si disponeva e preparava di troppo buon'ora. Poi passeggiava in lungo e in largo, e si fermava innanzi alla finestra a guardar la piazza.

Quando l'orologio segnava le sette e un quarto, se ne andava al *Lion d'or,* dove Artémise, sbadigliando, le apriva la porta e scavava per *madame* i carboni accesi sotto la cenere. Emma rimaneva sola nella cucina; ma di tanto in tanto usciva fuori per veder Hivert porre i finimenti pacatamente, ascoltando la Lefrançois, che sporgeva la testa coperta da un berretto di cotonina da un finestrino e gli dava una quantità d'incarichi con spiegazioni interminabili da far montare in bestia qualunque altro uomo. Emma intanto batteva la suola degli stivalini sul selciato del cortile. Finalmente, quando colui aveva mangiato la zuppa, indossato il camiciotto, accesa la pipa e impugnata la frusta, si installava pacificamente in serpa.

La *Hirondelle* partiva allora al piccolo trotto e per tre quarti di lega si fermava di tratto in tratto per prendere viaggiatori che l'aspettavano ritti sul margine della via, innanzi alla barriera. Coloro che avevano fissato il posto dal giorno prima si facevano attendere; qualcuno era forsanco ancora a letto, a casa sua; Hivert chiamava, gridava, bestemmiava, poi scendeva e andava a battere alle porte, mentre il vento soffiava dai vetri sconnessi.

Intanto i quattro sedili si riempivano a poco a poco e il veicolo correva, i pometi in fila si succedevano e la strada fra due fossati di acqua giallastra pareva restringersi all'orizzonte.

Emma la conosceva da cima a fondo, sapeva che dopo un pascolo vi era un palo, poi un olmo, un granaio ed una capanna di cantoniera.

Finalmente i fabbricati di mattoni si avvicinavano, la *Hirondelle* s'inoltrava fra ameni giardini in cui s'intravedeva qualche statua ogni tanto e d'improvviso, in un sol colpo d'occhio, si abbracciava la vista della intera città.

Alla barriera si fermavano; Emma sfilava gli zoccoli, metteva i guanti, aggiustava lo scialle e venti passi più innanzi scendeva dalla *Hirondelle.*

La città proprio in quell'ora si svegliava. I commessi con berretti alla turca strofinavano e pulivano la mostra delle botteghe, mentre alcune donne con certi larghi panieri sulle anche gridavano a squarciagola ad ogni angolo di strada. Ella camminava con gli occhi a terra, rasente le mura e sorrideva di contento sotto il velo nero che la covriva.

Per paura di essere vista, non pigliava mai la via più breve. S'ingolfava nelle stradicciuole strette ed oscure e giungeva così in sudore verso il basso di rue Nationale, presso la fontana. Era il quartiere del teatro, dei caffè e delle ragazze. Garzoni in grembiale gittavano alquanta sabbia sul selciato, fra i tronchi verdeggianti. Si sentiva l'assenzio, il sigaro e le ostriche.

Voltava in un vicolo, lo ravvisava subito dall'arricciatura dei capelli che si vedevano di sotto al cappello... Léon sul marciapiede seguitava a camminare come se nulla fosse; ella lo seguiva fino a casa; lui saliva innanzi, apriva la porta, entrava... Che abbraccio!

Poi un fiotto di parole, dopo i baci. Si raccontavano i dispiaceri della settimana, i presentimenti, le inquietudini per le lettere; ma in quell'ora tutto era dimenticato e si guardavano in volto, con risa voluttuose e scambiandosi i più teneri appellativi.

Il letto spazioso era in legno di mogano a forma di barca. I portierini di levantina rossa, che discendevano dal soffitto, si restringevano molto in basso presso al capezzale sporgente. E non v'era nulla di più bello come quella testa bruna dalla carnagione bianca risaltante su quel color porpora, quando con un gesto di pudore serrava le braccia nude, nascondendo il volto fra le mani.

Il tiepido appartamentino ed il soffice tappeto, gli ornamenti un po' barocchi, quella luce discreta, tutto pareva fatto apposta per le intimità della passione. I bastoni terminavano a freccia, le patere di ottone e le grosse sfere ornamentali di quercia rilucevano improvvise, se entrava un raggio di sole. Vi erano sul cammino, fra due doppieri, due grandi conchiglie rosee, nelle quali pareva sentire il rumore del mare quando si applicavano all'orecchio.

Come prediligevano quella bella camera così gioconda nonostante l'arredamento un po' svecchito! Ritrovavano sempre i mobili al loro posto, certe volte le forcinette dei capelli che aveva dimenticate l'altro giovedì sotto lo zoccolo dell'orologio a pendolo. Facevano colezione accanto al fuoco, su di un piccolo deschetto incrostato di palissandro. Emma affettava i cibi, gli metteva i bocconi nel piatto, dicendogli ogni sorta di graziosità e rideva con un riso sonoro e libertino quando la schiuma del vino di champagne usciva dal sottilissimo vetro, bagnandole le dita. Erano così immemori nel possesso di se medesimi, che si credevano in casa loro, da viverci come due eterni e giovani sposi. Dicevano: « la nostra camera, il nostro tappeto, le nostre sedie, le mie pantofole » (un regalo di Léon per una fantasia che ella aveva avuto). Erano piccole scarpettine di raso rosa, orlate di pelle di cigno. Quando ella gli si sedeva sui ginocchi, la gamba rimaneva penzoloni e la minuscula scarpetta, che appena calzava, si manteneva sulla punta dei piedini nudi.

Egli assaporava per la prima volta l'inesprimibile delicatezza delle eleganze femminili. Mai aveva incontrata tanta grazia di linguaggio, quel vestire elegante e corretto; quelle pose di colomba assopita. Ammirava e l'esaltazione della sua anima e i merletti della sottana. E poi, non era una donna di buona società, una donna maritata! Una vera amante, infine?

Con la incostanza del suo carattere, a volta a volta mistico od allegro, chiacchierone, taciturno, impetuoso o indolente, ella gli andava risvegliando mille appetiti, evocando istinti e reminiscenze. Era l'amante dei romanzi, l'eroina dei drammi, la voce *colei* di ogni volume di versi. Le ritrovava sulle spalle il colore ambrato dell'*odalisca al bagno*. Aveva il busto a vespa delle castellane feodali; spesso, nel mirarla, gli pareva che la sua anima attratta verso di lei, le si spandesse come un'aureola intorno infiltrandosi nel suo candido petto.

Si sedeva per terra innanzi a lei, coi gomiti sulle ginocchia e rimaneva lì estasiato a rimirarla con la fronte tesa.

Ella si curvava su di lui e mormorava come soffocata dall'ebrezza: « Non muoverti! non dir nulla! guardami! Emanano i tuoi occhi una dolcezza infinita, che tanto mi consola! »

Lo chiamava bambino.

« Bambino, mi ami? »

E non arrivava a sentirne la risposta; perché già le labbra si precipitavano a tappargli la bocca.

Essi folleggiavano e ridevano di tutto, diventando serii sol quando dovevano separarsi.

159

Immobili uno di fronte all'altro, si ripetevano: « Giovedì! giovedì!... »

Ad un tratto ella gli afferrava la testa a due mani, lo baciava in furia sulla fronte e gridandogli « Addio! » si slanciava per le scale.

Se ne andava allora in rue de la Comédie, da un parrucchiere a farsi accomodare i capelli. Faceva notte e si accendeva il gas nella bottega.

Sentiva la campanella del teatro che chiamava i comici alla rappresentazione e vedeva sfilare innanzi sulla via uomini dal volto pallido, donne dalle acconciature sciupate e svecchite, che entravano dalla porta delle scene.

Faceva caldo in quel piccolo ambiente un po' basso, dove la stufa troneggiava nel mezzo fra le parrucche ed i cosmetici. L'odore dei ferri, le mani unte che le ravviavano la testa, in breve la stordivano e si assopiva quasi di sotto all'accappatoio. Spesso il garzone che la pettinava, le proponeva qualche biglietto per il veglione. Poi se ne andava! Risaliva la strada e giungeva alla *Croix Rouge,* riprendeva gli zoccoli che aveva nascosti la mattina sotto un banco e si assideva al suo posto, fra i viaggiatori impazienti. Alcuni discendevano alle falde della costa, altri più in là, e così rimaneva per lo più sola nella vettura.

Ad ogni giravolta, si distinguevano maggiormente le illuminazioni della città, che formavano come un largo vapore luminoso sulle case ammucchiate. Emma si metteva in ginocchi sui cuscini e sgranava gli occhi, fissandoli in quello splendore. Singhiozzava, invocava Léon e gli rivolgeva le più tenere frasi e mille e mille baci, che si perdevano al vento.

Infine stanca, invasa da una profonda mestizia, tremante di freddo, si accomodava al suo posto, con la morte nell'anima.

Charles intanto l'aspettava a casa. La *Hirondelle* il giovedì era sempre in ritardo, ma finalmente la signora giungeva, e appena arrivava a baciar la piccina! Il pranzo non era pronto, non faceva nulla! Scusava sempre la cuoca. Tutto pareva ormai permesso a quella ragazza. Spesso il marito, notando il suo pallore, le chiedeva se si sentiva ammalata.

« No », diceva Emma.

« Ma pure hai una cera così curiosa stasera! »

« Sì?... Non è nulla! »

Alcuni giorni, appena rincasata, saliva in camera sua e Justin che era lì ad aspettarla, andava attorno silenziosamente, sollecito ed abile nel servirla più di qualunque cameriera. Teneva pronti i solfanelli, la candela; non dimenticava il libro, preparava la camicia, rimboccava le lenzuola.

« Sta bene, bravo! » diceva lei. « Vattene, ora. »

Il ragazzo infatti rimaneva lì, con le mani penzoloni e gli occhi sgranati, come in preda alle innumerevoli fila di un pensiero improvviso.

La giornata appresso era terribilmente uggiosa e le susseguenti peggio ancora; addirittura intollerabili per l'impazienza che la prendeva di voler godere ancora la sua felicità; voglia intensa, acre, accesa anche da immagini pur troppo cognite, che finalmente al settimo giorno erompeva e svaniva dolcemente nelle carezze di Léon. Gli ardori di costui si manifestavano in espansioni di meraviglia e di riconoscenza. Emma godeva di questo amore così discreto e intenso nel tempo stesso, allettandolo con tutti gli artifici della sua tenerezza, pavida sempre che non dovesse perderlo un giorno!

160

Spesso diceva, con inflessioni melanconicamente dolci: « Oh, tu mi lascerai!... ti ammoglierai!... farai come gli altri ».

« Gli altri chi? »

« Tutti gli altri uomini. »

Poi soggiungeva, allontanandolo con gesto languido: « Siete tutti infami! »

Un giorno che parlava filosoficamente delle disillusioni di questa terra, uscì a dire (per mettere a prova la sua gelosia, o cedendo ad un invincibile moto espansivo?) che già, prima di lui, aveva amato un altro « non come te! » riprese tosto, giurando anche sulla vita della figliuola, che *nulla vi era stato*.

Egli la credette; ma nondimeno la interrogò per sapere che faceva costui.

« Era capitano di vascello, mio caro. »

Con questa menzogna preveniva ogni ricerca e nel tempo istesso si metteva in alto con questo preteso fascino esercitato su di un uomo, che doveva essere per carattere fiero e abituato agli omaggi.

Léon sentì allora quanto infima fosse la sua posizione; desiderò titoli, croci, spalline, cose che dovevano certo piacerle; se ne era accorto dalle sue abitudini spenderecce.

Eppure Emma non palesava tutte le stravaganze, che le passavano pel capo, la voglia matta di avere, per esempio, per condurla a Rouen, un *tilbury bleu*, con un cavallo inglese guidato da un *groom* con gli stivaloni dai rovesci di cuoio. Justin era stato il galeotto che gliene aveva suscitato il capriccio, nel supplicarla di prenderlo come suo cameriere; e se questa privazione non attenuava a ciascun convegno il piacere dell'arrivo, aumentava certamente l'amarezza del ritorno.

Spesso, quando parlavano insieme di Parigi, lei finiva col mormorare: « Come godremmo la vita laggiù! »

« Non la godiamo qui egualmente, non siamo felici? » riprendeva con dolcezza il giovanotto, carezzandole le bande dei capelli.

« Sì, hai ragione », rispondeva « son pazza! dammi un bacio! »

Col marito era diventata più affettuosa che mai: gli confezionava certa crema al pistacchio e gli suonava qualche valzer dopo pranzo. Egli quindi si stimava il più felice dei mortali ed Emma viveva senza pensieri; però una sera, le chiese improvvisamente: « Gli è la signorina Lempereur che ti dà lezione, non è così? »

« Sì. »

« È curiosa, l'ho vista poco fa », riprese Charles, « dalla signora Liegéard; le ho parlato di te, e mi ha risposto che non ti conosceva. »

Fu come un colpo di fulmine. Ma ella replicò disinvolta e naturale: « Sì?... avrà certo dimenticato il mio nome ».

« Può darsi anche che a Rouen », soggiunse il medico, « vi sieno più signorine Lempereur maestre di pianoforte. »

« Sicuro, è possibile! »

Poi con vivacità: « Ho però le sue ricevute; aspetta, te le voglio far vedere ». E corse al *secrétaire*, rovistò in tutti i tiretti, confuse le carte e finse così bene di perdere la testa, che Charles la esortò a non darsi tanto fastidio per quelle miserabili quietanze.

« Ma le troverò; certo le troverò! » rispose lei.

Infatti, il susseguente venerdì, Charles, nel calzare una scarpa nel camerino scuro dove conservava i suoi abiti, sentì una carta fra il cuoio e la calzetta, la prese e lesse: « Ricevuto per tre mesi di lezione e per diversa musica franchi sessantacinque. Félicie Lempereur, maestra di musica ».

« Come diavolo si è ficcata nelle mie scarpe? »

« Sarà certamente caduta », rispose lei, « dalla vecchia cartiera delle fatture, che è sull'orlo del tavolo ».

Da quel momento la sua esistenza non fu che un tessuto di menzogne, nel quale avviluppava il suo amore, come per meglio occultarlo; a segno tale, che se diceva di essere il giorno prima passata sulla destra di una strada, bisognava credere che fosse passata a sinistra.

Una mattina, che era andata via come al solito vestita di abiti leggeri, cadde improvvisamente la neve, e comeché Charles stava alla finestra appunto osservando il tempo, scorse il reverendo Bournisien nel carrozzino del signor Tuvache che doveva condurlo a Rouen.

Allora scese per affidare al prete un grosso scialle, affinché lo desse alla signora, appena arrivato alla *Croix Rouge.* Giunto all'albergo, l'abate dimandò dov'era la moglie del medico di Yonville. La padrona gli rispose che frequentava molto di rado il suo albergo. Di talché la sera, ravvisando il curato la signora Bovary nella *Hirondelle,* le raccontò come si fosse trovato in imbarazzo, senza però annettervi grande importanza, tutto occupato nell'elogio di un predicatore, che in quel momento destava la meraviglia universale nella Cattedrale e la cui parola tutte le signore correvano a udire. Però, se l'abate non le aveva chiesto schiarimenti, altri potevano essere meno discreti, quindi stimò prudente scendere d'ora innanzi alla *Croix Rouge,* così quelli del suo villaggio che la vedevano colà non potevano sospettare di nulla.

Un giorno il signor Lheureux la incontrò a braccetto con Léon mentre usciva dall'albergo *Boulogne,* ed ebbero una paura maledetta temendo che ciarlasse. Ma colui non era così bestia.

Però, tre giorni dopo, entrò nella sua camera, chiuse la porta e le disse: « Ho bisogno di danaro! »

Ella assicurò non potergliene dare; Lheureux si lagnò a non finire e le ricordò tutte le compiacenze avute.

Infatti, dei due effetti sottoscritti da Charles, Emma non ne aveva pagato finora che uno solo. Quanto al secondo, il mercante aveva acconsentito, per sua preghiera, a rinnovarlo con altri due, similmente riportati a lunga scadenza. Poi cavò fuori una lunga lista di forniture non saldate, vale a dire: le tendine, il tappeto, la stoffa per le poltrone, parecchie vesti e diversi articoli di *toilette,* il cui valore ascendeva a circa duemila franchi.

Ella abbassò il capo, ed egli riprese: « Ma, se non avete moneta contante, avete immobili ».

E le indicò una brutta catapecchia sita a Barneville, presso Aumale, che non le dava quasi nessuna rendita. Questa proprietà era una dipendenza di una piccola fattoria venduta da Bovary padre, della quale Lheureux nulla ignorava, né gli ettari, né i confini.

« Al caso vostro », seguitava, « me ne disfarei, e mi entrerebbe anche qualcosa di danaro. »

162

Ella obiettò la difficoltà di trovare un acquirente; ma lui gliene fece intravedere la possibilità, ed allora lei chiese come fare per avere la facoltà di vendere.

« Non avete la procura? »

Questa parola le giunse come uno sbuffo d'aria fresca.

« Lasciatemi la fattura », disse.

« Oh, non c'è premura! » riprese Lheureux.

Ritornò una settimana dopo, e disse che a furia di andare e venire, aveva finito per scovrire un certo Langlois, che da parecchio tempo voleva acquistare la proprietà, senza peraltro aver voluto manifestare il prezzo che offriva.

« Il prezzo non fa nulla! » rispose lei.

Al contrario, bisognava aspettare, tastare un po' questo acquirente. La cosa valeva bene un viaggio; si profferse di andar lui sopra luogo per abboccarsi col Langlois. Ed al suo ritorno, disse colui offriva non altro che quattromila franchi.

Emma prese animo a tale notizia.

« A dire il vero », soggiunse Lheureux, « è ben pagato. »

Ebbe quindi la metà della somma immediatamente e quando volle saldargli il suo dare per le forniture avute, il mercante le disse: « Mi dispiace proprio, parola d'onore, di dovervi privare tutto assieme di una somma così rilevante ».

Ed allora ella guardò i biglietti di banca, pensando al numero illimitato di convegni che quel danaro rappresentava.

« Come? come? » balbutiva.

« Oh », riprese l'altro con un certo sorriso di brava persona. « Si può mettere quello che si vuole sulle fatture. Non conosco forse cosa sia l'intimo delle famiglie? » E la fissava, tenendo fra le mani spiegati i due biglietti da mille. Poi, aprendo il portafogli, pose sulla tavola quattro effetti di mille franchi ciascuno.

« Firmatemeli, e tenetevi ogni cosa! »

Ella ricusò scandalizzata.

« Ma se vi do il dippiù spontaneamente », rispose Lheureux, « non è questo un favore che vi faccio? »

E prendendo la penna, scrisse appiede della fattura: « Ricevuto dalla signora Bovary quattromila franchi ».

« Di che vi preoccupate, una volta che fra sei mesi incasserete l'arretrato della vostra baracca ed io ho fissata la scadenza dell'ultimo effetto dopo questo pagamento! »

Emma si confondeva in quei calcoli ed intanto sentiva nelle orecchie come un tintinnire di monete d'oro, che dallo strappo di un sacchetto si fossero sparse tutto intorno a lei sul pavimento.

Finalmente Lheureux le spiegò che aveva un amico banchiere a Rouen, un tal Vinçart, il quale avrebbe scontato i quattro effetti ed egli le avrebbe rimesso il dippiù del debito reale.

Ma, invece di duemila franchi, ne portò appena milleottocento, perché l'amico Vinçart (com'era giusto) aveva ritenuto duecento franchi fra spese di commissione e sconto.

Poi così, senza parere e darvi molta importanza, richiese una quietanza.

« Comprenderete... in commercio... certe volte... E con la data, vi prego, la data! »

Un orizzonte di fantasie realizzabili si schiuse allora innanzi ad Emma. Ella ebbe la previdenza però di conservare un migliaio di scudi coi quali pagò i primi tre effetti che scadevano; ma il quarto per combinazione capitò in casa di giovedì, e Charles un po' sconcertato attese pazientemente il ritorno della moglie per avere qualche schiarimento.

Non l'aveva informato di quell'effetto, perché reputava inutile metterlo a giorno di certe seccature domestiche: gli si sedette sulle ginocchia, lo accarezzò, lo vezzeggiò e gli enumerò ad una ad una tutte le innumerevoli cose prese a credito.

« Insomma, devi convenire che per tutta questa roba, non è mica molto. »

Charles, un po' ristretto nelle idee, ricorse all'eterno Lheureux, che promise di aggiustar le cose, se il signor Charles gli firmava due effetti, di cui uno di settecento franchi pagabile a novanta giorni.

Per mettersi in grado di poter pagare, scrisse una lettera patetica alla madre, la quale, invece di mandare la risposta, si recò lei stessa dal figlio, e quando Emma volle informarsi se ne aveva cavato nulla:

« Sì », rispose lui, « ma vuol vedere la fattura ».

La dimane, sul far del giorno, Emma corse da Lheureux, pregandolo di rifare un'altra fattura, da non sorpassare mille franchi, perché se voleva mostrare quella di quattromila, doveva dirle di averne pagato i due terzi, palesare per conseguenza la vendita dell'immobile, vendita fatta in tutta regola dal mercante; ma che non si seppe che più tardi.

Nonostante il prezzo bassissimo di ciascun articolo, la signora Bovary madre non mancò di trovare la spesa esagerata.

« Non si poteva far senza del tappeto? Perché rinnovare la stoffa alle poltrone? Ai tempi miei, si teneva in casa una sola poltrona per le persone avanzate, almeno così si usava in casa di mia madre, che era davvero una onesta madre di famiglia, ve lo posso assicurare. Non tutti possono esser ricchi! Nessuna fortuna resiste al dispendio! Arrossirei di avere tante mollezze come voialtri, eppure son vecchia, avrei bisogno di cure... Ih, ih, quanti addobbi e rattoppi e nonnulla! Come! della setina per fodera a due franchi?... mentre si può avere del magnifico *jaconas* a dieci soldi ed anche a otto, da poter servire benissimo al caso vostro. »

Emma, stesa su di una sedia a sdraio, replicava il più tranquillamente possibile: « Via, signora, basta! basta! »

L'altra continuava a sermoneggiarla, predicendo che, così, sarebbero finiti al ricovero. D'altronde, la colpa era del figliuolo. Fortunatamente che le aveva promesso di annullare la procura...

« Come, come? »

« Oh, me lo ha giurato », riprese la buona signora.

Emma aprì la finestra, chiamò Charles, ed il povero diavolo fu costretto a confessare la parola strappatagli dalla madre.

Emma disparve, poi rientrò subito, porgendo maestosamente un largo foglio di carta.

« Vi ringrazio », disse la vecchia signora.

E gettò nel fuoco la procura.

Emma scoppiò in un riso stridente, sonoro, continuo: era presa da un attacco di nervi.

« Oh! Dio mio! » esclamò Charles. « Mamma, hai torto anche tu! Se fai delle scenate!... »

La madre, facendo spallucce, pretendeva che quelle non erano altro che pose.

Ma Charles, per la prima volta, rivoltandosi, prese le difese della moglie, tanto che la signora Bovary se ne volle andar subito. La dimane, infatti, partì, e sulla soglia, poiché egli la pregava di rimanere, ella replicò: « No, no! Tu le vuoi bene più di me, ed hai ragione, è nell'ordine delle cose. Del resto, tanto peggio! te ne accorgerai!... Buona salute! non resterò qui a fare delle scenate, come tu dici! »

Charles peraltro non rimase meno afflitto verso la moglie, perché costei non gli nascondeva che gliene voleva per la mancanza di fiducia che aveva avuta; occorsero preghiere e preghiere prima che acconsentisse ad accettare di nuovo la procura, e dovette anche accompagnarla dal signor Guillaumin per fargliene una eguale.

« Capisco benissimo », disse il notaio, « un uomo di scienza non può occuparsi dei piccoli dettagli della vita pratica. »

E Charles si sentì sollevato da quella riflessione paterna, che dava alla sua debolezza le lusinghiere apparenze di una preoccupazione superiore.

Che baldoria il giovedì appresso, all'albergo, nella loro camera con Léon! Rise, pianse, cantò, ballò, fece venire dei sorbetti, volle fumare qualche sigaretta; all'amante parve stravagante; ma adorabile, incantevole.

Egli non concepiva quale reazione di tutto il suo essere la spingeva sempre più a precipitarsi sui godimenti della vita. Diventava irritabile, ghiottona e voluttuosa; se ne andava con lui per le vie della città, a testa alta, senza nessuna paura di compromettersi. Però, talvolta, trasaliva all'improvvisa idea di incontrare Rodolphe perché le pareva, sebbene separati per sempre, che non fosse completamente liberata dalla sua dipendenza.

Una sera non ritornò a Yonville. Charles per poco non smarrì la ragione e la piccola Berthe, non volendo andare a letto senza la mamma, singhiozzava da squarciarsi il petto. Justin era uscito all'impazzata lungo la strada ed il signor Homais aveva finanche lasciato per poco la farmacia.

Finalmente, alle undici, non potendone più, Charles mise in ordine il suo carrozzino, vi saltò dentro, sferzò il cavallo e giunse verso le due del mattino alla *Croix Rouge*. Nessuno! Pensò che forse Léon aveva potuto vederla, ma dove abitava? Si ricordò l'indirizzo del principale, e vi corse.

Spuntava il giorno. Distinse la tabella su di una porta, bussò. Qualcuno, senza aprire, gli dette le indicazioni che chiedeva, aggiungendovi parecchi improperii verso coloro che scomodavano le persone ad ore sconvenienti.

La casa che Léon abitava non aveva né campanello, né martelle, né portinaio. Charles battette fortemente le pugna contro i battenti del portone. Passò un agente di polizia; allora ebbe paura e se ne andò.

« Come son stupido », disse fra sé: « certamente l'avranno trattenuta a pranzo i Lermeaux. »

La famiglia Lermeaux non dimorava più a Rouen.

« Sarà rimasta presso l'ammalata Dubreuil. »

Eh! la signora Dubreuil era morta da dieci mesi!...

« Ma dove sta, dunque? »

Gli venne un'idea. Chiese l'Annuario in un caffè: vi cercò il nome della signorina Lempereur, che abitava in rue Renelle-des Maroquiniers, 74.

Nell'entrare in questa strada, Emma comparve all'altro capo; si precipitò su lei più che l'abbracciò, esclamando: « Che cosa ti ha trattenuto, ieri? »

« Sono stata ammalata. »

« Di che cosa?... Dove?... Come?... »

Ella passò la mano sulla fronte e rispose: « Dalla signorina Lempereur ».

« Ne ero sicuro! Mi ci recavo. »

« Oh, è inutile », disse Emma, « è uscita or ora; ma in appresso, sii tranquillo. Non sono libera per nulla, capirai, se il menomo ritardo ti mette in tale orgasmo. »

Era una specie di permesso che si accordava lei stessa per non darsi alcun pensiero nelle sue scappate future. E ne profittò a tutto bell'agio, largamente. Quando la prendeva il desiderio di vedere Léon, partiva sotto un pretesto qualunque, e poiché quello non l'aspettava quel giorno lì, lo andava a prendere allo studio.

Le prime volte fu una felicità immensa; ma ben presto non le nascose la verità delle cose, vale a dire che il principale si lagnava fortemente delle sue mancanze.

« Non dar retta! » diceva lei. « Vieni! »

E lui si schermiva come poteva.

Volle si vestisse tutto di nero, lasciandosi crescere un pizzo sul mento da somigliare a Luigi XIII. Volle conoscere il suo alloggio, lo trovò così così; egli ne arrossì, ma lei non vi badò neppure; poi gli consigliò di comprare delle tendine come le sue, e siccome lui faceva qualche difficoltà per la spesa: « Oh, oh! tieni molto ai tuoi quattrini, tu », disse ridendo.

Léon doveva ogni volta raccontare per filo e per segno che aveva fatto dall'ultimo convegno. Volle dei versi, dei versi per lei, una *composizione di amoro* in omaggio. Egli si scervellò; ma non poté andare oltre la rima del secondo verso e finì col copiare un sonetto in una antologia.

Fu più per compiacerla, che per vanità propria. Non discuteva le sue idee; accettava tutti i suoi gusti, diventava lui il ganzo, più che lei l'amante. Possedeva una maniera di baciarlo con paroline tenere, che gli strappavano l'anima. Dove aveva appreso questa corruzione, quasi immateriale a forza di essere profonda e dissimulata?

VI

NEI viaggi che faceva per vederla, Léon aveva spesso pranzato dal farmacista e si era creduto in dovere, per cortesia, d'invitare anche lui.

« Volentieri! » aveva risposto il signor Homais. « Veramente mi debbo distrarre un po', perché qui ammuffisco. Andremo a teatro, in trattoria, faremo un po' di baldoria! »

166

« Oh, mio caro! » mormorò teneramente la signora Homais, spaventata dai vaghi perigli nei quali il marito si disponeva a cimentarsi.

« E che? Non ti pare che mi rovini abbastanza la salute a vivere continuamente nelle esalazioni della farmacia? Ecco d'altronde il carattere delle donne: sono gelose della Scienza, e si oppongono che avessimo le più legittime distrazioni. Non fa nulla, contateci; uno di questi giorni, vi piombo a Rouen e faremo saltare insieme diversi colli di bottiglie. »

Lo speziale in altri tempi si sarebbe guardato bene di una simile espressione; ma ora si dava una cert'aria folleggiante e parigina che reputava del miglior gusto; e poiché la signora Bovary interrogava incuriosita Léon sui costumi della capitale, anche lui parlava il gergo per confonderne quei poveri borghesi, e diceva « me la svigno » per « me ne vado », la « serpentina » per « la lingua » e così via via.

Ed un giovedì, dunque, Emma fu sorpresa d'incontrare nella cucina del *Lion d'or* il signor Homais in costume da viaggiatore, vale a dire coverto di un vecchio mantello, che nessuno gli sapeva; mentre che da una mano portava una valigia e dall'altra il candeliere del suo laboratorio. Non aveva confidato il suo progetto ad anima viva, nella tema di mettere in apprensione il pubblico per la sua assenza.

L'idea di rivedere i luoghi nei quali aveva trascorsa la sua gioventù doveva certamente esaltarlo; perché lungo il percorso non si stancò mai di discorrere; poi, appena giunto, saltò lesto a terra per mettersi in cerca di Léon, e quest'ultimo ebbe un bel schermirsi, il farmacista lo trascinò verso il *Café de Normandie,* dove entrò maestosamente, senza togliersi il cappello, stimando solo un provinciale capace di scovrirsi in un pubblico ritrovo.

Emma aspettava Léon da tre quarti d'ora. Alla fine corse allo studio e, perduta in un mondo di congetture, accusandolo d'indifferenza e rimproverandosi la propria debolezza, passò il dopo pranzo con la fronte appiccicata sui vetri.

Erano le due e i due amici stavano ancora seduti l'uno di fronte all'altro. La gran sala si vuotava ed Homais era già un po' cotticcio per il buon *Pomard* non solo, ma anche per quel lusso che lo circondava e di cui si compiaceva un mondo. E quando comparve la frittata al *rhum,* espose sulla donna teorie affatto immorali. Quello che lo seduceva più di tutto nella donna era lo *chic.* Sarebbe uscito pazzo per un abbigliamento elegante in un quartierino messo con buon gusto, ed in quanto alle qualità corporali, non detestava il *peccato di carne.*

Léon contemplava l'orologio a pendolo con sgomento. Lo speziale beveva, mangiava, ciarlava.

« A Rouen dovete essere un po' a stecchetti », disse ad un tratto. « Del resto, i vostri amori non stanno mica lontani. »

E siccome l'altro arrossiva.

« Via, siamo franchi! Mi negherete che a Yonville?... »

Il giovanotto balbettò qualche parola.

« In casa Bovary non corteggiavate?... »

« Chi? »

« La balia! »

Colui non ischerzava; ma la vanità vinse sulla prudenza; Léon, suo mal-

grado, respinse con energia tale supposizione. D'altra parte, a lui non piace-
vano che le donne brune.

« Vi approvo », disse lo speziale, « hanno maggior sensibilità. »

E curvandosi all'orecchio dell'amico, gli descrisse i sintomi ai quali si
riconosceva se una donna fosse o no sensibile. Si lanciò finanche in una *di-
gressione* etnografica: la tedesca era vaporosa, la francese libertina, l'italiana
appassionata.

« E le negre? » chiese Léon.

« È un gusto d'artista », disse Homais. « Cameriere! *Due piccole!* »

« Vogliamo andare? » riprese alla fine Léon, un po' impazientito.

« *Yes.* »

Ma prima di andar via, volle vedere il padrone del locale e fargli i suoi
complimenti.

Allora il giovanotto, per restar solo, disse che aveva da sbrigare alcune
faccende.

« Oh, vi accompagno! » disse Homais.

E mentre scendeva la strada con lui, gli parlò della moglie, dei figli, del
loro avvenire e della farmacia; rammentava in quale decadenza era una volta
ed a qual grado di perfezione l'aveva portata lui.

Giunti innanzi all'albergo *Boulogne,* Léon lo lasciò bruscamente, salì
correndo le scale e trovò l'amante fortemente commossa.

Al nome dello speziale, andò più in collera. Pure egli le accampava una
quantità di buone ragioni; non era colpa sua, non sapeva il signor Homais?
Poteva mai credere che avrebbe preferito la compagnia di colui? Ma ella gli
volse le spalle e fece per andarsene; egli la ritenne e piegandosi sulle ginocchia le cinse la vita con le braccia, in una posa languida piena di concupiscenza
e di desiderio.

Ella rimaneva in piedi, i grandi occhi infiammati lo guardavano serii e
quasi in modo terribile. Poi le lagrime li velarono, le palpebre si abbassarono,
lasciò cadere le mani e, mentre Léon stava per baciarla, comparve un domestico avvertendo che chiedevano di lui.

« Ritornerai? »

« Sì. »

« Ma quando? »

« Subito. »

« L'ho fatto apposta », disse lo speziale nel veder Léon, « ho voluto interrompere questa visita che mi sembrava dovesse un po' seccarvi. Andiamo da
Bridoux a berne un bicchierino. »

Léon giurò che doveva ritornare allo studio. Ed eccoti lo speziale a fare
dello spirito sugli scartafacci e la procedura.

« Lasciate un po' Cujas e Bartolo, che diamine! Chi v'impedisce! Andiamo da Bridoux; vedrete il suo cane; è molto curioso! »

E comeché il procuratore si ostinava sempre: « Ci andrò lo stesso. Leg-
gerò un giornale aspettandovi ».

Léon, stordito dalla collera di Emma, dal chiacchierio di Homais e fors'an-
co dalla gravezza della colazione, era un po' titubante ed indeciso e come do-
minato dal fascino del farmacista, che continuava a ripetere: « Andiamo da
Bridoux! È a due passi, in rue Malpalu ». Allora per debolezza, per bestialità,

per quell'inqualificabile sentimento che ci trascina nelle azioni più antipatiche, si lasciò condurre da Bridoux; e lo trovarono nel piccolo cortile che sorvegliava tre garzoni ansimanti a girare la gran ruota di una macchina per fare l'acqua di seltz. Homais dette loro qualche consiglio, abbracciò e baciò Bridoux; sorbirono un bicchierino. Venti volte Léon fu sul punto di andarsene, ma l'altro lo fermava per la giubba e gli diceva: « A momenti! Vengo subito. Andremo a   le Fanal de Rouen a vedere un po' quei signori. Vi presenterò a Thomassin ».

Se ne sbarazzò finalmente e corse con un salto sino all'albergo.

Emma non vi era. Se n'era andata esasperata. Lo detestava ora. Quella mancanza di puntualità al convegno le sembrava un oltraggio e cercava inoltre altre ragioni per staccarsene addirittura: era incapace di eroismo, debole, banale, più debole di una femminuccia, avaro e pusillanime.

Poi, un po' calmata, finì col convenire di avere esagerato. Ma il vilipendio su coloro che amiamo ce ne distacca sempre per qualche cosa. Non bisogna toccare gli idoli, la doratura ci resta fra le mani.

Accadde che discorsero molto più spesso di cose estranee al loro amore, e nelle lettere che Emma gli spediva, si parlava di fiori, versi, della luna e delle stelle, risorse naturali d'una passione affievolita, che si sforzava di ravvivarsi con tutte le risorse esterne. Prometteva a se medesima continuamente, per la prossima gita, una felicità più completa ancora, poi doveva convenire che non sentiva nulla di straordinario. Questa disillusione era presto cancellata da una nuova speranza, ed Emma si recava da lui più infiammata, più avida di godimento. Si svestiva brutalmente, quasi strappando il sottil laccio del busto, che le fischiava attorno ai fianchi come una biscia strisciante. Andava in punta di piedi già nudi a vedere se l'uscio era ben chiuso, poi con un sol movimento faceva cadere insieme tutte le vestimenta, e pallida, senza una parola, seria, gli si stringeva al petto con un lungo brivido.

Eppure vi era in quella fronte coverta di sudor freddo, su quelle labbra che balbutivano, in quelle pupille smarrite, nella stretta di quelle braccia, qualche cosa di estremo, di vago, di lugubre, che pareva a Léon s'insinuasse fra loro sottilmente, come per separarli.

Non osava farle domande, ma nel discernerla così esperta, aveva dovuto, diceva seco stesso, provare tutte le vicissitudini della sofferenza e del piacere. Quello che formava l'incanto di una volta, lo spaventava quasi, ora. D'altro canto si ribellava per quell'assorbimento continuo della sua personalità, che si accentuava ogni giorno di più e sentiva come un rancore per quella sua sconfitta permanente. Si sforzava finanche a non amarla ma al ticchettio delle sue scarpine, si sentiva vile, come gli ubriaconi alla vista dei liquori.

È vero che, da parte sua, lei non mancava punto di prodigargli ogni sorta d'attenzione, dalla ricercatezza dei cibi alle seduzioni delle vesti ed ai languori dello sguardo. Nascondeva nel seno delle rose nel venire da Yonville, che poi gli gettava sul volto; si mostrava premurosa della sua salute, gli era larga di consigli per come doveva condursi, e per ritenerlo di più, fiduciosa che il cielo se ne brigherebbe alcun poco, gli mise al collo un medaglione della Vergine. S'informava come una buona ed amorevole madre degli amici che frequentava e gli diceva: « Non li frequentare, non uscire, pensiamo solo a noi; amami! »

Ella avrebbe voluto sorvegliare la sua vita, e le venne l'idea di farlo spiare in strada. Vi era sempre, vicino all'albergo, una specie di vagabondo che si accostava ai viaggiatori per chieder loro qualche cosa, che certo non rifiuterebbe... ma il suo orgoglio si ribellava.

« Tanto peggio! m'inganni pure, che mi preme! ci tengo, forse? » Un giorno che si erano lasciati di buon'ora e che se ne ritornava sola pel bastione, scorse le mura del suo convento; allora si sedette su di un banco, all'ombra degli olmi. Che pace in quel tempo! Quanto rimpiangeva gl'ineffabili sentimenti d'amore, di cui si provava a formarsi una idea dai libri che leggeva.

I primi mesi del matrimonio, le passeggiate a cavallo nella foresta, il visconte nel ballo, Lagardy nel canto, tutto sfilò innanzi ai suoi occhi... E Léon le apparve ad un tratto così lontano come gli altri.

« L'amo, però », diceva fra sé.

Ma non era felice, non l'era stata mai. Donde proveniva questa insufficienza della vita, questo sfacelo di ogni cosa alla quale si appoggiava? Ma se esisteva un essere bello e forte, una natura valorosa, tutta esaltamento e raffinatezza, un cuore di poeta sotto le forme di un angelo, lira dalle corde di rame, sonante verso il cielo epitalami elegiaci, perché non avrebbe dovuto incontrarlo? Oh, quale impossibilità! Nulla, peraltro, valeva il pregio della ricerca. Ogni cosa mentiva! Il sorriso nascondeva lo sbadiglio della noia, la gioia chi sa quale maledizione, il piacere il disgusto e i baci più ardenti non lasciano sulle labbra che l'irrealizzabile desio di una voluttà ancora più intensa.

Un rintocco metallico echeggiò nell'aria e suonarono quattro colpi alla campana del convento. Le quattro! e le sembrava di esser lì, su quel sedile, da un'eternità. Ma un infinito di passioni può contenersi nello spazio di un minuto, come una folla in breve spazio.

Intanto Emma viveva tutta immersa nei suoi amori e non aveva preoccupazioni di danaro, più che non ne avrebbe avuto una duchessa.

Ed avvenne che un uomo dall'aspetto miserabile, rubizzo e calvo si recò in casa sua, dicendosi inviato dal signor Vinçart di Rouen. Ritirò certi spilli, che chiudevano la saccoccia laterale del lungo soprabito verde, li appuntò sulla manica e le porse rispettosamente una carta. Era la cambiale di settecento franchi firmata da lei e che Lheureux, nonostante tutte le promesse, aveva girata a Vinçart.

Ella mandò a chiamare Lheureux per la domestica; ma quegli non vi si potette recare.

Allora lo sconosciuto, che era rimasto in piedi, lanciando sguardi di curiosità a destra ed a manca dissimulati dalle lunghe sopracciglia biondastre, chiese con aria ingenua: « Che risposta debbo recare al signor Vinçart? »

« Ebbene », rispose Emma, « ditegli che non mi trovo danaro... L'entrante settimana... Aspetti... sì, la entrante settimana. »

E colui se ne andò senza proferir parola.

Ma la dimane, a mezzogiorno, le fu protestato l'effetto e la vista della carta bollata, dove più volte si leggeva a grossi caratteri: « *M. Hareng, usciere di Buchy* » la spaventò sì forte, che corse in tutta fretta dal mercante di stoffe.

Lo trovò in bottega intento a ligare un involto.

« Servo! » diss'egli, « eccomi a lei. »

170

Lheureux però non smise subito il suo lavoro, aiutato da una ragazzina gobba di tredici anni, che gli serviva da commessa e da cuoca.

Poi, facendo risonare gli zoccoli sull'impiantito della bottega salì innanzi a *madame* al primo piano e l'introdusse in uno stretto camerino, dove su di una larga scrivania di abete erano alcuni registri chiusi trasversalmente da un'asta di ferro col catenaccio. Vicino al muro, sotto alcuni tagli d'indiana s'intravedeva una cassaforte, ma di tale dimensione che doveva contenere ben'altro che contanti e biglietti di banca. Il signor Lheureux, infatti, faceva prestiti su pegno, e proprio lì aveva posto la catena d'oro della signora Bovary assieme agli orecchini del povero papà Tellier, che, costretto infine a dover vendere, aveva comprato a Quincampoix un magro fondo di speziaria, dove se ne moriva per quella sua tosse cronica, in mezzo ai suoi candelotti meno gialli del suo viso.

Lheureux si sedette in una larga sedia di paglia, dicendo: « Che c'è di nuovo? »

« Tenete. »

E gli mostrò la carta.

« E che ci posso fare io? »

Allora lei montò in collera, gli rammentò la parola che le aveva data di non mettere in circolazione l'effetto; e quegli ne convenne.

« Ma io non ho potuto farne a meno, aveva il coltello alla gola. »

« E che cosa accadrà ora? » riprese lei.

« Oh, una cosa molto semplice: la causa in tribunale, e poi il sequestro...; non c'è da scherzare. »

Emma si conteneva per non saltargli addosso.

Ella gli chiese pacatamente, se vi era modo di acquietare il signor Vinçart.

« Ah, sì?... acquietare il signor Vinçart, non lo conoscete; è più feroce di un beduino. »

In ogni modo, Lheureux doveva immischiarsene un po'.

« Sentite! Mi sembra che finora io abbia avuto molta deferenza con voi. »

Ed aprendo la pagina col dito: « Vediamo... vediamo... Il 3 agosto 200 franchi... a 17 giugno 150..., 23 marzo 46..., in aprile... »

Si fermò come se temesse di commettere qualche indiscrezione.

« E non parlo delle cambiali accettate da vostro marito. Una di settecento ed un'altra di trecento! Quanto ai vostri piccoli imprestiti, agli interessi, non la si finisce più, non mi ci raccapezzo e non ne tengo più conto, parola d'onore! »

Ella piangeva, lo chiamò anche « mio buon signor Lheureux ». Ma lui se la pigliava sempre con quel « cane di Vinçart ». E non aveva punto danaro in quel momento; nessuno lo pagava, lo tosavano addirittura, un povero bottegaio come lui non poteva far di più.

Emma taceva, ed il signor Lheureux, a cui non garbava quel silenzio, mordicchiava le barbe d'una penna d'oca, infine riprese: « Almeno, se uno di questi giorni potessi incassare... forse potrei... »

« Del resto », diss'ella, « appena avrò il resto da Barneville... »

« Come a dire?... »

Ed apprendendo che Langlois non aveva ancora pagato, parve molto sorpreso. Poi con voce melliflua: « Avevamo dunque stabilito? » diss'egli.

« Oh, quello che volete! »

Allora chiuse gli occhi per meditare, scrisse alcuni numeri ed affermando venirgliene certamente danno, che l'affare era scabroso e che si *salassava,* stese quattro effetti di duecentocinquanta franchi a un mese di scadenza ognuno.

« Basta che Vinçart mi dia ascolto! D'altra parte, quello che è detto, è detto. Non recedo. Son dritto come un fuso. » Poi le fece vedere, così senza darvi importanza, alcune stoffe nuove, ma delle quali nessuna, secondo il suo parere, era degna di *madame.*

« Quando penso che questa si può dare a sette soldi il metro, e tinta in pezza! E queste tre braccia di *guipure,* com'è bello! è molto alla moda, oggi. »

E più lesto d'un prestigiatore avvolse il merletto in una carta azzurra e lo porse ad Emma.

« Non c'è premura, non c'è premura », rispose incamminandosi per scendere nella bottega.

La sera stessa premurò il marito di scrivere alla madre perché mandasse al più presto l'arretrato dell'eredità. La suocera rispose non aver più nulla: la liquidazione era chiusa e restavano loro, oltre Barneville, seicento franchi di rendita appena, che ella avrebbe pagato loro puntualmente.

Allora ella spedì delle note di visite a due o tre clienti del marito, e ben presto usò largamente di questo mezzo, che le riusciva a maraviglia. Aveva sempre cura di aggiungere un *post-scriptum:* « Di ciò, vi prego, non farne consapevole mio marito, sapete bene quanto sia suscettibile... Vi chiedo mille perdoni... Vostra serva ». Vi fu qualche protesta; ma ella seppe ben intercettarla.

Per procurarsi danaro, cominciò a vendere i cappelli vecchi, gli abiti usati, i guanti, tutto il vecchiume, e come stiracchiava il prezzo! Il suo sangue di contadina la rendeva rapace ed incline al guadagno. Poi, nelle sue escursioni alla città, acquistava mille inezie, che, in mancanza d'altri, il signor Lheureux le barattava facilmente. Comprò penne di struzzo, porcellana cinese e bauli; si fece prestar danaro da Félicité, dalla signora Lefrançois, dalla locandiera della *Croix Rouge,* da tutti, nessuno eccettuato. Col danaro che ricevette finalmente da Barneville pagò due cambiali, gli altri millecinquecento franchi sfumarono in un baleno.

Si indebitò un'altra volta, e così di seguito.

Ogni tanto si provava a far dei computi; ma scovriva cifre così esorbitanti, che non ci poteva credere. Allora ricominciava da capo, ma tosto s'imbrogliava, mandava tutto in malora e non vi pensava più.

Quale sfacelo in quella dimora! I poveri fornitori se ne uscivano coi volti incolleriti. Si vedevano fazzoletti sopra i fornelli e la piccola Berthe, con grave scandalo della signora Homais, aveva i calzettini bucherellati. Se Charles si permetteva qualche osservazione timidissima, ella rispondeva sfacciatamente non esser colpa sua!

Perché quelle sfuriate? Lui spiegava ogni cosa con l'antica malattia nervosa, e rimproverandosi di aver creduto difetto una infermità, si tacciava d'egoismo e gli veniva desiderio di abbracciarla e baciarla.

« Ma no », concludeva, « l'annoierei. » E se ne stava fermo.

Dopo pranzo, passeggiava un po' nel giardino; prendeva la piccola Ber-

the sulle ginocchia ed aprendo il suo giornale di medicina, si provava ad insegnarle a leggere. La bambina, che non studiava mai, dopo un poco sgranava
tanto d'occhi e si metteva a piangere. Allora egli procurava di rabbonirla;
correva a prendere dell'acqua nell'innaffiatoio, con la quale formava piccoli
ruscelletti sulla sabbia, oppure spezzava i rami dei ligustri per piantare degli alberelli lungo i viali, cosa peraltro che non guastava per nulla il giardino,
tutto ingombro com'era di erbe altissime; dovevano tante giornate al povero
Lestiboudois! Poi la bambina sentiva freddo e chiedeva la mamma.

« Chiama la balia », diceva Charles. « Sai bene, bimba mia, che la mamma non vuole essere disturbata. »

L'autunno si avanzava e già cadevano le foglie, come due anni sono,
quando stette ammalata. Quando la finirebbe, dunque? E continuava a camminare con le due mani sul dorso.

La signora era in camera sua; ma non vi si poteva salire. Se ne stava
lì, tutto il santo giorno, torpida, mezzo svestita, facendo fumare ogni tanto
delle pastiglie del Serraglio che aveva comprato a Rouen, nella bottega di un
algerino. Per non star la notte vicino a quell'uomo lungo steso che dormiva,
finì, a furia di smorfie, col relegarlo al secondo piano, e lei leggeva fino al
mattino libri stravaganti, con disegni di orge e situazioni sanguinose. Spesso
era presa da un vago terrore, mandava un grido e Charles accorreva.

« Oh, vattene! » diceva lei.

Oppure, altre volte, bruciata più intensamente da quell'interna fiamma
che l'adulterio sempre più ravvivava, affannosa, commossa, piena di desideri,
spalancava la finestra, aspirava l'aria fredda della notte, scioglieva al vento i
capelli che le si appesantivano sulla fronte e guardava le stelle, sognando
amori principeschi. Pensava a lui, a Léon. Avrebbe allora dato qualunque cosa per un solo di quei convegni che la calmavano alquanto.

Erano i suoi giorni di gala. Li voleva splendidi! E quando lui non poteva
pagar da solo la spesa, completava il rimanente con larghezza, cosa che accadeva presso a poco tutte le volte che si vedevano. Lui si provò a farle comprendere che starebbero egualmente bene altrove, in qualunque albergo più modesto; ma ella aveva un mondo di obbiezioni.

Un giorno cavò fuori dalla sua borsetta sei cucchiarini d'argento dorato,
(il regalo di nozze di babbo Rouault) pregandolo di portarli subito al Monte
di Pietà, e Léon obbedì, sebbene a malincuore, ché aveva paura di compromettersi.

Poi, riflettendovi, si accorse che la sua amante assumeva un contegno
sempre più strano, e che forse non avevano torto coloro che gli consigliavano
di allontanarsene.

Infatti, qualcuno aveva scritto alla madre una lunga lettera anonima per
prevenirla che si *perdeva con una donna maritata*; e tosto la buona signora,
intravedendo l'eterno spavento della famiglia, la vaga creatura perniciosa, la
sirena, il mostro, che abita fantasticamente negli abissi dell'amore, scrisse al
principale signor Dubocage, il quale si comportò con gran garbo nella faccenda. Lo tenne lì tre quarti d'ora a sermoneggiarlo, ad aprirgli gli occhi, a
mostrargli il baratro. Una tresca simile avrebbe in seguito nociuto alla sua
carriera. Lo supplicava di romperla e se non voleva fare questo sacrificio per
se stesso, lo facesse almeno per lui, Dubocage!

173

Léon giurò infine di non riveder più Emma; ma si rimproverava di non aver mantenuta la parola, considerando cotesta donna quanti fastidi gli poteva arrecare e quanti discorsi sul conto suo, oltre ai motteggi degli amici, che ne dicevano di tutt'i colori. D'altronde, stava per ottenere la nomina effettiva ed era quello il momento di assumere un contegno di persona seria. Rinunziò quindi al flauto, ai sentimenti esaltati, all'immaginativa; perché non vi è giovanotto, per quanto di modeste condizioni, che nel caldo della giovinezza non si sia creduto, sia anche un giorno, un minuto, capace di forti passioni, d'imprese grandiose. Il più mediocre dei libertini ha sognato sultane per amanti; ogni giovane di notaio ha in sé l'anima di un poeta.

E come si annoiava ora, quando Emma, in certi momenti, gli singhiozzava sul petto ed il suo cuore, come coloro che non possono sopportare che una limitata dose di musica, si assopiva nell'indifferenza al frastuono di un amore di cui non poteva afferrare le delicate sfumature.

Si conoscevano troppo per avere quei rapimenti del possesso che ne centuplicano la gioia. Ell'era così disgustata di lui, com'egli era stanco di lei. Emma ritrovava nell'adulterio tutte le volgari trivialità del matrimonio.

Ma come sbarazzarsene? Ella aveva un bel sentirsi umiliata dalla bassezza di un amore simile, ci teneva per abitudine e per corruzione; anzi ogni giorno ci si accaniva maggiormente, distruggendo qualunque parvenza di felicità col volerla troppo immensa. Accusava Léon delle sue speranze deluse, come se l'avesse tradita, ed arrivava a desiderare una catastrofe che li obbligasse a lasciarsi, non avendo il coraggio di decidervisi.

Pur non ristava dallo scrivergli lunghissime lettere innamorate, in virtù di questo sofisma, che una donna deve sempre scrivere al suo amante.

Però, nello scrivere, si foggiava nella mente un altro uomo, una fantasia fatta dei più ardenti ricordi, delle letture più belle, delle aspirazioni più intense; e questa personificazione ideale finiva coll'assurgere a tale verità e diventava così accessibile, ch'ella ne palpitava meravigliata, senza peraltro poter distintamente immaginarla, talmente si perdeva, come un dio, nell'abbondanza dei suoi attributi. Abitava l'azzurra contrada, dove le scale di seta si dondolano a balconi profumati di fiori, nel chiaror della luna. Lo sentiva vicino, lo sentiva venire e trarla a sé in un bacio sovrumano. Poi ricadeva di peso, disfatta, con le reni indolenzite; perché questi slanci di amori immaginarii la spossavano più di qualunque dissolutezza. Avvertiva, ora, un abbassamento morale continuo, generale. Ed intanto riceveva continue citazioni; carta bollata, che guardava appena. Avrebbe voluto non vivere più, o dormire sempre.

Un giorno di mezza quaresima non si ritirò a Yonville per recarsi ad un ballo mascherato. Indossò pantaloni di velluto, calze rosse e parrucca rilevata sulla testa con un tocchettino sull'orecchio. Danzò tutta la notte al suono assordante dei tromboni: le facevano circolo intorno, ed all'alba si trovò sul peristilio del teatro fra cinque o sei maschere, facchini, marinai ed alcuni amici di Léon, che parlavano d'andare a cena.

I caffè dei dintorni erano pieni, zeppi di avventori. Si ricordarono di una mediocre trattoria sul ponte, il cui padrone aprì loro una cameretta al quarto piano. Gli uomini parlottarono in un angolo, certo sulla spesa. Vi era Léon, due giovanotti senza niuna professione, salvo quella di giuocatori, e un commesso; che bella compagnia per lei! Quanto alle donne, Emma si accorse subito, dal suono delle loro voci, che dovevano essere dell'infima specie. Fu presa da una certa paura allora, scostò la sedia ed abbassò gli occhi.

Gli altri si posero a pranzo. Ella non mangiò punto; aveva la fronte ardente, un pizzicore alle palpebre ed un freddo ghiacciato alla pelle. Sentiva nella testa il pavimento della sala da ballo che rimbalzava ancora sotto la pulsazione ritmica di mille piedi saltellanti. Poi l'odore dei poncini assieme al fumo dei sigari la stordirono, tanto che svenne e dovettero condurla innanzi alla finestra.

Cominciava a far giorno chiaro ed una larga striscia di color porpora si allargava nel cielo scialbo dalla parte di Sainte-Catherine. Il livido fiume s'increspava alla brezza mattutina. Sui ponti non passava anima viva e i lampioni andavano spegnendosi a poco a poco. Si rianimò alquanto e le venne il pensiero di Berthe, povera bimba che dormiva laggiù nella camera della balia.

Si levò bruscamente per andar via; si svestì del costume che indossava e disse a Léon che doveva ormai ritornare a Yonville; così rimase finalmente sola all'albergo *Boulogne*.

Tutto ora le era insopportabile. Avrebbe voluto aver le ali come un uccello e fuggir lontano lontano in qualche plaga immacolata per rifarsi di tante brutture.

Poi uscì, traversò il bastione e giunse ad una strada aperta che dominava dei giardini. Camminava lesta, l'aria aperta la calmava; a poco a poco i volti della folla, le maschere, le quadriglie, i lampadari, quelle donne, tutto spariva come nebbia al vento. Indi ritornata alla *Croix Rouge* si gettò sul suo letto nella cameretta al secondo piano, col quadro della *Tour de Nesle*. Alle quattro del mattino Hivert andò a svegliarla.

Rientrando in casa, Félicité le mostrò dietro l'orologio una carta grigia. E lesse: « Per sentenza esecutiva resa nella causa... »

Quale causa? quale sentenza? Il giorno prima infatti avevano portato un'altra carta che lei non sapeva; di talché fu stupefatta da queste parole: « In nome del re e della legge, ordiniamo e comandiamo alla signora Bovary... »

E saltanto più righe, scorse: « Nelle ventiquattr'ore, precetto etc. ». Che cosa? « Pagare la somma totale di *ottomila franchi.* » E più sotto: « Vi sarà costretta con ogni via di legge e specialmente col sequestro di tutti i suoi beni mobili ed immobili ovunque siti e posti ».

Che fare?... Fra ventiquattr'ore... domani! Lheureux la voleva spaventare certamente; perché indovinò immantinenti tutte le sue manovre e lo scopo delle tante esibizioni. Quello che la rassicurava era la stessa esagerazione della somma. Però, a furia di comprare, di non pagare, di torre in prestito, di firmare cambiali, poi di rinnovarle, queste si erano aumentate ad ogni nuova scadenza ed aveva finito così col preparare al signor Lheureux un capitale, che egli aspettava impazientemente per le sue speculazioni.

Ella si recò dal mercante con aria disinvolta.

« Sapete quello che mi accade? È uno scherzo certamente! »

« Scherzo? Non è punto scherzo. »

« Come sarebbe a dire? »

Egli si volse lentamente e le disse, incrociando le braccia: « Credevate, mia cara signora, che io sarei rimasto vostro fornitore e vostro banchiere per amor di Dio fino alla consumazione dei secoli? Bisogna bene che io rientri in possesso dei miei capitali una buona volta, siamo giusti! »

Ella protestò la somma essere esagerata.

« Credete? Tanto peggio; il tribunale l'ha ammessa con sentenza, che vi è stata notificata. D'altronde, io non c'entro, è affare che riguarda Vinçart. »

« Voi non potreste?... »

« Nulla! »

« Ma... pure... ragioniamo. »

E divagò; ignorava interamente tutta la procedura, nulla ne aveva saputo... era una vera sorpresa...

« Per colpa di chi? » le chiese ironicamente Lheureux inchinandosi. « Mentre io son qui a sfacchinarmi come un negro, voi vi davate bel tempo, mia cara signora! »

« Oh, non è il caso di far della morale... »

« La quale non nuoce, peraltro. »

Ella fu vile, si abbassò a pregarlo, a supplicarlo ed arrivò anche ad appoggiar la sua bella mano bianca e lunghetta sulle ginocchia del mercante.

« Togliete, togliete! Volete sedurmi? »

« Siete un miserabile! »

« Ih, come ve la prendete calda! » rispose quasi ridendo.

« Dirò a tutti chi siete. Paleserò a mio marito... »

« Ed io gli mostrerò qualche altra cosa a vostro marito! »

E Lheureux cavò dalla cassaforte la ricevuta dei milleottocento franchi che le aveva dato per lo sconto fatto da Vinçart.

« Credete, soggiunse, che non comprenderà il vostro piccolo furto quel povero e caro uomo? »

Cadde su di una sedia più abbattuta se fosse stata colpita da un colpo di mazzola. Colui intanto andava dalla finestra alla scrivania e viceversa, sempre ripetendo: « Oh, sì, gli farò vedere... gli farò vedere... »

Poi le si avvicinò e con voce melliflua: « Non è mica piacevole, lo so; ma d'altro canto, nessuno è morto per questo, e poiché è il solo mezzo che vi rimane per restituirmi il mio danaro... »

« Ma dove potrò trovarlo? » disse Emma torcendosi le mani.

« Via, via! quando si hanno degli amici come li avete voi... » e la guardò in maniera così perspicace e terribile, che ella ne fremette fin nelle intime viscere.

« Vi prometto », diss'ella, « vi firmerò... »

« Ne ho già abbastanza delle vostre firme! »

« Venderò!... »

« Che cosa? Non avete più nulla! »

E dallo sportellino che dava sulla bottega gridò: « Annette! non dimenticare i tre tagliandi del n. 14! »

La serva comparve; Emma comprese, e dimandò « quanto danaro occorreva per fermare la procedura in corso ».

« È troppo tardi! »

« Ma se vi porterò più migliaia di franchi, il terzo, la metà, quasi tutto? »

« No, no, è inutile! »

176

E la spingeva dolcemente verso l'uscio della scala.

« Ve ne scongiuro, signor Lheureux, qualche giorno ancora! »

Singhiozzava.

« Delle lagrime ora! Questo ci mancava! »

« Voi mi mettete alla disperazione! »

« Me ne importa un fico secco! » rispose colui chiudendo la porta.

VII

LA mattina dopo, quando l'usciere Hareng si presentò in casa sua con due testimoni pel sequestro, ella fu di uno stoicismo sorprendente.

Cominciarono dallo studio di Bovary, e tralasciarono la testa frenologica, che fu considerata come *strumento di professione*; ma nella cucina contarono i piatti, le marmitte, le sedie, i candelieri, e nella camera da letto financo le cianfrusaglie sulle mensolette. Contarono le sue vesti, la biancheria; rovistarono nel camerino di *toilette*, e la sua esistenza, fin nei recessi più intimi o reconditi, fu come un cadavere all'autopsia, scoverta e messa a nudo da quei tre uomini.

Hareng, abbottonato in un meschino abito nero con cravatta bianca, ripeteva di tanto in tanto: « Permettete, signora? Permettete? »

Spesso gli veniva sulle labbra qualche esclamazione: « Grazioso... bellissimo!... »

Poi si rimetteva a scrivere, bagnando la penna nel calamaio di osso che teneva colla mano sinistra.

Quando ebbero finito nell'appartamento, salirono sul granaio.

Ella vi teneva nascosto un cassettino, dove conservava le lettere di Rodolphe. Dovette aprirlo.

« Ah, delle lettere! » disse Hareng con un sorriso discreto. « Ma... mi permettete? perché debbo assicurarmi se contiene altro. »

Ed inclinò leggermente i fogli, come per farne cadere i luigi che ci potevano essere. Ma nel vedere quelle manacce, dalle dita rosse e viscide come la lumaca, posarsi su quelle pagine in cui aveva palpitato il suo cuore, fu presa da una violenta collera.

Finalmente se ne andarono! Félicité entrò. L'aveva messa alla vedetta per allontanare Bovary con un pretesto, se fosse venuto; ed intanto istallarono sul granaio il custode giudiziario, che promise di rimanervi quieto e tranquillo.

Charles intanto, durante la serata, le parve preoccupato. Emma l'osservava con uno sguardo pieno di angoscia, parendole scorgere nelle rughe del volto tante accuse contro di lei. Poi, quando gli occhi si volsero sul camminetto guarnito di lacche cinesi, sui lunghi portieri, sulle poltrone, su tutte quelle cose infine che le avevano addolcito l'amaro della vita, fu presa da un certo rimorso, o meglio da un immenso rimpianto, che più irritava le sue passioni, invece di distruggerle. Charles intanto si crogiolava placidamente coi piedi sugli alari.

Vi fu un momento in cui il custode, annoiandosi di certo nel suo nascondiglio, fece un po' di rumore.

« Si cammina sul mezzanino! »

« No, sarà qualche abbaino rimasto aperto, la cui imposta è mossa dal vento. »

La mattina dopo, domenica, partì per Rouen, onde recarsi da tutti i banchieri che conosceva di nome. Erano in campagna o in viaggio. Non ristette. A tutti coloro che poté incontrare, chiese danaro in prestito, assicurando che le abbisognava, che lo avrebbe restituito al più presto. Qualcuno le rise in faccia; tutti rifiutarono.

Alle due, corse da Léon, bussò più volte. Non fu aperta. Finalmente comparve colui.

« Che ti conduce? »

« Ti scomoda? »

« No... mai... »

Però confessò che al proprietario non piaceva che ricevesse donne.

« Debbo parlarti », riprese lei.

Allora lui prese la chiave. Ella lo fermò.

« Oh, laggiù, no, nella nostra camera. »

E si recarono nella cameretta dell'albergo *Boulogne*.

Appena giunti, ella bevette un gran bicchiere d'acqua. Era pallidissima. Ella gli disse: « Léon, tu mi devi fare un favore ».

E stringendogli e scotendogli con forza le mani, soggiunse: « Senti, ho bisogno di ottomila franchi! »

« Ma sei pazza! »

« Non ancora! »

E tosto, raccontandogli del sequestro, gli espose il suo caso disperato; Charles ignorava tutto, la suocera la detestava, papà Rouault non poteva nulla; ma lui certo si darebbe da fare per trovarle subito questa indispensabile somma.

« Come vuoi che io?... »

« Quanto sei vile! » esclamò lei.

Allora egli disse stupidamente: « Tu esageri. Può darsi che con un migliaio di scudi, il tuo uomo si calmerebbe ».

Ragione di più per tentare qualche cosa; non era possibile non scovare tremila franchi. D'altronde, lui, Léon, poteva garentirsi per lei.

« Va'! provati, è forza, corri! Oh! vedi! ti vorrò tanto bene! »

Egli uscì, ritornò dopo un quarto d'ora, e disse con una certa aria grave: « Sono stato da tre persone... inutilmente! »

E rimasero seduti l'uno di faccia all'altra, ai due lati del cammino, immobili, senza aprir bocca. Emma faceva spallucce e batteva i piedi, mormorando ogni tanto: « Al tuo posto, io avrei saputo trovarne! »

« Dove? »

« Allo studio! »

E lo guardò.

Un'arditezza infernale le sfuggiva dalle pupille infiammate, mentre avvicinava le palpebre in maniera lasciva e incoraggiante, ed il giovane si accorse che era debole e stava per cedere alla muta volontà di quella donna che gli consigliava un delitto. Allora ebbe paura, e per evitare qualsiasi spiegazione, si batté in fronte, esclamando: « Stanotte deve ritornare Morel! Spero non voglia negarsi! » Era un suo amico, figlio di un negoziante ricchissimo. « Ti porterò la somma domani. »

Emma non parve accogliesse con grande entusiasmo questa speranza che le faceva intravedere. Supponeva forse la menzogna? Egli riprese arrossendo: « Però, se non mi vedi di ritorno per le tre, non mi aspettare più, mia cara. Ora debbo andarmene, scusami, sai. Addio! »

Le strinse la mano ma la sentì inerte. Emma non aveva più la forza di alcun sentimento.

Suonarono le quattro e lei si alzò per ritornarsene a Yonville, obbedendo come un automa all'impulsione delle abitudini.

Era un tempo splendido, una di quelle giornate di marzo chiare e fresche, in cui il sole riluce in un cielo tutto bianco. Alcuni abitanti di Rouen con abiti da festa passeggiavano tronfi e contenti. Giunse sulla piazza della Cattedrale all'uscita dei vespri, la folla scendeva dalle tre entrate principali, come un fiume dalle tre arcate d'un ponte, mentre immobile torreggiava lo svizzero in quella di mezzo.

Ed allora ella ricordò quel giorno in cui piena l'anima d'ansia e di speme era entrata in quella grande navata che le si stendeva d'innanzi, meno profonda del suo amore, e continuò il suo cammino, piangendo sotto la veletta, stordita, barcollante, presso a svenire.

« Attenzione! » gridò una voce da un portone che si apriva pel passaggio d'una carrozza.

Ella si fermò per lasciar passare un cavallo nero, scalpitante sotto un calesse guidato da un *gentleman* coverto d'una pelliccia di zibellino. Chi era costui?... Ella lo conosceva... La vettura si slanciò, e disparve.

Ma era lui, il visconte! Si volse; la strada era deserta. Ed a quella vista si sentì così accasciata, così triste, che si appoggiò vicino ad un muro per non cadere.

Poi pensò che si era potuta ingannare. Del resto, non ne sapeva nulla. Tutto ormai l'abbandonava. Si sentiva perduta, precipitando a caso in un abisso incommensurabile; e fu quasi con gioia che scorse, giungendo alla *Croix Rouge,* quel buon Homais che se ne stava a veder caricare sulla *Hirondelle* una grossa cassa piena di ingredienti farmaceutici, con un fazzoletto in mano nel quale erano avvolte sei ciambelle normanne fatte con burro e sale, cibo della quaresima.

« Riverisco, signora Bovary, sono ben lieto d'incontrarvi », le disse, porgendole la mano per farla salire sulla *Hirondelle.* Poi sospese l'involto sotto la vettura ed incrociando le braccia, prese una posa tutta napoleonica.

Un mendicante cieco s'avvicinò per chiedere l'elemosina ed il farmacista cominciò a sermonizzarlo, dicendogli che non doveva frequentare le taverne, evitare l'umido, attenersi ad un regime rinforzante per l'affezione scrofolosa che avea agli occhi. Buon vino, buona birra ed arrosto. Il cieco seguitava la sa nenia piagnucolosa e pareva non udirlo; d'altronde era quasi idiota. Poi il signor Homais cavò di tasca un soldo e glielo dette.

« Tieni, eccoti un soldo, e non dimenticare le mie raccomandazioni; te ne troverai contento. »

Hivert si permise ad alta voce qualche osservazione sulla loro efficacia. Ma il farmacista assicurò che avrebbe saputo anche guarirlo, solo facendo uso di un unguento antiflogistico di sua invenzione, e dette al cieco il suo indirizzo.

« Homais, presso i Mercati, conosciutissimo! »

« Ebbene, in compenso », disse Hivert, « facci sentire un po' le tue canzoni. »

Il cieco allora si curvò sulle gambe e con la testa arrovesciata, volgendo in giro quei suoi occhi verdastri con tanto di lingua di fuori, si stropicciava lo stomaco, mandando dei sordi guaiti come un cane affamato. Emma, nauseata da un sì orrido spettacolo, gli gittò l'unico scudo che aveva. Le pareva bello di barattar così tutta la sua fortuna.

La diligenza si pose in moto e la vista di tutti quegli oggetti che ben conosceva distoglieva Emma dal dolore immediato da cui era afflitta. Una stanchezza immensa l'opprimeva e giunse a casa inebetita, disfatta, quasi assopita.

« Avvenga quel che deve! » diceva fra sé.

E poi chi sa? non poteva sopravvenire un avvenimento straordinario ed improvviso? Non poteva morire anche Lheureux?

Verso le nove, fu svegliata da uno strepito di voci sulla piazza. Vi era un assembramento intorno ai Mercati per leggere un grande avviso incollato su di un palo, e scorse Justin che saliva su di una colonnina e lo lacerava; mentre la guardia campestre lo afferrava pel colletto. Il signor Homais usciva dalla farmacia, e mamma Lefrançois, pareva arringare la folla.

« Signora! signora! » esclamò Félicité entrando. « È orribile! è orribile! »

E la povera ragazza, commossa e piangente, le porse una carta gialla che aveva strappata alla porta. Emma lesse in un attimo che tutto il suo mobilio stava per essere venduto all'asta.

Allora si guardarono in silenzio. Non avevano entrambe, serva e padrona, nessun segreto fra loro. Finalmente Félicité disse con un sospiro: « Se fossi in voi, signora, andrei dal signor Guillaumin ».

« Credi?... »

E questa interrogazione significava: « Tu che conosci la casa per mezzo del servitore, ha forse il padrone parlato di me qualche volta? »

« Sì, sì, andateci, vi troverete contenta. »

Indossò la veste nera, con la mantellina tempestata di piccoli coralli neri, e per non farsi vedere (vi era sempre molta gente sulla piazza) prese la via fuori del villaggio, pel sentiero della riva dell'acqua.

Giunse tutta affannata innanzi al cancello del notaio; il cielo era scuro e cadeva la neve. Al tintinnio del campanello, Théodore, in panciotto rosso, comparve sul pianerottolo ed andò ad aprire quasi in dimestichezza, come persona già conosciuta, e l'introdusse nella sala da pranzo.

Una larga stufa di porcellana gorgogliava sotto un *cactus,* che ne ornava la nicchia, ed in cornici di legno nero, appese alle pareti di carta color quercia, vi era l'*Esmeralda* di Steuben con la *Putifarre* di Schopin. La tavola apparecchiata, gli scaldavivande d'argento, le porte con cristalli, il pavimento, i mobili, tutto riluceva per una pulizia meticolosa, inglese; i quadroni erano decorati a ciascun angolo con vetri colorati.

« Ecco una sala da pranzo », pensava Emma, « come io la vorrei. »

Il notaio comparve, stringendo sul corpo con la sinistra la veste da camera a largo fogliame, mentre con l'altra mano si toglieva con premura il berretto di velluto marrone, pretenziosamente inclinato sull'orecchio destro, dove cadevano le punte di tre ciocche di capelli biondi, che dall'occipite gli contornavano il cranio calvo.

Dopo che ebbe offerta una sedia, si sedette egli stesso per far colezione, profondendosi in iscuse a non finire.

« Signore », disse Emma, « vorrei pregarla... »

« Di che cosa, signora, parli. »

Ella cominciò ad esporgli la sua posizione.

Il signor Guillaumin la conosceva bene, essendo in segrete relazioni col mercante di stoffe, dal quale trovava sempre capitali disponibili per i mutui che i clienti gli chiedevano di contrarre.

Egli sapeva dunque (e meglio di lei) la lunga storia di tutti quei biglietti, minimi in sul principio, all'ordine di diversi prenditori, accettati a lunga scadenza e rinnovati continuamente, fino al giorno in cui, riunendo tutti i protesti, il mercante aveva incaricato l'amico Vinçart di fare sotto il suo nome le citazioni e la relativa causa, non volendo passare per una tigre presso i suoi concittadini.

Frammischiò il suo racconto di recriminazioni contro Lheureux, recriminazioni alle quali il notaio rispondeva ogni tanto con qualche parola insignificante. Mentre mangiava la sua costoletta, innaffiandola con la sua brava tazza di thè, sprofondava il mento sulla larga cravatta celeste ornata di due spilli di brillanti, uniti da una catenella d'oro e sorrideva di un sorriso strano, in una certa maniera benevola ed ambigua. Quando, accorgendosi che Emma aveva i piedi bagnati: « S'accosti alla stufa... più su... vicino alla porcellana ».

Ella temeva di sporcarla. Il notaio riprese con un certo fare galante: « Le cose belle non guastano mai nulla ».

Allora ella tentò di commuoverlo, e animandosi a poco a poco, gli cominciò a parlare delle sue ristrettezze, dei suoi fastidi, di tutti i suoi bisogni. Egli comprendeva perfettamente: una donna così elegante! e senza interrompersi dal mangiare, si era voltato completamente verso di lei, così bene che il suo ginocchio le toccava lo stivalino, la cui suola si curvava, leggermente fumigante, al calore della stufa. Ma quando ella gli chiese mille scudi, strinse le labbra, poi dichiarò di essere molto dispiaciuto di non aver lui amministrato la sua fortuna, perché teneva cento mezzi di far fruttare il danaro. Si sarebbe potuto, sia nelle turbine di Grumesnil, sia nei terreni dell'Havre rischiare con sicurezza eccellenti speculazioni; e la fece rodere dalla rabbia al pensiero delle fantastiche somme che avrebbe guadagnato.

« Perché non è venuta da me? Come è accaduto ciò? »

« Non saprei dirglielo. »

« Perché, dunque? Le facevo forse paura? Sono io invece che dovrei lagnarmi! Appena appena ci conosciamo; eppure io le sono molto affezionato; ella non ne dubita certamente, voglio augurarmi. »

Stese la mano, s'impadronì della sua e la baciò avidamente; poi se la tenne sul ginocchio, e giocarellava delicatamente con le sue dita, dicendole mille cose lusinghiere.

La sua voce roca borbottava, come un ruscello scorrente; una fiamma si sprigionava dalle sue pupille attraverso lo specchio delle lenti e le mani s'insinuavano nelle maniche di Emma per palparle le braccia. Ella sentiva presso il suo volto il soffio d'un respiro affannoso. Quell'uomo la seccava orribilmente.

Si alzò di scatto e gli disse: « Signore, io aspetto! »

« Che cosa? » disse il notaio, che divenne ad un tratto estremamente pallido.

« Il danaro. »

« Ma... »

Poi cedendo alla foga di un desiderio irresistibile: « Ebbene, sì!... »

E si trascinava in ginocchio verso di lei, senza niun pensiero della sua veste da camera a fogliami.

« Per pietà, rimanete! io vi amo! »

L'afferrò per la vita.

Un fiotto di sangue imporporò il volto della signora Bovary. Ella retrocedette con aspetto terribile, esclamando: « Voi profittate impudentemente della mia condizione disperata, o signore. Sono da compiangere; ma non mi vendo! »

Ed uscì.

Il notaio rimase stupefatto addirittura, con gli occhi fissi sulle pantofole ricamate. (Era un regalo amoroso.) Quella vista lo consolò alquanto. D'altra parte, pensava, quella avventura avrebbe potuto trascinarlo molto lontano!

« Miserabile! gaglioffo!... quale infamia », diceva fra sé, fuggendo con piè nervoso lungo la via. Il dispiacere dell'insuccesso rafforzava l'indignazione del suo pudore oltraggiato; le pareva che la Provvidenza si accanisse a perseguitarla e, tutta inorgoglita, giammai aveva avuto tanta stima di sé e tanto disprezzo per gli altri. Avrebbe voluto battere tutti gli uomini, sputar loro sul viso, annientarli tutti, e seguitava a procedere innanzi rapidamente, pallida, fremente, arrabbiata, indagando con occhio lagrimoso il vuoto orizzonte e come compiaciuta dell'odio atroce da cui era invasa.

Quando scorse la sua abitazione, fu presa da una stanchezza incredibile. Non si sentiva la forza d'avanzare; pure non ne poteva fare ammeno; e poi dove fuggire?

Félicité l'aspettava sulla porta.

« Ebbene? »

« Nulla! » disse Emma.

E per un quarto d'ora tutte e due immaginarono le diverse persone di Yonville che forse sarebbero state disposte a soccorrerla. Ma ad ogni nome che proponeva Félicité, Emma rispondeva: « Impossibile! Rifiuteranno! »

« Ed il signore che sta per ritirarsi! »

« Lo so purtroppo... Lasciami un po' sola. »

Aveva tentato tutto. Non vi era più nulla da fare, ora. Appena le comparirebbe Charles davanti, gli direbbe: « Vattene via. Questo tappeto sul quale cammini non è più nostro. Della tua casa non rimane un mobile, uno spillo, una festuca, e sono stata io, io che ti ho rovinato, povero uomo! »

E qui un forte singhiozzo, poi lui piangerebbe abbondantemente e, finalmente, passata la sorpresa, perdonerebbe.

« Sì », mormorava coi denti stretti, « mi perdonerà certamente; per lui un milione non sarebbe sufficiente per offrirmelo! affinché lo scusassi di avermi conosciuta... Mai!... mai!... »

L'idea della superiorità di Bovary su lei la esasperava. Poi, sia che confessasse o no, fra poco, domani, sarebbe non meno informato della catastrofe; dunque, bisognava aspettare questa orribile scena e subire il peso della sua magnanimità. Le venne il pensiero di ritornare da Lheureux: a far che? Scrivere al padre, era troppo tardi; e forse si pentiva di non aver ceduto a quell'altro, quando intese il trotto d'un cavallo nel viale. Era lui, apriva il cancello, ed era più bianco della calce delle mura. Precipitandosi per le scale, fuggì vivamente per la piazza; e la moglie del sindaco, che parlava innanzi alla chiesa con Lestiboudois, la vide entrare dall'esattore.

Ella corse ad informare la Caron, ed allora le due brave signore salirono sul granaio e nascoste dalla biancheria messa ad asciugare, si appostarono per scorgere l'interno della casa di Binet.

Egli era solo nel suo bugigattolo, intento ad imitare col legno quegli oggetti di avorio indescrivibili, a mezzelune o sfere scavate le une nelle altre, il tutto dritto come un obelisco, e che non servono a nulla; stava in sull'ultimo per completare il pezzo! Nella penombra della stanza, la polvere giallastra volitava dal suo utensile come lo scintillio dei ferri d'un cavallo al galoppo, le due ruote giravano, giravano e Binet sorrideva, il mento abbassato e le narici aperte, immerso in quella beatitudine completa che si manifesta soltanto nelle occupazioni mediocri, che appagando l'intelligenza nel superare facilissime difficoltà, formano l'aspirazione suprema, oltre la quale non sognano altro.

« Eccola! » disse madame Tuvache.

Ma non fu possibile, per il girar della ruota, udire una sola parola. Finalmente, credettero sentire la parola *franchi,* e mamma Tuvache disse sottovoce: « Lo prega per ottenere una dilazione al tributo che deve pagare ».

« Quando si dice l'apparenza! » riprese l'altra.

La videro passeggiare in lungo ed in largo, osservando sulle mura gli anelli per tovagliuoli, i candelieri, i pomi di diverse specie; mentre Binet si accarezzava la barba tutto soddisfatto.

« Che sia andata per ordinargli qualche cosa? » disse la signora Tuvache.

« Ma quello non vende nulla » obiettò la vicina.

L'esattore pareva ascoltare, con tanto d'occhi sgranati, come se non capisse bene. Ella continuava con maniere tenere, supplichevoli. Gli si avvicinò, il seno le ansava forte, non parlavano più.

« Gli fa forse delle dichiarazioni? » disse la Tuvache.

Binet era rosso fin nelle orecchie. Ella gli afferrò le mani.

« Ah! è troppo forte! »

E certamente doveva proporle chi sa quale abominio; perché l'esattore, che pur era uomo di coraggio (aveva combattuto a Bautzen, a Lutzen, fatto la campagna di Francia, e proposto finanche per la *croce*) ad un tratto, come alla vista di un serpente, retrocedette ben lontano, esclamando: « Signora! ma le pare? »

« Le dovrebbero frustare a sangue donne simiglianti! » disse la signora Tuvache.

« Dove s'è ficcata, ora? » riprese la Caron.

Perché, infatti, era sparita durante quelle brevi parole; poi la scorsero che pigliava la via maestra e volgeva a destra, come per andare verso il cimitero; si perdettero in congetture.

« Mamma Rolet », disse giungendo dalla nutrice, « soffoco! aiutatemi a slacciare il busto. »

Cadde sul letto; singhiozzava. Mamma Rolet la covrì con una sottana e rimase ritta presso di lei. Poi, siccome non rispondeva, la brava donna si allontanò, prese il filatoio e si pose a filare del lino.

« Oh, finite! finite! » mormorava Emma, credendo sentire la ruota di Binet.

« Che le dà fastidio? » chiedevasi la nutrice. « Perché è venuta qui? »

Riversa sul letto, immobile, con gli occhi sbarrati, ella scerneva vagamente gli oggetti, abbenché vi si applicasse con tutta l'attenzione possibile e con persistenza da idiota. Contemplava le scorticature sul muro, due tizzi che fumigavano a capo a capo e un grosso ragno che le filava sulla testa, in una fessura della trave. Finalmente potette raccogliere le sue idee. Si ricordava... Un giorno, con Léon... Oh, com'era lontano... Il sole brillava sulla riviera e i climatidi imbalzamavano l'aria. Allora, trasportata da questi ricordi come in un torrente che gorgogli, giunse ben presto a ricordarsi della giornata della vigilia.

« Che ore sono? » chiese.

Mamma Rolet uscì, alzò le dita della mano destra dalla parte dove il cielo era più chiaro e rientrò, dicendo: « Le tre fra poco ».

« Ah, grazie! grazie! »

Léon stava certo per arrivare. N'era certa. Aveva trovato la somma; ma sarebbe andato laggiù, ignorando che essa stava lì, ed ordinò alla nutrice di correre a casa sua per condurglielo.

« Spicciatevi! »

« Subito, signora mia, vado! vado! »

Si maravigliava, ora, di non aver pensato a lui prima di quel momento; ieri aveva impegnata la sua parola, non verrebbe meno, e si vedeva già in casa di Lheureux, porgendogli sul banco i tre biglietti di banca. Poi doveva inventare qualche storiella per ispiegare le cose a Bovary. Ma quale?

Intanto la nutrice tardava a ritornare; ma poiché non v'era orologio nella casupola, Emma temeva d'ingannarsi sulla lunghezza del tempo trascorso. Finalmente comparve mamma Rolet.

« Non c'è nessuno in casa vostra! »

« Possibile! »

« Nessuno! Solo il padrone che piange e vi chiama. Vi cercano dappertutto. »

Emma non rispose nulla. Ella affannava, volgendo attorno gli occhi smarriti, mentre la contadina spaventata dalla tetraggine del suo volto, retrocedeva istintivamente, credendola presso ad impazzire. Ad un tratto, si batté in fronte e mandò un grido; perché il ricordo di Rodolphe, come un lampo in una notte oscura, le aveva rischiarato l'anima. Egli era così buono, così delicato, tanto generoso! E, d'altra parte, se esitava a renderle un tal favore, saprebbe ben costringerlo, ricordandogli con un solo sguardo il loro amore perduto.

184

S'incamminò dunque verso la Huchette, senza accorgersi che correva ad offrire ciò che l'aveva poc'anzi così fortemente esasperata, né aver coscienza di tanta sua prostituzione.

VIII

Cammin facendo, dimandava a se medesima: « Che gli dirò? Come dovrò cominciare? » E a misura che procedeva, riconosceva gli spini, gli alberi, i giuncheti sulla collina, il castello laggiù. Si risovveniva di tutte le sensazioni del suo primo amore e quel suo povero cuore oppresso vi si dilatava amorosamente. Un vento tiepido le alitava sul volto, e la neve, sciogliendosi, cadeva a goccia a goccia.

Entrò, come una volta, dalla porticina, giunse nel cortile d'onore, inquadrato in doppia fila da folti tigli, che agitavano fischiando le lunghe cime. I cani abbaiarono nei loro canili tutti in una volta e i loro latrati si ripercotevano senza che comparisse un'anima viva.

Salì la larga scalinata dritta, dalle balaustre di legno, che metteva al corridoio lastricato, dove si aprivano parecchie camere in fila, come nei monasteri o negli alberghi. La sua era in sul principio, proprio in fondo, a sinistra. Nel poggiar la mano sulla serratura, le forze le vennero meno ad un tratto. Temeva che non fosse lì, anzi lo sperava quasi; eppure era l'unica speranza, l'ultima ancora di salvezza. Ristette qualche minuto, e ripigliando lena al pensiero della urgente necessità presente, entrò.

Egli se ne stava accanto al fuoco, coi piedi sugli alari, intento a fumare una pipa.

« Toh, siete voi! » disse alzandosi bruscamente.

« Sì, sono io!... vorrei, caro Rodolphe, chiedervi un consiglio. »

E malgrado ogni suo sforzo, non le riusciva di aprir la bocca.

« Non siete punto cambiata, siete sempre leggiadra! »

« Oh, debb'essere ben povera cosa tal leggiadria, se l'avete spregiata. »

Allora egli volle spiegarle la sua condotta, scusandosi con termini vaghi, non potendo addurle ragioni concrete. Ella si lasciò persuadere dalle sue parole, e forse più dalla sua voce e dal suo aspetto; sì bene che fece sembiante di credere, o credette forse davvero, al pretesto della loro rottura: era un segreto da cui dipendeva l'onore ed anche la vita di una terza persona.

« Non fa nulla! » diss'ella, guardandolo mestamente. « Quanto ho sofferto! »

Egli rispose con un'intonazione filosofica: « Questa è la vita! »

« È trascorsa buona, almeno per voi, dalla nostra separazione? »

« Oh, così così; né buona né cattiva. »

« Sarebbe forse stato meglio non lasciarci mai. »

« Sì... può darsi! »

« Lo credi? » diss'ella avvicinandoglisi.

E sospirò.

« Oh, Rodolphe! se tu sapessi! Quanto ti ho amato! »

In questo punto ella gli prese la mano e rimasero per qualche tempo con

le dita fra le dita, come in quel primo giorno ai Comizi! Con un gesto d'orgoglio, egli cercava dominare la commozione. Ma, appoggiandoglisi sul petto,
ella gli disse: « Come volevi che avessi potuto vivere senza di te? Non ci si
può disavvezzare dalla felicità! Ero disperata! Ho creduto morirne! Ti rac-
conterò ogni cosa, sentirai... e tu, mi hai fuggita! »

Perché, da tre anni, egli l'aveva accuratamente evitata, per quella vi-
gliaccheria naturale che caratterizza il sesso forte. Intanto Emma continuava,
con certi movimenti del capo, più carezzevole di una gatta in amore.

« Tu devi amarne delle altre, confessalo! Oh, io le comprendo e le scuso;
tu le avrai sedotte, come hai sedotta me. Tu sei un uomo che hai tutto per
innamorare. Ma noi ricominceremo, non è così? Ci ameremo tanto tanto!
Guarda, rido, son così felice! Parla, parla! »

Ell'era incantevole, con lo sguardo illuminato da una lagrima, come goccia di pioggia in un calice azzurro.

Egli l'attirò sulle ginocchia ed accarezzava col rovescio della mano le due
bande di capelli neri, dove, nella luce del crepuscolo, si specchiava come una
freccia dorata un ultimo raggio di sole. Ella chinava la testa e lui la baciò
sulle palpebre, lievemente, con la punta delle labbra.

« Ma tu hai pianto! Perché? »

Ella ruppe in singhiozzi. Rodolphe credette fosse la piena dell'amore,
e poiché taceva, credette quel silenzio un ultimo resto di pudore, perché
esclamò: « Ah! perdonami! tu sei la sola che mi piaci. Sono stato stupido e
cattivo! Ti amo! ti amerò sempre!... Che hai, dimmelo! »

Le s'inginocchiò ai piedi.

« Ebbene!... sono rovinata, Rodolphe mio! Mi devi prestare tremila franchi! »

« Ma... ma... » disse quegli, alzandosi a poco a poco; mentre la fisonomia
assumeva un'espressione grave.

« Sappi che mio marito aveva impiegata tutta la sua fortuna da un notaio; costui è fuggito. Abbiamo assunto qualche obbligazione, i clienti non pa-
gano. D'altra parte, la liquidazione non è finita, incasseremo più in là. Ma oggi, per mancanza di tremila franchi, ci vendono la mobilia; oggi, proprio in questo momento, e facendo assegnamento sulla tua amicizia, mi son recata da
te! »

Finalmente lui rispose con calma: « Non li ho, cara mia ».

Non mentiva per nulla. Se li avesse avuti, li avrebbe dati certamente;
abbenché sia un po' dispiacevole di fare di tali belle azioni: una richiesta pe-
cuniaria, fra tutte le docce che versano sull'amore, è la più fredda e la più
distruggitrice.

Ella rimase a bella prima qualche minuto a guardarlo.

« Non le hai? »

E ripetette più volte: « Non le hai!... Avrei dovuto risparmiarmi una simile vergogna. Tu non mi hai amata giammai! Tu non vali più degli altri! »

Si tradiva, e si perdeva.

Rodolphe l'interruppe, per affermarle che anche lui si trovava un po'
impicciato.

« Oh, quanto mi addolora! » disse Emma. « Oh, sì, immensamente! »

E fermando gli occhi su di una carabina damaschinata che riluceva nella

186

panoplia: « Ma quando si è così poveri, non s'incrosta d'argento il calcio del fucile! Non si compra un orologio in tartaruga! » continuò indicando l'orologio di Boulle. « Né fischietti d'argento dorato per le fruste! » e li toccava. « Né ciondoli per la catenina! Oh! non ti manca nulla! financo un porta-liquori nella tua stanza; tu ti tratti bene, vivi comodamente, hai un castello, fattorie, boschi; cacci alla pista, viaggi a Parigi... E non fosse altro che questo », esclamò prendendo sul cammino i bottoni da polsi, « dalla minima di queste sciocchezze, se ne potrebbe cavare tanto denaro... Ma tienteli, non ne voglio punto! »

E gittò contro il muro i due bottoni d'oro, la cui catenella si spezzò all'urto.

« Ma io, io ti avrei dato tutto, avrei venduto tutto, avrei lavorato con le mie mani, avrei mendicato per la strada per un sorriso, uno sguardo, per sentirti dire: 'grazie!' E tu te ne stai lì tranquillamente nella tua poltrona, come se non mi avessi già abbastanza fatta soffrire? Senza di te, sappilo, avrei potuto vivere felice! Chi ti obbligava? È stata forse una scommessa? Eppur mi amavi, lo dicevi almeno... E poc'anzi, benanche.... Ah, sarebbe stato meglio cacciarmi via! Ho ancora calde le mani dei tuoi baci ed ecco il luogo su questo tappeto dove mi giuravi in ginocchio un'eternità d'amore. Tu mi vi hai fatto credere; per due anni mi hai cullata nel sogno più magnificamente soave!... Rammenti? I nostri progetti di viaggi? Oh, quella lettera! quella lettera, mi ha lacerato il cuore! E poi, quando ritorno a lui, a lui che è ricco, felice, libero! per implorare un soccorso che il primo venuto vi renderebbe senza fallo, supplichevole, arrecandogli tutta la mia tenerezza, mi respinge perché gli costerei tremila franchi! »

« Non li ho! » rispose Rodolphe con quella calma perfetta con cui si covrono come di uno scudo le collere rassegnate.

Se ne andò. Le mura tremavano, le volte parevano sprofondarsi; e ripassò pel lungo viale, incespicando su i mucchi di foglie morte che il vento andava disperdendo a poco a poco. Finalmente giunse al cancello e si ruppe le unghie contro la serratura tanto aveva fretta di aprirlo. Poi, cento passi più lunghi, affannando e sul punto di cadere, si fermò. Ed allora, volgendosi, scorse ancora una volta l'impassibile castello, col parco, i giardini, i tre cortili e tutte le finestre della facciata.

Ella rimase smarrita dallo stupore, non avendo coscienza di se stessa che dal battito delle arterie, che credeva sentir sfuggire come un'assordante musica che empiva la campagna. Il suolo sotto i suoi piedi era più morbido dell'onda e i solchi le parvero immensi cavalloni bruni che si avanzavano. Tutto quanto aveva nella mente, riminiscenze, idee, tutto le sfuggiva in un tratto, come i mille pezzi d'un fuoco d'artificio. Vide suo padre, lo studio di Lheureux, la loro cameretta laggiù, un altro paesaggio. La follìa la prendeva a poco a poco, ebbe paura e pervenne a calmarsi alquanto, ma in maniera confusa; perché non ricordava punto la causa del suo orribile stato; vale a dire la mancanza di denaro; non soffriva che del suo amore perduto e sentiva l'anima abbandonarla a quel ricordo come i feriti nell'agonia sentono fuggir la vita dalla piaga che sanguina.

La notte cadeva e volitavano nell'aria uno sciame di cornacchie.

Ad un tratto, le parve che dei globi color fuoco scoppiassero nell'aria come palle fulminanti, che si schiacciassero, e giravano giravano per andare a perdersi nella neve, fra i rami degli alberi. In mezzo a ciascuno, le appariva la figura di Rodolphe. Si moltiplicarono, si approssimarono, la penetrarono, disparvero. Riconobbe i lumi delle case che raggiavano di lontano nella nebbia.

Allora la sua situazione, come uno spaventevole abisso, le apparve di nuovo. Affannava da rompersi il petto. Poi, in un trasporto di eroismo che la rendeva quasi allegra, discese la costa correndo, traversò il piano delle vacche, il sentiero, il viale, il mercato e giunse innanzi alla bottega del farmacista. Non v'era nessuno. Stava per entrare, ma al suono del campanello potevano venire, ed insinuandosi pel cancello, trattenendo il respiro, tastando le mura, s'avanzò fino alla soglia della cucina, dove stava accesa una candela sul fornello.

Justin in maniche di camicia portava un piatto.

« Ah! Pranzano. Aspettiamo. »

Justin ritornò; ella battette nel vetro, e quegli uscì fuori.

« Dammi la chiave! Quella di sopra dove sono... »

« Come? »

Ed egli la guardava tutto maravigliato dal pallore del volto che spiccava in bianco sul fondo nero della notte. Ella gli apparve straordinariamente bella e maestosa come un fantasma; senza comprendere ciò che volesse, presentiva qualche cosa di terribile.

Ma ella riprese vivamente, a voce bassa, dolce, carezzevole, insinuante: « La voglio! dammela ».

Essendo il tramezzo sottile, si sentiva il rumore delle forchette sui piatti nella sala da pranzo.

Pretendeva di dover ammazzare i topi che le impedivano di dormire.

« Debbo avvertire il padrone? »

« No, rimani! »

Poi con indifferenza: « Oh, non monta. Glielo dirò io più tardi. Andiamo, fammi lume! »

Entrò nel corridoio, dove si apriva la porta del laboratorio. Sul muro era appesa una chiave con la scritta *capharnaum*.

« Justin! » gridava il farmacista con impazienza.

« Saliamo! »

E quegli la seguì.

La chiave girò nella toppa ed ella andò difilata alla terza scansia, tanto la guidava bene il ricordo; prese il boccale azzurro, ne tolse il coverchio, v'introdusse la mano e ritirandola piena di una polvere bianca, cominciò a mangiarne senza fermarsi.

« Fermatevi! » esclamò il ragazzo, precipitandosi su lei.

« Taci, verrebbero... »

Quegli si disperava, voleva chiamare.

« Non dire nulla, ne sarebbe incolpato il tuo padrone! »

Poi se ne andò, subitamente acquietata e quasi nella serenità di un dovere compiuto.

Quando Charles, tutto sconvolto pel sequestro e la vendita, era entrato in casa, Emma ne usciva. Egli gridò, pianse, svenne; ma la moglie non ritornò.

Dove poteva essere? Mandò Félicité dagli Homais, dalla Tuvache, da Lheureux, al *Lion d'or,* dappertutto; e nelle intermittenze della sua angoscia, vedeva la sua posizione annientata, la fortuna svanita, l'avvenire di Berthe distrutto! In che modo? per qual cagione?... neppure una parola! Attese fino alle sei della sera. Finalmente, non ne potendo più, immaginando che fosse andata a Rouen, si avviò per la via maestra, fece una mezza lega, senza incontrare nessuno, attese ancora un poco; poi ritornò indietro.

Ella era rientrata. « Che era stato?... Perché... Spiegami?... »

Si sedette al suo scrittoio e scrisse una lettera, che suggellò lentamente, apponendovi la data del giorno e l'ora. Poi disse con tono solenne: « La leggerai domani, fino allora, te ne prego, non farmi nessuna domanda! Nemmeno una! »

« Ma... »

« Oh, lasciami! »

E si coricò lunga distesa sul suo letto.

Un sapore acre che sentiva nella bocca la svegliò! Intravide Charles e chiuse gli occhi.

Si osservava curiosamente per discernere ne soffriva o pur no.

Ma no! niente ancora. Sentiva il tic-tac del pendolo, lo scoppiettio del fuoco, e la respirazione di Charles che se ne stava ritto a piedi del suo letto.

« Oh, è ben misera cosa la morte! » pensava; « mi addormenterò fra poco, e tutto sarà finito! »

Bevve un sorso d'acqua e si volse verso il muro.

Quel sapore disgustoso d'inchiostro continuava.

« Oh, che sete!... ho sete! » mormorò con un sospiro.

« Che cosa ti senti? » le disse Charles porgendole un bicchiere.

« Non è nulla!... Apri la finestra... mi sento soffocare! »

E fu presa da una nausea così improvvisa, che ebbe appena tempo di prendere il fazzoletto sotto il cuscino.

« Toglilo! » disse poi vivamente, « gettalo via! »

Egli la interrogò; ma non rispose. Se ne stava immobile, per paura che la minima emozione non la facesse vomitare. Intanto sentiva un freddo diaccio, che dai piedi le saliva al cuore.

« Ah, ecco che comincia! » mormorò.

« Che dici? »

Ella volgeva la testa con un movimento lento, ma pieno di angoscia, aprendo continuamente le mascelle, come avesse tenuto sulla lingua qualcosa di estremamente pesante. Alle otto ricominciò il vomito.

Charles osservò che vi era nel fondo del bacile una specie di polvere bianca, appiccicata alle pareti della porcellana.

« È straordinario! è singolare », ripeteva lui.

Ma ella gli disse con voce forte: « No, ti sbagli ».

Allora, delicatamente e quasi accarezzandola, le passò la mano sullo stomaco. Ella gettò un grido acuto. Egli retrocedette spaventato.

Poi ella cominciò a gemere, debolmente dapprima. Un forte brivido le scoteva le spalle e diventava più pallida del lenzuolo che stringevano le sue dita increspate. Il polso ineguale era quasi insensibile, ora. Gocce di sudore le scorrevano dal livido volto, che pareva come nella esalazione di un vapore metallico. I denti le battevano e gli occhi ingranditi guardavano vagamente intorno; a tutte le domande non rispondeva che scuotendo la testa. Anzi, due o tre volte, sorrise anche. A poco a poco i gemiti aumentarono. Un urlo di dolore le sfuggì, però pretendeva di sentirsi meglio e che fra poco si sarebbe alzata; quando fu presa dalle convulsioni ed esclamò: « Ah! è atroce, mio Dio! »

Il marito le si precipitò ginocchioni accanto.

« Parla! parla! che hai mangiato? Rispondi, in nome del Cielo! »

E la guardava con uno sguardo di tenerezza e di affezione com'ella giammai ne aveva veduti.

« Ebbene, là... là! » disse con voce indebolita. Corse alla scrivania, ruppe il suggello e lesse ad alta voce: « Non si accusi nessuno... » Si fermò, si passò la mano sugli occhi, volle rileggere.

« Come?!... aiuto! soccorso! »

E non poteva che ripetere la sola parola: « avvelenata! avvelenata! » Félicité corse da Homais, il quale ripetette la notizia sulla piazza: mamma Lefrançois la seppe al *Lion d'or;* alcuni si levarono di letto per informarne i vicini, e tutta la notte il villaggio fu in subbuglio.

Confuso, smarrito, balbutendo, sul punto di cadere, Charles girava per la stanza, urtando nei mobili, strappandosi i capelli ed il farmacista non avrebbe mai creduto di poter assistere a simile spettacolo.

Ritornò in casa sua per scrivere al dottor Canivet ed al dottor Larivière. Perdeva la testa; fece più di quindici bozze. Hippolyte partì per Neufchâtel e Justin spronò così forte il cavallo di Bovary che lo lasciò nella costa del bosco Guillaume mezzo rattrappito e quasi crepato.

Charles volle consultare il suo dizionario di medicina; non vi poteva legger nulla, le linee ballavano.

« Calma! » disse lo speziale. « Occorre soltanto somministrare qualche potente antidoto. Qual è il veleno? » Charles mostrò la lettera. Era l'arsenico.

« Ebbene », riprese Homais, « bisognerebbe farne l'analisi. » Egli sapeva che in ogni avvelenamento si doveva far l'analisi, e l'altro che non capiva più nulla, rispose: « Sì, sì, fate! fate! Salvatela... »

Poi, ritornato presso di lei, si accasciò per terra sul tappeto, con la testa appoggiata presso di lei e col petto rotto dai singhiozzi.

« Non piangere! » gli diss'ella. « Fra breve non ti tormenterò più! »

« Perché? Chi vi ti ha spinta? »

Ella replicò: « Era necessario, amico mio ».

« Non eri felice? È stata colpa mia? Eppure ho fatto quanto ho potuto. »

« Sì, è vero... tu sei buono, tu! »

Ed ella gli passava la mano nei capelli, lentamente. La dolcezza di quella sensazione aumentava il suo cordoglio; sentiva, tutto il suo essere disfarsi pel dolore di doverla perdere, giusta nel punto in cui ella gli palesava di sentire per lui più affezione; e non trovava nulla, non sapeva nulla, non osava nulla, l'urgenza di una risoluzione immediata più lo sconvolgeva.

Intanto ella pensava di aver posto fine a tutt'i tradimenti, a tutte le bassezze ed alle innumerevoli brame che la tormentavano. In quell'ultimo momento non odiava più nessuno; una penombra di crepuscolo le invase il cervello e di tutt'i rumori della terra Emma non intese altro che l'intermittente lamentìo di quel povero cuore, dolce, indistinto come l'ultima eco di una sinfonia che si allontani.

« Portatemi la piccina! » disse sollevandosi sul gomito.

« Non ti senti più male, non è vero? » domandò Charles.

« No! no! »

La bambina giunse fra le braccia della cameriera in una lunga camicia da notte, donde uscivano i piedini nudi, seria ed ancora mezz'assonnata. Considerava con stupore la camera in disordine e stringeva le palpebre, abbagliata dai tanti lumi che ardevano sui mobili. Le ricordavano senza dubbio la notte del primo dell'anno o dell'Epifania, quando similmente svegliata di buon'ora, alla luce delle lampade, andava nel letto della madre per ricevere le strenne; perché si mise a gridare: « Dove sta la mamma? »

E poiché tutti tacevano: « Ma io non veggo la mia scarpetta! »

Félicité la volgeva verso il letto, mentre ella guardava sempre dalla parte del cammino.

« L'ha presa forse la nutrice? » domandò la piccina.

E da quel nome che le ricordava i suoi adulterii e le sue sventure, la signora Bovary volse la testa come disgustata da un altro veleno più forte di quello che le veniva alla bocca. Berthe tanto rimaneva assisa sul letto.

« Oh! come hai gli occhi grandi, mamma! come sei pallida! come sudi!... »
La madre la guardava.

« Ho paura! » disse la bambina scostandosi; Emma le prese la mano per baciarla. Quella si schermì con forza.

« Basta! portatela via! » esclamò Charles che singhiozzava nell'alcova.

Poi i sintomi sostarono un momento, parve meno agitata. Ad ogni parola insignificante, ad ogni respiro del petto un po' più caldo, egli prendeva speranza. Finalmente, quando entrò il dottor Canivet, gli si gittò fra le braccia piangendo.

« Ah, siete voi! grazie! voi siete tanto buono! Pare che vada meglio... Eccola, guardate. »

Il collega non fu per niente di quest'opinione e per non andare per le lunghe, come egli stesso diceva, prescrisse dell'emetico per sbarazzare completamente lo stomaco.

Non tardò a vomitar sangue. Le labbra le si strinsero maggiormente. Aveva le membra increspate, il corpo coverto di macchie brune ed il polso sfuggiva sotto le dita come un filo teso, come una corda di arpa vicina a rompersi.

Poi cominciò a gridare orribilmente. Malediceva il veleno, gli rivolgeva delle invettive, lo supplicava di affrettarsi e respingeva col braccio teso tutto quanto Charles, più agonizzante di lei, si sforzava di farle bere. Egli se ne stava in piedi, col fazzoletto sulle labbra, rantolava, piangeva, soffocato dai singhiozzi che lo scotevano fin nelle piante dei piedi; Félicité correva di qua e di là per la stanza; Homais, immobile, mandava grossi sospiri ed il dottor Canivet, conservando sempre il suo sangue freddo, cominciava nondimeno a sentirsi un po' turbato.

« Diavolo!... pure... è stata purgata, e dal momento che cessa la causa... »

« Dovrebbe cessare l'effetto », disse Homais, « è chiaro. »

« Salvatela! » esclamò Bovary.

Così, senza dar retta al farmacista, che faceva ancora l'ipotesi: « È forse un parossismo salutare » Canivet prescrisse della teriarca, quando s'intese lo schioccare di una frusta; tutte le lastre tremarono ed una carrozza di posta a tre cavalli infangati fin sulle orecchie spuntò di corsa sull'angolo dei Mercati. Era il dottor Larivière.

L'apparizione di un Dio non avrebbe cagionata maggior emozione. Bovary alzò le mani al cielo.

Canivet si fermò di botto ed Homais si tolse il berretto greco molto prima che il dottore fosse entrato.

Apparteneva costui alla grande scuola chirurgica venuta fuori dal Bichat, a quella schiera ora sparita di pratici filosofi, che innamorati della loro arte fino al fanatismo, la esercitavano con entusiasmo e sagacia! Tutti tremavano all'ospedale quando andava in collera ed i suoi allievi lo veneravano sì fattamente, che appena stabiliti, si sforzavano d'imitarlo il più che potevano. Sdegnoso di croci, di titoli e di accademie; ospitale, liberale, quasi padre coi poveri, praticando la virtù senza credervi, sarebbe passato quasi per un santo, se la finezza del suo spirito non l'avesse fatto temere come un demonio. Il suo sguardo, più tagliente di un bisturi, vi discendeva diritto all'anima e vi metteva a nudo ogni menzogna a traverso le reticenze e la falsa modestia.

Egli corrugò le sopracciglia appena comparve sotto l'uscio, scorgendo la faccia cadaverica di Emma, stesa sul dorso con la bocca aperta. Poi, pur facendo sembianze di ascoltare Canivet, batteva l'indice sotto le narici e ripeteva: « Va bene, va bene!... »

Ma ebbe un movimento largo delle spalle. Bovary l'osservò: si guardarono, e quell'uomo, pur così adusato ai dolori umani, non poté trattenere una lagrima, che gli cadde sullo sparato.

Chiamò Canivet nella stanza accanto. Charles lo seguì.

« Sta molto male, è vero? Se le applicassimo dei senapismi? qualche altra cosa, non so! Trovate voi un rimedio, ne avete salvati tanti!... »

Charles gli circondava il corpo con le braccia e lo guardava spaventato, supplichevole, mezzo disfatto, appoggiato col capo sul suo petto.

« Via, povero figliuolo, coraggio! Non vi è nulla da fare. »

Ed il dottor Larivière si diresse verso l'uscio.

« Ve ne andate? »

« Ritornerò. »

Uscì come per dare un ordine al postiglione, insieme al dottor Canivet, a cui non garbava di veder Emma morir nelle sue mani.

Il farmacista li raggiunse sulla piazza. Non poteva, pel suo temperamento, separarsi dalle celebrità. Di talché scongiurò il dottor Larivière di fargli l'insigne onore di accettare una refezione in casa sua.

Mandò subito a prendere dei piccioni al *Lion d'or,* tutte le costolette che aveva il beccaio, un piatto di crema della Tuvache, delle uova da Lestiboudois e lui stesso in persona attendeva ai preparativi mentre madame Homais diceva, tirando i lacci della camiciuola: « Vorrete scusarci, signor dottore; perché nel nostro disgraziato paese, quando non si è avvisati il giorno prima... »

« I bicchieri a calice! » gridava Homais.

192

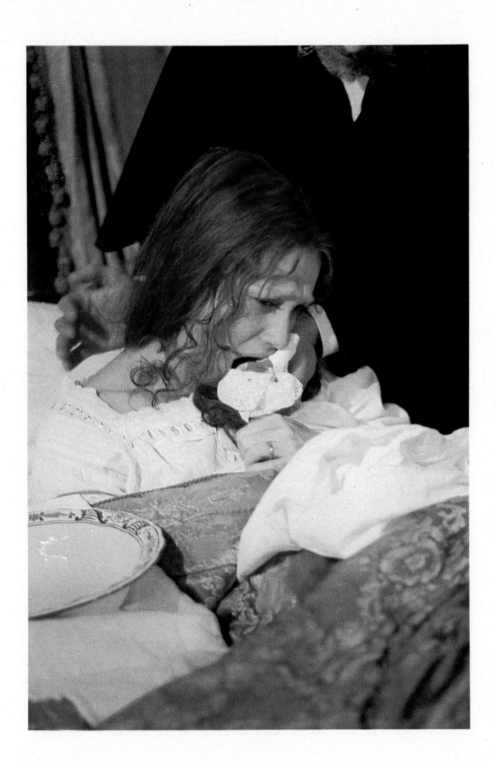

« Almeno, se fossimo in città, avremmo potuto rimediare coi piedi imbottiti. »

« Taci! Stai zitta tu!... A tavola dottore! »

Credette opportuno, dopo i primi bocconi, dare qualche particolare dettagliato sulla catastrofe.

« Abbiamo avuta dapprima una senzazione di aridità alla faringe, poi dolori intollerabili all'epigastro, deiezioni, vomito, coma. »

« Come si è avvelenata? »

« Lo ignoro, dottore, né saprei dirvi dove si sia procurato quest'acido arsenicale. »

Justin, che proprio in quel momento recava una pila di piatti, fu invaso da un forte tremore.

« Che hai? » disse il farmacista.

A quella domanda, il giovane fece cadere tutto per terra con gran fracasso.

« Imbecille! » esclamò Homais, « Malaccorto! brutto asino! »

Ma contenendosi subitamente: « Ho voluto, dottore, tentare un'analisi, ed *in primis,* ho delicatamente introdotto in un tubo... »

« Sarebbe stato meglio introdurle due dita nella gola. »

Il collega taceva, avendo ricevuta poc'anzi una forte ramanzina a proposito del suo emetico, in guisa che quel buon Canivet, così arrogante e ciarliero nel frangente della gamba, era oggi molto dimesso e sorrideva in continuità, come in segno di approvazione.

Homais s'inorgogliva della sua qualità di anfitrione, né era molto afflitto del caso Bovary per quel sentimento egoistico che lo distingueva. Poi la presenza del dottore lo esaltava. Faceva mostra di erudizione, citava alla rinfusa la cantaride, l'upas, la mela delle Antille, la vipera.

« Ed ho letto anche di diverse persone avvelenatesi, dottore, in maniera fulminea con dei sanguinacci che avevano subito una forte fumigazione... »

La signora Homais comparve in quel momento con una macchinetta a spirito; perché il farmacista ci teneva a fare il caffè a tavola, caffè che lui stesso aveva torrefatto, lui polverizzato, lui fatturato.

« *Saccharum,* dottore », disse offrendo dello zucchero.

Poi fece venir giù tutti i figliuoli per aver l'avviso del dottore sulla loro costituzione.

Finalmente il dottore Larivière stava per andar via, quando la signora Homais gli chiese una spiegazione pel marito. Gli si spessiva il sangue addormentandosi ogni sera appena pranzato.

« Non temete, non è il sangue, è il senso che si spessisce. »

E sorridendo dell'inattesa frase ambigua, il dottore aprì la porta; ma la farmacia rigurgitava di persone e durò una vera fatica a sbarazzarsi del sindaco Tuvache, di Binet, di Lheureux, di Lestiboudois, di mamma Lefrançois e di tutti gli altri che lo assediavano.

Finalmente i tre cavalli si avviarono, e tutti rimasero un po' lagnosi della sua poca compiacenza.

L'attenzione pubblica fu distratta dall'apparizione del padre Bournisien che passava sotto i Mercati coll'olio Santo.

Homais, consono ai suoi principii, comparò i preti ai cani attirati dal puzzo della carogna; la vista di un ecclesiastico gli era personalmente antipatica, perché la sottana gli faceva pensare al lenzuolo mortuario, ed esecrava un po' l'una per la paura dell'altro.

Nondimeno, non schivando ciò che chiamava la sua *missione,* ritornò dai Bovary in compagnia di Canivet, a cui il dottor Larivière aveva fortemente raccomandato questa visita; e certamente senza le chiacchiere della moglie, vi avrebbe condotto anche i due figli più grandi, per abituarli alle forti emozioni ed affinché l'avessero come una lezione, un esempio, un quadro solenne che rimanesse loro in mente per sempre.

La camera, quando vi entrarono, era solennemente lugubre. Sul tavolino di lavoro, coperto d'un tovagliuolo bianco, stavano in un piatto d'argento, fra due candelieri accesi ed un crocefisso, cinque o sei batoffoli di bambagia. Emma, col mento sul petto, apriva smisuratamente gli occhi e le povere mani tremolanti brancicavano il lenzuolo, con quel gesto spaventevole e dolce degli agonizzanti, che pare vogliano già ricoprirsi del sudario. Pallido come una statua, gli occhi rossi come carboni accesi, Charles, senza piangere, le stava di faccia, a piè del letto, mentre il prete appoggiato su di un ginocchio borbottava delle preghiere sottovoce.

Ella girò il volto lentamente e parve tutta compresa di gioia nel vedere ad un tratto la stola violetta, ritrovata, senza alcun dubbio, nella straordinaria calma di quell'ora, la dimenticata voluttà dei primitivi slanci di misticismo, con la visione dell'eterna beatitudine che le si affacciava.

Il prete si alzò per prendere il crocefisso; allora ella allungò il collo come uno che avesse sete, e appiccicando le labbra sul corpo dell'Uomo-Dio, vi depose con tutta la forza dei suoi ultimi momenti, il più ardente bacio d'amore che avesse mai dato. Poi il ministro di Dio recitò il *Misereatur* e l'*Indulgentiam,* bagnò il pollice destro nell'olio Santo e impartì l'estrema unzione: prima sugli occhi, che avevano tanto bramato le sontuosità terrene; poi sulle narici, avide di tiepide brezze e di profumi d'amore; poi sulla bocca, che si era aperta tante volte alla menzogna, che aveva spasimato d'orgoglio e gridato nella lussuria; poi sulle mani che tanto si dilettavano ai contatti soavi, e finalmente sulle piante dei piedi, così pronte e rapide una volta, quando correva all'appagamento di ogni desìo, e che sarebbero ora per sempre immobili.

Il curato si asciugò le dita, gittò nel fuoco il cotone inzuppato d'olio e ritornò a sedersi presso la moribonda per dirle che oramai doveva unire le sue sofferenze a quelle di Gesù Cristo e confidare nella divina misericordia.

Terminate le sue esortazioni, provò a metterle nelle mani un cero benedetto, simbolo delle glorie celesti, di cui stava per esser circondata fra poco. Emma, troppo debole, non potette stringere le dita ed il cero sarebbe caduto a terra senza l'aiuto del curato. Intanto ella non era molto pallida ed il volto aveva tale un'espressione di serenità, come se il Sacramento l'avesse guarita.

Il prete non mancò di farlo rilevare, e spiegò anche a Bovary che il Signore talvolta prolunga l'esistenza degli uomini, quando lo crede conveniente per la salute eterna; e Charles ricordò il giorno in cui, presso a morire, ricevette pure la comunione.

Forse non doveva disperare, pensò.

Infatti, ella guardò in giro ogni cosa che le era d'intorno, lentamente, come qualcuno che si sveglia dal sonno; poi con voce distinta, chiese lo specchio, e vi si fissò alcun tempo, fino a che grosse lagrime le scorsero dagli occhi. Poi arrovesciò la testa con un sospiro e cadde sul cuscino.

Il petto cominciò tosto ad ansare fortemente. La lingua intera le uscì fuor dalla bocca e gli occhi, movendosi in giro, impallidivano a poco a poco come due lampade che andavano spegnendosi, sì che poteva credersi già morta, senza lo spaventevole gonfiamento dei fianchi, scossi da una respirazione furiosamente accelerata, come se l'anima avesse durato fatica a staccarsene.

Félicité s'inginocchiò, innanzi al crocifisso e lo stesso farmacista piegò un poco il ginocchio, mentre il dottor Canivet guardava vagamente sulla piazza. Bournisien s'era rimesso a pregare, col volto inclinato sull'orlo del letto, con la lunga sottana che si strascicava dietro di lui per terra. Charles stava in ginocchi sull'altro lato del letto, con le braccia stese verso Emma; le aveva preso le mani e gliele stringeva, trasalendo ad ogni battito del cuore, come un contraccolpo d'una rovina che precipiti. A misura che il rantolo diventava più forte, il sacerdote precipitava le orazioni, le quali si confondevano ai singhiozzi compressi di Bovary, e qualche volta parevano svanire nel sordo mormorio delle sillabe latine, che tintinnivano come un funebre rintocco.

Ad un tratto fu udito sulla strada un rumore di zoccoli, col battere cadenzato di un bastone; ed una voce fu intesa, una voce rauca che cantava:

Le ragazze, al calore
D'un bel giorno di sole,
Van pensando all'amore.

Emma si alzò come un cadavere che si galvanizzi; i capelli sciolti, la pupilla fissa, spalancata: « Il cieco! » esclamò.

E cominciò a ridere con un riso atroce, frenetico, disperato, credendo vedere il volto schifoso del miserabile, che si rizzava nel tenebrore eterno come uno spavento immane.

Forte il vento spirò
E alla bella Ninetta
La gonnella le alzò!

Una convulsione la riabbatté sul materasso. Tutti si avvicinarono. Ella non viveva più.

IX

VI è sempre, dopo la morte di qualcuno, come una specie di stupore generale, tanto è difficile comprendere questa sopravvenienza del nulla e di rassegnarvisi a credere.

Ma quando dalla rigida immobilità, il marito se ne accorse, si gettò su lei gridando: « Addio! addio! »

Homais e Canivet lo trascinarono fuori della stanza.

« Calmatevi! »

« Sì, sì », diceva quegli dibattendosi, « sarò ragionevole, non farò nulla di male. Ma lasciatemi, voglio vederla! è mia moglie! »

E piangeva.

« Piangete », riprese il farmacista, « date sfogo alla natura, ne sarete sollevato. »

Diventato più debole di un fanciullo, Charles si lasciò condurre giù, nella sala, e così tosto il signor Homais se ne ritornò a casa sua.

Sulla piazza fu avvicinato dal cieco, che essendosi trascinato fino a Yonville nella speranza dell'unguento antiflogistico, chiedeva ad ogni passeggiero la dimora dello speziale.

« Bravo, costui ora! come se non avessi altri gatti a pelare! Ritorna più tardi! »

Ed entrò frettolosamente nella farmacia.

Doveva scrivere due lettere, fare una pozione calmante per Bovary, inventare una storiella per nascondere l'avvelenamento e redigere un articolo pel *Fanal,* senza contare tutti quelli che lo aspettavano per aver notizie; e quando gli abitanti di Yonville ebbero udita la sua storiella dell'arsenico che quella aveva scambiato per zucchero, nel fare un po' di crema alla vaniglia, Homais se ne ritornò ancora una volta da Bovary.

Lo trovò solo (il dottor Canivet se n'era andato), seduto sulla poltrona, vicino alla finestra, fissando con uno sguardo da ebete i quadrelli del pavimento.

« Occorre che stabiliate voi stesso l'ora della cerimonia », gli disse il farmacista.

« Per che fare? Che cerimonia? »

Poi con voce interrotta e spaventata: « Oh, no! no! voglio tenerla con me ».

Homais, tanto per fare qualche cosa, prese una bottiglia d'acqua per innaffiare i gerani.

« Oh, grazie! » disse Charles, « quanto siete buono! »

E non poté terminare, soffocando sotto la folla dei ricordi che quel gesto del farmacista gli ricordava.

Allora, per distrarlo, Homais giudicò conveniente di parlare un po' di orticoltura. Le piante avevano bisogno di umidità. Charles abbassò la testa in segno di approvazione.

« Del resto, fra poco ritorneranno le belle giornate. »

« Sì? » disse Bovary.

Homais non osava riparlargli delle disposizioni funebri; fu il curato che pervenne a persuaderlo.

Si chiuse allora nel suo studio, prese una penna e dopo aver prima singhiozzato un pezzo, scrisse: « Voglio che sia sotterrata nella veste nuziale, con scarpine bianche e corona; i capelli tutti sciolti sulle spalle; tre casse, una di quercia, una di palissandro, una di piombo. Non mi si dica nulla, avrò la forza abbastanza. Le sia posto al disopra di tutto un drappo di velluto verde. Così voglio. Fatelo! »

Quei signori si maravigliarono molto delle idee romantiche di Bovary, e tosto il farmacista gli andò a dire: « Quel velluto mi pare una superfetazione. Anche la spesa... »

196

« Che cosa preme a voi? » esclamò Charles. « Lasciatemi! voi non l'amavate! andate! »

L'ecclesiastico lo prese a braccetto per fargli fare un giro nel giardino. Gli discorreva della vanità delle cose terrene. Dio era molto misericordioso, pieno di bontà; sottomettersi ai suoi decreti, ringraziarlo anche...

Charles proruppe in bestemmie.

« Io l'odio il vostro Dio! lo esecro! »

« Lo spirito della rivolta non vi ha ancora lasciato », sospirò l'ecclesiastico.

Bovary non lo udiva, stava lontano. Camminava a gran passi lungo il muro, presso la spalliera e strideva i denti, levava al cielo sguardi di maledizione; ma neppure una foglia si mosse.

Cadeva una pioggerella sottile sottile e Charles, che aveva il petto scoperto, cominciò a tremare. Entrò e andò a sedersi nella cucina.

Verso le sei fu udito un rumore di ferrame sulla piazza, era la *Hirondelle* che giungeva; ed egli rimase lì colla fronte sulle lastre a veder scendere ad uno ad uno i viaggiatori. Félicité gli preparò un materasso nel salotto, ed egli vi si gettò sopra e si addormentò.

Abbenché filosofo, il signor Homais rispettava i morti. Di talché, senza serbar rancore al povero Charles ritornò la sera per vegliare il cadavere, portando con sé tre volumi ed un taccuino per prendere degli appunti.

Il curato Bournisien stava già lì e due grossi ceri ardevano a capo del letto, che avevano tirato fuori dell'alcova. Lo speziale, cui seccava quel silenzio, non tardò a formulare qualche frase su questa « infelice giovane madre »; ed il prete rispose che ormai non rimaneva che pregar per l'anima sua.

« Intanto », riprese Homais, « di due cose l'una: o è morta in istato di grazia (come si esprime la Chiesa), e allora non ha punto bisogno delle nostre preghiere; o è deceduta impenitente (credo sia questa l'espressione ecclesiastica) ed allora... »

Bournisien l'interruppe, replicando con tono un po' burbero, che ciò nonostante si doveva sempre pregare.

« Ma », obbiettò il farmacista, « poiché Iddio conosce tutti i nostri bisogni, a che serve la preghiera? »

« Come! » disse l'ecclesiastico, « la preghiera a che serve! Ma non siete dunque cristiano? »

« Scusate », disse Homais, « io ammiro il cristianesimo. Prima di tutto ha abolita la schiavitù, ha introdotta nel mondo una morale... »

« Non si tratta di questo! Tutti i testi... »

« Oh, oh! in quanto ai testi, chi non sa che sono stati alterati dai Gesuiti! »

Charles entrò ed avanzandosi verso il letto ne tirò lentamente le cortine.

Emma teneva la testa china sulla spalla destra. L'angolo della bocca, che era rimasta aperta, pareva un buco nero nella parte bassa del volto; i due pollici rimanevano ritti ed aperti nella palma della mano; una specie di polvere bianca era sulle ciglia e gli occhi cominciavano a sparire in un pallore vischioso, che rassomigliava ad una tela sottilissima, come se qualche ragno vi avesse filato di sopra. Il lenzuolo formava come un incavo dal seno fino ai ginocchi, rialzandosi poscia alla punta dei ditoni del piede; a Charles pareva che masse infinite, di un peso enorme, gravassero su lei.

L'orologio della chiesa suonò le due. Si sentiva il forte mormorìo del fiume che scorreva nelle tenebre, a piedi della terrazza. Bournisien ogni tanto si soffiava rumorosamente il naso ed Homais faceva scricchiare la penna sulla carta.

« Andiamo, via, amico mio, ritiratevi, questo spettacolo vi strazia! »

Appena uscito Charles, il farmacista ed il curato ricominciarono le loro discussioni.

« Leggete Voltaire! » diceva l'uno, « leggete l'Holbach, leggete l'*Enciclopédie!* »

« Leggete le *Lettres de quelques juifs portugais*, leggete *la Raison du christianisme,* opera del Nicolas, antico magistrato! »

Si riscaldavano, diventavano rossi, parlavano entrambi in una volta, senza udirsi l'un l'altro; Bournisien fu scandalizzato di tanta audacia; Homais si maravigliava di tanta bestialità, e stavano là là per dirsene di tutti i colori, quando riapparve Charles. Un fascino l'attirava; risaliva continuamente le scale. Le si poneva di faccia per meglio vederla, e si obliava in quella contemplazione, che non era più dolorosa a forza d'essere profonda.

Si ricordava di storie di catalessia, miracoli di magnetismo; e diceva seco medesimo che, a volerlo fortemente, perverrebbe forse a resuscitarla. Una volta anche si curvò su lei e chiamò sottovoce: « Emma, Emma! » Il suo respiro spinto con forza fece tremolare la fiamma del cero di rincontro al muro.

Verso l'alba, giunse la Bovary madre; Charles nell'abbracciarla ebbe un nuovo scoppio di pianto. Ella tentò, come aveva fatto il farmacista, di fargli qualche osservazione sulle spese dell'interro. Andò talmente in collera, ch'ella si tacque immantinenti, la incaricò invece di recarsi alla città per comprare qualche cosa che occorreva.

Charles rimase solo tutto il dopopranzo; avevano portata Berthe dalla signora Homais, Félicité stava sopra, nella camera mortuaria, con mamma Lefrançois.

Nella serata ricevette delle visite. Si alzava, stringeva la mano senza poter parlare, poi ciascuno si sedeva vicino agli altri, che formavano un semicerchio intorno al cammino. Il volto un po' chino e un ginocchio sull'altro, agitavano la gamba in cadenza, sbadigliando ogni tanto a larghe ganasce; tutti si annoiavano immensamente, ma nessuno si moveva.

Quando Homais ritornò verso le nove (non si vedeva altri che lui sulla piazza da due giorni), si caricò d'una provvista di canfora, di benzoino e di erbe aromatiche. Portò pure con sé un vasetto di cloro, per fugare i miasmi. In quel momento la domestica, mamma Lefrançois e Bovary madre giravano attorno alla morta, terminando di vestirla; ed abbassarono il lungo velo, che la ricoprì fino alle scarpette di raso.

Félicité singhiozzava.

« Povera signora mia! povera signora! »

« Guardatela », diceva sospirando l'albergatrice, « come è ancora bella! Si direbbe che stia per alzarsi. »

Poi si curvarono per porle la corona.

Dovettero sollevarle un po' la testa, ed allora uno sbocco di liquido nerastro le uscì dalla bocca, come un conato di vomito.

« Ah, Dio mio! badate alla veste! badate! » esclamò mamma Lefrançois. « Aiutateci! » diceva al farmacista. « Avete forse paura? »

« Paura io? » replicò quegli alzando le spalle. « Sì, sì, paura! Ne ho viste di ben altre all'Ospedale, quando studiavo farmacia! Prendevamo il *punch* nella sala anatomica. Il nulla non ispaventa mica un filosofo, anzi, lo dico sempre, io, sono intenzionato di legare il mio corpo alle cliniche, perché possa servire dopo alla scienza. »

Appena giunto, il curato chiese come stava il dottore, e alla risposta del farmacista, riprese: « Il colpo, comprenderete bene, è ancora troppo recente ».

Allora Homais gli disse doversi reputare ben fortunato, di non essere esposto a perdere, come altri, una compagna adorata; donde una discussione sul celibato dei preti.

« Perché », diceva il farmacista, « non è naturale che un uomo possa far senza della donna! Si son veduti dei delitti... »

« Ma, corpo di una bomba! » esclamò il prete, « come potete pretendere che un uomo preso nei lacci del matrimonio possa serbare, per esempio, il segreto della confessione? »

Homais attaccò la confessione, Bournisien la difese; si estese sulle restituzioni che faceva operare. Citò diversi aneddoti di ladri diventati onesti tutt'assieme. Vi era a Friburg...

L'altro dormiva. Poi, siccome si sentiva soffocare in quell'atmosfera troppo pesante della stanza, aprì la finestra ed il rumore svegliò il farmacista.

« Andiamo, una presa! Accettate. Dissipa il sonno. »

Un abbaiare continuo si udiva intanto in lontananza.

« Dicesi che sentano i morti », osservò il prete.

Homais non rilevò il pregiudizio, perché s'era riaddormentato.

Bournisien, più robusto, continuò qualche tempo a masticare qualche preghiera sottovoce, poi insensibilmente chinò la testa e cominciò a russare.

Se ne stavano l'uno di fronte all'altro, incontrandosi finalmente nella stessa umana debolezza.

Charles entrò in quel momento, senza svegliarli. Era l'ultima volta. Veniva a farle gli ultimi addii.

Le erbe aromatiche fumigavano ancora e nuvole di vapori bluastri si confondevano sulla finestra con la nebbia che entrava. Vedevasi qualche stella e la notte era dolce e mite.

La cera delle candele cadeva a larghe gocce sulle lenzuola del letto. Charles le guardava bruciare, stancando gli occhi al raggio della fiamma gialla.

Sulla veste di raso, bianca come un chiaro di luna, la stoffa formava degli ondeggiamenti nei quali il corpo di Emma spariva, sì che gli pareva effondersi fuori di lei stessa, confondendosi nelle cose che la circondavano, nel silenzio della notte, nel vento che passava, nei vapori umidi della campagna.

Poi, ad un tratto, la vedeva nel giardino di Tostes, sul sedile presso la siepe di spine, oppure a Rouen per le vie, sulla soglia di casa loro, nel cortile dei Bertaux. Sentiva ancora il riso allegro dei giovani che ballavano sotto il pometo; la camera era impregnata del profumo dei suoi capelli e la veste gli fremeva sotto al braccio come lo scoppiettìo di tante faville. Ed era la stessa veste, quella lì!

Stette così lungamente a ricordare tutte le gioie sparite, le sue pose, i gesti, il timbro della voce.

Dopo un'angoscia, un'altra e poi un'altra, incessantemente, come i flutti di una marea che straripi. Gli venne una curiosità terribile: lentamente, con la punta delle dita, palpitando, le alzò il velo. Dette in un grido d'orrore che risvegliò tutti gli altri. Lo trascinarono giù, nella sala.

Poi Félicité salì, dicendo che voleva i capelli.

« Tagliateglieli! » disse lo speziale.

E poiché quella non osava, si avanzò lui con le forbici in mano. Tremava sì forte, che la punse sulla tempia in più parti. Finalmente, vincendo l'emozione, dette due o tre sforbiciate, così a caso, formando delle macchie bianche in quella chioma corvina.

Il farmacista ed il curato si riaddormentarono nuovamente, e verso le quattro mangiarono un po' di formaggio col pane, trincando allegramente con un po' d'acquavite, che Félicité aveva avuto cura di preparare sul comò. All'ultimo bicchierino, il prete disse al farmacista, battendogli sulla spalla: « Finiremo con l'intenderci! »

Giù nella sala terrena giunsero gli operai e Charles dovette subire per due ore il supplizio del martello che risuonava sul legname. Poi la discesero nella bara di quercia, che imballarono nelle altre due; ma poiché una era troppo larga, dovettero otturare gl'interstizii con la lana di un materasso. Quando finalmente i tre coverchi furono aggiustati, inchiodati e saldati, la esposero nel mezzo della sala, aprirono le porte e la gente di Yonville cominciò ad affluire.

Giunse papà Rouault. Sulla piazza svenne, vedendo il paramento nero.

X

AVEVA ricevuto la lettera del farmacista trentasei ore dopo l'avvenimento, la quale era stata redatta in termini così vaghi, che non aveva potuto formarsi un'idea precisa dell'accaduto.

Il brav'uomo a bella prima ebbe come un colpo apoplettico. Poi comprese che non era morta... ma poteva esserlo da un momento all'altro... Infilò il camiciotto turchino, agganciò uno sperone allo stivale e partì di carriera, struggendosi dall'angoscia e dalla disperazione, formando mille congetture, or tristi, or di speranza; e così con la morte nel cuore, frustando a gran colpi il cavallo, le cui cinghie piovevano sangue, giunse a Yonville.

Quand'ebbe ripreso conoscenza, cadde piangendo fra le braccia di Bovary.

« Mia figlia! Emma! ditemi, che cosa è accaduto?... »

E l'altro gli rispondeva fra i singhiozzi: « Non so, non so! Una maledizione del cielo! »

Il farmacista li separò.

« Questi orribili dettagli sono inutili, signore. Vien gente! Un po' di coraggio! »

« Ebbene! » esclamò il vecchio, « ne avrò, croce di Dio! La' voglio accompagnare fino all'ultimo. »

La campana suonava. Tutto era pronto. Si dovettero mettere in cammino. Assistettero alle funzioni in chiesa, che durarono ben a lungo. Cantavano, s'inginocchiavano, si rialzavano, non la finivano più. Egli ricordò che una volta, nei primi tempi, avevano assieme assistito alla messa, e si erano situati dall'altra parte, a destra, appoggiati al muro. Il funebre rintocco ricominciò. Vi fu un gran movimento di sedie. I portatori infilarono i loro tre bastoni sotto il feretro e si uscì dalla chiesa.

Justin comparve in quel momento sulla soglia della farmacia, ma fuggì subito dentro, pallido, barcollante.

Tutti stavano alle finestre per veder passare il corteo. Charles innanzi, si manteneva dritto. Affettava una cert'aria di fermezza e salutava con un cenno coloro che, sbucando dalle stradicciuole o dalle case, si confondevano alla folla.

I sei uomini, tre da ogni lato, marciavano a piccoli passi affannando un poco. I preti, i cantori e i due ragazzi del coro recitavano il *De profundis,* e le loro voci si perdevano nella campagna, elevandosi ed abbassandosi secondo le ondulazioni del terreno. Ogni tanto, sparivano allo svoltare di un sentiero; ma la gran croce d'argento si scorgeva sempre ritta fra gli alberi.

Si giunse finalmente al cimitero e si fermarono in un recinto dov'era già scavata una fossa. Si disposero tutti all'intorno e mentre il prete parlava, il terreno rossastro seguitava ad essere scavato; poi, disposte le corde, vi spinsero su la bara. La vide discendere, gli pareva scendesse interminabilmente.

Finalmente s'intese un urto; le funi risalirono strisciando. Bournisien prese la pala che gli porse Lestiboudois, con la sinistra, non tralasciando di aspergere con la destra, spinse vigorosamente una palata di terra, ed il legno della bara, percosso dai ciottoli, echeggiò di quel rumore formidabile e terribile, che sembra una ripercussione dell'eternità.

Il prete passò l'aspersorio al vicino, al signor Homais, questi lo agitò gravemente, poi lo porse a Charles, che si piegò quasi con le ginocchia per terra, aspergendo a piene mani e gridando: « Addio! addio! » Le inviava anche dei baci e si trascinava verso la fossa per inghiottirvisi con lei.

Lo dovettero condurre via, e non tardò ad acquietarsi, provando forse, come tutti gli altri, la vaga soddisfazione di averla finita, finalmente.

Papà Rouault, al ritorno, si mise a fumare tranquillamente la pipa, con grave scandalo di Homais, che lo andava ripetendo di crocchio in crocchio, tutti deploranti la morte di Emma, finanche Lheureux, che non aveva mancato di presenziare all'interro.

« Povera signora! Che dolore pel marito! »

Lo speziale riprendeva: « Senza di me, credetelo, avrebbe certamente attentato ai suoi giorni ».

« Una così brava persona! E dire che appena sabato scorso era nella mia bottega. »

« Mi rincresce », soggiunse Homais, « di non aver avuto il tempo di preparare il suo elogio funebre. »

Rientrati in casa, Charles si svestì e papà Rouault si rimise il camiciotto turchino. Questo era nuovo affatto, e poiché il povero vecchio lungo la via aveva asciugato gli occhi sovente con le maniche, il colore gli si era un po' scaricato sul volto, e la traccia delle lagrime formava delle righe sullo strato di polvere che lo copriva.

La Bovary madre era con loro. Tacevano tutti e tre. Finalmente il vecchio sospirò: « Vi ricordate, amico mio, che sono venuto a Tostes una volta, quando avevate perduta la vostra prima defunta. Allora cercavo di consolarvi, darvi animo! Potevo dir qualche cosa, ma ora... »

Poi con un lungo gemito, che gli sollevò tutto il petto: « Oh, la è finita per me! Ho visto partir mia moglie... poi mio figlio... ed ecco anche mia figlia! »

Voleva ritornarsene subito ai Bertaux, dicendo che non avrebbe potuto dormire in quella casa. Rifiutò anche di vedere la nipotina.

« No! no, mi farebbe troppo male. Baciatela per me! Addio... voi siete un bravo giovine, e poi, mai e poi mai dimenticherò questa », soggiunse, battendosi sulla coscia, « non abbiate timore! Avrete sempre il vostro tacchino ».

Charles e la madre rimasero la sera, nonostante la stanchezza, lungamente a ragionare. Parlarono del tempo passato e dell'avvenire. Lei sarebbe venuta a dimorare a Yonville; avrebbe condotto la casa, non si sarebbero lasciati più. Fu ingegnosa e carezzevole, rallegrandosi internamente di poter riafferrare un'affezione che da tanti anni andava perdendo a poco a poco.

Suonò mezzanotte, il villaggio come al solito era tranquillo e silenzioso, ma Charles era desto e pensava sempre a colei.

Rodolphe che, per distrarsi, aveva corso il bosco tutta la giornata, dormiva tranquillamente nel suo castello; ed anche Léon dormiva, laggiù a Rouen.

Vi era un altro però che in quell'ora non dormiva. Sulla fossa, tra gli abeti, Justin piangeva in ginocchi, ed il suo petto, rotto dai singhiozzi, affannava nell'ombra, sotto la pressione di un duolo immenso.

XI

L'INDOMANI Charles fece venir la piccina. Chiese della mamma e le dissero che era assente, che le porterebbe dei giocattoli. Berthe ne chiese più volte; poi a lungo andare, non vi pensò più. La gaiezza di quella bambina addolorava immensamente Bovary.

In breve, ricominciarono le seccature pecuniarie. Lheureux incitò un'altra volta il suo amico Vinçart, e Charles si obbligò per somme esorbitanti; perché non volle assolutamente lasciar vendere nessun mobile che *le* era appartenuto. La madre ne fu esasperata; egli ne fu indignato più fortemente ancora. Era affatto cambiato. Allora la vecchia volle andarsene.

In quel frangente tutti cercarono profittarne. La signorina Lempereur reclamò sei mesi di lezioni, abbenché Emma non ne avesse presa neppure una (nonostante la fattura quietanzata fatta vedere a Bovary); si erano convenute insieme fra loro due; il libraio tre anni di abbonamento alla lettura; mamma Rolet il porto d'una ventina di lettere.

Ad ogni debito che pagava, Charles credeva di aver finito, quand'ecco ne sopravvenivano altri, e così continuamente.

Chiese il pagamento di alcune visite fatte! Gli furono mostrate le lettere che la moglie aveva mandato. Dovette far delle scuse.

Félicité portava ora le vesti della signora; spesso Charles, nel vederla di dietro, era preso dall'illusione e gridava: « Oh, resta! Resta!... »

Ma quella, alla Pentecoste, sloggiò da Yonville, fattasi rapire da Théodore e rubando tutto quello che rimaneva nella guardaroba.

Fu appunto verso tal'epoca che la vedova Dupuis ebbe l'onore di partecipargli il « seguito matrimonio di suo figlio Léon, notaio a Yvetot, con la signorina Léocadie Leboeuf, di Bondeville. » Charles, fra le altre frasi di congratulazione che le indirizzò, scrisse: « Quanto ne sarebbe stata contenta la mia povera Emma ».

Un giorno che gironzava per la casa, così senza scopo fisso, salì sul granaio e sentì sotto la suola un foglietto rotolato di carta rasata. L'aprì e lesse: « Coraggio, Emma, coraggio! Non voglio essere cagione dell'infelicità della vostra esistenza ». Era la lettera di Rodolphe, caduta a terra nel rimaneggiamento dei mobili e che il vento dell'abbaino aveva portata sulla porta. Charles rimase immobile, a bocca aperta in quell'istesso posto dove un giorno, più pallida di lui, Emma voleva morire. Il tono rispettoso della lettera lo illuse; egli disse fra sé: « Si sono forse amati platonicamente ».

D'altronde, Charles non era di quelli che vanno a fondo nelle cose; indietreggiò innanzi alle prove e la incerta gelosia svanì nell'immensità del suo dolore. Era stata adorata, pensava. Tutti gli uomini, indubbiamente, avevano dovuto desiderarla. E gli parve più bella, anzi perciò stesso gliene venne un desiderio acuto, permanente, furioso, che più lo faceva disperato, in quanto era ora irrealizzabile.

Per piacerle, come se vivesse ancora, adottò le sue predilezioni, le sue idee, comprò degli stivalini verniciati, prese l'uso delle cravatte bianche; incerava i baffi, sottoscrisse come lei biglietti all'ordine. Lo corrompeva finanche oltre la tomba.

Fu obbligato di vendere l'argenteria pezzo per pezzo, poi i mobili del salotto. Tutte le camere furono sguarnite, solo la sua camera era rimasta come stava. Ogni dopo pranzo, Charles vi saliva, spingeva innanzi al fuoco il tondino, avvicinava la *sua* sedia a bracciuoli e si sedeva di faccia. Una candela ardeva in un candelabro dorato. Berthe, vicino a lui, coloriva delle figurine stampate.

Il povero uomo soffriva nel vederla così mal vestita, perché la cameriera la trascurava. Ma era così docile, così gentilina, inchinava così graziosamente il capo lasciando cader così graziosamente i bei capelli dorati, ch'egli provava un gran diletto a guardarla, non scevro d'amaritudine però, al ricordo della madre. Egli le aggiustava i giocattoli, le fabbricava dei pupi col cartone, o le ricuciva il ventre lacero delle pupazze. Poi, se gli veniva sott'occhi il canestrino da lavoro, un nastro o uno spillo dimenticato su qualche mobile, rimaneva lì a meditare ed aveva l'aspetto così mesto, che anche la bambina diventava triste come lui.

Nessuno andava a trovarla ora; Justin se n'era fuggito a Rouen, mettendosi a giovane con uno speziale ed i figli del farmacista frequentavano sempre meno la bambina perché Homais non voleva.

Il cieco, che l'unguento di Homais non aveva potuto guarire, se n'era ritornato sulla costa del bosco Guillaume, dove narrava ai viaggiatori il vano tentativo del farmacista, a tal punto, che questi era costretto a nascondersi dietro le tendine della *Hirondelle,* quando si recava in città, per evitare di vederlo. Egli lo esecrava e nell'interesse della sua reputazione volle sbarazzarsene ad ogni costo. Per sei mesi consecutivi non fece, di nascosto, che una campagna terribile contro il povero mendicante.

Le Fanal de Rouen un giorno pubblica una doglianza di viaggiatori della Piccardia sulle importune persecuzioni del mendicante. Un'altra volta un reclamo alle Autorità che lasciavano così liberamente circolare a lor talento poveri dall'aspetto ributtante, con grave scandalo dei cittadini. Un'altra volta, inventava qualche aneddoto: un cavallo ombroso, appaurato dalla presenza del cieco che non aveva potuto trarsi indietro, aveva fatto ribaltare la carrozza, producendo del male a diversi viaggiatori.

E tanto seppe fare e dire che il povero cieco fu carcerato. Ma dopo poco lo rilasciarono. Lo speziale ricominciò nella persecuzione. Fu una lotta accanita ed egli ebbe finalmente la vittoria, perché il suo nemico fu condannato a una reclusione perpetua in un ospizio.

Il successo lo inorgoglì, aspirò più in alto; si sentiva soffogare negli stretti confini del giornalismo, sentiva il bisogno del libro, dell'opera! Compose una *Statistica generale del Cantore di Yonville, con un'appendice di osservazioni climatologiche,* e la statistica lo spinse verso la filosofia. Si preoccupò delle grandi questioni: problemi sociali, moralizzazione delle classi povere, pescicultura, caucciù, strade ferrate eccetera.

E con questo non abbandonava punto la farmacia, anzi si teneva al corrente delle scoverte. Seguiva il gran movimento del cioccolato. Fu il primo che importò nella Loira inferiore la *revalentia.* Si entusiasmò per le catenine idroelettriche ed altro di simil genere.

A proposito della tomba di Emma, ebbe delle idee splendide. Propose dapprima un tronco di colonna con un drappeggiamento, poi una piramide, in seguito un tempio di Vesta, una specie di *Rotonda...* oppure « un ammasso di rovine ». Ed in tutt'i progetti non dimenticava il salice piangente, che considerava come il simbolo della mestizia.

Quanto a l'iscrizione, Homais non trovava niente di più bello come: *Sta viator,* e si fermava, lambiccandosi il cervello per trovare il seguito e ripeteva continuamente: *Sta viator...;* finalmente scovrì *amabilem conjugem calcas,* che fu adottato insieme ad un mausoleo che doveva aver scolpito sulle due facce principali: « Un genio che teneva una torcia spenta ». Bozzetto che Charles aveva approvato fra un centinaio che il farmacista gli aveva fatto vedere un giorno che erano stati insieme a Rouen.

Cosa strana, Bovary, pur pensando ad Emma continuamente, la dimenticava, e si disperava nel sentirne la immagine cancellarsi dalla sua memoria nonostante gli sforzi che faceva per ritenerla.

Malgrado l'economia estrema in cui viveva, Bovary era ben lungi dal poter estinguere gli antichi debiti. La vendita diventava imminente, allora ricorse alla madre, che acconsentì ad una ipoteca sui suoi beni; ma scrivendogli forti recriminazioni contro Emma e dimandandogli in cambio del suo sacrifizio uno scialle sfuggito al saccheggio di Félicité. Charles glielo rifiutò. Gli chiese di prendere con sé la piccina, che l'avrebbe un po' sollevata nella casa, e Charles vi acconsentì, ma nel momento della partenza il coraggio gli venne meno. Ed allora fu una rottura completa, definitiva.

A misura che le sue affezioni sparivano, si richiudeva più strettamente nell'amore della sua bambina, la quale lo preoccupava ora non poco; perché tossiva qualche volta ed aveva ai pomelli delle macchie rosse.

Di rincontro a lui si espandeva, fiorente ed ilare, la famiglia del farmacista che tutto al mondo contribuiva a rendere soddisfatto e felice. Napoléon lo aiutava nel laboratorio, Athalie gli ricamava un berretto greco, Irma gli tagliava dei cerchi di carta per covrire le confetture e Franklin ripeteva tutto d'un fiato la tavola pitagorica. Era il più felice dei padri, il più fortunato degli uomini.

Errore! una sorda ambizione lo rodeva. Homais desiderava la croce. I titoli non gli mancavano punto:

1. Essersi segnalato, in occasione del colera in maniera encomiabile; 2. aver pubblicato (e a sue spese) diverse opere di utilità pubblica, come... (e ricordava la sua Memoria: *Del sidro, della sua fabbricazione e dei suoi effetti*; più delle osservazioni sull'*afidio lanigero* inviate all'Accademia); il suo volume di statistica e fin la sua tesi di farmacia, senza contare che era membro di diverse società di scienziati (lo era di una sola).

Ed ogni mattina si precipitava sui giornali per scovrirvi la sua nomina che non veniva mai. Si vendette, si prostituì; aiutò segretamente il prefetto nelle elezioni; avanzò una petizione al sovrano, supplicandogli di fargli giustizia, lo chiamava *nostro buon re*, e lo comparava ad Enrico IV.

Ma la croce non veniva, ed egli, mesto e pensieroso, colle braccia incrociate, meditava sulla inettitudine del governo e l'ingratitudine degli uomini.

Sia per rispetto, sia per una specie di sensualità che gli faceva mettere una certa lentezza nelle sue investigazioni, Charles non aveva ancora aperto lo scompartimento segreto d'una scrivania di palissandro, di cui Emma abitualmente si serviva. Un giorno, finalmente, vi si sedette innanzi, girò la chiave e spinse la molla. Vi rinvenne tutte le lettere di Léon.

Nessun dubbio questa volta! Le divorò fino all'ultimo, rovistò in tutti gli angoli, in tutti i mobili, in ogni tiretto, dietro le mura, singhiozzando, urlando, smarrito, pazzo. Scovrì un cassetto lo ruppe con una pedata. Il ritratto di Rodolphe gli saltò in pieno viso fra i biglietti amorosi sossopra.

La gente fu maravigliata del suo scoraggiamento. Non usciva più, non riceveva nessuno, rifiutava persino di andare a vedere i suoi ammalati. Allora corse la voce che si tappava in casa per *bere!*

Certe volte però, qualche curioso, affacciandosi dalla siepe del giardino, scorgeva con stupore quell'uomo dalla barba lunga, quasi inselvatichito, coverto d'abiti miserabili, che passeggiava e piangeva.

La sera, nell'estate, prendeva con sé la piccina e la conduceva al cimitero.

Se ne ritornava a notte fatta, quando sulla piazza non v'era che il solo abbaino di Binet illuminato.

Però la voluttà di quel dolore era incompleta, perché non aveva presso di sé nessuno che vi prendeva parte; epperò faceva qualche visita a mamma Lefrançois, per parlar di *lei*. Ma l'albergatrice non l'udiva che da un solo orecchio, poiché aveva anch'essa i suoi sopraccapi, Lheureux voleva farle la concorrenza con un altro albergo.

Un giorno che era andato al mercato d'Argueil per vendervi il cavallo, ultima risorsa, incontrò Rodolphe.

Impallidirono nel vedersi. Rodolphe, che aveva solamente inviato il suo biglietto di visita, balbettò in principio qualche scusa, poi prese animo e spinse l'impudenza (faceva molto caldo, si era in agosto) d'invitarlo a bere una bottiglia di birra.

Sedutogli di faccia, masticava il suo sigaro parlando parlando e Charles s'inabissava in riflessioni retrospettive innanzi a quel volto, ch'ella aveva amato. Era una maraviglia! Avrebbe voluto essere quell'uomo.

L'altro continuava a ragionar di coltura, di bestiame, d'ingrassi, intercalando con frasi banali tutti gl'interstizii dove poteva entrare un'allusione, uno scherzo. Charles non l'ascoltava, Rodolphe se ne accorgeva e seguiva sulla mobilità del volto il passaggio dei ricordi. Desso s'imporporava a poco a poco, le narici si agitavano, le labbra fremevano; vi fu un momento in cui Charles preso da un cieco furore, fissò i suoi occhi su Rodolphe che, preso quasi da spavento, s'interruppe. Ma tosto la solita funebre pacatezza gli subentrò sul viso.

« Non ve ne serbo rancore », diss'egli.

Rodolphe ammutolì. E Charles, con la testa fra le due mani, riprese con voce spenta e con un accento rassegnato d'infinito dolore: « No, non vi serbo più rancore! »

Aggiunse anche una gran parola, la sola che avesse mai detta: « È colpa della fatalità! »

Rodolphe, che aveva creata questa fatalità, lo trovò abbastanza indulgente per un uomo nella sua situazione, comico anzi ed un poco vile.

La dimane Charles andò a sedersi sul solito sedile, sotto il pergolato. Occhi di sole passavano attraverso il graticolato e le foglie disegnavano la loro ombra sul terreno; odorava il gelsomino, il cielo era azzurro, sui gigli fioriti udivasi il ronzio delle api e Charles, come un adolescente innamorato, si sentiva soffocare dai vaghi effluvii d'amore che gli gonfiavano il cuore ulcerato.

Verso le sette, la piccola Berthe, che non l'aveva veduto dalla mattina, andò a chiamarlo pel pranzo.

Aveva la testa riversa contro il muro, gli occhi chiusi, la bocca aperta, e stringeva fra le mani una lunga ciocca di capelli neri.

« Vieni, papà, andiamo a pranzo! » disse la piccina. E credendo che volesse scherzare, lo spinse dolcemente. Cadde per terra. Era morto.

Trentasei ore dopo, su richiesta del farmacista, il dottor Canivet accorse. Lo aprì e non trovò nulla.

Quando fu tutto venduto, rimasero dodici franchi e settantacinque centesimi, che servirono per pagare il viaggio della piccola Bovary presso la nonna. La brava donna morì nello stesso anno; papà Rouault era paralizzato e fu una zia che ne ebbe cura. Ella era povera e la mandò, per guadagnarsi da vivere, in una filanda di cotone.

Dalla morte di Bovary, tre medici si sono succeduti a Yonville senza potervi rimanere, tanto il signor Homais li ha battuti in breccia. Ha una clientela d'inferno, le autorità lo hanno in considerazione, e l'opinione pubblica lo protegge.

Ha appena ricevuto la croce della Legion d'onore.

FINE

Allo sceneggiato TV hanno collaborato:

Aiuto regista	GIORGIO BIAVATI
Arredatore	MASSIMO TAVAZZI
Segretaria edizione	NINNI REGINATO
Ispettori produzione	STEFANO BOLZONI
	CLAUDIA GRANDI
Operatore alla macchina	DANTE DI PALMA
Assistente operatore	ROBERTO DI PALMA
Fonico	VITTORIO MASSI
Microfonista	ROBERTO FORREST
Fotografo di scena	ETTORE PAPALEO
Coreografie	UMBERTO PERGOLA
Aiuto scenografo	ANGELO MONCELSI
Truccatore	FRANCO CORRIDONI
Aiuto trucco	MAURIZIO SILVI
Parrucchiera	GABRIELLA BORZELLI
Attrezzista	PASQUALE AVVISATO
Aiuto costumista	ANDRETTA FERRERO
Assistente al montaggio	MASSIMO LATINI
	LIDIA PASCOLINI
Aiuto montaggio	VIVIANA MASSI
Sarta	VERA CEFFARELLI
Capo elettricista	FRANCO BRESCINI
Capo macchinista	AGOSTINO PASCARELLA

Direttore di produzione MARIO D'ALESSIO

Una produzione
C.E.P. SpA
realizzata da ARTURO LA PEGNA